HERBERT BECKMANN

DER
TOTE
im amerikanischen Sektor

KRIMINALROMAN

 aufbau taschenbuch

ISBN 978-3-7466-4014-3

Aufbau Taschenbuch ist eine Marke der
Aufbau Verlage GmbH & Co. KG

1. Auflage 2023
© Aufbau Verlage GmbH & Co. KG, Berlin 2023
Umschlaggestaltung www.buerosued.de, München
unter Verwendung eines Bildes von
© ullstein bild – United Archives
Satz Greiner & Reichel, Köln
Druck und Binden CPI books GmbH, Leck, Germany
Printed in Germany

www.aufbau-verlage.de

Sonntag, 26. Oktober 1958

Der Stuhl schoss direkt auf ihn zu. Wulf Herzke duckte sich reflexhaft weg. Aus dem Augenwinkel sah er, wie das Geschoss hinter ihm an der riesigen Werbetafel des Schuhhauses Leiser zersplitterte, unmittelbar neben der Konzertbühne. Ein großer schlaksiger Junge in schwarzen Nietenhosen und Lederjacke hatte bereits den nächsten Stuhl in den Händen, um ihn durch die Luft zu schleudern. Sein Gesicht war bleich und wutverzerrt.

»Die Presse – weg von der Bühne! Weg von der Bühne!«, schrien im nächsten Moment wild gestikulierende Polizisten nur ein paar Meter entfernt und versuchten, Herzke und eine Handvoll weiterer Reporter zur Seite zu drängen. Doch beinahe im selben Augenblick wurden die Beamten von einem Pulk aufgebrachter Jugendlicher zur Seite gefegt wie Pappkameraden.

Jetzt würde es kein Halten mehr geben.

Das Chaos brach sich endgültig Bahn. Der Sportpalast explodierte förmlich: Tausende wütende Jugendliche in der riesigen Halle tobten, brüllten wie am Spieß, wollten es nicht hinnehmen, dass ihr Idol sie um ihr Vergnügen betrog.

Auch wenn ihm im Augenblick angst und bange wurde – Wulf Herzke hatte Verständnis dafür. Schließlich hatten diese Jungen und Mädchen für das Konzert bezahlt, zwei Mark fünfzig für diesen Abend. Doch Bill Haley hatte sein ohnehin schon schmales Repertoire an Zweiminutentiteln im Zeitraffertempo durchgepeitscht, so dass er jetzt, nach gut einer halben Stunde, bereits damit fertig war. Keine Zugabe. Nach dem, was ihnen im Vorprogramm geboten worden war, konnten die Fans das nur als Provokation empfinden: Kurt Edelhagen und sein Orchester und ein dicklicher ehemaliger GI namens Bill Ramsey als Sänger.

Doch die Jugendlichen wollten keinen pomadigen Clown in einem karierten Sakko, sondern ihren Bill, den einzig wahren Bill Haley and his Comets. Sie brüllten, trommelten und pfiffen die Edelhagen-Kapelle nieder, waren aufgesprungen, hatten Teile der Bestuhlung herausgerissen, waren damit zur Bühne gerannt und hatten sechzehn entsetzte Musiker mitsamt ihrem »gepflegten Sound« aus dem Saal getrieben.

Die Wut war so groß, dass nicht einmal die zahlreichen Polizisten, die rund um die Bühne postiert waren, den Aufruhr im Saal und den Angriff auf das Edelhagen-Orchester hatten verhindern können.

Umso erstaunlicher, dass das Konzert nicht abgebrochen worden war. Stattdessen waren Haley und seine Kometen offenbar vorzeitig aus dem Hotel am Zoo geholt worden, um die Krawallstimmung unter den »Halbstarken« schnellstmöglich einzufangen. Kurioserweise unterschied sich der etwas füllig gewordene Bill Haley in seinem gestreiften Sakko äußerlich nur unwesentlich von seinem Landsmann, dem Sängerclown Bill Ramsey.

Den Unterschied hatte natürlich die Musik gemacht, vom ersten Ton an. Der elektrisierende, pulsierende Haley-Sound hatte die Gesichter der Jugendlichen aufleuchten lassen, war ihnen wie Stromschläge in die Hüften gefahren, hatte sie aufspringen, kreischen, jubeln und tanzen lassen.

Vor gerade mal fünfzehn Jahren war Goebbels an gleicher Stelle für seinen »totalen Krieg« hysterisch bejubelt worden. Damals war niemand eingeschritten, im Gegenteil. Heute versuchten die Polizisten im Saal, Jugendliche im Zaum zu halten, die lediglich ihren Spaß haben wollten.

Ohne Erfolg, Wut und Enttäuschung waren einfach zu groß.

Mit gesenktem Kopf und ausgefahrenen Ellbogen erkämpfte sich Herzke eine Gasse durch kreischende Jugendliche, durch Polizisten, die Befehle brüllten, auf die niemand hörte, und an versprengten Reporterkollegen vorbei, bis er wieder freien Blick auf die Bühne hatte: Die Musiker hatten bereits ihre Instrumente abgelegt, die Angst vor dem eigenen Publikum stand ihnen ins Gesicht geschrieben. Bill Haley machte sich als Erster aus dem Staub, seine Comets folgten ihm im Laufschritt, geschützt durch einen Kordon aus Polizisten und Sicherheitsleuten des Veranstalters. Der Star des Abends überließ seinen Fans die Bühne. Und massenhaft kaperten die Jugendlichen sie wie Piraten eine heiß begehrte Fregatte, bewaffnet mit Stuhlbeinen und Armlehnen und anderen Resten des Saalmobiliars, das sie zuvor in Stücke zerlegt hatten.

Herzke atmete durch, während er die Szene in sich aufnahm.

Er hatte das Chaos kommen sehen.

Schon im März des Jahres hatte es bei einem Konzert von Johnny Ray Tumulte gegeben, so wie bei vielen anderen Rock'n'Rollern. Und Bill Haleys »Rock around the clock« war nicht zufällig der Titelsong von Filmen wie »Saat der Gewalt« und vor allem »Außer Rand und Band«, dessen Aufführungen regelmäßig in Krawallen endeten.

Aber Rübsamen hatte eine Live-Reportage des Haley-Konzerts aus dem Sportpalast ja kategorisch abgelehnt. »Wenn Sie von dem Auftritt dieser amerikanischen

Schmalzlocke unbedingt berichten wollen, Herzke, nur zu!«, hatte der Wellenchef ihm höhnisch auf seinen Vorschlag geantwortet. »Schreiben Sie mir einen knackigen Text dazu, nicht zu lang, und wir nehmen ihn mit rein in Ihre Sendung am Montag.«

Simples Texten, das war nicht seine Sache. Und Rübsamen wusste das. Aber in diesem Fall sollte der quallige Wellenchef sich täuschen!

Im Pulk mit einer Handvoll Kollegen von der Tagespresse, die sich ebenfalls durchgekämpft hatten, fand Herzke einen Weg an dem sich auflösenden Kordon der Polizisten vorbei, um Bill Haley hinter die Bühne zu folgen. Der flüchtende Star war bereits vollständig umringt von Sicherheitspersonal, das ihn schützte. Doch plötzlich geschah etwas Unerwartetes. Bill Haley blieb abrupt stehen, als sei ihm gerade in diesem Augenblick etwas ungeheuer Wichtiges eingefallen. Er wirbelte um die eigene Achse, als befände er sich noch auf der Bühne, und rief Herzke und den anderen Reportern mit kalkbleichem Gesicht und zitternder Stimme zu: »Was hier geschehen ist, heute Abend, das ist ... es ist eine Schande. – It's a shame!«, wiederholte er wütend, wandte sich wieder um und ließ sich von seinen Leibwächtern in Sicherheit bringen.

Sinnlos, dem davoneilenden Star weiter zu folgen, entschied Herzke und wandte sich enttäuscht um. Auf der Bühne zerlegten die aufgebrachten Jugendlichen inzwischen Lautsprecher, Mikrofone und verbliebene Instrumente in ihre Bestandteile. Eine kleine Gruppe junger Typen in schwarzen Lederjacken schaffte es mit vereinten Kräften und apokalyptischem Vergnügen, das Klavier zu hieven und mit infernalisch rauschendem Klang auf den Rücken krachen zu lassen. Jetzt sah das Instrument aus wie ein riesiger schwarzer Käfer, vor Schreck erstarrt, die Beine steif zum Himmel hochgestreckt.

Doch inmitten des sich immer noch steigernden Lärms und der entfesselten Randale neben und auf der Bühne spürte Herzke etwas, das ihn plötzlich erstarren ließ. Es war das seltsame und im Grunde absurde Gefühl, beobachtet zu werden – mit tentakelndem Blick von irgendwem inmitten der flammenden Wut so vieler Menschen.

Er sah sich weiter um, suchte Augenpaare im weiten dunklen Rund des Sportpalasts: Augen, von denen er fühlte oder glaubte, dass sie ihn fixierten. Aber er fand sie nicht. Und im nächsten Moment wurde er von einem jungen Paar heftig zur Seite gestoßen, das mit einem Heidenspaß, in der eigenen Parfumwolke schwitzend und stampfend, vor einem Polizisten davontanzte, der es sich offenbar zur Aufgabe gemacht hatte, genau diese beiden Rock'n'Roller zu fassen und keine anderen.

Vielleicht, schoss es Herzke durch den Kopf, nachdem er sich mit Mühe hatte fangen und aufrecht halten können, sollte er die Szene als eine Art Räuber-und-Gendarm-Geschichte in seiner Sendung am Montag präsentieren.

Zu diesem Zeitpunkt wusste Wulf Herzke noch nicht, dass es der letzte Bericht sein sollte, den er für seinen Sender schreiben würde. Der letzte Text überhaupt in seinem Leben.

DIENSTAG, 28. OKTOBER 1958

Jo Sturm fuhr mit seiner DKW an der Nordseite des Zoologischen Gartens den Landwehrkanal entlang und hielt auf den von den Kollegen abgesperrten Bereich zu. Ein Funkwagen stand quer auf dem Weg, dahinter ein Einsatzwagen der Kriminaltechniker. Er stoppte, stellte das Motorrad ab und ging die letzten Meter zu Fuß.

Dünne Nebelschwaden trieben über die unbewegte dunkle Wasserfläche des Kanals, trüb beleuchtet von den Weglaternen des Tiergartens und dem ersten zaghaften Licht des Tages. Vom Zoogelände drangen tierische Laute herüber, Esel oder Zebras, die um Futter bettelten, wie er vermutete, doch es klang, als wollten sie die Tote beklagen, die ganz in ihrer Nähe aus dem Kanal geborgen worden war.

Zwischen dem halben Dutzend Uniformierter und Kollegen in Zivil glaubte Jo bereits Schuchardt zu erkennen und beschleunigte noch den Schritt, als sich ihm ein Schupo breitbeinig in den Weg stellte.

»Immer langsam, junger Mann.« Der Kollege in blauer Uniform, ein Mann Mitte vierzig, hob die schwarze Lederhand. »Hier ist momentan gesperrt. Aber …«, er deutete nachlässig mit dem Daumen auf das gegenüberliegende Ufer des Landwehrkanals, »Umwege erhöhen bekanntlich die Ortskenntnisse.«

Jo zwang sich ein müdes Lächeln ab. »Wir sind Kollegen.« Er fingerte in der Innentasche seines Regenmantels nach seinem Dienstausweis, fand ihn jedoch nicht. »Ich wurde angerufen. Vermisstenstelle Gothaer Straße. Kommissar Sturm.«

»Vermisstenstelle. Und gleich Kommissar.« Der Schupo zog eine Braue hoch. »So sehen Sie gerade aus, Mann.« Sein misstrauischer Blick glitt von Jos in alle Richtungen abstehenden weizenblonden Haaren über seinen nebelfeuchten Regenmantel bis hinunter zu den hellbraunen italienischen Schuhen, die er sich zu Hause in aller Eile angezogen hatte. »Ich muss schon sagen, ihr Jungs von der Presse lasst euch immer wieder was Neues einfallen, um eine frische Leiche aus der Nähe vor die Linse zu bekommen.« Er sah Jo herausfordernd an. »Wo steckt Ihr Fotograf? Versucht es von der anderen Seite, der Kollege, was? Hab mich schon gewundert, dass noch keiner von euch aufgetaucht ist. Ihr seid doch angeblich so ein ausgeschlafener Menschenschlag. Von welchem Blatt sind wir denn: BZ, Morgenpost, Kurier?«

In der Seitentasche seines Jacketts fand Jo seinen Dienstausweis. Der Schupo warf einen erschrockenen Blick darauf. »Entschuldigung, Kommissar, mir wurde gesagt, dass nur die Ermittler von der Kripo und die KT und der Arzt und so weiter ... Aber die sind ja schon alle da.«

»Wie ich schon sagte, ich wurde angerufen.«

Der Schupo trat etwas steif zur Seite, und Jo ging an Funk- und Einsatzwagen vorbei auf die aufgedunsene Leiche zu, die rücklings auf einer grauen Unterlage im fahlen Gras der Uferböschung lag. Umstanden von zwei weiteren Uniformierten, dem Arzt, der sie untersuchte, und Schuchardt, der den Pathologen still beobachtete.

Jo war vor etwa einer Dreiviertelstunde zu Hause angerufen worden. Seine Wohnungswirtin, Frau Küpper, eine notorische Frühaufsteherin, hatte ihn nach einer langen, letztlich aber enttäuschenden Nacht in verschiedenen Clubs der Stadt aus dem Schlaf rütteln müssen. »Jemand aus Ihrer Zentrale, Herr Sturm!«

Schlaftrunken war Jo zum Telefon im Flur gewankt. Der Anruf kam aus der Einsatzzentrale des Präsidiums, eine ihm unbekannte weibliche Stimme teilte ihm in dem üblichen formalen Singsang mit, dass im Landwehrkanal, an der Nordseite des Zoologischen Gartens, die Leiche einer Frau geborgen worden sei, bei der es sich möglicherweise um die vermisste Person Margret Kwiatkowski handele. Der zuständige Ermittlungskommissar Schuchardt erbitte Jos umgehende Anwesenheit am Fundort der Leiche.

»Margret Kwiatkowski«, wiederholte Jo. Er war sofort hellwach. Seit gut einer Woche war die Frau verschwunden, seitdem fahndete er nach ihr.

Dankenswerterweise hatte Petra Küpper bereits frischen Kaffee gebrüht – wenn auch für Markwort, ihren »Bekannten«, einen Schuhvertreter und mehrfachen Familienvater, der zwischen Berlin und Osnabrück pendelte und meist früh aufbrach. Jo hatte zwei Tassen hinuntergestürzt und war am verdutzten Markwort vorbei ins Bad gestürmt, um sich mit ein paar eiskalten Spritzern aus der tröpfelnen Brause frisch zu machen. Noch mit feuchten Haaren war er anschließend in seinem Zimmer in die Sachen vom Vorabend geschlüpft, die noch auf dem Boden verstreut lagen, um wenige Minuten später mit seiner DKW den kürzesten Weg Richtung Zoo zu nehmen. Allerdings wurde er unterwegs durch mehrere Baustellen überrascht, und zudem streikten auch noch die Zündkerzen zweimal, so dass er für die Strecke deutlich länger als gedacht gebraucht hatte.

Als er sich jetzt an den zwei Schupos vorbeischob und auf die Leiche zuging, hob Schuchardt den Kopf und begrüßte ihn mit einem tadelnden Blick.

Schuchardt war ein kleiner dünner Mann mit der Tendenz, dies zu verkennen, sein viel zu langer Mantel hing ihm bis unter die Knie, und der graue Filzhut wurde beinahe von den Ohren gestützt. Die Spitzen seiner langen schmalen Krawatten ließ er gewöhnlich in der Hose verschwinden. Groß und beeindruckend waren jedoch Schuchardts walnussgroße, wasserblaue Augen und das Delta roter Äderchen auf seiner langen Nase.

»Wo haben Sie denn gesteckt, Mensch?« Schuchardt reichte ihm etwas ungehalten die Hand. »Der Doktor hier ist beinahe schon fertig mit der Dame.«

Der Arzt, ein korpulenter Mann in seinen Fünfzigern, mit spärlichem Haar und einem weiten weißen Kittel über seinem Mantel, blickte nicht einmal auf. Er gehörte vermutlich zum nächtlichen Bereitschaftsdienst der Pathologie des Krankenhauses Moabit und war vielleicht kurz vor Dienstschluss noch gerufen worden.

Jo warf einen Blick auf die Leiche und versuchte, die sachliche Haltung einzunehmen, die es ihm ermöglichte, den Anblick zu ertragen und ihn hoffentlich bald wieder zu vergessen: eine Frau zwischen fünfzig und sechzig Jahren, deren individuelle Züge Wasser und Verwesung bereits weitgehend aus dem Gesicht gelöscht hatten, in einem dunklen, jetzt vollkommen verfilzten und verdreckten Wollkleid. Grau meliertes, stark verklumptes schulterlanges Haar, zu Lebzeiten möglicherweise zu einem Knoten oder Ähnlichem zusammengebunden. Leere Augenhöhlen blickten zum trüben Himmel hinauf, vielleicht das Ergebnis von Wasserschnecken oder Blutegeln. Die Haut an den Händen und nackten Beinen schimmerte wächsern und aschgrau, selbst in dem grellen Licht der von den Technikern aufgestellten Lampen.

Jo hob den Blick und sah Schuchardt an. »Margret Kwiatkowski? Vom Alter her könnte sie es sein.« Jahrgang 1906 laut Meldeauskunft. Die in ihrer Wohnung aufgefundenen Fotografien von ihr, die er in der Vermisstenakte gesammelt hatte, waren hier bereits nutzlos geworden. »Aber wie kommen *Sie* darauf, dass sie es sein könnte?«

Schuchardt deutete mit dem Kinn auf den Einsatzwagen der Techniker. »Ihr Mantel hing noch an einem Arm, als Passanten sie heute früh entdeckten, zwei Tierpfleger auf dem Weg zur Arbeit, hab sie bereits vernommen. In der Innentasche des Mantels steckte der Behelfsmäßige der Frau. Margret Kwiatkowski demnach. Aber man weiß ja nie.«

Jo warf wieder einen Blick auf die Leiche. »Mit dem Ausweis im Mantel vorschriftsmäßig ins Wasser gegangen?« Er sprach aus, was sich vermutlich auch Schuchardt fragte: Fremdeinwirkung oder nicht? Mord oder Selbstmord?

Schuchardt zog Jo ein paar Schritte zur Seite. »Ich konnte dem großen stillen Mann dort, unserem Doktor, ein paar Worte entlocken.«

»Glückwunsch. Und?«

»Auf den ersten Blick keine äußeren Gewalteinwirkungen, abgesehen von den Hautverletzungen, Abschürfungen und so weiter, die bei einer Wasserleiche erwartbar sind. Und da ihr Name auf Ihrer Vermisstenliste der letzten Tage stand ...«

»Sie haben sich die Liste angesehen?« Jo neigte anerkennend den Kopf. Nicht alle Mordermittler nahmen zeitnah Kenntnis von seinen aktuellen Suchanzeigen, die auch hausintern kursierten. Obwohl die Vermissten in Berlin auf seiner Fahndungsliste keineswegs selten als Mordfälle endeten.

»Routineabfrage«, gestand Schuchardt. »Keine große Sache.«

Jo hatte Schuchardts unprätentiöse Art bereits im letzten Jahr kennen- und schätzen gelernt, als man ihn – wegen seiner Englischkenntnisse – zum Fall Beringer, dem Mord an einem Amerikaner, hinzugezogen hatte. Seine Hoffnung, dauerhaft als Mordermittler arbeiten zu können, war jedoch vom Leiter der Mordabteilung, Granzow, brüsk abgelehnt worden. »Nicht in meiner Mannschaft. Nicht unter meiner Leitung, Sturm!« Jos Disziplinlosigkeiten und Alleingänge hätten ihn für diese Aufgabe disqualifiziert.

»Margret Kwiatkowski«, nahm Schuchardt den Faden auf, »Ihre vermisste Person – hatte sie Motive zum Selbstmord? Oder ist sie vor irgendwem davon, der sie eventuell erwischt und ins Wasser befördert hat? Was denken Sie?«

»Nach dem, was ich über sie weiß, weder-noch«, antwortete Jo und rief sich die Aussage von Helene Böhnke, der Wohnungsnachbarin der Vermissten, in Erinnerung. Demnach schien sie weder ausreichend Gründe gehabt zu haben, sich umzubringen, noch von jemandem bedroht oder verfolgt zu werden.

Margret Kwiatkowski, zweiundfünfzig Jahre alt, alleinstehend, wohnte recht ärmlich in einer Weddinger Einzimmerwohnung. Am Donnerstag letzter Woche war sie von ihrem Arbeitgeber, einem pensionierten Richter, dem sie den Haushalt führte, als vermisst gemeldet worden. Sie sei bereits den dritten Tag in Folge nicht bei ihm erschienen. Eine Nachbarin im Haus, Helene Böhnke, Witwe und wie Margret Kwiatkowski in ihren Fünfzigern, hatte diese am Dienstag zuletzt gesehen, als Kwiatkowski wie jeden Tag um halb acht ihre Wohnung verlassen hatte. Die Nachbarin hatte im Hof den Ascheimer geleert und war Margret Kwiatkowski auf dem Rückweg im Treppenhaus begegnet. An Selbstmord mochte Helene Böhnke jedoch nicht denken, auch wenn sich Margret, mit der sie sich als Nachbarin und als etwa gleichaltrige Frau gut verstanden habe, von dem pensionierten Richter sehr schlecht behandelt gefühlt habe. Den Kontakt zu ihrer Herkunftsfamilie in Schlesien, so die Nachbarin, habe Margret schon vor vielen Jahren kriegsbedingt verloren, und verheiratet sei sie nie gewesen.

Jo schaute wieder zu der Frauenleiche im Gras hinüber, der Arzt hatte sich erhoben und kam nun auf sie zu. Er wandte sich an Schuchardt: »Unter der Annahme, dass sie freiwillig ins Wasser gegangen ist, weiter keine Auffälligkeiten bisher. Die Verletzungen an der Haut können die Folge von Tierfraß oder Steinen et cetera sein. Für ein paar Laborwerte nehme ich sie mit in die Pathologie. Aber ich erwarte nichts Weltbewegendes, offen gesagt.«

»Lässt sich sagen, wie lange sie bereits tot ist?«

»Eine gute Woche. Grob geschätzt, ohne Gewähr.«

Schuchardt sah Jo an. Der Zeitraum deckte sich in etwa mit dem Verschwinden von Margret Kwiatkowski.

Der Arzt nickte den beiden Ermittlern zu, machte kehrt und veranlasste dann den Abtransport der Leiche.

Vom Zoo drangen neue Tierlaute herüber, es hörte sich an wie das Heulen von Wölfen.

Jo war nachdenklich geworden. »Wenn verlässliche Hinweise fehlen«, sagte er zu Schuchardt, »frage ich die Angehörigen auch nach Plätzen, an denen sie sich gern aufhielten. Manche von ihnen wählen diese Orte, um sich umzubringen.«

Schuchardt sah zu der toten Frau hinüber, für die soeben der Leichensack entfaltet wurde, und stieß einen leisen Seufzer aus. »Und sie hier, Margret Kwiatkowski, falls sie es denn ist?«

»Hatte eine Jahreskarte für den Zoo.« Jo warf einen Blick in die Richtung, aus der mit einer leichten Windböe nun auch ein strenger Wildgeruch heranwehte. – Oder war das der stechende Geruch fortgeschrittener

Verwesung? »Die Jahreskarte, meinte die Nachbarin, sei der einzige Luxus, den sie sich gegönnt habe«, fügte Jo noch aus der Erinnerung hinzu.

»Vierundzwanzig Mark«, sagte Schuchardt fast mechanisch.

»Wie?« Jo sah ihn verblüfft an.

»Eine Jahreskarte für den Zoo. Vierundzwanzig Mark kostet sie. Ich habe auch eine.«

Kein Grund, rot zu werden, dachte Jo, auch nicht für einen gestandenen Ermittler, und er erwiderte Schuchardts verschämtes Lächeln.

Auf dem Weg ins Präsidium hielt er gegenüber der Ruine der Gedächtniskirche an der in aller Herrgottsfrühe öffnenden Konditorei Schilling. Er kaufte sich auf die Schnelle zwei belegte Brötchen und stopfte sie draußen auf dem noch fast menschenleeren Trottoir hungrig in sich hinein. Erst nach einer Weile, als er sich bereits eine Zigarette angesteckt hatte, die erste des Tages, wurde ihm klar, dass er dabei die ganze Zeit auf das Café nebenan starrte, das noch geschlossen hatte. Schlagartig wurde ihm bewusst, warum er das getan hatte. Aus dem gleichen Grund, warum er sich letzte Nacht nach seinem Besuch in der »Badewanne« in der Nürnberger Straße am Ende in einem weiteren Jazzclub, der »Eierschale« am Breitenbachplatz, wiedergefunden hatte. Beides mit enttäuschendem Ergebnis. Denn er hatte Lore Decker weder in dem einen noch in dem anderen Club angetroffen. Was durchaus erklärlich war, denn sie lebte im Ostteil der Stadt, und ihre Leidenschaft für den Jazz galt den Kulturbonzen in Partei und Staatsapparat drüben als Zeichen westlicher Dekadenz. Eine gefährliche Schwäche für eine ostdeutsche Musikjournalistin. Gut möglich also, dass Lore es aus diesem Grund nicht weiterhin riskieren wollte, heimlich den »demokratischen Sektor« zu verlassen, um im Westen dekadente Freiheiten zu genießen. Und sei es nur für wenige Stunden.

Vor einem Jahr, erinnerte sich Jo, hatten sie sich hier im Café Schilling gesehen, nachdem sie sich vorher zufällig im Odeon-Musikhaus am Ku'damm über den Weg gelaufen waren. Er musste über sich selbst den Kopf schütteln, dass ihm eine irgendwie verschüttgegangene Frau aus dem Osten immer noch in den Sinn kam, obwohl er sie schon so lange nicht mehr gesehen hatte. Dabei bestand, was Frauen betraf, an attraktiven Alternativen in Westberlin aus seiner Sicht kein Mangel. Problematisch wurde es für ihn erst, wenn es drohte, »ernst« zu werden, wenn aus einem Verhältnis etwas »Festes« werden sollte. Nein, er war nicht der Typ dafür. Ihm reichten die Erinnerungen an das Eheleben seiner Eltern und die Erfahrungen, die er als Kind mit ihnen gemacht hatte.

Er rauchte die Zigarette zu Ende und trat den Stummel auf dem Trottoir aus. Als er sich umwandte, um sein Motorrad zu starten, fiel sein Blick auf die Reklame des Gloria-Palasts. Sie zeigte Jeanne Moreaus schönes, herbes Gesicht, überlebensgroß in »Fahrstuhl zum Schafott«. Er hatte den Film vor Kurzem das zweite Mal gesehen. Weniger wegen der Krimihandlung, die er ja nun schon kannte, sondern wegen der unglaublich suggestiven Musik von Miles Davis. Helen, eine im US-Hauptquartier in Dahlem stationierte Amerikanerin, mit der er sich auf unkomplizierte Weise angefreundet hatte, seitdem sie sich vor einem Jahr das erste Mal begegnet waren, hatte ihn begleitet. »Great movie, great music«, hatte sie ihm ins Ohr geflüstert und war an seiner Schulter eingeschlafen.

Auf dem weiteren Weg in die Gothaer Straße folgte Jo auf seiner DKW eine Weile einem Bus mit wirbelnder Auspufffahne, dessen Werbung für Pfefferminz-Kaugummi ihm empfahl: »Hol tief Luft!« Als er keine zehn Minuten später beschwingt das Foyer des Präsidiums betrat, erfrischt von der morgendlichen Motorradtour durch das Zentrum der Stadt – oder das, was Westberlin daraus gemacht hatte –, fielen Hoyer hinter seinem verglasten Empfang beinahe die Augen aus den verquollenen Höhlen: »So früh heute, Herr Sturm? Ist ja noch keine acht Uhr. Sind Sie krank oder wie?«

Jo erwiderte Hoyers freundliches Lachen, ließ den Fahrstuhl links liegen und stürmte das Treppenhaus hinauf.

Im dritten Stock klopfte er bei Lene Spohn, die wie üblich früh im Dienst war. Er steckte seinen Kopf durch den Türspalt und warf ihr ein »Guten Morgen« zu.

Die Sekretärin der Abteilung V, das Laien oft als lateinisch für fünf auslegten, das jedoch für »Vermisste« stand, tippte hochkonzentriert ein Dokument, hob nur eine Sekunde lang die rechte Hand, um ihn zu grüßen, ohne jedoch auf- oder gar zu ihm hinzublicken.

Er ließ sie in Ruhe und war bereits auf dem Weg zu seinem Zimmer am Ende des Flurs, als die Tür des Sekretariats wieder aufflog und Lene heraustrat: »Hör mal, Jo«, rief sie ihm hinterher, »der Schuchardt von oben, aus der Fünften, hat vorhin angerufen und nach der Vermisstenakte Kwiatkowski, Margret, gefragt. Ich habe sie ihm raufgeschickt, weil er sagte, er hätte das mit dir abgesprochen. Hatte wohl angenommen, dass du schon im Haus bist.«

Jo signalisierte ihr, dass das in Ordnung gehe. »War vorhin mit ihm am Landwehrkanal. Leichenfundort, gleich hinterm Zoogelände.«

»Ach, wie idyllisch.« Lene Spohn war bekannt und bei manchen gefürchtet wegen ihres kantigen Humors. »Und ist sie es: Margret Kwiatkowski?«

»Der erste Anschein spricht dafür. Der alte Mann, dem sie den Haushalt geführt hat, ist nicht transportfähig. Ihre Nachbarin muss sie identifizieren.« Die Aufgabe, sie darum zu bitten, stand ihm jetzt bevor. Solange noch nicht zweifelsfrei feststand, um wen es sich bei der Toten aus dem Landwehrkanal handelte, musste der Fall Margret Kwiatkowski als Vermisstensache behandelt werden. Sollte die Nachbarin die Identität bestätigen, endete Jos Job, und Schuchardt würde alleinverantwortlich übernehmen, so waren die Spielregeln.

Lene machte ein ernstes Gesicht und verschwand wieder in ihrem Zimmer. Jo wollte bereits den Weg zu seinem winzigen Büro hinten fortsetzen, als die Tür des Zimmers geöffnet wurde, auf dessen Höhe er sich gerade befand, und Mattuschs große schlanke Gestalt darin erschien. Sein dunkler Zweireiher saß perfekt, sein langes Pferdegesicht unter der wohlfrisierten nussbraunen Wasserwelle glänzte vor Aftershave und noch mehr vor Selbstgefälligkeit.

Jo und Mattusch, der gut zehn Jahre älter sein mochte als er, sie hatten sich von Anfang an nicht ausstehen können. Und in diesem Moment standen sie sich so frontal gegenüber, wie es ihrem Verhältnis zueinander entsprach.

Nach Wondraschs überraschendem Tod im letzten Jahr – wenige Jahre vor seiner Pensionierung war er Opfer der asiatischen Grippe geworden – hatte Mattusch die vakante Stelle als Chef der Vermisstenabteilung erhalten. Jo war aus allen Wolken gefallen, als er begriff, dass Mattusch auch der Mann war, der seine Nachfolge an der Seite von Ilse Bonneur angetreten hatte. Und während Ilse Jo noch nachtrug, dass er nie ernste Absichten mit ihr gehabt habe – was nur stimmte, wenn man darunter wie sie die Gründung einer Familie verstand –, verhielt sich Mattusch ihm gegenüber, als wäre er immer noch mit ihr zusammen. Dabei hatte Jo beobachten können, dass sein neuer Vorgesetzter zur selben Zeit mit Ilses Kollegin Gisela Stolze angebändelt hatte. Wahrscheinlich schnitzte er sich zu Hause Markierungen in seine Bettpfosten. Wer im Augenblick seine Favoritin war, Ilse oder die Stolze, hatte Jo nicht weiterverfolgen können. Da die Prostitutionsüberwachung neuerdings von den Ordnungsämtern übernommen wurde, war die »Sitte«, für die Ilse und ihre Kollegin zuletzt gearbeitet hatten, im Sommer ausgezogen. Jo hatte Ilse seitdem nicht mehr gesehen.

Mattusch kniff übertrieben die Brauen zusammen. »Was lärmen Sie denn auf dem Flur herum, Sturm? Brennt es?«

»Sicher«, gab Jo zurück, indem er seinen Weg bereits fortsetzte. »Irgendwo in Berlin brennt es ja immer.« Nicht sehr originell, wie er sich eingestehen musste, aber hin und wieder tat es ganz gut, das letzte Wort zu haben.

In seinem Zimmer fiel ihm ein, dass die Telefonnummer von Helene Böhnke, Margret Kwiatkowskis Nachbarin, mit der Vermisstenakte zusammen den Weg zu Schuchardt angetreten hatte. Er schlug sie im Telefonbuch auf seinem Schreibtisch nach und rief gleich bei ihr an. Er erklärte ihr die Sache so schonend wie möglich. »Wir haben Margret Kwiatkowskis Personalausweis bei der Toten gefunden. Aber es besteht selbstverständlich die Chance, dass sie es nicht ist. Sie könnten uns helfen, einen Irrtum auszuschließen, Frau Böhnke.«

Er hörte die Frau schlucken und offenbar sekundenlang den Atem anhalten. »Muss es ... muss das sofort sein?«, stieß sie schließlich hervor.

»Es würde uns sehr helfen.« Er schwieg davon, dass der Pathologe danach aufgrund gerichtlicher Anordnung mit der Leichenöffnung beginnen konnte. »Die Tote ...«, formulierte er mit sehr viel Bedacht, »befindet sich in der

Pathologie des Krankenhauses Moabit. Ich kann Sie abholen, Frau Böhnke, wenn Sie möchten. Ich könnte in einer Stunde bei Ihnen sein. Okay?«

»Wie bitte?«

»In einer Stunde. Wäre Ihnen das recht?«

»Ach, das ist nicht nötig, danke«, sagte sie mit schleppender Stimme. »Sind ja nur ein paar Stationen mit dem Bus bis Moabit.«

»Sind Sie sicher?«

»Aber ja.«

»Gut. Dann treffen wir uns vor dem Krankenhaus«, schlug er vor. »Ich warte auf Sie vor dem Eingang in der Turmstraße. Eventuell wird noch ein Kollege dabei sein.«

»Ist gut«, sagte sie bedrückt.

Nichts war gut. Er sammelte sich ein paar Sekunden lang und rief dann in der Pathologie an, um sich und die Zeugin anzukündigen. Der Termin wurde wie üblich problemlos bestätigt. Anschließend wählte er Schuchardts Dienstnummer. Er ließ es ein paarmal klingeln und wollte bereits auflegen, als doch noch abgehoben wurde.

»Gerber, Apparat Schuchardt.«

Gerber teilte sich das Büro mit dem Kollegen. Jo grüßte und fragte nach Schuchardt.

»Der Kollege ist mal für kleine Jungs.«

Typisch Gerber, es war ihm beinahe unmöglich, keinen Spruch auf was auch immer abzusondern.

»Ich rufe später wieder an«, entschied sich Jo.

»Großes Geheimnis zwischen euch, was? Worum geht's denn, wenn man fragen darf?«

Jo berichtete ihm in aller Kürze von dem Vermisstenfall Kwiatkowski, der sich offensichtlich in einen Selbstmord- oder gar Mordfall gewandelt hatte.

»Und was denken Sie?«, fragte Gerber.

»Ich frage mich, was die Frau den ganzen Tag über gemacht hat, als sie verschwand.« Die Frage beschäftigte ihn schon seit dem Leichenfund heute früh.

»Was meinen Sie?«

»Den bisherigen Aussagen zufolge muss sie morgens gegen halb acht ihre Wohnung verlassen haben, ist an dem Tag aber bei ihrem Arbeitgeber, dem alten Richter, nicht mehr aufgetaucht.«

»Und?«

»Die Frau hätte nicht am schon hellen Morgen ins Wasser gehen können, ohne von anderen bemerkt zu werden. Um die Zeit ist die Stadt voller Menschen, die unterwegs sind, auch am Landwehrkanal. Bei Selbstmordabsicht hätte sie also warten müssen, bis es dunkel wurde, am besten bis in die tiefe Nacht, um nicht gegen ihren Willen gerettet zu werden. Aber was hat sie in den Stunden bis dahin gemacht? Warum, wenn sie schon entschlossen war, sich umzubringen, ist sie nicht ein paar Stunden früher von zu Hause los, um sich an ihrer Lieblingsstelle in den Landwehrkanal zu werfen?«

»Gute Frage«, attestierte Gerber. »Vielleicht war sie noch gar nicht so entschlossen zum Selbstmord, wie Sie sich das vorstellen.«

»Möglich. Aber dann stellt sich die Frage genauso«, erwiderte Jo. »Was hat die Frau in den verbliebenen Stunden bis zu ihrem Tod getan? Wo hat sie sich aufgehalten? Wem ist sie möglicherweise in dieser Zeit aufgefallen?«

»Hm, na, das soll Schuchardt klären«, entschied Gerber. »Symbolträchtiger Ort übrigens, wo sie gefunden wurde«, schob er auf einmal nach.

»Inwiefern symbolträchtig?«

»Man sieht's mir nicht an, aber mein Vater war Kommunist. Durch und durch. Und bevor er von Kommunisten erschossen wurde, in den letzten Kriegstagen in Berlin, eine Art Missverständnis, würde ich sagen, war er glühender Anhänger der Rosa Luxemburg. Für ihn beinahe eine Heilige, eine Art Roter Engel, wenn Sie verstehen.«

»Was wollen Sie sagen, Herr Gerber?« Jo war nicht sicher, ob Gerber ihn auf den Arm nahm.

»Wenn ich den Worten meines Vaters glauben darf, und das soll man ja, besonders wenn der Vater tot ist, dann wurde auch Rosa Luxemburgs Leiche dort gefunden oder ins Wasser geworfen, wo jetzt Ihre Wasserleiche aufgetaucht ist.«

»Interessant«, sagte Jo ohne jeden Schwung, und Gerber musste lachen. »Moment, da kommt Schuchardt«, hörte er ihn sagen und offenbar den Hörer abgeben. »Für dich, Rudi. Unser junger Wirbelwind vom dritten Stock.«

»Ja, Schuchardt?«

Jo berichtete ihm von dem Termin in der Pathologie, doch Schuchardt verzichtete darauf, dabei zu sein. »Sagen Sie mir später, was dabei herausgekommen ist. Dann sehen wir weiter.«

Sie legten auf.

Jo hatte Lust auf eine Zigarette, bevor er loszog, um die Zeugin vor dem Krankenhaus in Empfang zu nehmen. Er fingerte die fast leere Schachtel Camel aus der Jackentasche und zündete sich eine an. Seit Schwarzmarktzeiten hatte er immer wieder Möglichkeiten gefunden, um sich die »Ami«-Zigaretten stangenweise zu besorgen. Er nahm einen tiefen Zug und blickte zu der kleinen Wanduhr hoch, die über der Peggie hing, seinem kleinen braunen Kofferradio, das auf dem Aktenschrank thronte. Gleich halb neun.

Doch er nahm die Uhrzeit kaum zur Kenntnis.

Denn das Radio – war verschwunden. Es stand nicht mehr auf dem Schrank.

Er griff zum Telefon.

»Spohn.« Lenes rauchige Stimme.

»Lene, ich vermisse meine Peggie.«

»Peggie? Kann mich nicht erinnern, dass du die Dame schon mal erwähnt hast.«

Jo verdrehte die Augen. »Mein Kofferradio im Büro, Lene: Peggie, Marke Akkord.«

»Schon klar.« Sie lachte und wurde schnell wieder ernst. »Sag, hast du das denn nicht mitbekommen, Jo?«

»Was nicht mitbekommen?«

»Die neue Dienstanweisung von Mattusch. Keine Radios mehr in den Dienstzimmern, die nicht Eigentum der Polizei sind.«

»Eigentum der Polizei – was ist das für ein Schwachsinn, Lene?«

»Stand im letzten Rundbrief für die Abteilung.«

»Den Punkt muss ich übersehen haben.« Er hatte die engzeilig getippten Blätter wie üblich nur überflogen.

»Private Radios sind in den Dienstzimmern ab sofort nicht mehr erlaubt.«

»Aber alle hier hören Radio in ihren Zimmern. Du doch auch, Lene.«

»Jetzt nicht mehr. Ich habe meines inzwischen mit nach Hause genommen. Und die Kollegen ihre Geräte wohl auch.«

»Aber wieso ist meines auf einmal weg? Ohne Benachrichtigung, was damit passiert ist?«

»Könnte mir vorstellen, dass Mattusch Pohlenz, den Technikwart, angewiesen hat, zu kontrollieren, ob noch welche in den Zimmern stehen.«

»Ein Technikwart, der in meiner Abwesenheit mein

Büro filzt wie eine Knastzelle?« Er stockte und sah sich kurz um. »Obwohl es Ähnlichkeit damit hat.«

Lene lachte kurz auf. »Ich denke, Pohlenz würde sich für so etwas hergeben. Der Mann ist nicht ganz koscher, wenn du mich fragst.«

Jo stimmte ihr zu, er hatte schon einige unangenehme Begegnungen mit Pohlenz gehabt. Der Mann war für die Haustechnik und Geräte aller Art zuständig und tat Jo gegenüber gerne so, als würde er ihn gar nicht kennen, obwohl er schon mehrfach in seinem Zimmer den Heizkörper hatte justieren müssen.

»Ich wette, Pohlenz weiß, was aus deinem Radio geworden ist«, bekräftigte Lene. »Außerdem hat er für Notfälle Zugang zu den Zimmerschlüsseln.«

Jo würde sich später darum kümmern. Er legte dankend auf, angelte seinen Regenmantel von dem Garderobenständer und war fürs Erste froh, das Zimmer, die Abteilung, das ganze Haus verlassen zu können. Auch wenn der Anlass alles andere als angenehm war.

Jo wartete eine halbe Stunde vor dem roten Backsteinkoloss des Moabiter Krankenhauses und tadelte sich bereits dafür, nicht darauf bestanden zu haben, Helene Böhnke von zu Hause abzuholen, als er sie endlich doch aus einem Bus auf der gegenüberliegenden Straßenseite aussteigen sah. Die Fußgängerampel schaltete schon wieder auf Rot, ehe die Frau breithüftig watschelnd die Fahrbahn überquert hatte. Abbiegende Pkw rollten ungeduldig auf sie zu, doch sie ließ sich nicht beirren, schaute nicht einmal zur Seite. Helene Böhnke gehörte wie Margret Kwiatkowski zu den Frauen, die zwei Kriege überlebt hatten, über die sie nur selten sprachen. Seine eigene Mutter, die bei seiner Schwester in Weimar lebte, hatte die Erfahrung von Krieg und Nachkrieg äußerlich zäh und innerlich hart gemacht. Sie war jedes Mal wie versteinert, sobald das Thema aufkam. Plötzlich wurde ihm bewusst, dass er die beiden Frauen schon seit mindestens zwei Jahren nicht mehr gesehen hatte. Die Begegnungen waren immer schwieriger geworden, für ihn als Polizisten war ein offizieller Besuch im Osten ausgeschlossen, und die DDR-Führung witterte hinter jedem Besuch ihrer Bevölkerung im Westen eine Straftat, seit Dezember letzten Jahres galt schon die vermeintliche Vorbereitung von »Republikflucht« als strafbar.

Helene Böhnke begrüßte Jo mit einem ernsten Nicken und ließ sich scheinbar teilnahmslos durch das Hauptgebäude des Krankenhauses über das weitläufige Gelände zur Pathologie führen, die beinahe schon an der Birkenstraße lag. Hin und wieder stieß sie währenddessen eine Art Schnaufen aus, das eher unwillig als verstört klang.

Im Haus L, in dem sich die Pathologie befand, wies sich Jo im sogenannten Annahmeraum gegenüber einem Pfleger in einem blauen Kittel aus, der ihn und die Zeugin wortlos in den angrenzenden Kühlraum führte. Dort lagerten auf vier Etagen bei minus zwanzig Grad etwa zwei Dutzend Leichen aus ganz Westberlin. Der Pfleger schob einen Hubwagen, der im Weg stand, beiseite und zog ein Paar weiße Handschuhe aus seinem Kittel, die er rasch und routiniert überstreifte. Anschließend kontrollierte er einen Zettel, der an dem herausragenden großen Zeh einer Leiche befestigt worden war, die sich unter einem weißen Tuch vorne rechts in einem Fach in mittlerer Höhe befand.

»Frau, circa fünfzig, Fundort Landwehrkanal, Höhe Zoologischer Garten, heutiges Datum?« Er warf Jo einen fragenden Blick zu.

»Richtig.«

Der Pfleger zog den Hubwagen wieder heran, schob

die Leiche mitsamt der Schiene, auf der sie lag, darauf, entfernte das Tuch in Kopfhöhe des toten Körpers und trat einen Schritt zurück.

Jo hatte eine solche Situation in den letzten Jahren schon häufig erlebt und wusste, dass er sich niemals daran gewöhnen würde. Dieser buchstäblich und im übertragenen Sinn kalte Blick auf den Tod, die banal wirkende Ansammlung toter Körper und die Vorstellung, dass auch er eines Tages so enden würde, ging noch jedes Mal über seinen Verstand. Was ihm half, um die Situation durchzustehen, war, sich um die Zeugin zu kümmern. Als er feststellte, dass die kleine korpulente Frau neben ihm trotz ihres dicken Wollmantels und des grauen Filzhuts am ganzen Körper zitterte, legte er einen Arm um ihre Schultern und führte sie behutsam Schritt für Schritt an die Leiche heran.

Helene Böhnke wurde kreidebleich beim Anblick des aufgedunsenen grauen Gesichts mit den leeren Augenhöhlen.

»Wir können jederzeit abbrechen, Frau Böhnke«, bot Jo besorgt an.

Sie griff rasch in ihre große schwarze Handtasche, die sie krampfhaft hielt, und holte ein besticktes Taschentuch heraus, das sie an ihre fahlen Lippen presste. Plötzlich aber streckte sie die Hand aus, und Jo dachte bereits, sie wolle die Tote berühren, doch sie deutete nur mit dem entfalteten Taschentuch darauf und nickte schwach. »Ja, sie ist es. Margret.«

Jo sah ihr in die Augen. »Sind Sie ganz sicher?« Die Leiche hatte tagelang im Wasser gelegen, ihr Gesicht keine Ähnlichkeit mehr mit ihrem eigenen Passbild.

»Ja, das ist Margret.« Sie deutete auf den Kopf. »Sie hat ein großes ... ein Muttermal unter dem Ohr ... Ohrläppchen, ich kann ... einen Teil davon erkennen.«

Jo bat den Pfleger mit einem Blick, die Stelle am Ohr besser sichtbar zu machen, was dieser wortlos mit einem geübten Griff tat. Tatsächlich kam jetzt vollends ein etwa pfenniggroßes blassbraunes Muttermal zum Vorschein, dessen Anblick Helene Böhnke sichtlich erschütterte, so dass sie ihr Taschentuch auf ihre Augen pressen musste. »Ich möchte gehen«, stieß sie hervor. »Bitte, ich …« Doch sie wartete nicht darauf, dass Jo sie hinausführte, sondern wandte sich mit tief gebeugtem Kopf ab und tippelte, das Taschentuch vor Augen, wie eine Blinde in Richtung Ausgang.

Jo beeilte sich, ihr die Tür zu öffnen, und registrierte zugleich, dass der Pfleger die Leiche bereits wieder in das Fach schob. Helene Böhnke machte auch nebenan im Annahmeraum nicht halt, sondern trachtete nur noch danach, hinauszukommen, um im Flur tief durchzuatmen.

Ein Arzt und eine Krankenschwester traten aus einem der vorderen Räume und verschwanden gleich gegenüber. Sonst war der Flur, hier im Haus der Toten, im Augenblick menschenleer.

Jo führte Helene Böhnke zu einer schmalen Holzbank in der Nähe und setzte sich neben sie. Sie atmete jetzt ruhiger. Dann richtete sie ihre wässrigen grauen Augen auf ihn. »Wissen Sie, dass ich hier meinen Mann verloren habe?«, sagte sie mit gebrochener Stimme.

Jo sah sie erschrocken an. »In diesem Krankenhaus?«

»Ja, hier.«

Jo legte seine verfrorene Hand auf ihre, die ebenso eiskalt war. »Danke, dass Sie trotzdem hergekommen sind, Frau Böhnke.«

Sie machte eine schwache Geste mit dem Taschentuch.

Nach einigen Minuten des Schweigens nebeneinander auf der Sitzbank verließ er mit ihr das Gebäude.

Vor dem Haupteingang, auf dem Trottoir der Turmstraße, die jetzt sehr belebt war, winkte er für sie ein Taxi heran und verabschiedete sich von ihr.

Die Aussicht, dass sich schon sehr bald sein Kollege Schuchardt bei ihr melden würde, ersparte er ihr noch.

Zurück im Präsidium suchte Jo als Erstes nach Pohlenz, dem Technikwart. Hoyer vermutete den jungen Kollegen in seinem Kabuff am Ende des langen Flurs im Erdgeschoss und hatte recht damit. Das Zimmer lag exakt unter seinem im dritten Stock und war daher auch genauso eng geschnitten, stellte er fest, als er nach kurzem Klopfen eintrat. Das stimmte ihn für eine Sekunde versöhnlicher. Doch in der nächsten wurde ihm klar, dass der satte Klang von Freddy Quinns Schlagerstimme, die mit der Drohung, »bald wieder hier« zu sein, den kleinen Raum erfüllte, einem Transistorradio zu verdanken war, das eine verdächtige Ähnlichkeit mit seiner Peggie hatte: Kaum größer als ein handliches Buch, in kaffeebraunes Leder gekleidet, thronte es auf Pohlenz' schmalem Arbeitstisch inmitten eines Sammelsuriums von Kleinwerkzeugen, zerknüllten Servietten, Schrauben, Zigarettenschachteln, Nägeln und Resten von Brotmahlzeiten.

Pohlenz stand in seinem abgenutzten hellblauen Arbeitskittel vor einem geöffneten grauen Stahlschrank und warf dem eintretenden Jo über die Schulter hinweg einen mürrischen Blick zu.

»Und Sie sind?« Pohlenz' dummes »Wer-sind-Sie-gleich-noch?«-Spiel.

Jo ignorierte es und deutete nur nachlässig auf seine Peggie. »Schönes Radio.«

Pohlenz schwieg, wurde aber plötzlich rot.

»Hat nur einen Fehler«, fuhr Jo fort.

»Fehler?« Pohlenz wandte sich ihm erst jetzt ganz zu

und klatschte eine Hand auf die dunkelblonde Haarwolle seines Scheitels. »Wüsste nicht, welchen?«

Jo ging auf den Arbeitstisch zu, griff zwischen den Abfällen nach seiner Peggie und schaltete sie aus. »Es steht an der falschen Stelle. Es gehört nämlich nach oben, in mein Zimmer.« Jo deutete lächelnd mit den Augen zur Decke hoch, klemmte sich das Radio unter die Achsel und machte kehrt.

»Hören Sie mal, das Radio habe ich auf Anweisung einkassiert.«

Jo wandte sich um. Pohlenz hatte eine lauernde Miene aufgesetzt. »Ohne mich darüber zu informieren, wo ich es abholen kann? Und dass Sie es bis dahin quasi an meiner Stelle hören, hier in Ihrer Zimmermüllhalde?«

»In meiner was?« Pohlenz tat empört, warf einen Blick auf seinen Arbeitstisch und entschied sich nachzukarten. »Trotzdem können Sie das Gerät nicht einfach mitnehmen.«

»Ich denke doch. Ist ja nicht schwer.« Jo öffnete die Tür zum Flur und ging mit seinem zurückeroberten Schatz hinaus.

Auf dem Weg durch das Treppenhaus hinauf in den dritten Stock wurde ihm noch einmal bewusst, wie lächerlich das Ganze war, angefangen bei Mattusch, der sich den Unsinn ausgedacht hatte.

In seinem Büro platzierte er das Radio an seine alte Stelle auf dem Aktenschrank und schaltete es ein. Der AFN brachte »It could happen to you« von Chet Baker, Jo steckte sich eine Zigarette dazu an. Das ließ ihn den dummen Vorfall schnell vergessen und sich mit weniger Widerwillen an die Aufgabe setzen, die ihm für den Rest des Tages bevorstand: die Kriminalstatistik für das letzte Quartal, um die ihn Lene Spohn schon in der vorigen Woche gebeten hatte. Dabei ging es keineswegs nur um die Anzahl der aktuell vermissten, gesuchten und wiederaufgefundenen Personen in Berlin. Nein, neben den üblichen Angaben zur Fingerabdruck- und Lichtbildkartei von neuen Straftätern erwartete man von ihm ernsthaft auch eine Bereicherung der Spitznamensammlung und neuerdings auch der Schlägerkartei, die im Frühjahr eingerichtet worden war. Jeder Streifenpolizist hatte gewöhnlich mehr dazu beizutragen als er, doch auch »keine Angabe« musste vermerkt werden.

Damit seine Laune während der stupiden Aufgabe nicht wieder in den Keller rauschte, hangelte er sich auf Mittelwelle – etwas anderes gab seine Peggie nicht her, dafür aber in bester Qualität – von einer Musiksendung zur nächsten. Fand er keinen Jazz, der gespielt wurde, war er auch für den einen oder anderen Rock'n'Roll-Titel dankbar, wenn schon kein Swing, dann wenigstens Schwung. Doch irgendwie konnte er sich mit der Musik der heutigen Jugendlichen nicht so recht anfreunden. Er schwärmte nun einmal für Duke Ellington oder Django Reinhardt und zunehmend für Miles Davis, nicht für Elvis' Hüftschwung oder Bill Haleys Bauch. Wenn er beispielsweise Musik von Fats Domino hörte, blitzte stattdessen in seinem Kopf der Name von Fats Waller auf, der seiner Ansicht nach den Rock'n'Roll erfunden hatte, bevor er überhaupt erst seinen Namen bekommen hatte.

Als Jo gegen sechs am Abend das Präsidium verließ, war die Statistik fertig und sein Kopf wie ausgeräumt. Und als er zwanzig Minuten später nach der Fahrt quer durch die Stadt sein Motorrad vor dem Haus in der Waldemarstraße abstellte, hatten sich seine Lungen mit ätzender Luft gefüllt, geschwängert durch Kohleheizungen in Ost und West. Im Treppenhaus roch es noch immer faulig, und das nicht erst seit heute, wenn er darüber nachdachte. Im zweiten Stock nahm er im Vorbeigehen Helmut Eberhardts polternde Stimme wahr, je nach Alkoholvorrat würde sie sich im Laufe des Abends noch erheblich steigern. Eberhardt schikanierte mal wieder seine Frau Christine, und Jo wünschte, sie würde sich ihren Mann vom Hals schaffen, schon wegen der beiden Kinder, der siebenjährigen Elke und des noch kleineren Ralf, die sichtlich unter ihrem Vater litten.

Auch in seiner Wohnung hing an diesem Abend der Haussegen schief. Frau Küpper, seine Vermieterin, stand vor dem Bad und klopfte verärgert gegen die Tür. Als sie Jo hereinkommen und seinen Mantel im Flur aufhängen sah, grüßte sie ihn kurz, erklärte, falls er Hunger habe, finde er Kartoffelsalat und Würstchen in der Küche, und klapperte wieder mit der Klinke der Badezimmertür.

»Um Himmels willen, Helga, was machst du die ganze Zeit im Bad? Du bist jetzt schon über eine Stunde drin.«

»Ich bin bald fertig, Mama, nur noch zehn Minuten«, tönte es heraus.

Aus dem kombinierten Wohn-, Arbeits- und Schlafzimmer seiner Wohnungsvermieterin schob sich nun auch Markworts massige Gestalt durch den Türrahmen schräg gegenüber dem Bad. Anscheinend hatte er heute früh die Wohnung nur für Geschäfte in der Stadt verlassen, bei seiner Familie in Osnabrück ließ er sich wohl erst wieder am Wochenende blicken. Er rief Jo einen knappen Gruß zu und zerrte ungehalten mit einer Hand an dem Gürtel seines gestreiften Bademantels, offenbar unschlüssig, ob er ihn bereits lockern konnte oder doch wieder fest um seinen ausladenden Bauch zurren musste. In diesem Konflikt entschied er sich, ins Zimmer zurückzugehen.

»Andere wollen auch ins Bad, Helga!«, rief Petra Küpper ein weiteres Mal ihrer Tochter hinter der verschlossenen Tür zu und trabte, als sie nicht einmal mehr eine Antwort erhielt, mit wutsteifer Miene zur Küche, wohin ihr Jo folgte. Auf dem Tisch stand eine große Schüssel mit lauwarmem Kartoffelsalat, eine Spezialität seiner Vermieterin. Ein Blick zum abgeräumten Geschirr auf der Anrichte zeigte ihm, dass die Familie bereits gegessen hatte, für ihn war aber noch gedeckt.

Petra Küpper bat Jo, sich schon mal zu bedienen, stellte sich an den Herd und wärmte in einem flachen Topf ein Paar Wiener Würstchen, das sie ihm nach wenigen Minuten zu dem Kartoffelsalat auf den Teller legte. Während er mit Appetit aß, stellte sie einen Kessel Wasser auf den Herd und setzte sich dann mit einer Tasse dampfendem Hagebuttentee zu ihm. Sie klagte ein wenig über das unangenehme nasskalte Wetter und die steigenden Preise für Gemüse und Obst in Berlin, so dass Jo schon fürchtete, sie wolle ihn über diesen Umweg auf eine Mieterhöhung vorbereiten. Doch sie wollte scheints nur Konversation machen und vielleicht auch davon ablenken, dass sie ihre fünfzehnjährige Tochter – anders als ihre Klavierschüler – keineswegs im Griff hatte. Nicht ganz zu Unrecht nahm sie an, dass außer Werner Markwort, ihrem Bekannten, der im Zimmer nebenan sicher schon mit den Hufen scharrte, auch ihr Untermieter Jo das Bad in absehbarer Zeit gerne benutzen würde.

Als Jo nach der kleinen Mahlzeit den Flur entlang zu seinem Zimmer schlenderte, um in Ruhe eine Zigarette zu rauchen, flog mit einem Mal die Badtür auf, und er stieß beinahe mit Helga Küpper zusammen.

Sie lachten beide über die unverhoffte Begegnung, Jo allerdings auch über ihren unkonventionellen Aufzug: Helgas schulterlange blonde Haare waren noch feucht, den Oberkörper hatte sie mit einem großen froschgrünen Frotteehandtuch bedeckt, die eigentliche Überraschung bestand jedoch darin, dass sie in einer triefnassen Bluejeans steckte, die von der schmalen Hüfte bis zu den nackten Füßen wie eine zweite Haut an ihren stabdünnen Beinen klebte.

Jo warf einen Blick in das noch dampfende Badezimmer, das, nun ja, blauwarme Wasser in der Wanne lief gerade ab – nicht ganz so langsam, wie es gewöhnlich aus dem holzbeheizten Badeofen tröpfelte. Er ahnte, was Helga so lange im Bad veranstaltet hatte.

Im nächsten Moment drängte sich auch schon Helgas Mutter an ihm vorbei. Sie war aus der Küche herangerauscht und begann augenblicklich mit einer Strafpredigt, vor der ihre Tochter in Windeseile in ihr Zimmer flüchtete, das am Ende des Flurs neben Jos lag. Um den Streit nicht mit anhören zu müssen, entschloss er sich, die Zigarette nach dem Essen auf später zu verschieben und vorher ins Bad zu gehen. Doch da spürte er, dass Markwort, der wie ein Kugelblitz aus dem Zimmer geschossen kam, den gleichen Gedanken hatte und schneller war.

Von seinem Zimmer aus konnte Jo das lautstarke Wortgefecht zwischen Mutter und Tochter mitverfolgen, ein ausgeglichener Fight, denn auch Helga Küpper war nicht auf den Kopf und erst recht nicht auf den Mund gefallen. Sie erklärte ihrer Mutter in nicht weniger vorwurfsvollem Ton, dass die einzige Methode, neue Bluejeans passend zu machen, darin bestehe, sich damit eine Stunde lang in die Badewanne zu legen und anschließend am Körper trocknen zu lassen. Jo hatte sie jedoch kürzlich gesteckt, dass eine andere Möglichkeit wäre, die Nähte der Jeans zu verengen, sobald man in sie hineingeschlüpft sei. Doch die Methode sei umständlich, denn um wieder herauszukommen, müsse man, logisch, sämtliche Nähte erst wieder auftrennen. Ihre Mutter wiederum fand Helgas »Texashosen« nicht nur grundsätzlich hässlich, sondern auch ohne Badekur schon unanständig eng für ein Mädchen ihres Alters.

»Was soll das heißen, für ein Mädchen in meinem Alter?«

Petra Küpper sparte sich die Erklärung und ging nahtlos dazu über, sich über die »entsetzliche Unordnung« im Zimmer ihrer Tochter zu beschweren. Jo wusste, wovon die Mutter sprach. Er hatte beim Hereinkommen einen Blick durch die offen stehende Tür in Helgas Zimmer werfen können: ein knallbuntes Durcheinander von Bravo-Heften, Schallplattenhüllen, Büchern und Klamotten, die quasi in mehreren Lagen überall im Raum verteilt waren.

Helga Küpper ließ den Wortschwall ihrer Mutter jetzt schweigend über sich ergehen, bis diese wütend das Zimmer verließ und die Tür hinter sich zuschlug. Nachdem sich die Szene beruhigt hatte und Helga vorerst auch darauf verzichtete, aus Frustration eine ihrer Rock'n'Roll-Scheiben aufzulegen, um sie in dröhnender Lautstärke zu hören – was ihre Mutter gleich wieder auf den Plan gerufen hätte –, legte er selbst eine Platte auf, Count Basies »Atomic«-Album. Beim Anblick des strahlenden Atompilzes auf der Plattenhülle musste er unweigerlich an Mattusch denken, den er heute selbst gerne in die Luft gesprengt hätte, und genoss danach umso mehr den kraftvollen, energiegeladenen Big-Band-Sound des alten Meisters. Er hatte gerade die Platte umgedreht, als es leise an seine Tür klopfte und Helga, einen langen kirschroten Bademantel über den trocknenden Jeans, zaghaft eintrat.

Jo lud sie ein, es sich ihm gegenüber in dem Sessel gemütlich zu machen, doch sie setzte sich lieber zu ihm auf die Bettcouch. Er hatte schon länger das Gefühl, dass sie eine kleine Schwäche für ihn entwickelt hatte, und überlegte, ob es nötig war, ein Sofakissen zwischen sie beide zu legen, um von seiner Seite kein Missverständnis aufkommen zu lassen. Doch er sah den ungewöhnlichen Ernst und auch eine deutliche Beunruhigung in ihren hellen Augen und verzichtete darauf.

»Alles in Ordnung mit dir, Helga?«, fragte er sie ganz direkt.

Sie zuckte die schmalen Schultern. »Eigentlich schon. Bloß ...« Sie stockte und schaute zum Plattenspieler hinüber.

»Dich stört die Musik, was? Ich kann sie ausstellen, wenn du möchtest.«

»Nein, nein, nicht ausstellen. Die Musik ist ... na ja. Aber ich will nicht, dass Mama mich hört.«

»Du meinst, hier bei mir?«

»Deswegen nicht, sie hat ja nichts dagegen.«

Das stimmte, Petra Küpper wusste, dass Jo die Schwärmerei ihrer Tochter, die sie natürlich auch selbst schon bemerkt hatte, nicht ausnutzen würde.

»Was ist los, Helga?« Jo wandte sich ihr nun ganz zu und achtete kaum mehr auf die Musik.

»Es ist wegen Grit.«

»Grit, deine Freundin?« Sie war etwa gleich alt wie Helga.

»Ja.«

»Was ist mit ihr?«

»Das ist es ja, ich weiß es nicht genau.«

»Worum geht's? Hat Grit irgendetwas angestellt? Ist sie, wie soll ich sagen, in etwas hineingeraten, irgendeine ... blöde Sache?«

»Das weiß ich ja eben nicht.« Sie kniff die Brauen zusammen und senkte die Stimme noch mehr. »Am Sonntagabend waren wir doch im Sporti. Bei Bill Haley.«

»Ach ja? Habe ich gar nicht mitbekommen, dass du dort warst. Wie war's?« Er ahnte allmählich, worauf sie hinauswollte. »Hab gelesen, dass das Konzert nicht so ganz friedlich geendet hat.« Wenn man den Pressedarstellungen tags darauf glaubte, war das noch maßlos untertrieben. Angeblich hatten die Jugendlichen die Musiker aus dem Saal getrieben und die Bühne zerlegt.

»Ja, es war ziemlich aufregend zum Schluss. Aber, bitte, Jo – Herr Sturm«, flüsterte sie aufgeregt, »Sie dürfen meiner Mutter nichts davon sagen, weil sie nämlich denkt, Grit und ich wären am Sonntag bei unserer Freundin Lisabeth gewesen.«

»Wart ihr nicht?«

»Doch, ich schon. Aber von unserem Konzertbesuch weiß meine Mutter nichts. Und Lisabeths Eltern auch nicht, sie waren Sonntagabend schon früh aus, Theater, glaube ich, und sie kamen auch erst spät zurück. Danach habe ich bei Lisabeth übernachtet. Aber Grit ist gleich zurück nach Hause, weil sie sich nicht gut fühlte. Das blöde Konzert, die Randale, die Polizei und das alles haben sie ziemlich aufgeregt.«

»Kann ich mir denken.«

»Wir haben aber gar nichts angestellt bei dem Konzert. Sind raus, als es brenzlig wurde. Ehrlich.«

»Gut. Nur verstehe ich nicht, wo dann das Problem liegt?«

»Ich kann Grit seitdem nicht mehr erreichen. Und sie meldet sich einfach nicht.«

»Hm.« Ein Konflikt unter Freundinnen? Dafür war er wohl kaum der richtige Ansprechpartner.

»Seit Sonntagabend hab ich sie nicht mehr gesehen.«

»Ich denke, du bist mit ihr in einer Schulklasse?«

»Nicht in derselben Klasse. Aber in derselben Schule, der Gerhart Hauptmann in der Böckhstraße. Normalerweise sehen wir uns in den Pausen. Und treffen uns nach der Schule. Machen zusammen Hausaufgaben und so weiter.«

Jo nickte. Und so weiter hieß, sie lasen Bravo, hörten Musik, träumten von Elvis oder Peter Kraus und fantasierten sich vielleicht an die Stelle von Conny Froboess oder anderen Schlagersternchen.

»Aber gestern war Grit nicht in der Schule und heute wieder nicht.«

»Hat sie kein Telefon?«

»Doch, schon. Ich habe mittlerweile auch tausendmal bei ihr angerufen. Aber sie geht nicht ran. Nicht mal ihre Mutter nimmt ab. Ich war natürlich auch dort und habe geklingelt. Es macht niemand auf.«

»Vielleicht hat Grit ihrer Mutter gestanden, dass ihr bei Bill Haley wart, und da ist sie sauer geworden? Ergebnis: eine Weile Hausarrest für Grit?«

»Dann hätte ich sie aber wenigstens in der Schule treffen müssen. Grits Mutter kann außerdem nicht wissen, dass ich es bin, die anruft.«

»Punkt für dich.« Streng genommen sogar zwei Punkte für das Mädchen. »Was ist eigentlich mit Grits Vater?«

»Den gibt's nicht. Er ist tot, meine ich, schon lange. Grit spricht nicht über ihn.«

Jo stieß einen leichten Seufzer aus. »Helga, ich verstehe, dass du dir ein bisschen Sorgen um deine Freundin machst ...«

»Nicht nur ein bisschen.« Sie sah ihn streng an.

»Okay, entschuldige. Du machst dir Sorgen um Grit. Das verstehe ich. Aber mir ist nicht klar, was du von mir möchtest.«

Sie riss verwundert die Augen auf. »Aber Sie sind doch bei der Polizei. Suchfahndung oder wie das heißt.«

»Vermisstenabteilung. Es ist nur so, Helga, dass ich

keine Suche auslösen kann, nur weil ein Mädchen seine Freundin seit gerade mal zwei Tagen vermisst. Vielleicht gibt es einen triftigen Grund, warum sie nicht antworten kann. Krankheit zum Beispiel?«

»Ihre Mutter war letzte Woche krank. Aber doch nicht Grit.« Helga sah ihn an, als müsste er das wissen.

»Oder sie musste aus einem dringenden Grund verreisen«, spekulierte Jo weiter, »allein oder mit ihrer Mutter.«

Helga sah ihn beinahe mitleidig an. »Sie verstehen das nicht. Grit ist meine Freundin. Sie würde es immer irgendwie schaffen, mir zu sagen, was los ist, auch wenn sie verreist wäre oder Hausarrest hätte.«

Das Mädchen stand auf und patschte auf ihren nackten Füßen hinaus, ließ ihn allein mit seiner Jazzmusik, die sie ohnehin nicht ausstehen konnte. Auf der Couch blieb nur die ein wenig feucht gewordene Stelle zurück, die ihre durchnässte Jeans trotz Bademantels hinterlassen hatte.

Jo hörte die B-Seite des »Atomic«-Albums noch einmal von vorn und kramte währenddessen in der Zeitschriftenablage neben der Couch die Zeitungen der vergangenen zwei Tage heraus. Üblicherweise legte ihm Frau Küpper die von ihr gelesenen Ausgaben ihres Abonnements auf die Ablage und entsorgte sie alle zusammen am Wochenende mit dem Papier, sofern sie zum Anheizen der Kachelöfen nicht gebraucht wurden. Das Haley-Konzert war der Aufmacher der Montagsausgabe. Von Berichterstattung konnte jedoch kaum die Rede sein, fiel ihm jetzt auf, als er den Artikel noch einmal überflog, es herrschte die blanke Empörung vor: »Entfesselte junge Leute« hätten anlässlich der »Veranstaltung« mit Bill Haley am Sonntag im Sportpalast ein furchterregendes Beispiel jugendlicher Zerstörungswut gegeben. Die Sachschäden gingen in die Zehntausende. Bill Ramsey, der

Sänger der Edelhagen-Combo, vermutete »Leute aus dem Osten« hinter den Tumulten, festgenommen wurden allerdings nur Westberliner: Schlosser, Mechaniker, Verchromer »und ein Gymnasiast«. Fotos von »Rowdys in Aktion« wurden präsentiert, Polizei und Veranstalter baten die Bevölkerung um Unterstützung bei der Identifizierung weiterer Täter.

Jo legte kopfschüttelnd die Zeitung weg und nahm sich die heutige Ausgabe vor. Hier wurden bereits die Wunden geleckt und Konsequenzen gefordert. Um falschen Schlüssen über den moralischen Zustand der heutigen Jugend vorzubeugen, wurde den halbstarken Rock'n'Roll-Anhängern vom Sonntag das Landesjugendsingen in der Sporthalle Schöneberg als positives Beispiel gegenübergestellt. Das dazugehörige Foto zeigte Jugendliche, die wie versteinert auf ihren Plätzen saßen und Gesichter wie auf einer Beerdigung machten. Auf den Berlinseiten weiter hinten in der Zeitung konnte der Schaden schon genauer beziffert werden, mehr als dreißigtausend Mark, erste Politiker riefen nach scharfen Maßnahmen. Der Senat ließ sich ebenfalls nicht lumpen, er fordere, verkündete ein Sprecher, das Verbot solcher »Sensationsveranstaltungen«, die die Sicherheit und Ordnung in der Stadt gefährdeten.

Jo faltete genervt die Zeitung zusammen und warf sie zu den anderen auf den Boden.

Sicherheit und Ordnung, das waren die Kampfbegriffe, mit denen bereits sein Vater, im Zivilberuf ein Postbeamter, und dessen Generation in den Krieg gezogen waren. In ihren Vorstellungen einer idealen Welt herrschten entweder Schlachtenlärm oder Friedhofsruhe. Und die Jugend hatte zu ihnen, den Vätern und Großvätern, ehrfurchtsvoll aufzuschauen oder gehorsamst ins Heldengrab zu sinken.

Er stand vom Sofa auf. Die B-Seite der Platte war längst zu Ende, und er war bereits im Begriff, eine neue aufzulegen, als er sich mit einem Blick auf seine Armbanduhr anders entschied. Er ging zum Radio auf dem Sideboard und schaltete es ein. Der RIAS brachte die Nachrichten. Wirtschaftsminister Erhard ärgerte sich über japanische Billigartikel, die den deutschen Markt überschwemmten. Der russische Schriftsteller Boris Pasternak lehnte, offenbar auf Druck der Sowjets, den Literaturnobelpreis ab, den er erst kürzlich erhalten hatte. Und Westberlins Regierender kritisierte Ulbricht im Osten für dessen Behauptung, die Sowjetunion habe die USA, Großbritannien und Frankreich nach dem Krieg freundlicherweise an der Verwaltung Groß-Berlins »beteiligt«. Mittlerweile aber seien die drei Westmächte als illegitime »Besatzungsmächte« anzusehen. Jo horchte auf, die schroffen Töne aus Ostberlin und Moskau hatten in den letzten Wochen und Monaten deutlich zugenommen.

Die Nachrichten endeten mit dem Wetterbericht: leicht regnerisch, der Wind von West auf Südwest drehend, Temperaturen bei elf Grad.

Danach entstand plötzlich eine merkliche Pause. Ein, zwei Sekunden lang glaubte Jo an eine Störung, ehe der Sprecher mit spürbar veränderter, ernster Stimme fortfuhr: »Und nun noch, verehrte Hörer, eine Mitteilung in eigener Sache: Die heutige Ausgabe unserer Sendung ›Die bunte Palette‹ mit Wulf Herzke muss leider entfallen. Stattdessen bringen wir Musik mit einer Aufnahme des RIAS-Tanzorchesters vom …«

Jo schaltete aus. Er entschloss sich, seiner Mutter und seiner Schwester in Weimar zu schreiben, konnte sich aber doch nicht dazu aufraffen. Stattdessen ging er ins Bad, nachdem er gehört hatte, dass Markwort es verlassen hatte. Er duschte eiskalt, las anschließend eine Weile in einem New-York-Roman voller kleiner und großer Geschichten, den er zum ersten Mal während seiner Zeit in amerikanischer Kriegsgefangenschaft kennengelernt hatte, und vergaß die Zeit. Nachdem er zuletzt über den Buchseiten eingenickt war, wachte er kurz vor elf wieder auf und entschloss sich, noch ein wenig in Willis Conovers Sendung »Music USA« hineinzuhören. Doch beim Umschalten erwischte er statt Voice of America die Taste für den Sender Freies Berlin, in dessen aktuelle Meldungen er hineingeriet: »... ist tot. Wie die Polizei soeben mitteilt, wurde der beliebte langjährige Mitarbeiter des RIAS offenbar Opfer eines Gewaltverbrechens. Wulf Herzke wurde den Angaben zufolge am heutigen Abend von Passanten leblos in der Nähe des Kleinen Wannsees aufgefunden. Er wurde dreiundvierzig Jahre alt. – Bonn. Wirtschaftsminister Erhard ...«

Jo, der vor dem Radiogerät stehen geblieben war und dessen Finger bereits auf der Taste für Voice of America lag, schaltete um und überließ sich der sonoren Stimme von Willis Conover, sie schien wie geschaffen für die Nacht.

Noch während Charlie »Bird« Parker mit »Now's the time« in schwindelerregendem Tempo in die Stunde vor Mitternacht einführte, ging Jo der Name Wulf Herzke, von dem eben wieder berichtet worden war, durch den Kopf. Er hatte schon von ihm gehört, Herzke war früher ein bekannter Reporter gewesen und bis heute äußerst prominent. Jo zählte allerdings nicht zu seinen Hörern, wenn überhaupt, hörte er nur die Nachrichten im RIAS und die von Voice of America übernommenen Musiksendungen. Was oder wer auch immer den Mann umgebracht hatte, die Kollegen von der Mordermittlung im fünften Stock der Gothaer Straße würden es herausfinden – müssen. Und zwar schnell. Die öffentliche Aufmerksamkeit war spätestens jetzt durch das Radio geweckt worden. Die Mordabteilung arbeitete vermutlich schon in dieser Sekunde an der Aufklärung des Falls.

Doch er, Jo, war nicht dabei.

Sie kauerte nackt auf dem rissigen Boden der Brause und zitterte vor Kälte. Sie hatte die Arme um sich geschlungen und versuchte sich vorzustellen, sie hielte ein Badetuch.

Sie könne brausen, hatte man ihr gesagt, aber vorerst noch nicht mit den anderen zusammen, sondern in der Einzelkabine hinten links. Doch es kam nur eiskaltes Wasser. Sie wollte das Wasser gleich wieder abstellen, aber die Aufseherin – oder was immer sie war – hatte es verhindert.

»Damit du einen klaren Kopf bekommst, Mädchen. Ist nur zu deinem Besten.«

Sie wollte raus aus der Kabine, hatte um sich geschlagen, doch die Aufseherin hatte es ihr mit doppelter Stärke zurückgegeben. Sie war gestürzt, mit dem Hinterkopf gegen die Kachelwand geprallt, sie musste für Sekunden das Bewusstsein verloren haben, denn sie fand sich kauernd und frierend auf dem Boden der Brause wieder.

Die Aufseherin stand mit einem langen fadenscheinigen Handtuch vor ihr. »Aufstehen, Mädchen.«

Sie stützte sich an den Kabinenwänden ab und rappelte sich mit letzter Kraft hoch. Ihre Beine zitterten, ihre linke Gesichtshälfte brannte, ihre Zähne schlugen ohne Kontrolle aufeinander.

Das Handtuch, mit dem sie sich abtrocknen durfte, tat gut, es wärmte. Doch als sie es sich umlegen wollte, entriss die Aufseherin es ihr.

»Du bekommst neue Sachen.«

Die Aufseherin drehte sich um, stampfte mit schnellen harten Schritten an den Waschbecken vorbei und verließ den Raum.

Es war klar, dass sie ihr folgen musste. Sie schlang wieder die Arme um ihren Körper und eilte auf den Fußballen über die eiskalten Fliesen hinter ihr her.

Die Aufseherin befand sich in dem Zimmer nebenan. Dort roch es muffig und zugleich scharf wie Benzin. Ein Dutzend oder mehr Gitterbetten. Die Kinder darin starrten an die Decke oder hatten die Augen geschlossen, als wären sie eben gestorben. Die anderen Betten – die Aufseherin hatte sie die Betten der »Größeren« genannt – waren leer.

Die Aufseherin nahm weiße Unterwäsche und andere Kleidung aus Wandschränken, die vom Boden bis zur Decke reichten.

»Zieh das an. Ist nicht besser, nicht schlechter als das, was alle hier tragen.«

Sie bekam die Kleidungstücke gegen ihre zitternde nackte Brust gedrückt.

»Hör zu, Mädchen, ich höre, du bist hier, weil wir dich schützen müssen. Deshalb wirst du von uns behandelt wie alle anderen. Du sollst ja nicht auffallen. Aber dazu musst du mitspielen. Kein Jammern, kein Klagen. Kapiert?«

Ihr Kinn war ihr kraftlos herabgesunken.

Mittwoch, 29. Oktober 1958

Auf dem Küchentisch lag die aktuelle Ausgabe der Bravo. Elvis als uniformierter GI »Presley« mit Helm auf dem Kopf und schmachtendem Blick in die Ferne. Daneben, sehr viel kleiner, Elvis, offensichtlich bester Laune, mit einer großen Schirmmütze auf dem Kopf, die an einen amerikanischen Polizisten erinnerte.

Doch Helga schien sich nicht mit ihrem Helden freuen zu können. Während ihre Mutter, die keine Bravo am Küchentisch duldete, obwohl sie heimlich selbst darin las, im Bad war, blätterte Helga nur lustlos in dem Heft, schlürfte ein wenig von ihrem warmen Kakao und erzählte Jo von ihrem erneut erfolglosen Versuch, ihre Freundin Grit bereits vor der Schule ans Telefon zu bekommen.

»Warum wartest du nicht einfach ab, ob du sie heute auf dem Pausenhof triffst?«, schlug Jo vor.

Helga verzog genervt den Mund.

Jo gab sich geschlagen. »Okay. Sollte sie heute wieder nicht auftauchen, kümmere ich mich um die Sache, falls deine Schule nichts unternimmt.«

»Wird sie nicht.«

»Das wäre aber ihre Aufgabe.«

Helga zuckte die Achseln und sah ihn geradezu flehentlich an. »Heute, Herr Sturm? Kümmern Sie sich heute noch um Grit? Was mit ihr los ist, meine ich?«

Er streckte vollends die Waffen vor ihrer Hartnäckigkeit. »Heute Abend. Falls es noch nötig sein sollte. Ich versprech's.«

Helga stand plötzlich auf, ihre leuchtenden Augen

machten den Eindruck, als wollte sie um den Tisch herumschießen und ihm dankbar um den Hals fallen. Glücklicherweise hörte man in diesem Moment den Schnapper der Badezimmertür laut aus- und wieder einrasten und im nächsten Moment Frau Küpper mit schnellen Schritten durch den Flur zur Küche eilen. Helga griff blitzschnell ihre Bravo, rollte Elvis Presleys attraktives Gesicht zusammen und stürmte damit an Jo vorbei zur Küche hinaus.

Ihre Mutter, mit der sie um ein Haar zusammenstieß, stemmte die Fäuste in die Seiten. »Was denn, Helga, immer noch nicht fertig? Die Schule beginnt doch bald.« Sie warf einen Blick auf die Küchenuhr neben der Kaffeemühle an der Wand, um sich zu vergewissern, dass sie recht hatte.

Dann wandte sie sich an Jo und fragte ihn mit der liebenswürdigsten Miene, ob er noch Kaffee wolle. In dem Fall müsse er sich leider selbst bedienen, da sie zu einem sehr unangenehmen Termin beim Finanzamt einbestellt sei.

Jo winkte ab, stand auf und brachte sein Geschirr zur Spüle. »Ich müsste auch schon längst auf dem Weg zur Arbeit sein.« Nicht mal mehr Zeit für eine Zigarette in seinem Zimmer würde sein.

Er rauchte sie im Treppenhaus und die letzten Züge auf dem Trottoir, bevor er sein Motorrad startete. Als er sie halb geraucht fortwarf, landete der Stummel in der Nachbarschaft eines großen Hundehaufens, was ihm die Zigarette gewissermaßen im Nachhinein noch verdarb.

Der Himmel war dünn bewölkt, kleine Lichtspieße warfen hellgelbe Flächen auf Straßen und Hausfassaden, es war kühl, aber ein leichter Wind hielt an diesem Morgen den Kohlenstaub in Schach, der aus den Schornsteinen stieg und hochgewirbelt wurde. Üblicherweise nahm

Jo nur Leute wahr, die wie er auf dem Weg zur Arbeit waren. Doch Helgas anhaltende Sorgen um ihre Freundin Grit hallten noch in ihm nach, und so fielen ihm jetzt auch die vielen Kinder und Jugendlichen auf, die zu Fuß oder mit dem Rad unterwegs zu ihrer Schule waren. Spätestens ab der breitspurigen und um diese Zeit stark befahrenen Gneisenaustraße musste er jedoch derart auf den Straßenverkehr achtgeben, dass er sich keinen Blick für anderes mehr erlauben konnte.

Im Präsidium fand er einen Zettel mit einer Notiz von Lene Spohn auf seinem Schreibtisch: »Jo, bitte bei Mattusch melden. Ich schätze wg. Peggie ...« Pohlenz hatte also gepetzt. Er knüllte den Zettel zusammen und warf ihn in den Papierkorb. Sollte Mattusch sich doch bei ihm melden, falls ihm danach war.

Es gab wichtigere Dinge. Zum Beispiel Schuchardt, der kurz darauf anrief, um mit Jo über den Fall Margret Kwiatkowski zu sprechen. Jo hatte ihn bereits gestern über die Identifikation der Toten aus dem Landwehrkanal durch Kwiatkowskis Nachbarin informiert. Doch Schuchardt war wegen eines Arzttermins sehr in Eile gewesen. Er litt seit dem Krieg an einem Granatsplitter in seiner Hüfte, was ihm an manchen Tagen, wenn der Splitter wanderte, unerträgliche Schmerzen bereitete und seinen Vorgesetzten, Hauptkommissar Granzow, zu mal abfälligen, mal verärgerten Kommentaren verleitete, wenn Schuchardt sich deshalb krankmeldete oder einen Arzttermin beanspruchte. Granzow machte keinen Hehl daraus, dass er Schuchardts Splitterschmerzen für Schauspielerei hielt, um sich zu Hause auf die faule Haut legen zu können. Jo wunderte sich, dass Schuchardt sich das gefallen ließ, er an seiner Stelle hätte sich schon längst mit Granzow angelegt.

Doch Schuchardt war ein duldsamer Mann. Das zeigte

sich auch jetzt wieder, als sie miteinander telefonierten und Jo sich nach der ärztlichen Meinung zu dem Splitter erkundigte. »Zu nah am Ischias, zu riskant, um in der Region zu operieren, meint der Doktor«, erklärte Schuchardt. »Sie wollen ja nach dem Eingriff nicht schmerzfrei, weil gelähmt, im Rollstuhl sitzen, sagt er. Und wo er recht hat ... Dann lieber weiter die Tabletten.« Schuchardt mochte sich bereits nicht mehr bei dem Thema aufhalten und fragte Jo nach seinem Eindruck von der Zeugin, die gestern die Tote als Margret Kwiatkowski erkannt haben wollte. »Wie kann die Frau sich so sicher sein? Die Leiche kann kaum noch Ähnlichkeit mit der lebenden Person gehabt haben. Sie hatte nicht einmal Ähnlichkeit mit irgendeiner lebenden Person.«

Jo schilderte ihm Helene Böhnkes authentisches Erschrecken, den Schock, als sie das charakteristische Muttermal hinter dem linken Ohr der Toten erkannt hatte.

»Gut, dann gehen wir also davon aus, dass die Wasserleiche ab jetzt mein Fall ist. Sie sind damit raus aus der Sache, Sturm. Möglich, dass ich Sie zu dem Richter, bei dem die Kwiatkowski gearbeitet hat, noch das eine oder andere frage, falls überhaupt nötig.«

»Sicher.«

»Falls nötig« hieß, sofern sich ernsthafte Zweifel an ihrem Selbstmord ergeben sollten. Doch im Moment sah Schuchardt dafür keine Anhaltspunkte. Allerdings auch kein ersichtliches Motiv.

Jo erwähnte seine Überlegungen, was den Zeitpunkt betraf, an dem die Frau sich unbemerkt und ungehindert hätte ertränken können. »Ein ganzer Tag seit ihrem Verschwinden am frühen Morgen.«

»Ja, da ist was dran«, sagte Schuchardt, als das Telefon klingelte. Er stöhnte vernehmlich auf. »Hier tanzt heute früh der Bär, aber ununterbrochen, kann ich Ihnen sagen. Falls Sie es noch nicht gehört haben, Wulf Herzke ist tot.« Schuchardt sprach den Namen aus wie den eines Bekannten oder sogar Freundes. »Bekannter Mann vom RIAS, Reporter, Moderator und so weiter, na, Sie kennen ihn sicher. Granzow stellt gerade ein Team zusammen, das sich um den Fall kümmern soll. Gerber wird es leiten.«

»Was ist denn eigentlich passiert? In den Nachrichten gestern Abend wurde Mord angedeutet.«

Wieder klingelte es bei Schuchardt im Hintergrund. Sein Kollege Gerber hatte anscheinend kurz gesprochen und gleich wieder aufgelegt.

»Sie hören es ja selbst, was hier los ist. Aber in aller Kürze: Herzke wurde von Spaziergängern in einem Waldstück in der Nähe des Kleinen Wannsees gefunden. Mit eingeschlagenem Schädel. Laut vorläufiger Diagnose des Forensikers lag die Leiche schon seit circa zwanzig-, zweiundzwanzig Stunden. Lebt ja kaum jemand dort unten, so dicht vor Kohlhasenbrück, so dass sie erst jetzt gefunden wurde.«

Jo hatte vor zwei oder drei Jahren einmal einen Ausflug nach Kohlhasenbrück gemacht. Mit Ilse auf dem Sozius seines Motorrads. Die Siedlung befand sich am südlichsten Zipfel des amerikanischen Sektors, von Westberlin aus nur über zwei Brücken zugänglich. Und bis zu den Ausläufern des Wannsees weiter westlich, Stölpchensee, Pohle- und Kleiner Wannsee, erstreckten sich Wald und Heide.

»Aber wurde der Mann denn nicht schon vorher vermisst?«, wunderte sich Jo. »Vom RIAS? Von seiner Familie?«

»Sie können es nicht lassen, oder?« Schuchardt lachte, aber nicht von oben herab. »Hören Sie, Sturm, ich kann Sie gelegentlich auf dem Laufenden halten, aber im Moment ...« Wieder klingelte im Hintergrund Gerbers Telefon. Schuchardt verabschiedete sich und legte auf.

Jo hatte sich kaum eine Zigarette zwischen die Lippen geklemmt und angezündet, um sie in aller Ruhe zu rauchen, als Bernwaldt vom »Betrug« anrief, um ihm mitzuteilen, dass man den vor drei Wochen von seiner Ehefrau als vermisst gemeldeten Karl Gernott aufgefunden und festgenommen habe.

Jo war nicht sonderlich überrascht darüber. Karl Gernott hatte ein Elektro- und Haushaltswarengeschäft in Steglitz betrieben. Nach der Vermisstenmeldung war Jo bei einem Besuch vor Ort aufgefallen, dass die zum Kauf angebotenen Haushaltsgeräte zum Teil Jahre alt waren, und Kunden, vor allem aber Kundinnen schienen eher rar zu sein, so dass er sich fragte, wie Gernott mit seinem Geschäft bisher eigentlich über die Runden gekommen war. Jo hatte schon häufiger erlebt, dass als vermisst gemeldete Personen untertauchten, um den Folgen ihres finanziellen Ruins zu entgehen. Einige versuchten, sich ins Ausland abzusetzen, manche flohen sogar in die Zone, in den tragischen Fällen fand man sie später als Wasserleiche oder erhängt in einem Kellerraum oder einer Bauruine. Er erinnerte sich auch an die Ehefrauen zweier gescheiterter Geschäftsleute, die aus Furcht vor der »Schande«, die die Männer über sie gebracht hatten, den Gashahn aufgedreht hatten.

Strafrechtlich gesehen lagen die Dinge bei Gernott anscheinend komplizierter. »Ein Fall von Konkursverschleppung, kombiniert mit Betrug«, erläuterte Bernwaldt. »Gernott hat, warum auch immer, in seinem Laden zu wenige Geräte verkauft, um das Geschäft über Wasser halten zu können. Da denkt er sich, ich bestelle neue Geräte einfach auf Kredit und verhökere sie bei meinem Kumpel Willi Kemper. Der zahlt mir schnelles

Geld, mit dem ich zumindest die aktuellen Schulden begleichen kann.«

»Das Ende war allerdings absehbar«, ergänzte Jo mit Blick auf die Festnahme.

»Eben. Gernott war natürlich klar, dass der Faden irgendwann reißen würde. Drei Jahre immerhin hat er so die Pleite verhindert. Aber seine Schulden schossen gleichzeitig durch die Decke. Von den vielen Geräten auf Pump konnte er mit Kempers Schleuderpreisen ja immer nur seine drängendsten Gläubiger bezahlen. Ergo ...«

»Ist er untergetaucht. Vermisst gemeldet von seiner Frau.« Wodurch der Fall auf Jos Schreibtisch gelandet war.

»Und wo haben wir den Mann jetzt aufgegriffen, Herr Sturm?«

Jo ahnte es.

»Bei seinem Freund und Kupferstecher Willi Kemper, genau. Den Kemper hatten wir schon länger als Großhehler im Visier. Bei dem Zugriff heute früh haben wir aber nicht nur einen Teil von Gernotts Waren gefunden, die Kemper für ihn – gegen Provision, versteht sich – verhökern sollte, sondern auch den Schlaumeier Gernott höchstpersönlich: Kaffee schlürfend in Kempers Wohnküche.«

»Gernotts Frau weiß schon Bescheid?«

»Das ließ sich nicht vermeiden. Sie saß mit ihm am Frühstückstisch. Wie sich das gehört für eine treue Ehefrau.« Bernwaldt konnte ein kurzes Lachen nicht unterdrücken und kündigte Jo den Bericht an, damit er die Vermisstenakte Gernott schließen konnte.

Noch während sie sich verabschiedeten, zog Jo die Akte von dem »aktiven Stapel«, der auf seinem Schreibtisch lag, und verstaute sie in der Schublade mit der Hängeregistratur, die er mit drei Buchstaben gekennzeichnet hatte: N. A. R. Sie standen für »No Action Required«. Jo hatte einmal gelesen, dass Robert Mitchum mit dem Kürzel die Stellen in den Drehbüchern kennzeichnete, an denen er nichts weiter zu tun hatte, als eben Robert Mitchum zu sein, *no action required.*

Das Stichwort Hollywood zündete bei Jo eine Assoziationskette von Film über Kino zu Ausgehen und Musik. Doch kaum hatte er sein Radio eingeschaltet und auf AFN den passenden Sound zu seiner etwas aufgekratzten inneren Stimmung gefunden, als Lene anrief.

»Du, Jo, ich habe da gerade eine komische Sache, die uns aus deinem Heimatbezirk gemeldet wird.«

»Aus Kreuzberg?«

»Falls du noch dort wohnst. Eine Doppelmeldung quasi. – Kannst du übrigens das Gejaule im Hintergrund abstellen?«

»Ein Saxophon, Lene. Charlie Parker.«

»Klingt ja schrecklich. Wie ein Zahnbohrer.«

»Autsch.« Jo schwang sich von seinem Stuhl hoch und schaltete das Radio ab.

»Danke, auch im Namen meiner Ohren.«

Er lachte. »Also?«

»Der Schulleiter des Schiller-Gymnasiums in der Dieffenbachstraße vermisst eine Lehrerin. Die Dame war in der letzten Woche krankgemeldet, sollte am Montag wiederkommen. Ist sie aber nicht, die Schule versucht, sie seitdem zu erreichen. Fehlanzeige.«

»Name?«

»Schiller, sagte ich doch.«

»Name der Lehrerin, die vermisst wird, Lene.«

»Entschuldige. Stahns, Luise Stahns, wohnhaft Naunynstraße 89.«

Jo war schlagartig alarmiert und versuchte sich daran zu erinnern, wie Helgas Freundin Grit mit Nachnamen hieß. »Stahns könnte stimmen«, murmelte er vor sich hin. Doch er war sich nicht sicher.

»Alles in Ordnung mit dir, Jo?«

»Du sprachst von einer Doppelmeldung, Lene.«

»Ja, das Schiller-Gymnasium hat auch die Schule angerufen, die die Tochter der Lehrerin besucht. Der schnelle Dienstweg, mal anders. Der Leiter des Schiller kannte den Namen der Schule, seine Tochter geht auf dasselbe Gymnasium wie die Lehrerstochter.«

»Es ist nicht zufällig das Gerhart-Hauptmann-Gymnasium? Und die Tochter heißt Grit, vierzehn oder fünfzehn Jahre alt? Ebenfalls seit Montag nicht mehr erschienen?«

»Sag mal, kannst du jetzt hellsehen, Jo? Falls man das lernen kann, bringst du's mir bitte bei?«

Jo war nicht zum Lachen zumute. Er erklärte Lene in wenigen Sätzen, wie er auf den Namen des Mädchens gekommen war. Parallel dazu stieg der Ärger in ihm auf, dass er Helga nicht ernst genommen hatte.

»Sagst du bitte den Schulen Bescheid, Lene, dass ich mich darum kümmere und im Laufe des Vormittags zu ihnen komme?«

»Klar, hab ja sonst nichts zu tun.«

Das Haus Naunyn-, Ecke Manteuffelstraße musste früher ein imposanter Anblick gewesen sein, ein wuchtiges, ehemals breites Gründerzeitgebäude, dessen eine Hälfte jedoch im Krieg zerstört worden war, so dass dort heute eine große Lücke gähnte, in der Wildwuchs herrschte. Die Fassade des verbliebenen Eckhauses zeigte deutliche Spuren des Häuserkampfs der letzten Kriegswochen, vor allem zahlreiche Absplitterungen durch Schrapnell- und andere Geschosseinschläge.

Jo parkte sein Motorrad auf dem Bürgersteig vor dem Hauseingang, neben dem sich linkerhand eine Wäscherei befand. Neben dem Klingelbord las er, was auf einem Emailleschild stand: »Bitte erst bei Ertönen des Summers gegen die Tür drücken.« Er klingelte bei Stahns, doch kein Summer ertönte. Er drückte auf den Knopf darüber und wartete. Nichts geschah. Er war bereits im Begriff, ein weiteres Mal bei irgendwem im Haus zu klingeln, als er plötzlich die schrille Stimme einer Frau hörte. Er trat ein paar Schritte zurück und legte den Kopf in den Nacken. Im zweiten Stock, über der Brüstung eines schmalen Balkons, der vor lauter Einschusslöchern wie gefräst aussah, zeigte sich das rundliche Gesicht einer grauhaarigen Frau. »Wegen der Waschmaschine?«, rief sie. »Sind Sie der Mann von Miele?«

»Leider nein.« Jo breitete bedauernd die Arme. »Ich komme wegen Ihrer Nachbarin, Frau Stahns. Wissen Sie vielleicht, wo ich sie finden kann? Ich möchte ihr etwas mitteilen.«

»Bei mir ist sie nicht, falls Sie das denken. Die ist doch Lehrerin, versuchen Sie's mal in der Schule, in der sie arbeitet.«

»Aber die Schule schickt mich ja zu ihr. Sie soll krank sein.«

»Ach Gottchen, immer noch? – Warten Sie!« Ihr Gesicht verschwand hinter der Brüstung, und wenige Sekunden später ertönte der Summer an der Haustür. Jo war gerade noch rechtzeitig zur Stelle, um das schwergängige Portal aufzudrücken, offenbar war der »Faulenzer« falsch eingestellt, er fragte sich, wie eigentlich Kinder und Alte es durch dieses Tor ins Haus schafften – ob überhaupt.

Er betrat einen breiten, dunklen Flur und stieg eine mit dünnem rotem Sisal belegte Treppe bis zum ersten Stock hinauf. Er klingelte bei Stahns, ein durchdringender schnarrender Ton, und wartete. Klingelte wieder, und während er weiterwartete, kam schnaufend eine korpulente Frau um die sechzig in einer Perlon-Kittelschürze die Treppe herunter, die Frau vom Balkon, die ihm geöffnet hatte.

»Macht Frau Stahns Ihnen nicht auf?«, stieß sie hervor und schleppte sich mit schwerfälligen Schritten an ihm vorbei, um selbst die Klingel zu drücken, als hätte Jo es zuvor nicht richtig gemacht. Sie drückte den Knopf einmal lang und kräftig, dann zweimal kurz und geradezu flüchtig, es sah aus, als würde sie Morsezeichen geben. Dann hielt sie das Ohr gegen die Wohnungstür und nahm schließlich ein schwarzes Kassengestell aus einer Seitentasche ihrer Kittelschürze, pflanzte es sich energisch ins Gesicht und starrte Jo mit ratloser Miene an. »Macht einfach nicht auf.«

Von unten waren jetzt Schritte zu hören. Zwei Männer kamen lachend die Treppe herauf. Der kleinere von ihnen in einem knittrigen grauen Baumwollkittel blieb verwundert auf dem Treppenabsatz stehen, der größere, deutlich fülligere Mann nickte der Frau freundlich zu und bedankte sich bei dem anderen für die Schachtel Klemmen oder Ähnliches, die er kurz hochhielt, um dann weiter die Treppe hochzugehen.

»Tag, Frau Werner«, sagte der Mann im grauen Kittel. »Alles in Ordnung?« Er warf auch Jo ein kleines fragendes Lächeln zu.

»Herr Kleuber ist nämlich unser Hausmeister«, erklärte die Frau, an Jo gewandt. Und an den Mann im Kittel: »Der junge Mann möchte zu Frau Stahns. Aber sie macht nicht auf.«

Der Hausmeister fuhr sich über seine dünnen blonden Haare und machte ein verlegenes Gesicht. »Vielleicht möchte Frau Stahns nicht aufmachen, Frau Werner.« Er sah Jo an. »Nichts für ungut, Herr ...«

»Sturm. Jo Sturm.«

»Herr Sturm, aber Frau Stahns wird vielleicht ihre Gründe haben, warum sie nicht öffnet, nicht wahr?«

Er hatte mit gedämpfter Stimme gesprochen, wie um Luise Stahns und andere Hausbewohner nicht zu stören, und machte jetzt Anstalten weiterzugehen.

Doch die Frau hielt ihn am Ärmel zurück. »Herr Kleuber, Sie missverstehen das«, sagte sie. »Der Herr – Herr Sturm arbeitet an der Schule, in der Frau Stahns unterrichtet.«

»Ich arbeite nicht an der Schule«, stellte Jo richtig.

»Aber sagten Sie nicht ...?« Die Frau sah ihn verwirrt an.

Der Hausmeister musterte Jo noch kritischer.

»Ich bin von der Polizei«, stellte Jo klar. »Die Schulleitung hat mich gebeten, nach dem Rechten zu sehen.«

»Polizei?«, rief die Frau aus. »Wieso das? Ich dachte, die Ärmste wäre ... wäre krank?«

Jo zog seinen Dienstausweis aus der Innentasche seines Regenmantels, der ihm infolge des feuchten Fahrtwinds noch knittriger erschien als der Kittel des Hausmeisters, und ließ beide einen Blick darauf werfen. Er fragte sie, ob ihnen Luise Stahns in den letzten Tagen begegnet sei. Beide verneinten.

»Und ihre Tochter?«

»Grit? Nein, auch nicht«, sagte die Frau.

»Die habe ich, ach, schon seit Tagen nicht mehr gesehen«, ergänzte der Hausmeister.

»Sie wohnen auch in dem Haus, Herr Kleuber?«

»Ja, im Parterre.«

»Und hätten Sie zur Not einen Zweitschlüssel für die Wohnung? Für den Fall, meine ich, dass die Öffnung angeordnet werden müsste?«

Frau Werner schlug erschrocken eine Hand vor ihren Mund.

»Im Notfall kann ich zum Hauswirt hinübergehen, er

wohnt um die Ecke in der Manteuffelstraße. Er hat Ersatzschlüssel für alle Wohnungen im Haus.«

»Herr Kluthe, der Hauswirt, ist schon ziemlich alt«, ergänzte die Nachbarin. »Er ist eigentlich immer zu Hause.«

Jo ließ sich von dem Hausmeister dessen Telefonnummer geben, der zudem versprach, in der nächsten Stunde in seiner Parterrewohnung für ihn erreichbar zu sein.

Als Jo sich mit einem Dank auch von der Nachbarin verabschiedete, wirkte sie enttäuscht, so als bedauerte sie, dass er sich nicht auch nach ihrer Anwesenheit am heutigen Tag erkundigte.

»Wissen Sie, wenn eine junge Frau mal krank ist«, klagte sie, »kommt gleich die Polizei. Aber wenn eine Frau alt ist, fragt kein Mensch mehr nach ihr, da kann sie tot in ihrer Wohnung liegen, das merkt keiner. Bis ... na ja.« Sie rümpfte vielsagend die Nase und schleppte sich wieder die Treppe hinauf.

Das Schiller-Gymnasium befand sich in der Dieffenbachstraße unweit des Urban-Krankenhauses. Als Jo das riesige Gebäude aus roten Klinkern betrat, klingelte es zur Hofpause. Wenige Sekunden später schossen auf dem breiten Flur, den er laut einer Tafel im Eingangsbereich durchqueren musste, um zum Büro der Schulleitung zu gelangen, die Klassentüren auf. Kinder der jüngeren Jahrgänge, die anscheinend hier ihre Klassenzimmer hatten, stürmten lautstark aus ihren Räumen und liefen hinaus auf den Hof, manche rannten um ihr Leben.

Zum Glück, dachte Jo, blieb manches so, wie es immer war, oder zumindest so, wie er es in warmer Erinnerung hatte. Er konnte sich ein Grinsen nicht verkneifen, als er von zwei raufenden Schülern versehentlich sogar angerempelt wurde. Dann wurde ihm mit einem Mal klar, dass auf diesem Flur nur Jungenklassen angesiedelt worden waren, und sein Lächeln verschwand. Er dachte daran, wie sehr er sich in seiner Schulzeit gewünscht hatte, mit den Mädchen in einer Klasse zu sein, die er nur auf dem Schulhof hatte anschmachten können; und selbst dort standen Jungen und Mädchen eigentlich immer getrennt in Gruppen zusammen.

Dr. Hagert, ein gut genährter Mittfünfziger mit breiter dunkler Brille auf der langen Nase und schwarzem, kaum ergrautem Haar, wirkte in höchstem Maße beunruhigt, als Jo von der Sekretärin in sein Büro geführt wurde.

Jo sah sich um. Das trübe Tageslicht der hohen Fenster fiel auf graues Linoleum, der große Schreibtisch am Kopfende des Raums und die kleine Sitzgruppe mit dem Nierentisch in der Mitte wirkten buchstäblich wie hingestellt. In einer Lücke zwischen zwei hohen Fächerregalen voller Bücher, Hefte und Ordner hingen die farblosen Porträts der Weimarer Zwillinge, Goethe und Schiller. Jo suchte unwillkürlich nach einer Beethoven-Büste, fand sie aber nicht, stattdessen auf dem Schreibtisch ein silbergerahmtes Familienporträt mit Frau und vier Kindern, allesamt so wohlbeleibt wie der Familienvater.

Hagert trug einen hellgrauen Anzug und eine so straff und schmal gebundene gestreifte Fliege, dass sie kaum unter dem blütenweißen Kragen seines Oberhemds hervorschaute. Sie setzten sich an den Nierentisch, auf dem neben dem Aschenbecher aus Kristallglas ein Zigarettenigel stand, aus dem der Schulleiter eine Filterzigarette nahm, ohne sie gleich anzuzünden. Stattdessen spielte er mit seinem goldenen Feuerzeug und ließ die Flamme mehrfach ins Leere züngeln, ehe sie ihr Ziel erreichte. Der Mann schien reichlich nervös zu sein.

Jo schilderte ihm, dass er aufgrund der Vermisstenmeldung von heute soeben an Luise Stahns' Wohnungstür geklingelt habe. »Leider erfolglos. Es wurde nicht geöffnet.«

»Das sieht der Kollegin gar nicht ähnlich«, sagte der Schulleiter zerknirscht und wiederholte dann, was Jo schon wusste. Luise Stahns, Lehrerin für Erdkunde und Deutsch in der Mittelstufe, habe sich in der letzten Woche krankgemeldet, vorschriftsmäßig mit ärztlichem Attest.

»Am Montag sollte sie zurückkehren. Was nicht der Fall war. Ohne Benachrichtigung. Wir riefen vergeblich bei der Kollegin an und gingen dann davon aus, dass sie vielleicht ernsthafter erkrankt sein könnte als gedacht. Aber spätestens gestern hätten wir doch auf dem einen oder anderen Weg von ihr hören müssen, von der Kollegin selbst oder aus dem Krankenhaus. Wir haben natürlich weiter versucht, sie zu erreichen. So ein Unterrichtsausfall will schließlich kompensiert sein. Derartiges steht einer Schule nicht gut zu Gesicht. Mitunter mag es zwar private Gründe für solche Ausfälle geben, aber ...« Er ließ den Satz in der Luft hängen und wollte sich die Zigarette ein weiteres Mal anzünden, ehe er merkte, dass sie doch noch glomm. »Schließlich bin ich gestern Nachmittag sogar selbst an ihrer Wohnungstür gewesen und habe geklingelt.«

Jo stutzte. War das nicht etwas ungewöhnlich für einen Schulleiter? »Kennen Sie Ihre Kollegin auch persönlich gut?«, fragte er.

»Wir haben uns nicht privat getroffen, falls Sie das meinen, junger Ma... Herr Kommissar.« Er schien auf einmal Mühe zu haben, die Bezeichnung mit Jo in Verbindung zu bringen. »Aber im Kollegium«, fuhr er etwas schleppend fort, »im Lehrerzimmer et cetera unterhält man sich natürlich auch mal über private Dinge, die Familie und so weiter. Und da meine Jüngste auf dasselbe Gymnasium geht wie Frau Stahns' Tochter, auf das Gerhart-Hauptmann-Gymnasium nämlich, habe ich heute früh kurzerhand den zuständigen Kollegen dort angerufen.«

»Sie hätten sogar bequem zu Fuß hinübergehen können«, warf Jo ein. »Die Gerhart Hauptmann liegt ja schräg gegenüber.«

»Richtig, richtig, es hat historische Gründe, warum die beiden Gymnasien so dicht beieinanderliegen, das Hauptmann war früher ein Lyzeum. Die beiden Schulen haben sogar gemeinsam beziehungsweise abwechselnd eine große Turnhalle genutzt. Leider wurde sie im Krieg zerstört, so dass uns trotz Wiederaufbauprogramms bis heute eine neue Sporthalle fehlt.«

»Verstehe.« So genau wollte Jo es gar nicht wissen. »Und Ihr Kollege von der Gerhart-Hauptmann-Schule hat Ihnen bestätigt, dass auch Grit Stahns seit Anfang der Woche in der Schule fehlt?«

»Ja. Naturgemäß kommt so etwas häufiger vor, dass Eltern und Schüler gleichzeitig erkranken. Und selbst zuverlässige Schüler fehlen hin und wieder. Aber dann mit nachgereichter Entschuldigung.«

»Und zählte Grit Stahns zu den Zuverlässigen?«

»Laut meinem Kollegen vom Hauptmann-Gymnasium schon, ja.«

»Würden Sie das auch von ihrer Mutter sagen, Herr Hagert: Luise Stahns, war sie eine zuverlässige Lehrerin?«

»Unbedingt! Kaum Fehlzeiten, eine gute, beinahe schon über die Maßen motivierte Lehrkraft.«

»Über die Maßen? Was meinen Sie?«

Hagert wirkte auf einmal etwas verlegen. »Ich habe mich vielleicht falsch ausgedrückt. Wissen Sie, als Schulleiter sieht man das Kollegium mitunter von einer etwas erhöhten Warte.«

»Inwiefern?«

»Nun, man vergleicht eine Kollegin wie Frau Stahns eben auch mit anderen.«

Jo war sich nicht recht darüber im Klaren, ob Hagert dies ausschließlich als Kompliment für Luise Stahns verstand. Doch es war nicht der Zeitpunkt, hier gleich einzuhaken. Zunächst einmal musste er eine andere, sehr viel dringlichere Frage klären, die zeitlich keinen Aufschub duldete: Bestand womöglich Gefahr für Leib und Leben von Luise und Grit Stahns oder nicht?

»Herr Hagert, halten Sie es für möglich, dass Luise Stahns aus irgendeinem dringenden Grund plötzlich ihre Koffer packt und zusammen mit ihrer Tochter verschwindet?«

»Sie meinen, ohne der Schule Bescheid zu geben? Nein.« Er strich energisch mit der Zigarette durch die Luft, die dabei kräftig Asche verlor. »Es mag einen dringenden Grund geben, warum sie plötzlich so entscheiden könnte, das will ich nicht in Abrede stellen. Aber«, er hob die Zigarette wie den kläglichen Rest eines Zeigestocks, »die Kollegin Stahns würde in jedem Fall mir oder meiner Sekretärin darüber Bescheid geben. Schriftlich oder telefonisch.«

»Das heißt, Sie gehen davon aus, dass sie derzeit nicht dazu in der Lage ist, sich bei Ihnen zu melden?«

»Aus welchem Grund auch immer – ja.«

Mit dieser Lageeinschätzung des Schulleiters hatte Jo nun keine Wahl mehr, er musste handeln, und zwar direkt. Er ließ sich von Hagert den Namen und die Telefonnummer seines Kollegen vom Gerhart-Hauptmann-Gymnasium geben und verabschiedete sich. Im Vorzimmer benutzte er den Apparat der Sekretärin, um den Hausmeister in der Naunynstraße anzurufen. Kleuber nahm sofort ab, und Jo bat ihn, sich nun umgehend vom Hauswirt den Schlüssel für die Stahns-Wohnung zu besorgen. »Schließen Sie sie aber auf keinen Fall auf, ehe ich dort bin«, schärfte er ihm ein. »Unter keinen Umständen, Herr Kleuber!«

»Verstanden.«

»Bis gleich.«

Jo legte auf und blickte in das besorgte Gesicht der Sekretärin, die ihn stumm anstarrte.

Als er auf dem Weg zurück durch das Schulgebäude am Ende auch wieder den langen Flur durchquerte, musste er an einer Klasse von gut vierzig Schülern in Turnkleidung vorbeieilen, die dort nach Anleitung ihres Sportlehrers Liegestütze und Kniebeugen verrichteten. »Tempo, Tempo!«, schrillte die Stimme des Lehrers durch die Hallen. »Oder sind wir schon im Winterschlaf?« Jo musste unweigerlich an seine eigene Schulzeit denken, finstere Erinnerungen an den militärischen Drill und das Geschrei von Sportlehrern mit ihren Nazi-Emblemen an der Brust stiegen in ihm auf.

Er warf einen mitfühlenden Blick über die Schulter auf die keuchenden und schwitzenden Jungen in ihren schwarzen Turnhosen und weißen Hemden und atmete auf, als er wieder draußen vor dem Gebäude stand.

Der Hausmeister hatte Jo bereits durch das Fenster seiner Parterrewohnung erspäht und öffnete ihm die Haustür. Jo ließ sich von ihm den Wohnungsschlüssel aushändigen und bat ihn, für alle Fälle mit hinauf in den ersten Stock zu kommen und vor der Stahns-Wohnung zu warten.

Mit dem Ersatzschlüssel öffnete er die Tür und schloss sie sorgsam hinter sich. Es gehörte zu den Anfängerfehlern, Nachbarn und Anwohnern die Gelegenheit zu geben, ihre Neugier am Tatort zu befriedigen. Kleuber schien jedoch mit seiner Rolle zufrieden zu sein, geduldig postierte er sich vor der Tür.

Ein weiterer Fehler bestand darin, Licht zu machen, sobald man einen dunklen Flur oder Wohnraum betrat. Es war immerhin möglich, eine Explosion auszulösen, falls sich die vermisste Person mit Stadtgas getötet hatte – unter Umständen genügte ein Funke. Aus diesem Grund hatte er auch nicht erneut geklingelt.

Der Wohnungsflur, in dem Jo sich jetzt zu orientieren versuchte, war jedoch sehr dunkel. Alle davon abgehenden Wohnräume waren geschlossen, nur unter dem Türschlitz rechts von ihm drang ein Streifen graues Licht herein. Langsam gewöhnten sich seine Augen an die Dunkelheit. Links von ihm befand sich ein Garderobenständer, Damenmäntel und -jacken hingen daran, daneben ein Schuhregal, darüber hing hinter Glas ein großes Blumenbild, wie es schien.

»Frau Stahns? Sind Sie zu Hause? Seien Sie unbesorgt. Mein Name ist Jo Sturm. Ich bin von der Polizei.«

Keine Antwort, es herrschte Totenstille.

»Grit? Bist du zu Hause? Wir kennen uns. Durch Helga Küpper, deine Freundin. Ich bin Jo Sturm, der Untermieter in der Wohnung von Helgas Mutter.«

Wieder keine Antwort.

Jo näherte sich der Tür rechterhand und klopfte. Es blieb weiter still. Vorsichtig drückte er die Klinke. Die Küche, etwas schlauchartig, aber modern ausgestattet, wie er mit einem raschen Rundumblick registrierte. Auch ein Gasherd war vorhanden, die Klappe geschlossen, alles in Ordnung. Die Küche war ohnehin sehr aufgeräumt, nur auf der Anrichte unter dem schmalen Hängeschrank, dessen Schiebetür ein wenig offen stand, befanden sich zwei Schüsseln, beide leer, wie Jo feststellte, als er aus der Nähe einen Blick darauf warf. Das hohe Fenster ging auf den Hof hinaus, graue Mülltonnen auf grauen Betonplatten an einem grauen Tag. In der winzigen Kammer hinter der Spüle ein paar Obstkonserven und die üblichen Vorräte, weiter nichts.

Er ließ die Küchentür offen, das trübe Licht half ihm, sich im Flur zurechtzufinden. Linkerhand hinter dem Schuhregal eine weitere Tür. Das Bad, wie sich herausstellte, geräumig, mit einem winzigen Fenster, einem blassgrünen Anstrich und einem Badeofen wie in Frau Küppers Wohnung.

Er schloss die Tür und betrat das Zimmer daneben. Es war eindeutig das von Grit. Über dem noch oder bereits gemachten schmalen Bett hing am Kopfende ein großes Porträtfoto von James Dean, das den schon seit einigen Jahren toten Mädchenschwarm ganz unrebellisch, eher melancholisch und brav zeigte. Rechts an der Wand eine im Kreis angeordnete Galerie kleinerer Fotos aktueller Filmstars und Rock'n'Roll-Röhren: der strahlende Elvis in der Mitte, daneben Ted Herold und Peter Kraus als Satelliten um ihn herum, auch Conny Froboess und Romy Schneider erkannte Jo auf die Schnelle. Das kleine Hängeregal über der Längsseite des Betts war vollgestopft mit Büchern und dicken Kladden, vielleicht Notiz- oder sogar Tagebüchern. Auf dem Schreibtisch vor dem breiten Fenster lagen Schreibhefte, alles in allem machte das Zimmer einen mindestens ebenso aufgeräumten Eindruck wie die Küche. Kein Vergleich jedenfalls mit dem Chaos, in dem Grits Freundin Helga sich wohlfühlte.

Es blieben noch zwei Zimmer am hinteren Ende des Flurs. Rechts befand sich eine Art Wohn- und Arbeitszimmer, das er zuerst betrat: groß und geräumig, eher zweckmäßig als gemütlich eingerichtet. Vier Stühle um einen länglichen Tisch, auf dem ein Keramikaschenbecher auf Gesellschaft wartete, rechts neben der Tür zum Balkon zwei Sessel vor einem wuchtigen Sofa an der

Wand. Über dem Musikschrank mit Radio und Plattenspieler ein weiteres großes Blumenmotiv hinter Glas, die Reproduktion irgendeines französischen Malers, wenn er sich nicht täuschte. Den Übergang zum Arbeitsbereich des Zimmers schien das Fernsehgerät darzustellen, es war so platziert, dass man sowohl von den Sesseln aus als auch vom Schreibtisch rechts davon fernsehen konnte. Auf dem Schreibtisch lagen Stapel mit blauen Schulheften und -büchern, wie es schien. Daneben ein schmales, recht hohes Bücherregal, ebenso überbordend wie das kleine Pendant dazu im Zimmer der Tochter. Grit und ihre Mutter waren Leseratten, dachte Jo und verließ das Zimmer.

Durch die Balkontür warf er einen Blick hinaus. Nichts, nicht mal Balkonmöbel, nur ein paar Holzkästen mit vertrockneten Herbstblumen in der Ecke.

Als er den Raum hinten links öffnete, dessen Türklinke ein wenig Widerstand leistete, hatte er sofort das dumpfe Gefühl, dass etwas nicht stimmte. Es war das Schlafzimmer, doch das Fenster, das zur Straße hinausging, stand einige Fingerbreit auf, es war daher sehr kühl in dem länglichen, hell gestrichenen Raum. Mit einem schnellen Rundumblick erfasste Jo die Einrichtung: ein weiteres hohes Regal mit Büchern, der eichene Kleiderschrank, eine Stehlampe, die Kommode mit Spiegel, gerahmte Fotografien an der Längswand mit Aufnahmen einer schroffen felsigen Küste.

Was jedoch in Wahrheit seine Aufmerksamkeit vom ersten Betreten an beanspruchte, war das Bett auf der rechten Seite des Zimmers gegenüber der Spiegelkommode. Es war nicht nur nicht gemacht. Etwas – oder jemand – befand sich unter dem mit einem geblümten Muster bezogenen Federbett. Trotz der kühlen Luft im Zimmer, infolge des spaltbreit geöffneten Fensters, nahm er den ekelhaft süßlichen Geruch wahr, der von diesem Bett ausging und sich verströmt hatte.

Mit einem Mal wurde ihm bewusst, dass er diesen Geruch ansatzweise bereits wahrgenommen hatte, als er die Wohnung betrat. Vom ersten Augenblick an. Dass er ihn nur nicht hatte wahrhaben wollen, dass er halb bewusst schon geahnt hatte, er würde die Quelle des Geruchs hier in diesem Zimmer finden, in dem Schlafzimmer der Frau.

Er bewegte sich langsam auf das Bett zu. Er fühlte sein Herz hämmern. Mit spitzen Fingern zog er das Federbett zurück. Die Leiche einer sehr schlanken Frau in einem rosa Nachthemd starrte ins Nichts. An ihrem Hals waren deutlich dunkle Flecken zu erkennen, vermutlich Würgemale. Auf ihren geöffneten Augen klebten bereits Maden, auf dem weit heraushängenden grauen Wulst ihrer Zunge krochen träge schwarzgraue und schillernd grüne Käfer.

Jo war plötzlich, als zögen sich die Wände der Wohnung zurück, als würde die Decke über ihm abheben. Ein Frösteln schüttelte ihn durch, als stünde er in einem eiskalten Windkanal. Er ließ die Bettdecke fallen, um ein Haar hätte er sich darauf übergeben.

Eine knappe Stunde später stand Jo vor der Wohnung, in der die Spezialisten von der Kriminaltechnik mit der Spurensicherung begonnen hatten, und wartete auf die Kollegen von der Mordermittlung.

Auch der Forensiker ging inzwischen seiner Tätigkeit nach. Fasziniert von der »Leichenfauna«, die sich ihm hier bot, hatte der Arzt, ein kleiner dürrer Mann mit ledernem Gesicht, der dem Anschein nach kurz vor der Pensionierung stand, Jo jedoch erst einmal von einem Fall aus Chicago berichten müssen, den er kürzlich in einer Fachzeitschrift gelesen habe. Ein Entomologe, ein Kenner der Insektenwelt, »das heißt von schönen Tierchen wie diesen« – der Arzt hatte nachlässig auf das Gewimmel an Luise Stahns' Leiche gedeutet –, habe vor Gericht die Unschuld eines Mordverdächtigen nachweisen können. »Und zwar mit Hilfe der Madenzeit, so möchte ich sie einmal nennen, nicht wahr?«, womit er die Zeit meinte, die eine bestimmte Made für ihr Entwicklungsstadium bei Auffinden der Leiche brauche. Nun könne man vielleicht auf die Idee kommen, hatte der Forensiker mit leidlich interessiertem Blick auf die Leiche im Bett hinzugefügt, dass die Madenzeit immer und in jedem Fall ein wertvoller Hinweis auf die Tatzeit sei. Er hatte den Zeigefinger vor Jos Augen wie ein Pendel hin und her bewegt. »Ist sie aber nicht. Viel zu unzuverlässig.« Er hatte bereits Anstalten gemacht, ihm dies an Lisa Stahns' Verwesungsstadium zu demonstrieren, doch Jo hatte rasch den Raum verlassen und, um die KT nicht zu stören, auch gleich die Wohnung.

Die vergangene Stunde hätte er am liebsten darauf verwendet, möglichst alle anwesenden Nachbarn im Haus zu befragen. Doch damit hätte er dem für den Fall eingesetzten Ermittlungsleiter, jemand aus Granzows Mordabteilung, vorgegriffen, und so fand er sich damit ab, dass ihm außer Rauchen und Warten nichts anderes zu tun übrig blieb.

Endlich hörte er Stimmen und polternde Schritte im Treppenhaus. Auf dem Podest erschien, alles andere als zu seiner Freude, die breite, massige Gestalt von Granzow höchstpersönlich, gleich hinter ihm ein bleichgesichtiger rotblonder Mittzwanziger, den Jo gelegentlich schon im Präsidium gesehen hatte, ohne seinen Namen zu kennen.

Jo atmete durch und fasste Granzow, der schwerfällig die restlichen Stufen zu ihm hochstieg, fest ins Auge. Er hatte auf Gerber oder Schuchardt gehofft. Dass der leitende Hauptkommissar persönlich erschien, überraschte ihn. Granzow war in der Regel mit der Koordinierung der Fälle befasst, die Personalnot in der Mordabteilung musste enorm sein, wenn er selbst die Leitung übernahm.

Dennoch, das wusste Jo, würde Granzow den Teufel tun und ihm auch nur die Kooperation in diesem Fall übertragen, obwohl sie sich geradezu aufdrängte.

Schon Granzows erster Kommentar bestätigte Jos Vermutung. »Sie haben mir gerade noch gefehlt, Sturm«, stieß der bullige Hauptkommissar zur Begrüßung hervor, was das junge Bleichgesicht an seiner Seite zu einer windschiefen Grimasse veranlasste. Jo senkte im Geist den Daumen über ihn.

Granzow baute sich in voller Breite vor Jo auf. »Tatort gesichert? Spusi im Einsatz? Arzt an Bord?«

Jo zeigte ihm ein breites Lächeln.

»Glauben Sie ja nicht, Sturm, dass ich Sie einbinde, nur weil der Fall vorher als Vermisstensache galt. So frisch, wie die angezeigt wurde, vom heutigen Tage erst, wie ich höre, spielt das formal keine Rolle.« Granzow deutete mit dem wuchtigen Kinn auf das Bleichgesicht an seiner Seite. »Das hier ist Kommissaranwärter Mölradt, er wird mich unterstützen, wo nötig.«

Mölradt nickte pflichtgemäß.

»Sie sollten eines noch wissen, Herr Hauptkommissar«, sagte Jo ungerührt, da er es nicht anders erwartet hatte.

»Und zwar was?« Granzow blickte unwirsch zu ihm auf – Jo war anderthalb Köpfe größer als er.

»Das Opfer hatte eine Tochter, Grit Stahns, vierzehn, fünfzehn Jahre alt.«

»Was ist mit der Göre? Muss sie noch informiert werden? Das wäre dann noch Ihre Aufgabe, Sturm.« Granzows schwarze Brauen zuckten.

»Dazu müsste ich sie erst einmal finden.«

»Die Tochter? Was soll das heißen?«

»Wie ihre Mutter wurde sie seit Tagen nicht mehr gesehen. Seit Sonntagabend ist sie vielleicht schon verschwunden.«

»Na, dann finden Sie sie!« Er stieß seine fleischige Nase nach vorn. »Sonst noch was?«

»Zu dem Zweck müsste ich das Zimmer des Mädchens noch mal genauer ansehen.«

»In Ordnung. Vorausgesetzt, die KT ist schon damit fertig.« Nacheinander, Granzow vorneweg, betraten sie die Wohnung.

Während Granzow sich mit Mölradt im Schlepptau an den Spurensicherern vorbei durchtankte, um mit dem Arzt zu reden, ging Jo noch einmal in Grit Stahns Zimmer, das in der Tat soeben freigegeben wurde.

Er untersuchte jedes Detail, das von Bedeutung sein konnte, alle Schubläden und Fächer, das Regal und die Bücher, fand jedoch nichts Ungewöhnliches oder etwas, das ihm auf Anhieb bei der Suche nach Grit vielleicht helfen könnte. Zu seiner Enttäuschung fand er jedoch keinerlei persönliche Notizen des Mädchens vor, nicht einmal Briefe, zum Beispiel von Freundinnen, oder gar Tagebücher. Die kleinen Kladden und Hefte, auf die er seine Hoffnung gesetzt hatte, stellten sich ganz profan als Vokabelhefte für Latein und Englisch der letzten Schuljahre heraus. Schade, besonders Tagebücher von vermissten Jugendlichen enthielten oft wertvolle Hinweise auf besondere Orte oder Personen, zu denen sie sich geflüchtet hatten.

Seltsam, im Grunde fehlten persönliche Notizen gleich welcher Art. Er ließ seinen Blick noch einmal durch das

Zimmer wandern, fand nichts und verließ die Wohnung.

Im Flur stieß er überraschend auf Mölradt. Dessen bleiche Gesichtsfarbe hatte einen Stich ins Gelbliche bekommen, und er bat Jo um eine Zigarette, als der seine Camel-Schachtel aus der Manteltasche zog.

»Wollen wir kurz rausgehen, draußen an der frischen Luft rauchen?«, schlug Mölradt vor. Ihm schien speiübel zu sein.

»Sicher.« Jo wollte ohnehin gehen.

Auf dem Bürgersteig vor dem Haus leistete Jo ihm Gesellschaft, bis sie ihre Zigaretten zu Ende geraucht hatten.

»Dieser widerliche Leichengestank in der Wohnung!«, stöhnte Mölradt, der die schwere Haustür ganz geöffnet und mit dem Stopper fixiert hatte, als wäre der Hausflur ebenfalls durchseucht. Jo fand, dass der Verwesungsgeruch vor allem dadurch schlimmer geworden war, dass die Spusi das Schlafzimmerfenster geschlossen hatte, warum auch immer.

Mölradt schüttelte sich vor Ekel und vielleicht auch, weil ihm kalt war, er trug nur ein Jackett. Vermutlich hatte Granzow ihn im Präsidium ohne Vorwarnung aus seinem Zimmer in einen der Dienstwagen im Fuhrpark der Gothaer gezerrt, die jetzt mit anderen Einsatzwagen von Feuerwehr und Forensik die Einfahrt des Hauses und zum Teil auch die Straße blockierten.

»Ihre erste Leiche?«, fragte Jo.

»Die vierte. Aber es bessert sich nicht, ist immer wie bei der ersten. Nervöser Reizmagen.« Er legte die freie Hand auf den Bauch. »Mein Arzt sagt, ich soll weniger rauchen. Aber es hilft, das Rauchen, meine ich, um den Gestank aus der Nase zu bekommen, oder?«

»Hoffen wir es«, sagte Jo und stellte fest, dass Mölradt ihm inzwischen durchaus sympathisch geworden war.

Plötzlich wurde oben im ersten Stock des Hauses der schmale Flügel des Flurfensters aufgerissen. Granzow streckte seinen wutroten Kopf heraus. »Was zum Teufel machen Sie denn auf der Straße, Mölradt?«

Der Kriminalassistent zuckte vor Schreck zusammen.

»Kommen Sie rauf, Mensch! Zeugenbefragung im Haus. Aber Mann und Maus.« Granzows cholerisches Gesicht verschwand wieder, und das Fenster klappte geräuschvoll zu.

Mölradt warf seine noch nicht zu Ende gerauchte Zigarette hastig fort und sah Jo frustriert an. »War der Alte immer schon so? Ich kenne ihn erst seit ein paar Monaten.«

»Ich vermute, dass er schon brüllend auf die Welt gekommen ist«, sagte Jo.

Mölradt konnte sich ein Grinsen nicht verkneifen.

Jo wünschte ihm gute Nerven für den Rest des Tages an Granzows Seite, sah Mölradt mit hängenden Schultern zurück ins Haus eilen und ging dann selbst hinüber zu seinem Motorrad.

Grit Stahns. Ein ganzes Knäuel an Gedanken zu dem Mädchen klumpte in seinem Kopf, als Jo seine DKW an den Einsatzwagen vor dem Haus vorbeischob und startete. Es würde nicht lange dauern, bis auch der alte Bärbeiß Granzow einsehen musste, dass Mordaufklärung und Vermisstensuche in diesem Fall nicht zu trennen waren. Sie würden Hand in Hand arbeiten müssen, Jo und die Mordabteilung, ob Granzow das nun gefiel oder nicht.

Streng genommen hätte Jo jetzt zurück ins Präsidium fahren müssen, um die weiteren Schritte mit seinem Vorgesetzten abzusprechen. Mit Mattusch. Einem Mann, der private Radios in den Dienstzimmern konfiszieren ließ, statt sich um die wichtigen Dinge zu kümmern. Je früher er Mattusch über den Stand der Dinge informierte, desto eher hatte der die Chance, Jo mit seinen Entscheidungen zu behindern. Deshalb bog er jetzt auf der Manteuffelstraße nicht in die Skalitzer ein, um entlang der Hochbahn weiter Richtung Westen zum Präsidium zu fahren, sondern kreuzte stattdessen Lincke- und Maybachufer und bog von der Graefe- in die Böckhstraße ein.

Eine kurze Strecke fuhr er hinter einem tomatenroten Messerschmitt-Kabinenroller her. Er hatte vor ein paar Jahren selbst mit dem Gedanken gespielt, sich einen dieser dreirädrigen Zweitakter zu kaufen, doch dann hörte er von Problemen mit der rollbaren Kunststoffhaube und einer Rückrufaktion durch Messerschmitt, so dass er sich am Ende doch lieber für eine DKW entschieden hatte.

Das Gerhart-Hauptmann-Gymnasium unterschied sich baulich kaum von seinem Pendant in der Dieffenbachstraße, nur dass die Fassade von gelbem statt von rotem Backstein dominiert wurde. Jo stellte sein Motorrad ab und kam auf dem Weg zum Eingang an einem Kiosk vorbei. Während er rasch noch ein Solei aß, das er sich aus einem großen Glas hatte geben lassen, überflog er die Titelseiten der aktuellen Illustrierten, mit denen der Kiosk geradezu plakatiert war: Eine Zeitschrift fragte, ob man Angst vor dem Fliegen habe, eine andere versprach einen »Blick in fremde Seelen«, eine dritte versuchte mit »famosen neuen Kuchenrezepten« zum Kauf zu verführen und fünf weitere mit den offenherzigen Dekolletés bekannter und unbekannter junger Schönheiten.

Die schrille Buntheit der vielen Heftchen schien Jo auf einmal in seltsamem Gegensatz zu der dunklen Wirklichkeit zu stehen, die ihn soeben beschäftigte: Luise Stahns' brutale Ermordung in ihrer eigenen Wohnung und das rätselhafte gleichzeitige Verschwinden ihrer Tochter.

Er warf einen Blick auf die Tageszeitungen, die in einem Ständer vor dem Kiosk präsentiert wurden, und überflog die Schlagzeilen. Die Russen lehnten den Vorschlag der Amerikaner und Briten ab, ihre Atomwaffenversuche ein Jahr lang auszusetzen. Die Vereinten Nationen verurteilten in einer Resolution mit großer Mehrheit die Apartheidpolitik der südafrikanischen Regierung. Der deutsche Innenminister forderte auf einem Polizeikongress Notstandsgesetze für die Bundesrepublik. Vermutlich gefielen ihm die Proteste »gegen den Atomtod« nicht, die ungewöhnlich viele Menschen, Zehntausende, auf die Straße brachten. Die Berliner Zeitungen machten mit der Meldung einer neuen Zigarettenfabrik in Reinickendorf auf, die monatlich bald dreihundert Millionen Stück produzieren sollte, und damit, dass die Berliner Verkehrsgesellschaft nun auch die letzten Schnauzenbusse aus dem Vorkriegsbestand aus dem Liniennetz nehmen wolle.

Keines der lokalen Blätter aber verzichtete, soweit er das auf die Schnelle erkennen konnte, auf die Nachricht vom schockierenden Mord an Wulf Herzke, dessen Leiche am gestrigen Abend in einem Waldstück nördlich von Kohlhasenbrück gefunden worden sei. Und jedes Mal wurde als Schlagzeile die Formulierung der Presseagentur verwendet: »Toter im amerikanischen Sektor – Herzke war Star-Journalist beim RIAS.«

Jo war klar, warum: Zum einen stieß im Süden Berlins der »amerikanische Westen« an »die Ostzone«, das Gebiet der DDR, je nach politischer Ausrichtung auch »sogenannte DDR«, »sowjetische Besatzungszone«, kurz »SBZ«, oder einfach nur »die Zone« genannt. Zum anderen hatte der Name RIAS, Rundfunk im amerikanischen Sektor, für die Amerikaner ebenso wie für Westberlin einen ganz besonderen Klang. Anfangs hieß er noch DIAS, Drahtfunk im amerikanischen Sektor. Jo erinnerte sich gut daran, dass in den ersten Wochen nach seiner Rückkehr aus der Kriegsgefangenschaft in Amerika, im August 1946, zum Empfang dieses ersten amerikanischen Radiosenders nicht nur in, sondern für Berlin ein kompliziertes »Drahtziehen« vom Empfangsgerät zur Telefonbuchse nötig gewesen war. Der Verweis der Zeitungen heute auf die Fundstelle der Leiche des RIAS-Manns Herzke in unmittelbarer Nähe der Stadtgrenze barg also einen politischen Unterton. Die beunruhigende unausgesprochene Frage lautete: Hat der Osten etwas mit dem Mord zu tun? Und falls ja, hat dies in der »Hauptstadt des Kalten Kriegs« mehr als nur eine symbolische politische Bedeutung? Was wird darüber hinaus mit dem Mord an Herzke bezweckt, sollte der Osten tatsächlich seine Hand im Spiel haben?

Ein Mann um die sechzig in einem grauen Lodenmantel und mit einer Ledertasche in der Hand kam an den Kiosk, bestellte »einen Klaren« und trat mit dem randvollen Glas neben Jo. Er schüttete den Schnaps mit einer raschen Bewegung in sich hinein, ließ einen wohligen Zischlaut entweichen und fing nebenbei Jos Blick auf die Zeitungen auf. »Was dem Herzke passiert ist«, sagte er und deutete mit dem leeren Glas auf die Titelseiten, »das steht uns allen in Berlin noch bevor, junger Mann.«

Jo wandte sich ihm zu. »Wie meinen Sie das?«

»Wenn das nicht der Russe war, der den Mann auf dem Gewissen hat«, antwortete der Mann, »fresse ich einen Besen. Aber der Amerikaner ...« Er zog mit dem leeren Schnapsglas einen harten Strich durch die Luft und ließ den Satz unvollendet. An der Fahne, die Jo nun umwehte, konnte er erkennen, dass dies vermutlich nicht sein erster Schnaps am heutigen Tag war. Und sein Menetekel vom »Russen« und vom »Amerikaner« war sicher nicht der einzige etwas komplexere Gedanke, den er unvollendet ließ.

Jo nickte dem Mann kurz zu und ging hinüber zum Schulgebäude.

Kramaricz, der Direktor des Gerhart-Hauptmann-Gymnasiums, war ein kleiner schlanker Mann in seinen Fünfzigern mit filigraner Goldrandbrille im freundlichen Gesicht, dessen dunkler Anzug in einem perfekten Kontrast zu seinen schlohweißen Haaren stand. An der Tür zu seinem Büro hing ein kleines Bild, auf dem ein antiker Olympionike mit nacktem Oberkörper pathetisch nach den Sternen griff, darunter die Zeile: Per aspera ad astra. Herr Doktor Kramaricz sei nämlich Altsprachler, hatte die ältlich wirkende Sekretärin, eine Frau in ihren Vierzigern, zur Erklärung geflüstert. Als Jo das Zimmer des Schuldirektors betrat, kramte er in seinem Gedächtnis nach einem lateinischen Begriff, der den Anblick besser beschrieb als der Spruch an der Tür, er kam nicht drauf.

Die Wände des Raums waren, wo gerade kein Schrank oder Regal den Platz verstellte, vollgehängt mit Überblickstafeln für Urlaubs-, Vertretungs- und Stundenplänen der einzelnen Schulfachbereiche, mit Plaketten und Urkunden von Sportereignissen, an denen die Schule offenbar erfolgreich teilgenommen hatte, und nicht zuletzt mit Fotografien lateinischer und griechischer Klassiker, von denen Jo immerhin Caesar und Aristoteles erkannte, bei dem Rest hätte er raten müssen. Er erinnerte sich an seinen eigenen Lateinunterricht früher, den er gehasst hatte, all die vielen toten Vokabeln und ein zynischer Lehrer, der die Tafel vorne als »Quell der Weisheit« bezeichnet hatte.

Kramaricz' Gesichtszüge erstarrten, als Jo, den er in dem Stuhl gegenüber seinem Schreibtisch hatte Platz nehmen lassen, ihm berichtete, dass Grits Mutter, Luise Stahns, tot sei.

»Was sagen Sie, Kommissar? Tot, gestorben? Woran denn so plötzlich?«

Jo entschloss sich aus einem Gefühl heraus, ihn unmittelbar mit den Fakten zu konfrontieren: »Jemand hat Grits Mutter getötet.« Er gab dem Schulleiter fünf Sekunden Zeit, sich zu fassen. Dann setzte er nach: »Kannten Sie Luise Stahns persönlich?«

»Nein.«

»Sie war aber doch die Mutter einer Ihrer Schülerinnen.«

»Ich hatte das Mädchen nie in meiner Klasse. Als Schulleiter habe ich vor allem Verwaltungsaufgaben, wie Sie sehen.« Er deutete mit einer Hand fahrig auf die Pläne an den Wänden.

»Luise Stahns war Lehrerin. Wussten Sie das?«

»Ja, sie arbeitete drüben am Schiller-Gymnasium. Aber sie war mir nur vom Namen her bekannt.«

»Und ihre Tochter, Grit? Sie haben das Mädchen wirklich erst heute an Ihrer Schule vermisst?«

»Was heißt: erst heute? Herr Beussel, Grits Klassenlehrer, war durchaus sehr beunruhigt«, erwiderte Kramaricz dünnhäutig. »Grit Stahns hatte ihm in der letzten Woche davon berichtet, dass ihre Mutter krank sei, Grippe, Erkältung, das Übliche um die Jahreszeit. Daher hat der Kollege zunächst angenommen, dass die Tochter ebenfalls krank geworden sei. Ich finde das nachvollziehbar.«

»Grit Stahns scheint ein gutes Verhältnis zu ihrem Klassenlehrer zu haben, wenn sie ihm erzählt, dass ihre Mutter krank ist.« Jo dagegen hätte früher keinem seiner Lehrer oder auch Lehrerinnen etwas Privates von zu Hause erzählt, es sei denn, es wurde von ihm gefordert.

»Das hat ihm die Schülerin gesagt, um an dem Tag eine Stunde früher gehen zu dürfen«, gab Kramaricz zurück.

»Aha. Warum das?«

»Sie wollte für ihre Mutter angeblich ein neues Rezept vom Arzt besorgen, die Praxis habe am Nachmittag geschlossen.«

»Ich nehme an, ihr Klassenlehrer hat es ihr erlaubt«, sagte Jo beiläufig.

Kramaricz riss empört die Augen auf: »Selbstverständlich hat er es nicht erlaubt. Wo kämen wir hin, wenn jeder Schüler für private Besorgungen von der Schulpflicht befreit würde?«

Ja, wo kämen wir hin?, dachte Jo. Zu einer humaneren Schule vielleicht? Statt eines »humanistischen« Gymnasiums, das nur auf Lateinisch menschlich zu sein versprach.

Doch der Schulleiter war noch nicht fertig: »›Vermisst‹, wie Sie eingangs sagten, Herr Kommissar, ist aus unserer Sicht außerdem die falsche Vokabel für das Fernbleiben der Schülerin.« Kramaricz' feingeistiges Lächeln war einer verbissenen Grimasse gewichen. »Aus schulischer Sicht handelt es sich vielmehr um fortgesetztes unentschuldigtes Fehlen. Es wird ins Klassenbuch eingetragen und auch im Zeugnis vermerkt.«

»Aus polizeilicher Sicht«, erwiderte Jo, der Lust hatte, ihn an die schlichten Tatsachen zu erinnern, »ist Grit Stahns seit heute eine vermisste Jugendliche, deren Verschwinden zeitlich in einem unmittelbaren Zusammenhang mit der Ermordung ihrer Mutter steht.«

Kramaricz schien bei diesen Worten einige Zentimeter tiefer in seinen Schreibtischsessel zu sinken und zog es vor, zu schweigen.

Jo bat darum, Grits Klassenlehrer sprechen zu können.
»Das ist schwierig. Der Kollege unterrichtet.«
Jo legte seinen Kopf schief, als hätte er nicht richtig gehört.

Ein Anflug von Schamröte schimmerte auf Kramaricz' bleichen Wangen. »Die Klasse müsste an seiner Stelle beaufsichtigt werden.«

Jo sah ihn stumm, aber intensiv an.

Kramaricz verstand und nestelte unwirsch an seiner Brille. »Wie Sie wünschen. Falls Sie mich nun nicht mehr brauchen, werde ich selbst die Klasse beaufsichtigen.«

»Danke, das ist sehr hilfreich, Herr … Doktor Kramaricz«, sagte Jo ohne Schwung. »Eine Bitte hätte ich noch: Teilen Sie dem Klassenlehrer nicht mit, was Grits Mutter geschehen ist. Das ist meine Aufgabe.« Er wollte sehen, wie der Mann reagierte, wenn er es von ihm erfuhr.

Kramaricz verließ wortlos das Zimmer und ließ Jo mit dem sicheren Gefühl zurück, dass er sich nicht an seine Bitte halten würde. Dieser auf den ersten Blick so entgegenkommende Schulleiter ging ihm gehörig auf die Nerven. Der Mann bremste, wo er konnte. Jo hatte den Eindruck, dass Kramaricz mehr um den Ruf der Schule – und seinen eigenen – besorgt war als um das verschwundene Mädchen, dessen Mutter eben erst ermordet aufgefunden worden war. Lästigerweise würde dieser Umstand noch für Schlagzeilen sorgen.

Wenige Minuten später, die Jo länger vorkamen, weil er mangels Aschenbecher nicht hatte rauchen können, betrat Grits Klassenlehrer das Zimmer. Beussel war ein großer knochiger Mann mit Halbglatze in einem perfekt sitzenden Zweireiher, dessen Schnitt jedoch mindestens schon zwanzig Jahre alt war. Ein Mann, der seine Kleider schonte, wie es aussah, nicht jedoch Schülerinnen, die Besorgungen für ihre kranke Mutter machen wollten.

Jo ließ den Lehrer dort Platz nehmen, wo er zuvor selbst gesessen hatte, und lehnte sich mit der Hüfte gegen den Schreibtisch des Schulleiters. Doch das folgende Gespräch verlief wenig ergiebig. Beussel erwies sich als ein Mann mit einer durch und durch stumpfen Ausstrahlung, der sich um die privaten Hintergründe seiner Eleven keine Gedanken zu machen schien.

»Nicht meine Aufgabe.«

Grits unentschuldigte Fehlzeiten habe er vorschriftsmäßig festgehalten und schließlich auch dem Schulleiter gemeldet, wie das an ihrer Schule üblich sei.

»Hat Ihr Schulleiter Ihnen gesagt, was geschehen ist?«

»Sie meinen, dass Frau Stahns getötet wurde? Das hat er mir gesagt, ja. – Schrecklich«, fügte er nach kurzem Zögern hinzu. Es klang wie: schade, oder: Pech gehabt.

»Ist Ihnen an Grit in letzter Zeit irgendetwas Ungewöhnliches aufgefallen, Herr Beussel?«

»Nein. Sie schien mir wie immer.«

»Und das heißt?«

»Mäßig bemüht, durchschnittlich in ihren Leistungen, die typische Dreier- bis Viererkandidatin.«

»Kam sie Ihnen in irgendeiner Weise gefährdet vor?«

»Das nicht, nein, die Versetzung war nicht gefährdet.«

Jo hatte Mühe, an sich zu halten. »Und andere Arten von Gefährdungen? Persönlicher, familiärer Art zum Beispiel?«

Beussel schaute ungeniert auf seine Armbanduhr. »Mir nicht bekannt, nein.«

Jo atmete tief durch. Er hatte genug: von diesem Lehrer, der am Schicksal der Kinder, die er unterrichtete, nicht im Mindesten Anteil nahm, von dem Schulleiter, hinter dessen freundlicher Fassade sich instinkthafte Selbstsucht verbarg, von diesem Raum, angefüllt mit Tabellen, Plänen, Pokalen und Angeberlatein.

Plötzlich fiel es ihm wieder ein: »Horror vacui«, hörte er sich auf einmal sagen.

Beussel sah ihn verdattert an. »Wie bitte?«

Horror vacui, so hieß das alte Lateiner-Wort, das ihm beim Eintreten und dem ersten Anblick des Zimmers nicht gleich eingefallen war. Die Angst vor der Leere, hier zeigte sie sich an allen vier Wänden.

»Ich melde mich«, sagte Jo, verabschiedete sich von dem Lehrer und ging schnell hinaus.

Als er die breite Steintreppe vom ersten Stock, in dem das Büro des Schulleiters lag, hinuntereilte, schrillte plötzlich die Schulglocke. Überall flogen die Türen der Klassen auf, und die Kinder flüchteten hinaus auf den Flur. Hier sah er vor allem Mädchenklassen, der Ruf als ehemaliges Lyzeum hing der Schule anscheinend noch heute an.

Auf dem Weg zum Ausgang erhaschte Jo den einen oder anderen Blick in die Klassenräume. In einem packte ein Lehrer am Pult einen Stapel Schulhefte in seine Ledermappe. Sein grauer Lodenmantel hing an einem Kartenhalter neben der Tafel. Jo musste kein zweites Mal hinsehen, um den Mann mit dem »Klaren« im Kopf zu erkennen, den er vor einer guten Schulstunde am Kiosk mit seiner halb garen Sentenz über den Russen und den Amerikaner zurückgelassen hatte. Anscheinend hatte sich der Lehrer draußen rasch noch Mut antrinken müssen, bevor er die Schule betrat. Wenn der Schulleiter und Grits Klassenlehrer typisch waren für das Kollegium, hatte er hiermit Jos volles Verständnis.

Lene Spohn telefonierte gerade, als Jo einen Blick in ihr Büro warf. Er wollte die Tür bereits wieder schließen, doch sie gab ihm ein Zeichen mit der Hand, dass er hereinkommen und sich auf den Stuhl neben ihrem

Schreibtisch setzen solle. Er nahm das Angebot gerne an und gönnte sich eine Zigarette.

Lene rauchte beim Telefonieren, und zwar im Stehen. »Ist doch ganz einfach, Schätzchen«, hatte sie ihm erklärt, als er sich darüber einmal verwundert geäußert hatte, »wenn ich arbeite, sitze ich. Pause ist, wenn ich zur Abwechslung mal stehen darf.«

Im Augenblick telefonierte sie im Stehen mit einer Freundin, Jo schnappte den Namen Petra auf, mit der zusammen Lene anscheinend ins Kino gehen wollte. In der Filmbühne Wien lief ein neuer Streifen, in den Hauptrollen Paul Hubschmid, Lenes Lieblingsschauspieler, und Susanne Cramer, eine junge Hupfdohle des deutschen Films, Jo kannte nur ihren Namen. Die Handlung spielte offenbar in Italien, doch Lene ließ sich lieber über »die Cramer« aus, die einen »Kerl« wie Claus Biederstaedt im Regen habe stehen lassen, nur um das »Wiener Würstchen« Helmut Lohner zu heiraten.

Lene legte schließlich derbe lachend auf und wandte sich übergangslos an Jo. »Weißt du, Petra und ich fahren nächsten Sommer wieder nach Italien.« Jo erinnerte sich, dass Lene schon mindestens zweimal in Italien gewesen war, zuerst mit ihrem früheren Mann und nach der Scheidung mit ihrer Freundin Petra. »Wir zwei Mädels sind zwar nicht mehr die jüngsten« – Lene war Mitte vierzig, ihre Freundin vermutlich ähnlich alt –, »aber in Italien lässt dich das kein Mann fühlen.«

»Du schaust mich so vorwurfsvoll an, Lene.«

»Bist aber gar nicht gemeint, Schätzchen. Ich denke mehr an Georg, meinen Verflossenen.«

»Ich dachte, der wäre fünf Jahre älter als du?«

»Sieben Jahre. Was ihn nicht davon abhält, den jungen Weibern hinterherzurennen. Marke Susanne Cramer. – Aber lassen wir das Thema.« Sie stieß ihren Zigarettenstummel hart in den kleinen weißen Porzellanaschenbecher neben der grauen Schreibmaschine und ließ sich auf ihren Stuhl fallen.

»Danke übrigens für deinen Telefondienst bei den zwei Schulen heute Vormittag«, sagte Jo.

Sie winkte ab. »Hab gehört, dass die Akte jetzt auch zur Fünften hochwandert. War es denn Mord?«

»Die Frau wurde vermutlich erwürgt.«

»Und die Tochter?«

»Nach wie vor verschwunden.«

»Ich habe Mattusch über den Fall informiert. Hast du schon mit ihm darüber gesprochen?«

»Nein. Wieso fragst du?«

»Mach ein wenig Gesichtspflege bei ihm, Jo«, empfahl sie ihm. »Dann nervt er weniger.«

Jo lachte und drückte seine Zigarette im Aschenbecher aus. »Ist Mattusch in seinem Zimmer?«

»Ja. Aber, Jo, ich muss dir noch was stecken. Wegen der dummen Radiosache kneift Mattusch plötzlich den Schwanz ein. Interessanterweise hat er ganz von sich aus damit angefangen. Sein Erlass betreffs privater Radios wäre missverständlich formuliert gewesen. Er hätte da wohl eine Versicherungsvorschrift recht eng ausgelegt.«

»Was für eine Versicherungsvorschrift?«

»Über private Geräte in den Diensträumen. Angeblich.« Sie schüttelte den Kopf. »Also, mir wäre so eine Vorschrift neu. Wenn du mich fragst, stimmt da was nicht.«

»Wie meinst du das?«

»Ich denke, Pohlenz sollte Mattusch vor allem Meldung machen, wie seine Dienstanweisungen befolgt werden.« Sie lächelte süffisant. »Alter Vorgesetztentrick, um die Renitenten in der Abteilung auszuloten.« Ihre Brauen zuckten. »Jemand wie dich zum Beispiel.«

»Und dann schickt er einen Wadenbeißer wie Pohlenz?«

»Wen sonst? Ich hatte aber den Eindruck, Mattusch wusste gar nicht, dass Pohlenz sich an deinem Radio vergriffen hat«, fügte sie hinzu. »Seltsam, dass Mattusch das nun sogar auf seine eigene Kappe nimmt.«

»Weil das für ihn keine Folgen hat«, sagte Jo. »Ist ja nur eine Lappalie.«

»Sag das nicht«, meinte Lene. »Am Ende zahlt Herrchen fürs Hundchen.«

Jo zuckte die Achseln. Er hatte die Angelegenheit fast schon wieder vergessen und im Augenblick Wichtigeres im Sinn.

Ein Zimmer weiter klopfte er kurz darauf bei Mattusch.

Augenscheinlich gab es in dem weitläufigem Büro des neuen Leiters der Vermisstenabteilung genau zwei private Dinge: erstens einen Monatskalender mit Landschaftsmotiven, den er an der Wand zwischen den beiden großen Doppelfenstern platziert hatte. Und zweitens, wie Jo jetzt feststellte, eine gerahmte Farbfotografie von Ilse Bonneur, die, ein wenig schräg gestellt, auf seinem Schreibtisch stand und Jo daher einen freundlichen Blick aus ihren großen braunen Rehaugen schenkte. Die Würfel waren also gefallen, Ilse würde sicher bald Frau Mattusch sein. Jo merkte zu seiner Erleichterung, dass ihm nicht einmal mehr die Vorstellung etwas ausmachte.

Mattusch saß an seinem Eichenholzschreibtisch, als Jo eintrat, mit ausladenden Ellbogen hinter einem Stapel Papieren, als wollte er sie allesamt aus dem Fenster befördern. Es wäre das erste Anzeichen von Persönlichkeit, seit er die Stelle angetreten hatte, dachte Jo.

Mattusch sah jetzt auf. »Ah, Sturm. Gut, dass Sie von selbst kommen. Der Fall Stahns wird bereits von der Fünften bearbeitet, höre ich.«

Jo nickte beiläufig, während er sich vor dem Schreibtisch postierte, da Mattusch ihm keinen Stuhl am Besprechungstisch anbot und auch keine Anstalten machte, sich dorthin zu bewegen.

»Schildern Sie mal die Vorgeschichte, Sturm. Aber gerafft bitte. Sie sehen ja …« Mattusch deutete auf den Aktenstapel.

Jo berichtete Mattusch in knappen Worten von der Entwicklung im Fall Luise Stahns. »Hauptkommissar Granzow leitet die Mordermittlung. Grit Stahns, die Tochter, ist nach wie vor vermisst, ich kümmere mich bereits darum.« Er schilderte Mattusch den Stand der Dinge nach den Gesprächen mit Grits Klassenlehrer und dem Schulleiter des Hauptmann-Gymnasiums.

»Bisschen dünn alles in allem«, stellte Mattusch fest, womit er nicht einmal unrecht hatte.

»Wir werden nicht darum herumkommen, mit der Fünften zusammenzuarbeiten«, sagte Jo. »Über die tote Mutter führt womöglich auch der Weg zur Tochter.« Und umgekehrt. Er skizzierte die verschiedenen Möglichkeiten: »Erstens, Grit Stahns könnte noch leben und außer Gefahr sein. Dann aber fragt sich, warum wir nichts von ihr hören.« Deshalb glaubte Jo nicht daran. »Zweite Möglichkeit, Grit lebt, ist aber in die Hände des oder der Täter gefallen.« In dem Fall war offen, wovon ihr Überleben abhing oder abhängig gemacht wurde. »Dritte Möglichkeit, Grit ist wie ihre Mutter bereits ermordet worden.« Wieso hatten sie dann aber ihre Leiche nicht in der Wohnung gefunden? War sie fortgeschafft worden, dann aus welchem Grund? Wurde sie etwa an einem anderen Ort getötet? Falls ja, warum? »Ohne die Hintergründe von beiden, Grit und Luise Stahns, werden wir definitiv nicht weit kommen«, schloss Jo.

Mattusch setzte eine gequälte Miene auf, stimmte ihm

dann aber überraschend zu: »Sie haben recht, Sturm. Werde wohl mit Granzow reden müssen. Leider hat er keine sehr hohe Meinung von Ihnen, wie Sie natürlich wissen.« Er schnalzte unschön mit der Zunge. »Und ich stimme ihm zu, Renitenz ist ein schwerwiegender Charakterfehler, erst recht für einen Kriminalbeamten.«

Jo verbot sich jede Regung. *No action required.*

»Falls Granzow Sie partout nicht akzeptiert, muss jemand anders den Fall Stahns für Sie übernehmen.« Erneutes Schnalzen. »Aber bis auf Weiteres arbeiten Sie weiter daran. Doch damit Sie es wissen, Sturm«, er fixierte Jo mit einem steinharten Blick, »ich dulde keine Alleingänge in meiner Innung. Sie informieren mich über jeden Ihrer weiteren Schritte!« Er fragte Jo, was er als Nächstes in Angriff nehmen wolle.

Rauskriegen, ob noch Platz auf dem Sputnik-Satelliten ist. Um dich damit ins All zu schießen! – »Mit Grit Stahns Freundinnen reden«, antwortete Jo. Dass er eine von ihnen bereits privat kannte – geschenkt.

»Tun Sie das. Was ist mit der Suchmeldung?«

»Sind Sie sicher, dass wir das Leben des Mädchens damit nicht gefährden?«

»Diese Sicherheit gibt es doch nie.«

»Aber in diesem Fall wissen wir, dass das Mädchen die Tochter eines Mordopfers ist. Und mit sehr viel größerer Wahrscheinlichkeit als sonst auch selbst Opfer von Gewalt sein könnte.« Für Jo bestand die entscheidende Frage eher darin, ob sie noch lebte oder nicht.

»Trotzdem, wir brauchen die Suchmeldung. Angesichts der dünnen Faktenlage sind wir auf jeden Hinweis angewiesen. Was meinen Sie, wie die Presse darauf reagieren würde, wenn wir darauf verzichteten. Sie bringen die Meldung auf den Weg, Sturm, ich werde entsprechend Personal in der Abteilung umschichten, damit die Rückmeldungen, die hoffentlich kommen, nicht ins Leere laufen, und das Ganze koordinieren.«

Mattusch nahm einen lachsroten Pappordner vom Stapel und schlug ihn auf, als ob Jo sich bereits nicht mehr in seinem Raum befände.

Jo ließ ihn sein kleines Vorgesetztentheater spielen und wollte bereits das Zimmer verlassen, als Mattusch doch noch etwas einfiel. Er blickte wieder zu Jo auf: »Apropos Presse. Falls die sich an Sie wendet, Sturm, schicken Sie sie postwendend zu mir. Ich regele das.«

Jo verließ das Zimmer, während Mattusch sich bereits wieder seiner Akte widmete. Oder wenigstens so tat.

Auf dem Flur entschied er sich, eine Kleinigkeit zu essen, und steuerte in Richtung Treppenhaus, um zur Kantine im ersten Stock hinunterzugehen. An einem der jetzt, am Nachmittag, nur spärlich besetzten Tische entdeckte er Schuchardt, der ihn mit einem Handzeichen einlud, sich zu ihm zu setzen.

»Die Nussecke kann ich empfehlen. Den Tee nicht.«

»Bin eh Kaffeetrinker, Tee nur, wenn ich mich krank fühle«, sagte Jo und ging hinüber zum Tresen. Nach kurzem Anstehen bekam er seinen Kaffee und die Nussecke und kehrte damit zu Schuchardt zurück.

Er erkundigte sich nach den Fortschritten im Fall Margret Kwiatkowski.

»Erledigt«, sagte Schuchardt.

»Das heißt, es war wirklich Selbstmord?« Jo fragte sich, wie Schuchardt das so schnell herausbekommen haben wollte.

»Mord, Selbstmord, keine Ahnung, was es war.« Schuchardt wirkte genervt.

»Wie kann der Fall dann erledigt sein?«

»Für mich ist der Fall erledigt, Sturm. Man hat uns den

Fall abgenommen.« Schuchardt schob verärgert die Teetasse von sich weg.

»Abgenommen? Wieso das? Welche Abteilung hat denn übernommen?«

»Der Staatsschutz, wie es aussieht. Zusammen mit dem Verfassungsschutz, wahrscheinlich werden auch die Pullacher hinzugezogen.« Der Bundesnachrichtendienst in Pullach war erst vor zwei Jahren offiziell gegründet worden. »Vielleicht ist auch noch ein anderer Dienst beteiligt, keine Ahnung. Ich puzzle es mir aber aus den Andeutungen unseres Kriminalrats zusammen.«

Kriminalrat Kettler, wusste Jo, wurden als Leiter aller Abteilungen im Haus Gothaer Straße gute Verbindungen in die Politik und auch zu den Geheimdiensten nachgesagt, den deutschen und denen der Alliierten.

»Eine Wasserleiche, für die sich auch die Geheimdienste interessieren?«, kommentierte Jo verwundert. »Eine Frau, die zuletzt als Haushälterin bei einem pensionierten alten Richter gearbeitet hat?«

»Die Sache stinkt, nicht wahr?« Schuchardts große Augen blitzten kurz auf. »Ich würde sonst was darum geben, um zu erfahren, was dahintersteckt.«

Jo verstand ihn vollkommen und griff, da Schuchardt frustriert schwieg, zu der Nussecke auf dem kleinen Kuchenteller. Das süße Stück erwies sich als ein Beißtest für seine Zähne, ein granitharter Albtraum, der nach Klebstoff statt nach Nüssen und Schokolade schmeckte. Jo sah Schuchardt vorwurfsvoll an – reden konnte er in diesem Augenblick nicht. Doch der stierte nur in seine halb volle Teetasse und schüttelte still den Kopf.

In seinem Zimmer rief Jo bei sich zu Hause an und bekam seine Vermieterin ans Telefon. Er erkundigte sich, ob Helga von der Schule zurück sei.

»Sie steht sogar direkt neben mir. Denkt jedes Mal, es sei ihre Freundin Grit, die anruft. – Nein, Helga, jetzt rede ich mit Herrn Sturm!«, hörte Jo sie plötzlich schimpfen. »Helga war nämlich nach der Schule in der Naunynstraße. Sie sagt, dass sich in dem Haus lauter Polizei befindet. Presseleute mit Fotoapparaten und so weiter.«

»Ich will selber mit Jo – Herrn Sturm reden. Bitte, Mama!«, hörte er Helgas wütende Stimme.

»Du hältst dich zurück, Helga. Ich spreche mit Herrn Sturm. – Sagen Sie, Herr Sturm«, richtete sie sich wieder an ihn, »was ist denn dort los, in der Naunynstraße?«

»Bitte geben Sie mir Helga kurz, Frau Küpper. Ich erkläre es Ihnen später.«

»In Ordnung.«

»Jo?«, schrillte Helgas aufgeregte Stimme gleich darauf in seinem Ohr. »Herr Sturm?«

Er bat sie, sich zu beruhigen und zu warten, bis er in circa einer Stunde bei ihr sei. »Dann reden wir ausführlich darüber, Helga, versprochen.«

Jo saß in Helgas Zimmer auf dem Teppich, die Beine gekreuzt. Ihm gegenüber Helga, ebenfalls im Schneidersitz. Ihr weiches ovales Gesicht trug einen tiefen Ernst, den Ausdruck einer älteren Schwester, dachte Jo für einen Moment, die sich um die jüngere nicht nur sorgt, sondern sich für sie verantwortlich fühlt.

Er hatte zunächst mit ihrer Mutter gesprochen und ihr unter vier Augen bestätigt, was sie eh bald aus der Presse erfahren würde, dass Luise Stahns tot in ihrer Wohnung aufgefunden worden sei – ohne Details zu nennen, nur die schlichte Tatsache. Petra Küpper war ihm dankbar, dass er sie als Erste informiert hatte, so konnte sie es anschließend ihrer Tochter mitteilen. Jo hörte den Aufschrei des Entsetzens aus Helgas Zimmer, und es hatte noch eine Zeit lang gedauert, ehe das Mädchen so weit war, dass sie mit ihm reden konnte.

Helga hatte inzwischen nicht nur mit Grits unerklärlichem Verschwinden und nun auch noch mit der Nachricht zu kämpfen, dass die Mutter ihrer Freundin tot sei. Mittlerweile gab es an der Schule Gerüchte, die ihr außerdem zusetzten. »Die Jungs lästern, Grit … sie wäre mit einem Mann verschwunden. Aber das ist gelogen. Ich kenne Grit, sie ist meine Freundin. Sie kennt keinen Mann, mit dem sie … gehen würde.«

»Vielleicht mit einem Jungen?«, hakte Jo vorsichtig nach.

»Auch mit keinen Jungen.«

»Aber ihr trefft euch doch mit Jungen, zum Tanzen zum Beispiel?«

»Ab und zu gehen wir in eine Milchbar oder in einen Club. Aber immer zusammen, Grit und ich und oft noch andere Mädchen von der Schule und so. Wir gehen niemals zu einem Jungen nach Hause!«, bekräftigte sie energisch. »Grit interessiert sich auch eigentlich gar nicht für Jungs. Schon gar nicht für ältere.«

»Sie mag Elvis. Und Bill Haley.«

»Das ist was anderes.« Sie sah ihn böse an. »Ich hab's Ihnen ja gesagt, dass etwas nicht stimmt. Sie hätten auf mich hören sollen.«

»Du hast recht.«

Eine Pause entstand, in der Helga ratlos auf den Teppich starrte und die Finger einer Hand hineingrub.

»Du hast mir erzählt«, begann Jo schließlich von Neuem, »dass du Grit am Sonntag nach dem Bill-Haley-Konzert das letzte Mal gesehen hättest.«

Helga hob den Kopf. »Ja, das stimmt auch. Grit ist zu sich nach Hause, ich bin mit zu Lisabeth, zu unserer

Freundin gegangen. Lisabeth wohnt um die Ecke, am Lause-Platz.«

Die Waldemarstraße stieß an ihrem östlichen Ende auf den Lausitzer Platz.

»Wo genau habt ihr euch getrennt?«

»Am Görlitzer.«

Von der Hochbahnstation Görlitzer Bahnhof waren es für die Mädchen jeweils nur Katzensprünge bis zur Naunynstraße, wo Grit wohnte, und zum Lausitzer Platz, wohin Helga mit ihrer Freundin Lisabeth gegangen war.

»Um wie viel Uhr war das, als ihr euch getrennt habt?«

»So um zehn, halb elf, schätze ich. Spielte ja keine Geige, weil ...«

»Schon klar.«

Die Mädchen hatten den Abend also ursprünglich so arrangiert, dass sie vermeintlich elternfrei hatten. Grit aber hatte nach der aufwühlenden Randale während des Haley-Konzerts lieber nach Hause gewollt. Jo dachte an die Durchsuchung ihres Zimmer, die er heute durchgeführt hatte. »Helga«, sagte er, indem er wieder ihren Blick suchte, »hat Grit eigentlich eine Art Tagebuch geführt?«

»Wieso?« Helga verzog das Gesicht. »Sie meinen, weil viele Mädchen Tagebuch schreiben?«

Jo zuckte mit den Schultern.

»Klar, manche geben damit an, sie hätten ein Tagebuch und so. Aber in Wirklichkeit schreiben sie gar nichts rein. Höchstens Gedichte, die sie irgendwo abgepinnt haben. Aber für mich ist das kein Tagebuch, sondern ein Poesiealbum.«

»Und Grit?«

»Hat in ihr Tagebuch geschrieben, na klar! Sie hat schon eine ganze Schublade voller Tagebücher.« Ein winziges Lächeln stahl sich auf ihr verweintes Gesicht.

»Schließt sie die Lade ab?« Jo konnte sich an eine verschlossene Lade in ihrem Zimmer nicht erinnern.

»Nein, die Schublade kann sie nicht mehr abschließen, der Schlüssel ist irgendwann verloren gegangen. Aber Grit vertraut ihrer Mutter. Und jemand anders darf sowieso nicht in ihr Zimmer.«

»Welcher andere könnte das denn sein?«

»Keine Ahnung.« Sie zuckte mit den mageren Schultern. »Ich meinte das nur so ... allgemein.«

Erneut entstand eine Pause, in der Jo spürte, wie sehr das Mädchen um ihre Freundin bangte.

»Herr Sturm? Jo?«, sagte sie nach einer Weile. Sie fixierte ihn mit todernstem Blick.

»Hm?«

»Was ist mit Grit passiert? Wissen Sie es?«, fragte sie ihn mit einer dunklen Stimme, die er bisher gar nicht an ihr kannte.

»Nein, Helga, ich weiß es nicht. Noch nicht.«

Sie sah ihn weiter durchdringend an. »Grits Mutter – ist sie ... ermordet worden?«

Er schwieg, sie wusste es im Grunde bereits, und die Nachricht würde vielleicht schon heute im Radio verbreitet werden. Morgen würde es auch auf den Titelseiten der lokalen Zeitungen stehen, an den Kiosken überall in der Stadt. Einer davon direkt vor Helgas Schule.

»Aber wie ... wurde sie ...?«

Jo bewegte leicht den Kopf hin und her. »Helga, auf deinem Nachtschränkchen dort«, er deutete mit dem Finger darauf, »steht dieses schöne Bild von euch beiden.« Eine Schwarz-Weiß-Fotografie in einem schmalen goldfarbenen Metallrahmen, offensichtlich jüngeren Datums. »Darf ich es mir ausleihen, um eine Kopie davon machen zu lassen? Du bekommst es zurück, versprochen.«

Sie nickte stumm und stand zusammen mit ihm auf,

um ihm das Foto zu geben. »Wir waren im Zoo, im Sommer war das. Lisabeth hat das Foto gemacht. Sie hat auch eins ... mit Grit.« Die Augen des Mädchens begannen zu flackern.

In einer spontanen Geste legte Jo den Arm um ihre Schultern.

Sie begann nun, hemmungslos zu weinen. »Wo ist Grit, Jo?«, stieß sie hervor. »Wo ist sie?«

Plötzlich stürzte ihre Mutter ins Zimmer, die ihre Tochter hatte weinen hören, und Jo zog sich zurück.

Mit dem Foto in seiner Manteltasche fuhr er kurz darauf zurück ins Präsidium und ging damit in die Technikabteilung, wo man ihm versprach, den Ausschnitt mit Grit zu reproduzieren. – »Sobald wir herausgefunden haben, warum das Gerät mal wieder streikt.«

An diesem Abend, das spürte Jo auf einmal, würde er es in seiner Wohnung nicht mehr aushalten. Er musste auf andere Gedanken kommen, sich mit jemandem treffen.

Er rief Helen an.

Helen Tomley wohnte in der Dreipfuhlsiedlung, einer besonderen Housing Area in der Nähe des amerikanischen Headquarters in Dahlem, die sich hufeisenförmig um den Dreipfuhl-Teich legte. Früher hatte Helen in einem der zweistöckigen Duplex-Häuser auf der Westseite des Duck Pond, wie die Amerikaner den Teich nannten, gewohnt, zusammen mit ihrer Kollegin Julia Range – doch das war eine andere Geschichte.

Vor einem halben Jahr hatte Helen in einen frei gewordenen Bungalow auf der Ostseite umziehen können. Wie Frank Stewart, ein junger Verbindungsoffizier, mit dem Jo mittlerweile befreundet war, arbeitete Helen im Headquarters in der Land Liaison Group der Amerikaner, die Verbindungen zu deutschen Kriminaldienststellen einschließlich des Staatsschutzes unterhielt. Was bedeutete, dass weder Frank noch Helen mit ihm über brisante Inhalte und bestimmte Abläufe ihrer Arbeit sprechen durften. Es sei denn, ein Fall betraf seine eigene Behörde.

Doch das war ihm nur recht. Wenn er sich mit Frank und Helen traf, dann, um sich zu entspannen und die Arbeit eine Weile zu vergessen.

Das galt insbesondere für Helen. In der Anfangszeit hatte er sich gelegentlich auch schon in ihrem warmen Bett an der Seite ihres weichen kurvigen Körpers wiedergefunden. Doch ohne darüber reden zu müssen, hatten sie anscheinend beide festgestellt, dass sich zwischen ihnen keine Leidenschaft, sondern eher eine angenehm unkomplizierte Freundschaft entwickelt hatte.

Als er an diesem Abend an ihrer Tür klingelte, öffnete an Helens Stelle Frank, der ihn herzlich begrüßte. Jo war nicht überrascht und freute sich, ihn zu sehen. Helen hatte Jo bereits am Telefon angekündigt, dass sie auch Frank einladen wolle, bei ihr vorbeizuschauen. Frank wohnte gleich auf der anderen Straßenseite, in dem Bungalow gegenüber.

Helen war in der Küche noch damit beschäftigt, ein paar Drinks zu mixen, und kam mit einem kleinen Tablett ins Wohnzimmer. Der Highball, den sie für sich selbst gemixt hatte, roch nach einem Schuss Ingwer in Rum, Frank bevorzugte Whisky mit Ginger Ale, und Jo liebte den Cognac pur, wie sie wusste. Sie hatte es ziemlich »old fashioned« gefunden, als er sie das erste Mal darum bat, nachdem er den französischen Cognac bei ihr entdeckt hatte.

Während er sich mit Frank auf dem rostroten Sofa niederließ, ging Helen, die wie häufig nach Feierabend Blue Jeans trug und eine helle Bluse mit hochgeklapptem Kragen, hinüber zu der Konsole neben dem Kamin. Darauf stand ihr Phonosuper, eine sündhaft teure Radio-Plattenspieler-Kombination, der letzte Schrei, wie sie versicherte.

Das traf leider nicht auf ihre aktuelle Musikauswahl zu, Jo hätte es an diesem Abend zwei, drei Takte schneller und schriller bevorzugt, zum Beispiel Dizzy Gillespie oder Thelonious Monk, aber Peggy Lees ruhige Stimme und der satte Big-Band-Sound im Hintergrund taten am Ende ihre ganz eigene Wirkung – er entspannte sich nach und nach.

Frank wirkte ein wenig nachdenklicher als sonst, und als Jo ihn darauf ansprach, erklärte er dies mit den zunehmend ruppigen Tönen der Sowjets und ostdeutscher Politiker in den letzten Tagen. »Sie werfen uns vor, aus Berlin eine Spionagemetropole zu machen, diese Unschuldslämmer. Ich frage mich, was sie eigentlich bezwecken. Worauf wollen sie hinaus?«

»Wie schon Churchill sagte: No politics, please!«, wurde Frank von Helen kurzerhand unterbrochen.

»Ich glaube, Churchill sagte irgendetwas anderes«, erwiderte Frank.

»Ja, ich weiß, es hatte mit sports zu tun«, sagte Helen. »Privat auch nicht mein Fall. Also, über Politik und Sport wird mir heute Abend nicht gesprochen.«

Frank strich sich die dunklen Locken aus dem Gesicht und prostete ihr und Jo mit der gutmütig verschmitzten Miene zu, die viel typischer für ihn war als der besorgte Ausdruck, den er jetzt abgelegt hatte.

Helen nippte an ihrem Glas. »Boys, ich erzähle euch jetzt etwas Lustiges, das mir meine alte Schulfreundin – nein, streicht ›alte‹ – das mir meine Freundin Anna aus Westport, Connecticut, geschrieben hat.«

»Ich denke, du kommst aus St. Louis im Süden?«, warf Jo ein.

»Schön, dass du aufgepasst hast, Darling. Anna hat es später nach Westport, Connecticut, verschlagen. Mitsamt Mann und Hund. Also – was wollte ich erzählen?«

»Etwas Lustiges von deiner Freundin?«

»Right, Frank, thanks. Anna schreibt mir also vor ein paar Tagen, dass sie während eines Spaziergangs mit Rusty, das ist ihr Hund, eine süße klitzekleine Milchbar in Westport besucht, um sich ein Waffeleis zum Mitnehmen zu kaufen. Weil Anna, sie liebt Eis in der Waffel, zu jeder Jahreszeit. Okay. Wer sitzt nun aber direkt neben ihr an der Bar auf seinem Hocker, schlürft seinen Espresso und blinzelt ihr, als er gerade seine Sonnenbrille von der Nase nimmt, um sie zu putzen, freundlich zu?«

»Ein Eisbär?«

»Sehr witzig, Frank. Nein, es ist – humpdidumpdidum – Paul Newman!«

»Paul Newman, im Ernst?«, entfuhr es Jo.

»Paul Newman«, wiederholte Helen und betonte jede Silbe, während sie ihn bedeutungsvoll ansah. Eine Anspielung darauf, dass sie beide sich erst in diesem Frühjahr im Kino »Die Katze auf dem heißen Blechdach« mit Paul Newman und Liz Taylor angesehen hatten. Die amerikanische Originalversion lief im Outpost, dem Truppenkino der Amerikaner in Berlin. In den deutschen Kinos wartete man dagegen noch immer auf den Start der deutschen Synchronfassung.

»Paul Newman in einer Milchbar in Westport, Connecticut – war das schon der Gag?«, maulte Frank.

»Still, Frank! Es geht weiter. Meine Freundin Anna sieht also Paul Newman, ihr wisst schon: seine strahlenden blauen Augen, das Schmunzeln, dieser Mund und überhaupt: Anna liebt Paul Newman – okay, welche Frau nicht? Hey, ihr Herz rast, sie schmilzt schneller als das Eis, das sie bestellt hat.«

»Hat sie später ihrem Mann davon erzählt?«, feixte Frank.

Helen lachte spitz auf. »Keine Ahnung. Jedenfalls, sie ist so furchtbar aufgeregt in der Bar, Anna, dass sie nur noch ihr Eis bezahlen kann und bloß schnell wieder hinauswill, ehe sie Paul noch um den Hals fällt.«

Helen stockte und sah die beiden Männer durchtrieben lächelnd an.

»Was?«, riefen sie gemeinsam aus.

»Hat Paul ihr seine Autogrammkarte in die Eiskugeln gesteckt, oder was ist passiert?«

»Frank.« Helen verdrehte die Augen und ging darüber hinweg. »Ihr müsst euch das vorstellen: Anna kriegt noch immer kein Wort gegenüber Paul heraus und findet sich, sie weiß gar nicht wie, endlich draußen wieder, neben ihrem Rusty, der treu neben der Ladentür auf sie wartet.«

»Und?«, rief Jo aus.

»Das Eis ist weg, stellt sie fest.«

»Es war weg?« Frank starrte sie ebenso an wie Jo.

»Ja, weg. Anna hatte nichts in der Hand. Als hätte sie ihr Eis schon gegessen.«

»Vor lauter Aufregung in der Milchbar vergessen?«, tippte Jo.

»Genau das dachte sich auch Anna. Sie fasst also all ihren Mut zusammen und geht zurück in die Bar. Zu Paul. Doch in dem kleinen Metallständer für die Waffeln, ihr wisst schon, steckt kein Eis. Sie will die Bedienung fragen, doch die ist gerade in dem hinteren Raum.«

»Und Paul Newman? War er noch da?«, wollte Jo wissen.

Helen nickte bedeutungsvoll mit dem Kopf, so dass ihr eine Strähne ihrer braunen Haare in die Stirn fiel. »Paul ist noch da. Sitzt nach wie vor an der Bar, Anna traut sich kaum, zu ihm hinüberzuschauen. Aber während sie noch rätselnd vor der Theke steht und sich fragt: Wo, zur Hölle, ist das verdammte Eis?, sieht sie aus dem Augenwinkel, dass Paul Newman seine Sonnenbrille mit einem Finger wieder bis zu seiner Nasenspitze herunterzieht und sie mit seinen blue eyes über den Brillenrand hinweg ansieht. Anna dreht sich jetzt ganz zu ihm um, face to face mit Paul, ihr Gesicht muss leuchten wie eine Tomate, so heiß ist ihr inzwischen. Und Paul Newman, was macht er?«

»Ja, was macht Paul Newman, Herrgott?!«, rief Frank. »Spann uns nicht endlos auf die Folter, Helen!«

Helen lachte genüsslich. »Paul Newman, er blinzelt sie – meine Anna, wohlgemerkt –, blinzelt er über die lässig heruntergezogene Sonnenbrille auf seiner Nase an und deutet dann mit dem Zeigefinger auf ihre Handtasche.«

»Ihre Handtasche?«, entfuhr es Frank.

»Sie hatte eine Handtasche dabei?«, wunderte sich Jo. »Ich dachte, sie hätte ihren Hund ausgeführt?«

Helen warf ihm einen vernichtenden Blick zu. »Keine Frau in Amerika, die auf sich hält, mein lieber Jo, würde ohne ihre Handtasche spazieren gehen. Ob sie einen Hund ausführt oder einen Mann, ganz egal. – Wo war ich?«

»Paul Newman, der mit dem Zeigefinger auf Annas Handtasche deutet«, sagte Frank.

»Richtig. Und Anna – sie denkt natürlich, was *ist* mit meiner Handtasche? Bis ihr mit einem Mal ein bestimmter, extrem peinlicher Verdacht kommt. Aber den überprüft sie selbstverständlich nicht an Ort und Stelle, in der Eisbar, Auge in Auge mit Paul Newman. Nein, sie dreht sich panisch um und flüchtet wieder hinaus. Draußen vor der Tür reißt sie ihre Handtasche auf und tadamm …«

»Findet ihr Eis darin?«, meinte Jo lachend.

»Sagen wir, eine hübsche, bunt schillernde Flüssigkeit, die zwischen ihrem Lippenstift, dem Eyeliner, der Sozialversicherungsnummer und ein paar anderen hübschen Dingen herumschwappt. Das Ganze gespickt mit den Krümeln der zerdrückten Waffel.«

»Sie hatte ihr Eis in ihre Handtasche getan?« Frank sah Helen skeptisch an.

»Yes, Sir! Aber, ich finde, sie hat sich noch ganz gut geschlagen. Ich an ihrer Stelle hätte – nein, das gestehe ich euch Jungs nicht!« Sie begann schallend zu lachen.

Es war der Auftakt zu einem entspannten Abend, der Jo die Geschehnisse des vergangenen Tages vergessen ließ. Wenigstens für ein paar Stunden.

Als er sich kurz vor Mitternacht verabschiedete, machte Frank noch keine Anstalten zu gehen. Und Jo wurde das Gefühl nicht los, dass der Glanz in den Augen der beiden nicht allein auf die Highballs zurückzuführen war, die sie intus hatten.

Vor der Garage in der Einfahrt stand Helens weiße Chevrolet Corvette, ihr aus Amerika eingeschiffter Sportwagen, der in der Dunkelheit des spärlich beleuchteten Duck Pond milchig schimmerte. Bei Gelegenheit würde er sie einmal nach dem Preis für den Wagen fragen, es interessierte ihn, und Amerikaner, war seine Erfahrung, sprachen über Geld viel offener als Deutsche.

Seine DKW stand direkt hinter der Corvette, deren vier Heckleuchten wie tote Augen in die Dunkelheit starrten. Er hatte das Motorrad gerade startklar gemacht und wollte aufsitzen, als eine hochgewachsene männliche Gestalt wie aus dem Nichts am Straßenrand auftauchte. Der Mann trug die Uniform eines US-Offiziers, seine Mütze saß ihm schief auf dem Kopf, und er versuchte vergeblich, sich eine Zigarette anzuzünden. Er blieb stehen, schwankte ein wenig, warf das abgebrannte Streichholz weg und versuchte es mit einem zweiten, dann mit einem dritten, jedes Mal vergeblich.

Jo erbarmte sich, stieg ab und ging langsam auf den Mann zu.

»Officer«, grüßte er ihn, »may I help you?« Er bot ihm mit seinen eigenen Streichhölzern Feuer an. Hastig entzündete der Offizier seine Zigarette daran. »Thanks, mate«, sagte er und ließ sie auch gleich aufglühen. Für einen Moment begegneten sich ihre Blicke über der aufglimmenden Zigarettenspitze. Der Offizier hob zum Dank die Hand und wankte dann weiter über das schmale graue Band des Bürgersteigs längs der Bungalows.

Jo sah ihm hinterher, bis der Mann am nördlichen Ende in der Garystraße verschwunden war. Was vermutlich bedeutete, dass der Offizier nicht am Dreipfuhl wohnte, denn zu den Duplex-Häusern an der Westseite des Duck Pond hätte er der Hufeisenform der Straße nur weiterfolgen müssen.

Nachdenklich ging Jo zu seinem Motorrad zurück und startete es erneut. Der schwankende Seemannsgang des Offiziers, machte er sich klar, passte nicht zu der Tatsache, dass sein Atem kein bisschen nach Alkohol gerochen hatte. Der Mann hatte übertrieben wie ein Schauspieler in einem Laienensemble.

Die Augen des Mannes auf der anderen Seite des Schreibtischs waren so kobaltblau wie sein Anzug. Sie waren starr wie Scheinwerfer auf sie gerichtet.

»Bei uns bist du in Sicherheit, Mädchen«, sagte der Mann, genau wie die Aufseherin es tat, so als wüsste er ihren Vornamen nicht. »In Sicherheit, verstehst du, Mädchen? Es ist wichtig, dass du das nicht vergisst.«

Sie nickte mechanisch.

»Du weißt, was deiner Mutter geschehen ist«, sagte der Mann.

Sie schwieg. Nein, das wusste sie nicht. Sie hatte ihre Mutter gesehen, aber ihren Zustand nicht verstanden. Sie hatte gar nichts verstanden.

Jetzt war sie hier, aber was geschehen war, das begriff sie noch immer nicht. Sie musste immerzu daran denken und konnte deshalb nicht schlafen – wenn doch einmal, erwachte sie gleich darauf aus einem Albtraum. Die Aufseherin hatte ihr Tabletten gegeben und darauf bestanden, dass sie sie nahm. Der Schlaf danach war wie eine Ohnmacht gewesen, ihr Kopf fühlte sich nun dumpf und schwer an, ihr Körper taub, der Schmerz klumpte wie eine Faust in ihrer Brust und presste ihr Herz zusammen.

»Ich sagte: Du weißt, was deiner Mutter geschehen ist, Mädchen!« Die Augen des Mannes verengten sich zu Schlitzen. »Es ist wichtig, dass du das weißt. Und begreifst du auch, warum es wichtig ist, Mädchen?«

Sie bewegte langsam den Kopf hin und her.

Der Mann beugte sich bedrohlich vor, sein weißes Gesicht wuchs wie ein gigantischer bleicher Mond auf sie zu. »Es ist wichtig«, wiederholte er, »damit dir nicht etwas Ähnliches geschieht wie deiner Mutter. Darum bist du jetzt hier. Bei uns. In Sicherheit. Verstehst du das?«

Ihr Herz begann zu rasen, ihr Gesicht brannte wie Feuer, das Blut schoss ihr in den Kopf.

Doch auf einmal fühlte sie, dass ihr das half, zu denken.

»Ja«, flüsterte sie, um ihm zu geben, was er wollte, »ja, ich verstehe.«

»Dann ist es gut, Mädchen.« Der Mann zog seinen Schädel zurück und richtete sich auf. »Alles wird gut für dich, wenn du das verstanden hast.« Seine Lippen verzogen sich zu einem Lächeln. Seine Augen lächelten jedoch nicht, sondern starrten sie weiterhin an. »Sag es noch einmal. Sag, dass du es verstanden hast!«

»Ich habe es verstanden.«

»Gut.« Der Mann nickte. »Dann darfst du jetzt zum Essen gehen. Zusammen mit den anderen. Wir unterhalten uns später weiter.«

Sie stand auf, wandte dem Mann den Rücken zu und ging hinaus.

Sie hatte verstanden.
Sie war nicht in Sicherheit.
Alles andere als das.

DONNERSTAG, 30. OKTOBER 1958

Jo hatte kaum sein Zimmerchen betreten, den Mantel an den wackeligen Garderobenständer gehängt und war im Begriff, Peggie einzuschalten, als das Telefon klingelte.

»Morgen, Herr Sturm, Krauß hier aus der Fünften.« Gudrun Krauß, die Sekretärin der Mordabteilung. »Sagen Sie mal, wo treiben wir uns denn herum? Ich rufe heute früh schon zum x-ten Mal bei Ihnen an. Und ich telefoniere nicht jedem Kerl hinterher, falls Sie das denken.« Sie unterfütterte ihr Genervtsein mit einem unüberhörbar frivolen Unterton.

Jo schaute auf seine Armbanduhr und dann auf die Wanduhr. »Auf allen meinen Uhren ist es zehn nach acht.«

»Eben«, sagte Gudrun Krauß. »Die Herren hocken schon seit Punkt acht Uhr bei Herrn Hauptkommissar. Kriminalrat Kettler ist auch da. Und Sie, Herr Sturm, soll ich dazurufen.« Was sie hiermit getan habe.

»Was wollen die Herren denn von mir? Darf ich das auch erfahren?«

»Keine Ahnung, Herr Sturm. Mir sagt auch keiner was. Am besten, Sie kommen gleich rauf. Zimmer 503, aber das wissen Sie sicher noch.« Sie legte auf.

Jo überlegte, ob er sich nun bei Mattusch dafür bedanken musste, dass man ihn zur Teilnahme an der erlauchten Herrenrunde in der Fünften einlud. Immerhin schien er seine Ankündigung, mit Granzow über die Zusammenarbeit im Fall Stahns zu reden, wahr gemacht zu haben.

Doch genau betrachtet, bat man ihn nicht, sondern rief ihn herbei wie einen Lakaien. Man würde sein Wissen im Fall Luise Stahns abzapfen und ihn danach wieder hinunter in seine Besenkammer schicken. Nein, er sah keinen Grund, Mattusch dankbar zu sein.

Er schaltete das Radio ein und rauchte zum Ausklang von Glenn Millers »In the mood« noch eine Zigarette, ehe er sich auf den Weg in den fünften Stock machte.

An der Tür zu Granzows Reich, Zimmer 503, klopfte er halbherzig und trat ein, obwohl er Lust hatte, auf dem Absatz umzukehren. Granzows nahezu regalfreies Büro – die Fallakten ließ er als Leiter der Mordabteilung lieber nebenan in Gerbers und Schuchardts Zimmer horten – war wie so oft vollkommen überheizt und geschwängert von Tabakqualm. Der Hauptkommissar saß hemdsärmelig hinter seinem Schreibtisch, die klobigen Hände auf der Tischfläche abgelegt. Die Haare standen ihm nicht nur bildlich zu Berge. Rechts und links von ihm saßen Schuchardt und Gerber, Letzterer mit einer brennenden Zigarette in den Händen. Am Sideboard, unter der riesigen Straßenkarte Berlins, auf der die rot markierte Sektorengrenze zu Ostberlin wie eine schlecht verheilte OP-Narbe verlief, lehnte Kriminalrat Kettler, ein kleiner dürrer Mann mit grau melierten Strähnen und hoher Stirn. Die Hände hatte er tief in den Taschen seines rostbraunen Anzugs vergraben, er sah aus, als schaue er nur mal auf einen Sprung vorbei.

Schuchardt, neben dem ein freier Stuhl stand, signalisierte Jo, dass er sich setzen solle. Granzow stierte ihn nur grimmig an.

Kettler kam herüber und baute sich neben Granzow auf, als bräuchte dieser nun seinen Beistand. Nach einem kurzen Blick in die Runde nahm er Jo ins Visier. »Es gibt neue Entwicklungen, die uns zu personellen Änderungen zwingen, die nun auch Sie betreffen, Sturm. Der Fall Kwiatkowski, den Sie noch als Vermisstenmeldung bearbeitet haben, ist in neue Zuständigkeiten gegeben worden. Ich kann dazu keine Erklärung abgeben. Wie auch immer man das bewerten mag« – sein Gesichtsausdruck verriet jedoch, dass er gar nichts davon hielt –, »es versetzt uns personell wenigstens in die Lage, den Mordfall Stahns mit dem Vermisstenfall Stahns, Mutter und Tochter, zu verzahnen. Der Mord an der Mutter ist ja nicht zu trennen von der Suche nach der vermissten Tochter.«

Ein wahres Wort. Kettler, dessen gestelzte Redeweise Jo schon zu langweilen begonnen hatte, hatte auf einmal seine volle Aufmerksamkeit. Plötzlich ahnte er, dass auf Granzow noch von ganz anderer Seite eingeredet worden war als von Mattusch. »Von oben«, wie Lene Spohn treffsicher dazu sagen würde.

»Der Mordfall Stahns«, erläuterte Kettler weiter, »fällt ab sofort in die Zuständigkeit von OK Schuchardt. Sie, Sturm, werden Ihre Vermisstensuche nach der Tochter Stahns mit Schuchardt abstimmen. Hauptkommissar Granzow wird wieder zwischen den aktuellen Fällen – wir haben ja auch noch den Fall Herzke – koordinieren.«

»Hab übrigens inzwischen mit Mattusch gesprochen«, knurrte Granzow und sah über die Schulter zu Kettler auf. »Wie auf ein krankes Pferd musste ich auf den Mann einreden, dass er Sturm für uns abstellt.« Er winkte mit der Hand ab und zog sich eine Overstolz aus der Schachtel, die zwischen zwei Aktenstapeln auf dem Schreibtisch lag.

Jo fiel es schwer, nicht laut aufzulachen: Ausgerechnet Granzow wollte sich mit einem Mal persönlich dafür eingesetzt haben, dass Jo für diesen einen Fall wieder mit der Mordabteilung kooperierte! Wenn überhaupt, dann hatte Granzow es nur deshalb getan, weil Kettler es angeordnet hatte. Granzow galt als harter Hund, aber wen er zu beißen hatte, bestimmte Kettler. Dass Mattusch blockiert hatte, passte trotzdem in das Bild, das er von diesem Heuchler hatte. Der leider sein Vorgesetzter war.

»Über Ihre Aufgabe, Sturm«, sagte Kettler abschließend, »werden die Herren Sie unterrichten. Nicht wahr, Kurt?« Die Frage war rhetorisch. Er klopfte Granzow, der nicht reagierte, jovial auf die breite Schulter, dann mit den Fingerknöcheln auf die Tischplatte – Jo hasste das Geräusch –, blickte stirnrunzelnd in die Runde und stakste hinaus.

Kaum war die Tür geschlossen, meldete sich Gerber zu Wort. In seinem marineblauen Zweireiher mit den vergoldeten Knöpfen und der champagnerfarbenen Krawatte wirkte er wie der geborene Frühstücksdirektor. Nur seine Laune entsprach dem ganz und gar nicht. »Der Fall Stahns wäre somit geklärt, zumindest personell«, sagte er spürbar gereizt. »Aber wie der Kriminalrat so schön sagte, er ist nicht der einzige, wir haben außerdem noch meinen Fall Herzke.«

Granzows glutrot anlaufendes Gesicht zeigte, wie sehr ihm Gerbers Ton missfiel. »Sie sind gleich dran, Gerber«, kanzelte er ihn ab. »Oder Sie warten, bis ich pensioniert werde.« Er lief anscheinend zur gewohnten Form auf.

Gerber verzog keine Miene, zündete sich aber eine neue Nil direkt an dem noch glimmenden Stängel in seiner Hand an, von dem er hektisch zwei letzte Züge nahm, ehe er ihn in den Aschenbecher drückte, bis er kein Rauchzeichen mehr gab.

Granzow beachtete ihn schon nicht mehr, als er begann, den Stand der Dinge im Fall Stahns zusammenzufassen: »Wir haben eine Lehrerin, Luise Stahns, Anfang vierzig, verwitwet, die erwürgt wurde, wie es aussieht. Wahrscheinlicher Todeszeitpunkt war laut Arzt schon vor einigen Tagen. Genaueres nach der Obduktion. Wird übrigens Zeit, dass der Mann in Rente geht. Statt seine Arbeit zu machen, hat er mir erklärt, dass die Leiche bei stetiger Luftzufuhr und günstigerer Lagerung über ein paar Jahre hinweg gute Chancen gehabt hätte zu mumifizieren. – Sehr witzig.« Er hob die buschigen Brauen und gab ein genervtes Schnaufen von sich. »Die Wohnung«, fuhr er fort, »war auch Tatort, das steht fest. Die Leiche wurde ganz sicher nicht transportiert, sagt der Doktor. Kaum Hämatome am Körper, was für wenig Gegenwehr spricht. Sie muss überrumpelt worden sein. Aber keine Spuren einer Vergewaltigung, offenbar auch kein Geschlechtsverkehr vor dem Tod.« Er runzelte die breite Stirn. »Seltsam, dass die Leiche zugedeckt im Bett lag, brav im Nachthemd.«

»Ein fürsorglicher Mörder«, lästerte Gerber.

»Zumindest kannte sie ihn«, sagte Schuchardt. »Deshalb hat sie ihn arglos hereingelassen.«

»Womöglich schon im Négligé«, sagte Gerber. »Vielleicht ihr Geliebter.«

»Wäre eine Erklärung, ja«, räumte Granzow ein. »Dazu passt, dass von den Nachbarn an dem Abend nichts Auffälliges gehört oder gesehen wurde. Es gibt auch keine Anzeichen von Einbruch. Allerdings ist diese Art von Türschloss noch Vorkriegsstandard, sagen die Techniker, und sie hatte kein Stangenschloss zusätzlich anbringen lassen, mit ein paar Kenntnissen hätte man also schnell eindringen können, ohne Lärm zu machen und Spuren zu hinterlassen.« Er stockte und richtete plötzlich den Blick auf Jo, das erste Mal an diesem Morgen. »Unglücklicherweise ist die Tochter verschwunden, ein Backfisch. Klären Sie uns mal auf, Sturm.«

Jo, der die erwartungsvollen Blicke aller in der Runde auf sich gerichtet sah, musste sich innerlich kurz sortieren, ehe er die bislang bekannten Hintergründe zu Grit Stahns zusammenfassen konnte. Dann kam er ohne Umschweife auf den entscheidenden Abend zu sprechen: »Grit Stahns, müssen wir uns vorstellen, fährt am Sonntagabend nach dem tumultartig verlaufenen Rock'n'Roll-Konzert im Sportpalast mit zwei gleichaltrigen Schulfreundinnen zurück nach Kreuzberg, wo sie alle drei wohnen. Sie trennt sich am Görlitzer Bahnhof von den zwei anderen Mädchen – eine von ihnen kenne ich zufällig persönlich, eine zuverlässige Zeugin – und geht allein nach Hause.«

»Moment mal«, unterbrach Granzow, »wieso kennen Sie die Freundin der Göre persönlich?«

»Sie ist die Tochter meiner Vermieterin und hat sich Sorgen um ihre Freundin gemacht. Meine erste Informantin quasi, da sie wusste, was ich arbeite.«

»Na schön. Weiter im Text.«

Fehlte nur noch, dass Granzow in die Hände klatschte wie ein Zirkusdompteur, dachte Jo. »Zwischen Viertel nach zehn an dem Abend«, fuhr er nach einem kurzen Räuspern fort, »und, sagen wir, spätestens Viertel vor elf müsste Grit Stahns die Wohnung in der Naunynstraße erreicht haben. Hier beginnen natürlich die Spekulationen«, räumte er ein. »Fest steht aber, dass das Mädchen ungeplant nach Hause kam. Veranlasst durch den chaotischen Verlauf des Bill-Haley-Konzerts.«

»Was haben die Gören auch auf Rocker-Konzerten verloren! Dieses Affenspektaktel gehört sowieso verboten«, fuhr Granzow dazwischen.

»Aber für Grits Verschwinden war Bill Haley nicht verantwortlich«, entgegnete Jo. »Sondern der oder die Mörder ihrer Mutter.«

»Was macht Sie da so sicher, Sturm?« Granzow sah ihn herausfordernd an. »Vielleicht war der Täter, oder sei es, dass es mehrere waren, schon fort, und die Göre hat nur den Kopf verloren, ist weg, raus aus der Wohnung und versteckt sich seitdem irgendwo?«

Jo schüttelte den Kopf. »Ich kann mir beim besten Willen nicht vorstellen, Herr Hauptkommissar, dass die Tochter ihre tote Mutter in der Wohnung findet, sie noch mit der Bettdecke zudeckt oder wieder zudeckt, dann fortrennt – ohne Hilfe zu suchen, wenigstens bei ihren Freundinnen, die an dem Abend nur ein paar Straßen weiter zu finden waren. Außerdem ist es für eine Jugendliche gar nicht so einfach, zu verschwinden, ohne irgendeine Spur zu hinterlassen, und das seit Tagen. Wir suchen natürlich nach ihr mit allen Mitteln und erkunden weiter ihr Umfeld.« Die übliche Routine. »Wir schließen also die Möglichkeit, sie könnte sich in Panik irgendwo verstecken, nicht kategorisch aus. Trotzdem ...« Dies war eben kein gewöhnlicher Vermisstenfall, sonst säße er jetzt nicht hier, in dieser Runde. »Meines Erachtens spricht alles dafür, dass Grit Stahns gewaltsam entführt wurde. – Ob sie noch lebt, ist eine ganz andere Frage.« In seinen Augen jedoch die entscheidende momentan. Er sah Granzow direkt an. »Finden wir Grits Entführer, Herr Hauptkommissar, haben wir auch Luise Stahns' Mörder.« Davon war er überzeugt.

Granzow sah ihn finster an, widersprach jedoch nicht mehr. Dann blickte er wieder in die Runde. »Wir gehen folgendermaßen vor: Schuchardt, Sie grasen die privaten, familiären und, nicht zu vergessen, auch die beruflichen Hintergründe der Mutter ab: Verwandte, Bekannte, Freundinnen, Kollegen, mögliche Liebhaber et cetera. Sturm, warum ist eigentlich noch keine offizielle Suchmeldung wegen der kleinen Stahns heraus? Mir ist jedenfalls keine bekannt.«

»Die Meldung für Grit Stahns kommt«, versicherte Jo. Er würde sie neutral formulieren, ohne den Verdacht, das Mädchen könne entführt worden sein, der ohnehin immer bestand, wenn Minderjährige spurlos verschwanden. »Es scheint aber Probleme in der Reproabteilung zu geben.«

»Schon wieder ein Streik?«

»Richtig, die Technik streikt.«

Granzow begann mit den Backenzähnen zu mahlen, ein scheußliches Geräusch. »Na schön, Sie tauschen sich in allem mit Schuchardt aus, Sturm, ist das klar?«

Laut genug war es jedenfalls.

»Und nun zu Ihnen, Oberkommissar«, wandte der Alte sich an Gerber. »Der Fall Herzke riecht mir gewaltig nach Ärger.«

»Wenn Sie die ständigen Anrufe von RIAS-Hörern meinen, ob wir den Mörder schon im Sack haben, stimme ich Ihnen zu«, sagte Gerber, der seine gewohnte Lockerheit zurückgewonnen hatte.

»Ich meine alles, was damit zusammenhängt!«, polterte Granzow. »Hörer, die durchdrehen, die Presse mit ihrem Tamtam, die ganze öffentliche Aufmerksamkeit für den Fall. Bloß weil der Tote ein Mann vom RIAS war, muss noch nicht gleich der Osten dahinterstecken.« Er stieß einen Schwall Luft durch die fleischige Nase heraus. »Wir müssen in alle Richtungen ermitteln, wie immer. Aber sollen wir jetzt auch noch die Hörerpost vom RIAS beantworten und den Ermittlungsstand in Kulenkampffs Ratesendungen erläutern? So weit kommt's noch.«

Gerber blies in das gleiche Horn: »Von wegen Sendungen: Jeder Zweite, der schon einmal Herzkes Stimme im Radio gehört hat, will ihn jetzt auf dem Weg nach Kohlhasenbrück *gesehen* haben. Selbst dann, wenn er sich angeblich noch am Ku'damm aufgehalten hat. Und das alles auf der Basis von Hochglanzpressefotos, die der Sender schon vor Jahren von ihm herausgegeben hat.«

»Herzke war eine große Nummer beim RIAS«, gab Schuchardt zu bedenken. »So eine Art Star, oder nicht?«

Gerber spitzte die Lippen. »Doch, sicher. Ein Wunder, dass ihn der Stern noch nicht auf der Titelseite hatte.«

»Wann und von wem wurde Herzke denn zuletzt gesehen?«, wollte Jo wissen. »Ich meine: gesichert?«

»Am Montagabend im RIAS, soweit wir das bisher ermitteln konnten«, antwortete Gerber. »Herzkes Sendung wurde planmäßig im Studio aufgenommen und ausgestrahlt, hieß es. Anschließend hat er noch mit ein paar Kollegen in der Kantine ein, zwei Bier getrunken. Die Kollegen blieben noch, Herzke ist so um zehn, halb elf gegangen, das heißt vermutlich gefahren. Sein Opel, ein grauer Olympia Rekord, steht jedenfalls nicht mehr auf dem Parkplatz vor dem Sender, wo er ihn gewöhnlich abstellt. In einem weiteren Kreis rund um die Kufsteiner Straße haben wir ihn auch nicht gefunden, genauso wenig vor seinem Haus in der Mackensenstraße, Nähe Nollendorfplatz. Und in seiner Wohnung ist laut Ehefrau kein Autoschlüssel zu finden.«

»Und in Tatortnähe?«, fragte Jo.

»Nichts zu sehen von seinem Opel. Er hat auch keine Verwandten oder Bekannten in Kohlhasenbrück, sagt seine Frau. Die Spur führt also vom RIAS-Gebäude in Schöneberg Richtung Kohlhasenbrück. Aber wie, auf welchen Wegen und eventuell mit welchen Unterbrechungen er dorthin gelangt ist, wissen wir nicht. Dass man ihn wie einen Hund erschlagen hat, habe ich der Ehefrau vorerst erspart. Herzke wurde ja regelrecht abgeschlachtet. Er lag auf dem Boden, Gesicht nach unten, sein Hinterkopf durch Schläge wie mit einer Keule zertrümmert, der Schädel war buchstäblich ein Scherbenhaufen.«

»Wut des Täters? Das spricht eher für ein persönliches Motiv als für ein politisches«, warf Schuchardt ein.

»Oder es soll genau das vorgetäuscht werden.« Gerber stieß einen Seufzer aus, der seine Ratlosigkeit verriet.

»Dann fassen Sie beim RIAS noch mal nach, ob der Osten irgendein Interesse an Herzkes Ermordung haben könnte, Gerber«, forderte Granzow. »Oder irgendeine andere politische Richtung«, schob er nach. »In Berlin lässt sich in der Hinsicht ja gar nichts mehr ausschließen.«

»Was sagt denn Herzkes Frau zu möglichen Motiven, welcher Art auch immer?«, wollte Schuchardt wissen. »Du hast doch mit ihr gesprochen, Franz.«

»Leider nur ganz kurz. Frau Herzke fühlte sich nicht.« Gerber zog ironisch eine Braue hoch. »Sie sieht zugegeben aus wie ein Weißkäse, ihr Arzt hat sie krankgeschrieben.«

»Nicht verwunderlich, oder?«, fragte Schuchardt. »Sie hat immerhin ihren Mann verloren.«

Gerber zuckte mit den Schultern, wobei ein wenig Glut von der Spitze seiner Zigarette auf sein Hosenbein fiel; er blies sie in Windeseile weg.

Granzow warf sich unwirsch gegen die Rückenlehne seines Stuhls. »Wir können nicht warten, bis sich die Witwe Herzke gefangen hat. Graben Sie in ihrem Umfeld, Gerber. Vielleicht hat sie einen Liebhaber, der ihr den Gatten vom Hals geschafft hat.«

»Oder Herzke selbst hatte eine Geliebte und die Quittung von deren Mann oder Verlobten erhalten«, sagte Gerber. »Laut unserem Fräulein Krauß«, er deutete mit dem Daumen zum Sekretariatszimmer nebenan, »hatte er nicht nur eine Stimme zum Dahinschmelzen, sondern sah dazu auch noch aus wie Cary Grant. Gundula sagt, sie hätte Wulf Herzke einmal auf dem Wittenbergplatz erlebt, als er zusammen mit einem Kollegen eine Live-Sendung für das Radio moderiert hat. Ich fürchte, ihr gutes Herz schlägt noch heute schneller seit diesem Erlebnis.«

»Herzke war ja bekannt für seine Live-Sendungen im RIAS«, meinte Schuchardt. »Jedenfalls früher.«

»Wusste gar nicht, dass du so viel RIAS hörst, Rudi«, stichelte Gerber.

»Papperlapapp!« Granzow klatschte plötzlich mit der flachen Hand auf den Tisch, die Zigarette noch zwischen den Fingern, so dass Flugasche den Aktenstapel daneben bestäubte. »Schluss mit dem Geschwätz, an die Arbeit. Spätestens morgen müssen wir Ergebnisse vorweisen. Sonst fällt Berlins gesamte Presse über uns her. Sie wissen, was zu tun ist«, wandte er sich noch einmal an Gerber und wedelte dann alle Anwesenden mit seiner Overstolz hinaus.

Jo verließ mit Schuchardt und Gerber das Zimmer. Während Gerber über den Flur in Richtung Aufzüge davoneilte, blieb Schuchardt auf einmal stehen. »Hören Sie, Sturm«, sagte er mit gesenkter Stimme und zog Jo am Ärmel ein paar Schritte weiter fort von Granzows Tür. »Der Hauptkommissar hat zwar nicht angeordnet, dass Sie wieder in unser Dienstzimmer einziehen. Aber er hat es auch nicht untersagt. Trotzdem warten wir damit besser noch ein, zwei Tage. Dann wird er Sie einfach übersehen, wenn Sie da sind.«

»Ich freu mich schon drauf. Werd gern übersehen, nur nicht auf dem Zebrastreifen.«

»Sie missverstehen den Alten, Sturm. Er hält in Wahrheit viel von Ihnen.«

»Von *mir*? Nicht Ihr Ernst.«

»Von Ihrem Talent als Ermittler hält er sogar sehr viel, glauben Sie mir.«

»Jetzt, wo Sie's sagen, Herr Schuchardt.«

»Granzow kann nicht über seinen Schatten springen. Sie haben beim letzten Mal seine Anordnungen missachtet, was erwarten Sie also von ihm? Soll er sich bei Ihnen entschuldigen, weil Sie letztlich den richtigen Riecher hatten? Darauf können Sie lange warten.«

»Ich weiß. Eher reißt er sich die Zunge aus.«

»Lassen Sie ihn noch eine Weile knurren, damit er das Gesicht wahren kann.«

Jo bekam mit einem Mal eine Ahnung von Schuchardts psychologischen Qualitäten. Er hatte seinen Chef, den Hauptkommissar, vollkommen durchschaut und preiste dessen persönliche Macken einfach mit ein.

»Ich würde gerne, bevor ich mir die Tatortwohnung noch mal ansehe, mit dem Leiter der Schule reden, an der Luise Stahns gearbeitet hat«, teilte Schuchardt ihm nun mit.

»Hagert heißt der Mann.«

»Sie haben mit ihm schon gesprochen, richtig?«

»Gestern. Allerdings bevor wir die Leiche fanden.«

»Was halten Sie davon, wenn wir Hagert zusammen einen Kondolenzbesuch abstatten? Der Kriminalrat hat schon recht, ich brauche dringend Hintergrundinformationen zu Luise Stahns. Und Sie benötigen sie für Ihre Suche nach der Tochter.«

Während sie gemeinsam zum Aufzug gingen, informierte Schuchardt Jo nebenbei auch darüber, dass sich Mölradt bereits um die Meldedaten von Luise Stahns kümmere.

»Mölradt, der Kriminalassistent?«

»Ja, er hat sich geradezu um die Aufgabe gerissen«, sagte Schuchardt.

»Er dürfte froh sein, nicht mehr Granzows Sklave zu sein.«

Jo sah ein winziges Zucken um Schuchardts Mundwinkel, während er den Aufzugknopf drückte.

Im Fuhrpark des Präsidiums bekamen sie einen VW-Käfer als Dienstfahrzeug zur Verfügung gestellt.

Schuchardt drückte Jo die Autoschlüssel in die Hand. »Sobald ich die Kupplung durchtreten muss, meldet sich momentan jedes Mal mein Splitter in der Hüfte.«

Auf der Potsdamer Straße, in die sie in nördlicher Richtung einbogen, zwang sie eine Baustelle in Höhe Goebenstraße, an der Jo mit seiner DKW immer – leicht vorschriftswidrig – vorbeimanövrierte, zu einer Schleife via Bülowstraße, um auf die Yorckstraße zu gelangen.

Zwischen Pallas- und Winterfeldtstraße kamen sie am Sportpalast vorbei. »Schon gehört, dass die Sportpalastdirektion nach dem Tumult am Sonntag und den Reaktionen in der Stadt keine Rock'n'Roll-Veranstaltungen mehr zulassen will?«, fragte Schuchardt.

»Musik verbieten, das haben die Nazis schon probiert.« Nicht zuletzt auf den Jazz hatten sie es abgesehen. »Hat nicht wirklich geklappt.« Hitler war tot, Coco Schumann lebte zum Glück noch immer. Und mit ihm und anderen Musikern seiner Klasse auch der Jazz.

Am Südstern bogen sie in die Körtestraße ein, fuhren am Urbankrankenhaus vorbei und erreichten das Schiller-Gymnasium in der Dieffenbachstraße, die Schule, an der Luise Stahns unterrichtet hatte. Sie parkten auf der gegenüberliegenden Straßenseite vor einem Haus, dessen Fassade erneuert wurde. Arbeiter, die Pause machten, standen neben einem Bauwagen, rauchten, aßen Brote oder tranken Bier aus Halbliterflaschen.

Schuchardt blieb vor dem Schulgebäude stehen und ließ seinen Blick über die rote Backsteinfassade wandern. »Die schlimmste Zeit meines Lebens«, sagte er.

»Ihre Schulzeit?«

»Abgesehen vom Krieg natürlich.«

»Schlimme Lehrer?«

»Das auch. Am schlimmsten waren die Schüler, besonders einer. Hat mich täglich verprügelt, Kalle hieß er. Und die anderen Jungen haben zugesehen oder sogar gejohlt.« Er sagte es ohne erkennbares Selbstmitleid in der Stimme. »Damals habe ich mir geschworen, dass ich böse Jungs wie Kalle später ins Gefängnis bringen werde.« Er verzog das Gesicht zu einer sarkastischen Grimasse. »Die Geburtsstunde eines Polizisten, schätze ich.«

Jo dachte darüber nach, während sie die Straße überquerten und durch das Eingangsportal das Schulgebäude betraten. Nein, in seinem Fall war es kein übler Mitschüler gewesen, den er gerne ins Gefängnis gesteckt hätte. Mit der Schule hatte seine Berufswahl nichts zu tun. Es war sein Vater, der Jo regelmäßig so verprügelt hatte, dass er tagelang nicht mehr gehen, stehen oder liegen konnte. Seine Mutter hatte ihn dann in der Schule krankgemeldet. Seine Freunde wussten oder vermuteten es, dass sein Vater ihn mal wieder »in der Mangel« gehabt hatte. Und manche Lehrer ahnten es sicherlich auch, sagten aber nichts, Schlagen war nun mal Elternrecht, viele empfanden es sogar als ihre Pflicht, sein Vater hatte sichtlich Spaß daran, ihn zu verprügeln. Er war später im Krieg gefallen. Jo ging davon aus, dass die Partisanen, die ihn irgendwo im Osten gestellt hatten, nachdem seine Wehrmachtseinheit ihr Dorf niedergebrannt hatte, ihn ebenfalls gründlich in die Mangel genommen hatten. Jedenfalls war er nicht aus dem Krieg zurückgekehrt, und Jo hatte ihm bis heute keine Träne nachgeweint.

Wenige Minuten später saßen sie Schulleiter Hagert in dessen Büro gegenüber. Auf dem Nierentisch der kleinen Sitzgruppe standen dank der Aufmerksamkeit der Sekretärin dampfende Kaffeetassen und ein frisch geleerter Aschenbecher. Sie war hübsch, diese Sekretärin, brünett, trug einen gerippten, eng anliegenden grünen Pullover, der die harten Spitzen ihres Büstenhalters passgenau abbildete. Jo fing ihr breites Lächeln auf, als sie ihm die Kaffeetasse hinschob, und erblickte eine Zahnreihe, schief und schön wie ein alter Zaun, der schon lange keinen Anstrich mehr gesehen hatte.

Hagert sah nicht gut aus heute. Er trug einen dunklen Anzug und eine schwarze Krawatte, die zusammen mit der dunklen Direktorenbrille seine blasse Gesichtsfarbe gräulich erscheinen ließen.

»Ich hatte schon am Montag kein gutes Gefühl, als Frau Stahns nicht erschienen war«, behauptete er jetzt und setzte eine bedrückte Miene auf. »Aber was da nun mit ihr geschehen ist ...« Er blickte ins Leere und schien gedanklich nur mit Mühe wieder zurückzufinden. »Ich weiß allerdings nicht, wie ich Ihnen nun noch helfen kann.« Er schaute von Jo zu Schuchardt.

»Indem Sie uns einige Angaben zu dem Opfer, zu Luise Stahns, machen«, sagte Schuchardt, während Jo Notizbuch und Stift aus der Innentasche seines Mantels nahm.

»Angaben welcher Art?« Der Schulleiter bediente sich an seinem Zigarettenigel und bot auch Jo und Schuchardt davon an. Beide lehnten dankend ab.

Schuchardt setzte behutsam die Kaffeetasse ab, die er gerade erst zur Hand genommen hatte. »Zunächst einmal, Dr. Hagert, möchte ich wissen, wie lange Frau Stahns als Lehrerin an Ihrer Schule gearbeitet hat?«

»Seit ... Moment, da muss ich überlegen, seit dem Jahr zwei-, nein dreiundfünfzig, gut fünf Jahre also.«

»Wie kam sie zu Ihnen?«

Hagert runzelte die Stirn. »Verzeihung, was meinen Sie?«

»Was wussten Sie damals über Luise Stahns?«, erläuterte Jo. »Darüber, was sie vorher gemacht hatte, zum Beispiel, woher sie stammte? Wie kam es dazu, dass sie sich gerade bei Ihnen, an Ihrer Schule, beworben hat?«

»Sie hat sich nicht direkt an unserer Schule beworben, sondern bei der Schulverwaltung, die sie uns dann zugeteilt hat«, stellte Hagert klar. »Der Mangel an qualifiziertem Personal an den Schulen war immens nach dem Krieg, er ist immer noch groß, wir sind und waren dankbar für fähige Lehrkräfte wie Frau Stahns.« Er unterbrach sich und nahm einen Schluck von seinem Kaffee, dann noch einen und schließlich trank er ihn gleich ganz. Nachdem er die Tasse klappernd abgestellt hatte, so als hätte er Schwierigkeiten mit der Koordination seiner Bewegungen, fuhr er fort: »Sie war ja Kriegerwitwe, kam ursprünglich aus Ostpreußen, hatte vor dem Krieg in Königsberg studiert. Die Unterlagen dazu hatte sie glücklicherweise trotz Flucht und Vertreibung retten und mitnehmen können. Noch während des Krieges, wenn ich das recht erinnere, hatte sie geheiratet, den Mann aber im Feld verloren.« Er rückte seine Brille zurecht. »Moment, ich hole ihre Personalakte, damit ich Ihnen nichts Falsches berichte.« Er erhob sich, wobei er seine Zigarette auf dem Rand des Aschers ablegte, ging zu einem der Regale mit Aktenordnern, entnahm eine weinrote Mappe und kam damit zurück an den Tisch, um sich tief darüber zu beugen. »Jawohl, hier steht es: geboren 1916 in Königsberg, dort aufgewachsen und studiert, ihre Studienrichtungen entsprachen den heutigen Lehramtsfächern Deutsche Sprache und Erdkunde.«

»Luise Stahns' Mann ist im Krieg gefallen, sagten Sie. Und was geschah dann weiter mit ihr?«

»Nun, ihre Tochter, mit der sie bereits schwanger war, wurde in dieser Zeit geboren.«

1943 etwa musste das gewesen sein, überlegte Jo. Grit hatte demnach ihren leiblichen Vater nicht kennengelernt. Sie war heute gut fünfzehn Jahre alt. Klein und mager, wie sie war, sah sie allerdings zwei, wenn nicht drei Jahre jünger aus, rief er sich in Erinnerung.

»Dann kamen die Russen, wie wir alle wissen«, fuhr Hagert fort, »Frau Stahns musste fliehen wie so viele andere Deutsche in den Ostgebieten. Sie hat es schließlich bis nach Berlin geschafft und ist bei Kriegsende zunächst bei Verwandten, einem alten Ehepaar in Pankow, sagte sie, glaube ich, untergekommen.«

»Bis sie 1953 an Ihrer Schule anfing zu unterrichten, sind aber einige Jahre vergangen«, rechnete Schuchardt vor. »Was hat sie in der Zeit gemacht? Wissen Sie davon?«

»Selbstverständlich. Dieser Teil ihrer Vorgeschichte war ja besonders wichtig für uns: Sie hat nach fünfundvierzig im Ostsektor einige Jahre lang Oberschüler unterrichtet. Bis sie es nicht mehr aushielt. Der politische Druck, die Indoktrination an den Schulen, darüber klagten viele der Kollegen, die aus dem Osten zu uns herüberkamen, manche gelangten so ja auch an unsere Schule. Als dann die Verwandten der Kollegin, diese zwei alten Leutchen, von denen sie sprach, kurz nacheinander starben, entschied sie sich, in den Westen zu gehen. Wie so viele andere auch. Zum Glück für unsere Schule, wenn Sie mich als Schulleiter fragen. Wir sind mit Luise Stahns in den Genuss einer hervorragenden Lehrkraft gekommen.« Er setzte ein betrübtes Lächeln auf.

Schuchardt stellte ihm nun Fragen zur jüngsten Zeit, vor allem zu den Tagen vor ihrer Ermordung. Hagert fiel jedoch nichts Bemerkenswertes dazu ein.

Jo dagegen schon. »Sie deuteten gestern an, dass Luise Stahns in letzter Zeit auf Sie etwas übermotiviert gewirkt hat.«

»Habe ich das gesagt?« Er sah Jo verblüfft, sogar ein wenig erschrocken an.

»Sinngemäß sagten Sie es.«

»Was ich damit vielleicht andeuten wollte«, sagte Hagert mit einer fahrigen Geste, »betraf ihr Engagement über die Schulzeit hinaus, gewisse Pläne oder Vorstellungen, die sie diesbezüglich hatte. Ohne dass sie damit nun gleich hausieren ging, das muss ich dazusagen.«

Schuchardt kniff die Brauen zusammen. »Was heißt das, Dr. Hagert?«

»Nun, sie hatte, wie soll ich sagen, ein gewisses Faible entwickelt für bestimmte reformerische Ansätze, die eher während der Systemzeit in Mode gekommen waren.«

Systemzeit? Jo horchte plötzlich auf. Das Wort hatte zum typischen Vokabular der Nazis gehört.

»Über welche Zeit reden wir hier genau?«, ging er Hagert auf einmal scharf an. »Die Jahre vor dreiunddreißig? Die Weimarer Zeit?«

»Richtig.« Feine Schweißtropfen bildeten sich auf der Stirn des Schulleiters, und er beeilte sich abzuwiegeln. »Als Leiter eines humanistischen Gymnasiums, das bekanntlich gewissen Traditionen und Standards an Bildung verpflichtet ist, kümmere ich mich naturgemäß wenig um etwas abseitige Reformgedanken.«

Abseitig. Jo registrierte seine Wortwahl. »Aber Luise Stahns tat das schon?«

»Ich hatte den Eindruck, ja.« Sein Stirnrunzeln zeigte deutlich, dass er dafür kein Verständnis hatte, nicht das geringste. »Falls Sie das für so wichtig erachten, sprechen Sie am besten mit der Kollegin Rajter darüber – Rajter mit a j. Als pädagogische Fachleiterin an unserer Schule hat sie vielleicht einmal mit Luise Stahns über solche … Ansätze gesprochen. Auch wenn sich diese, wie gesagt, auf außerschulische Aktivitäten bezogen.«

»Dann würden wir Frau Rajter gerne sprechen«, sagte Schuchardt.

Hagert blickte auf seine Armbanduhr. »In fünf Minuten ist große Pause. Wenn die Kollegin einverstanden ist, meine Herren, können Sie eine Viertelstunde lang hier in meinem Büro mit ihr sprechen.«

Schuchardt bedankte sich artig.

»Aber bitte nicht länger, Frau Rajter hält danach wieder Unterricht.« Per Telefon bat er die Sekretärin, »die Kollegin Rajter, Sabine« in sein Zimmer rufen zu lassen; sie solle ihr mitteilen, dass es nur fünfzehn Minuten dauern werde.

Die versprochenen fünf Minuten später saßen sie einer großen, knochigen Frau Mitte sechzig gegenüber, deren glattes, dichtes Haar rabenschwarz gefärbt war. Sie hatte ein für ihr Alter erstaunlich faltenfreies, dafür herbes, hartes Gesicht, das von sehr breiten dunklen Brauen zur Stirn hin geradezu abgeriegelt wirkte.

Jo und Schuchardt sprachen sie direkt auf Luise Stahns' Aktivitäten außerhalb der Schule an.

Sabine Rajter verzog süffisant die farblosen Lippen in ihrem gespenstisch weiß geschminkten Gesicht. »Ich nehme an, Dr. Hagert hat Ihnen zu verstehen gegeben, dass er solche Interessen nicht sehr schätzte?«

Jo erwiderte vielsagend ihr Lächeln. »Er konnte uns nur nicht verständlich machen, worum genau es dabei eigentlich ging.«

»Auf einen Nenner gebracht, um pazifistische Erziehung«, beantwortete sie die Frage mit einem leichten Seufzen, wie über ein altes Leiden, das nun mal nicht totzukriegen war. »Ich hatte den Eindruck, dass das Interesse der Kollegin durch die aktuelle Anti-Atomtod-Bewegung gewissermaßen aktiviert worden war. Im Grunde weiß ich aber kaum mehr darüber als Dr. Hagert. Im Schulalltag ist leider kaum Zeit, über solche Ideen zu reden. Man ist froh, wenn man seinen Stoff im Unterricht schafft, Prüfungen, Konferenzen, all das.«

»Und privat?«, warf Jo ein.

»Wir standen uns persönlich nicht nahe, Luise Stahns und ich, falls Sie darauf abzielen. Zwischen uns liegt – oder lag, wie ich jetzt leider sagen muss – ein Vierteljahrhundert, ich hätte ihre Mutter sein können.«

»Haben Sie Kinder?«, fragte Schuchardt recht unverblümt.

»Dutzende. Jedes Schuljahr kommen neue hinzu.« Sie zündete sich eine Zigarette an, die sie einer großen schwarzen Lederhandtasche entnahm.

Jo musste unwillkürlich an Helens Scherz über die Gepflogenheiten amerikanischer Frauen denken, während Schuchardt sich beeilte, der Lehrerin Feuer zu geben. Jo war überrascht, dass Schuchardt ein silbernes Feuerzeug besaß, das keineswegs nach einer Billigmarke aussah – obwohl er Nichtraucher war; anscheinend trug er es nur für solche Gelegenheiten bei sich.

»Sie wollten von Luise Stahns' Ideen sprechen, Frau Rajter«, erinnerte Schuchardt sie, kaum dass er das Feuerzeug wieder eingesteckt hatte. »Sie sagten, dass Dr. Hagert davon nicht begeistert war«, schob er beiläufig nach.

»Er hat aus seiner Einstellung dazu kein Geheimnis gemacht. Aber ...« Sie nahm einem lungentiefen Zug.

»Ja?«

»Ich bin sicher«, sagte sie mit spöttischer Miene, »wenn Luise Stahns Johannes gebeten hätte, ihre Ideen zu unterstützen, wäre selbst er Feuer und Flamme dafür gewesen.«

»Johannes? Sie sprechen von Hagert?«, fragte Jo.

»Von wem sonst?« Sie sog hart an ihrer Zigarette.

Jo spürte auf einmal die Verachtung dieser altgedienten Lehrerin für Hagert, der schon seit vielen Jahren ihr Vorgesetzter sein musste. Und plötzlich hatte er eine bestimmte Ahnung: »Hagert ... war an Luise Stahns interessiert, richtig? Als Frau, meine ich.«

Sabine Rajter schenkte ihm ein abgründiges Lächeln. »Gott, warum soll ich es verschweigen? Ich kenne ihn ja lange genug, und es ist ja ein offenes Geheimnis an dieser Schule, dass Johannes Hagert kein Kostverächter ist. Gelinde gesagt.«

»Sie meinen, auch was Kolleginnen betrifft?«, fragte Schuchardt.

»Besonders was Kolleginnen betrifft. Bevorzugt junge Kolleginnen.« Sie klang zutiefst verbittert.

»Und Luise Stahns?«

»War eine hübsche, schlanke Frau.« Sie zog auf resignierte Weise anerkennend die schwarzen Balken ihrer Brauen hoch.

»Hagert scheint mehrfacher Familienvater zu sein.« Schuchardt deutete mit dem Kinn auf das silbergerahmte Foto von Hagerts gut genährter Familie, das auf dem Schreibtisch stand.

»Aber im Gegensatz zu seiner Frau – mehr das Rubensmodell, wie Sie sehen können – schien mir Luise Stahns genau in Johannes' Beuteschema zu passen. Allerdings nicht nur in seines, das war offensichtlich.« Sie lachte plötzlich laut auf. »Nur Johannes Hagert passte nicht in ihres. Was Wunder, ein Beau ist er nun nicht, außerdem Jahrzehnte älter als sie.«

»Luise Stahns interessierte sich nicht für ihn«, stellte Schuchardt fest.

»Nein, das sah man. – Vielleicht, wenn er sich für den Rundfunk, den Schulfunk, genauer gesagt, begeistert hätte, so wie sie es tat«, fügte sie überraschend hinzu, »das hätte ihr vielleicht imponiert.«

»Rundfunk, Schulfunk?« Schuchardt sah sie irritiert an.

»Na, darum ging es Luise Stahns doch: eine neue Art des Schulfunkprogramms. Von Kindern für Kinder. Enkel Tobias statt Onkel Tobias gewissermaßen.«

»Onkel Tobias vom RIAS« war eine sehr beliebte Radiosendung, die in Berlin buchstäblich jedes Kind kannte. Die abschätzig zuckenden Mundwinkel der Lehrerin zeigten, was sie von einem »Enkel Tobias« als Alternative dazu hielt. »Klingt verrückt, nicht? Aber mit ihrer Schulfunk-Idee meinte sie es anscheinend genauso ernst wie mit ihrer Anti-Atomtod-Haltung. Um ehrlich zu sein, habe ich sie mal ein wenig aufgezogen mit ihrem Friede-Freude-Eierkuchen-Idealismus, der mir reichlich naiv vorkam. Sie war etwas beleidigt deswegen – zu Recht, wie ich leider zugeben muss, ich hätte den Mund halten sollen, zumal sie meines Wissens keine Aktivistin war, nicht auf die Straße ging und so etwas. Ich weiß aber noch, dass sie mir einmal recht schnippisch geantwortet hat, was den Schulfunk betreffe, habe sie bereits Kontakt zum RIAS aufgenommen.«

»Zum *RIAS*?« Jo sah sie überrascht an. »Hat sie konkret den RIAS als Kontakt erwähnt.«

»RIAS, ja.« Sie machte eine unbestimmte Bewegung mit der Zigarette. »Vielleicht hat sie das auch nur behauptet, um mir den Mund zu stopfen. Ich könnte es ihr im Nachhinein nicht einmal verdenken.«

Schuchardt wirkte inzwischen ungeduldig, er hatte offenbar das Bedürfnis, von dem Thema, das ihm vielleicht nicht ergiebig erschien, wegzukommen: »Frau Rajter, war Luise Stahns eigentlich eher beliebt oder unbeliebt in Ihrem Kollegium, was würden Sie sagen?«

»Weder – noch. Sie war von ihrer Art her zurückhaltend, und so verhielt man sich meiner Beobachtung nach auch ihr gegenüber.«

»Aber Luise Stahns war eine schöne Frau, sagten Sie«, erinnerte sie Jo.

»Sie war ganz hübsch, sagte ich.«

»Wollen wir uns auf attraktiv einigen?« Jo ignorierte ihren steinharten Blick. »Das ließ andere ihre Zurückhaltung vielleicht aufgeben. Sie haben das eben angedeutet.«

»Was soll ich dazu sagen? Ich bin schließlich kein Mann. Da müssen Sie schon die Kollegen fragen.«

In diesem Moment beendete die Schulklingel die Pause.

Das Gebimmel ging Jo durch Mark und Bein. »Ein Wunder, dass das Gebäude von dem Lärm nicht einstürzt«, sagte er lachend.

Der Blick, den er von Sabine Rajter für die Bemerkung erntete, ließ sein Lachen implodieren.

Die Sonne hatte sich ein Loch durch die dünne Wolkendecke gebohrt. Sie standen in einem Lichtfleck auf dem Bürgersteig vor dem Schulgebäude.

»Was halten Sie von den beiden?«, fragte Schuchardt. »Dem Schulleiter und der Lehrerin?«

Jo verzog das Gesicht. »Und Sie?«

»Nein, im Ernst, Sturm. Wie sehen Sie deren Verhältnis zum Opfer?«

Leichter Wind verwirbelte die Rauchfahne der Zigarette, die Jo sich angezündet hatte. »Was Hagert betrifft, der hätte offenbar nichts gegen eine Affäre mit Luise Stahns einzuwenden gehabt. Und die Rajter war mordsmäßig eifersüchtig auf sie, auf ihre Attraktivität, das hat sie kaum verbergen können.« Und eigentlich auch nicht wollen, dachte er.

»Hagert war anscheinend nicht der einzige Interessent, wenn man Rajter glauben kann. Sie sah gut aus, Luise Stahns, war Witwe ... Vielleicht war die Tatsache, dass sie in ihrem Bett getötet wurde, wirklich kein Zufall?«

Jo wusste, worauf Schuchardt hinauswollte. »Eine Beziehungstat, meinen Sie? Was wäre dann das Mordmotiv?«

»Eifersucht, gekränkte Eitelkeit, eine Tat im Affekt, es könnte alles Mögliche sein, was einen Mann zum Mörder seiner Geliebten macht. Aber ob es das war? Dazu wissen wir noch zu wenig über sie.« Schuchardt schob mit zerknirschter Miene seinen grauen Hut vor und zurück. »Vielleicht gibt es in ihrer Wohnung Indizien dazu.«

Jo ging etwas anderes durch den Kopf. »Luise Stahns' Kontakt zum RIAS – und Herzke war RIAS-Reporter. Das ist doch ein seltsamer Zufall, finden Sie nicht?«

»Immer langsam, Sturm. Die Rajter sprach von einem angeblichen Kontakt der Stahns zum RIAS. Von einer Art Hirngespinst der Stahns. Rajter war sich ja selbst nicht sicher, wie viel davon gesponnen war.«

»Luise Stahns schien aber alles andere als schwärmerisch zu sein«, entgegnete Jo. »Der Schulleiter hat sie mir gestern noch als persönlich zuverlässig und fähig in ihrem Beruf beschrieben. Das klingt für mich nicht nach einem Schwarmgeist mit Hirngespinsten.«

»Aber das ist noch lange kein konkreter Bezug zum Herzke-Fall«, beharrte Schuchardt.

»Wir sollten wenigstens mit Gerber darüber reden, vielleicht hat der eine Idee dazu«, schlug Jo vor.

Schuchardt blickte verdrießlich auf die Bauarbeiten an dem Haus gegenüber. »Hauptsache, es steckt nichts Politisches dahinter. Dann kannst du keinem mehr trauen, nicht mal den eigenen Leuten.«

Jo wusste, worauf Schuchardt anspielte. Sollte es einen politischen Hintergrund für den Mord – oder gar beide Morde – geben, würde die Wahrheit zum Spielball der Staatsräson werden. Und die galt in Berlin als Überlebensprinzip, hier verliefen die Frontlinien des Kalten Kriegs mitten durch die Stadt.

Er nahm noch einen Zug von seiner Zigarette, ehe er sie fallen ließ und austrat.

Plötzlich hörten sie in ihrem Rücken eine Gruppe kreischender Mädchen und Jungen, die aus dem Schultor stürmten. Beide wandten sich um. Die Kinder mochten zehn, elf Jahre alt sein. Doch das Lächeln verging den beiden Männern, als sie erkannten, dass nur vier der Kinder ihren Spaß hatten, und zwar mit dem fünften, einem Mädchen. Sie zerrten an ihrem dunklen Mantel, rissen an ihrer ledernen Schultasche, die sie auf dem Rücken trug. Jo erfasste mit einem Blick, dass dieses Mädchen anders gekleidet war als die anderen vier Kinder. In ihrem abgetragenen dunklen Mantel, der bereits zu kleinen roten Strickmütze, den schmucklosen schwarzen Lederstiefeln und mit einer glanzlosen braunen Schultasche statt eines modisch bunten Ranzen auf dem Rücken wirkte sie wie eine kleine Erwachsene, die noch einmal zur Schule gehen musste – wie ein Mädchen, dem die Mutter oder Großmutter die eigenen abgelegten Kleider umgeschneidert hatten, um Geld zu sparen. Im Gegensatz dazu sahen die vier anderen nach der neuesten Mode gekleidet aus, alles wirkte heller, modischer und vor allem viel teurer an ihnen.

Bei Jo aktivierte das eine alte Scham. Er war im Wedding aufgewachsen und hatte am eigenen Leib erfahren müssen, wenn die Kinder reicher Verwandter, die seine Eltern zweimal im Jahr in Steglitz besucht hatten, sich wegen seiner abgetragenen Klamotten über ihn lustig gemacht hatten. Bis er ihnen eines Tages mit den Fäusten das Lachmaul gestopft hatte.

Als das Mädchen jetzt, gezogen, gezerrt und verlacht von allen Seiten, auch noch drohte aufs Pflaster zu stürzen, schritt Jo ein.

»Was zum Teufel soll das?«, brüllte er die vier gackernden Gören lauter an, als er vorgehabt hatte. »Was hat sie euch denn getan?«

Die vier ließen erschrocken von ihrer Schulkameradin ab, die Jo einen dankbaren Blick zuwarf und die Gelegenheit nutzte, um übers Trottoir Richtung Kottbusser Damm davonzurennen.

Die zwei Jungen blickten der Flüchtenden spöttisch hinterher. Einer schrie ihr nach: »Lauf schön zu deiner Mutti-Tutti! Morgen sehen wir uns wieder!«

Jo sprach ihn verärgert an. »Warum tut ihr das? Warum quält ihr das Mädchen?«

Der Junge, der gerufen hatte, wandte sich grinsend zu ihm um. »Weil se doof aussieht, weil se komisch quatschen tut, janz anders wie wir, weil se nach de Schule immer glei abhaun tut.«

»Ja, zu ihrer Mutter in'n Osten«, rief eines der beiden Mädchen in der Gruppe. »Da, wo sie herkommt.«

»Und da soll se och bleiben.«

»Soll sie doch drüben in der Zone zur Schule gehen«, giftete nun auch der zweite Junge.

»Drüben in der Zone«, wiederholte Jo tonlos und ahnte, dass der Junge vermutlich die Worte seiner Eltern nachahmte.

»Sie sagt, ihre Mutti will bald zu uns ziehen«, erklärte die Vierte im Bund.

»In den Westen, meinst du?«

»Ja, in unseren Kiez. Darum.«

»Darum was? Darum schikaniert ihr sie?«

»Nee, nich deshalb«, fuhr der erste Junge dazwischen.

»Sondern?«

»Weil se behauptet, ihre Freunde im Osten wärn besser wie wir hier. Die wärn alle bei de Jungen Pioniere und würden janz tüchtije Sachen machen.«

»Tüchtige Sachen? Das hat sie gesagt?«

»Ja, die quatscht immer so geschwollen«, sagte der zweite Junge.

»Was geht Sie das eigentlich an?«, mischte sich mit einem Mal das Mädchen ein, das bisher geschwiegen hatte. »Meine Eltern sagen, fremde Männer dürfen uns nicht einfach so auf der Straße anquatschen!« Sie sah ihn herausfordernd an.

Jo blieb für einen Moment die Spucke weg, und er war Schuchardt dankbar, der sich an ihm vorbeischob und in ruhigem Ton sagte, die Eltern des Mädchens hätten völlig recht, sie dürften sich tatsächlich von fremden Männern nicht ansprechen lassen, deshalb sollten sie nun am besten schleunigst nach Hause gehen.

»Aber wir haben doch noch Unterricht«, sagte das andere Mädchen.

»Und das Mädchen aus dem Osten, das ihr verjagt habt?«, fragte Jo. »Hätte sie auch noch Unterricht?«

»Ja, klar«, sagte der erste Junge. »Die kriegt jetzt ne fette Fehlzeit ins Klassenbuch!«

Alle lachten. Sie liefen zurück zum Schultor und gingen hinein, ohne sich noch einmal umzusehen.

»Wenn das Schule macht«, sagte Schuchardt kopfschüttelnd, »dann gute Nacht, vereintes Deutschland.«

Auf dem Dach ihres VW-Einsatzwagens lag als Folge der Fassadenrenovierung des Hauses, vor dem sie parkten, eine dünne Staubschicht wie schmutziger Schnee. Jo zog einen Finger hindurch, das Zeug war weißgrau und fein wie Blütenstaub. Die »Natur« der Stadt, die er von Kindheit an nicht anders kannte und eigentlich sogar liebte.

Sie fuhren los. Jo setzte Schuchardt in der Naunynstraße ab.

Kleuber, der Hausmeister, grüßte freundlich herüber, während er im Durchgang zum Innenhof des Hauses mit einem Kohlenlieferanten sprach, dessen Bastkiepe bis zum Rand mit Bruchkohle für den nahenden Winter gefüllt war.

»Holen Sie mich in einer Stunde wieder ab«, bat Schuchardt, der vorausschauend den konfiszierten Schlüssel für die Tatortwohnung mitgebracht und sogar an ein neues Siegel gedacht hatte. Der unscheinbare Schuchardt erwies sich einmal mehr als ein effizienter, bestens organisierter Kriminalbeamter.

Jo hätte ihn in die Tatortwohnung begleitet, doch da Schuchardt ihn nicht darum gebeten hatte, legte der offenbar Wert darauf, dass die von Kettler angewiesene Aufgabenteilung erhalten blieb.

Er schaltete in den ersten Gang und fuhr weiter. Auf den Straßen waren nur wenige Pkw unterwegs, Kreuzberg war kein Bezirk, in dem sich jedermann einen Wagen leisten konnte, und bis auf Lieferfahrzeuge herrschte um diese Uhrzeit, gut halb elf am Vormittag, ohnehin wenig Verkehr in den Wohnstraßen des Kiezes. So dauerte es nicht lange, bis er die Gerhart-Hauptmann-Schule in der Böckhstraße erreichte. Neben dem Kiosk vor dem Gebäude, fiel ihm erst jetzt auf, befand sich eine Bushaltestelle. Ein Doppeldecker mit einer Werbung für Pfeifentabak an der Längsseite nahm wartende Schüler auf und setzte sich mit einer dicken dunklen Auspuffahne in Bewegung, schaukelnd wie ein alter Lastkahn.

Jo parkte auf der anderen Seite des Kiosks. Als er über das Trottoir daran vorbeieilen wollte, sprangen ihm die Schlagzeilen der großen Berliner Tageszeitungen ins Auge. Er blieb kurz stehen. Wulf Herzke, der Tote im Süden des amerikanischen Sektors, nahe Kohlhasenbrück, war noch immer das Topthema. Doch heute wurde es bereits flankiert durch »einen neuen schockierenden Mordfall in Westberlin«, die »Ermordung einer Lehrerin«, und die Frage müsse gestellt werden, »ob die geteilte Stadt damit vor einer Welle der Gewalt, nun auch von innen heraus«, stehe.

Dabei war die Tatsache, dass zeitgleich die Tochter der ermordeten Lehrerin verschwunden war, offenbar noch gar nicht durchgesickert. Der Mord an der Mutter absorbierte die Aufmerksamkeit der Presse voll und ganz. Noch. Denn das würde sich rasch ändern, spätestens die offizielle polizeiliche Suche nach Grit Stahns würde die Wellen hochschlagen lassen. Bei einer Entführung war das nicht ohne Risiko. Doch Grits Verschwinden ließ sich unter keinen Umständen verheimlichen, zu viele Personen wussten bereits davon, nicht zuletzt in ihrer Schule. Und in einer wirklich breit gestreuten Suche lag immer auch eine Chance, den einen entscheidenden Hinweis zu erhalten, da hatte Mattusch nicht unrecht. Jo hoffte nur, dass er sich das jetzt nicht nachträglich schönredete.

Kramaricz' Sekretärin erschrak offensichtlich durch sein forsches Eintreten.

Jo entschuldigte sich, dass er sich nicht vorher angekündigt hatte. »Hat sich spontan ergeben, aufgrund der Ermittlungen und da ich in der Nähe war.« Er bat darum, mit dem Schulleiter zu sprechen.

»Ich fürchte, Herr Dr. Kramaricz hat im Moment leider keine Zeit für Sie, Herr Kommissar«, sagte sie mit einem Lächeln, das über ihre Mundwinkel nicht hinauskam.

»Aber ich habe Zeit für ihn.« Nein, er würde sich hier nicht derart abspeisen lassen. Er beugte sich über die hüfthohe Theke, hinter der sie sich verschanzte, und schaute ihr direkt in die kühlen grauen Augen. »Sagen Sie, Frau ...?«

»Eichholz.«

»Frau Eichholz, haben Sie an Ihrer Schule denn gar

kein Mitgefühl für eine Schülerin, die seit Tagen vermisst wird und deren Mutter ermordet wurde? Sie haben doch mitbekommen, was geschehen ist.«

Sie senkte verlegen den Blick, die schwarze Schmetterlingsbrille auf ihrer knochigen Nase schien ein wenig zu beben. »Moment, bitte.« Sie griff zum Hörer ihres Telefons. »Ja, Entschuldigung, Herr Dr. Kramaricz – wie? Selbstverständlich, ja, nur ist es die Polizei, Kommissar Sturm, der noch mal wegen Grit Stahns ... Gut. Danke.« Sie legte so vorsichtig auf, als müsste sie den schweren Hörer vor Abnutzung schützen. »Sie dürfen hineingehen, Herr Sturm.«

»Per aspera ad astra«, Jo schloss kurz die Augen vor dem Schild an der Tür, klopfte an und trat ein.

Kramaricz saß wie gestern hinter seinem Schreibtisch, auf dem diesmal jedoch ein riesiger Faltbogen lag, von oben bis unten mit Linien und Kästchen versehen. Der Schulleiter erhob sich sichtlich unwillig und musterte Jo, als hätte er Mühe, sich an ihn zu erinnern.

»Herr ... Sturm. Ich dachte, wir hätten vorerst alles geklärt? Ich bin nämlich gerade dabei, die Pausenaufsicht für das nächste Schulhalbjahr zu planen, Kollegen kommen, Kollegen gehen, das will alles ...« Er lächelte Jo mit einer interessanten Mischung aus Irritation und Ungeduld an.

»Geklärt ist der Fall, sobald ich das Mädchen gefunden habe«, sagte Jo wie beiläufig, indem er den Blick durch den Raum schweifen ließ. In der Nähe der Fensterreihe entdeckte er einen runden Tisch, auf dem diverse Landkartenrollen lagen. Die dazugehörigen Stühle standen entlang der Fenster und waren mit kleinen Büchertürmen belegt.

Jo wandte sich wieder an den Schulleiter. »Ich möchte mit zwei Schülerinnen sprechen, Helga Küpper und einer weiteren Schulfreundin von Grit namens Lisabeth, den Nachnamen kenne ich leider noch nicht.«

»Ist sie eine Klassenkameradin von Helga?«

»Das weiß ich nicht.«

Eine Nachlässigkeit, schalt er sich, dass er Helga nicht gleich danach gefragt hatte. Ab sofort musste er wieder vorausschauend denken, statt im Nachhinein Zeit damit zu verplempern, seine Fehler zu korrigieren.

»Wir haben viele Schülerinnen mit dem Namen Elisabeth, wie sie wahrscheinlich richtig heißt, an unserem Gymnasium«, sagte Kramaricz. »Am besten, Sie warten bei meiner Sekretärin im Vorzimmer, bis die Stunde zu Ende ist.« Er streckte jovial den Arm aus, als müsse er Jo erst noch die Richtung weisen. »Dann wird Ihnen Herr Beussler, Sie kennen ihn ja schon, Helgas Klassenlehrer, im Lehrerzimmer sicher gerne …«

»Es tut mir leid, Herr Kramaricz«, schnitt Jo ihm das Wort ab. »Eine ihrer Schülerinnen ist seit Tagen verschwunden, ihre Mutter wurde getötet. Ich habe nicht die Zeit, auf irgendein Pausenzeichen zu warten.« Sein Ton war heftig geworden, er musste einen Gang zurückschalten, wurde ihm klar. »Wenn es Ihnen nichts ausmacht, spreche ich hier in Ihrem Zimmer mit Helga Küpper. Sie kann mir dann auch den Namen der zweiten Freundin von Grit Stahns nennen.« Er deutete auf den kleinen Tisch unter den Landkarten und die buchbeschwerten Stühle entlang der Fensterreihe. »Wenn Sie mir bitte den Tisch freiräumen und die Stühle dazustellen könnten, würde mir das sehr helfen.«

Vom dünnen Hals kletterte eine krebsrote Welle aufwärts und flutete Kramaricz' Gesicht. Doch dann entschied er sich anscheinend, seine offensichtliche Verärgerung zu unterdrücken, er griff zum Telefon und bat seine Sekretärin herein. Keine zehn Sekunden später stand sie

Gewehr bei Fuß, binnen drei Minuten hatte sie die Landkarten von dem Tisch, den sie beinahe vollständig bedeckt hatten, auf die breite Fensterbank geräumt, und nach weiteren zwei Minuten lagen auch die Bücher dort, die sich auf den Stühlen getürmt hatten.

Der Schulleiter konnte das Prozedere offensichtlich nur schwer ertragen und eilte hinaus. Doch er blieb nicht untätig, Jo saß erst einige Minuten auf einem der herangerückten Stühle am Tisch, die Sekretärin stocksteif neben ihm, als wäre er unter Aufsicht gestellt, da kehrte Kramaricz auch schon zurück.

Und hinter dem Schulleiter trat Helga ins Zimmer.

Sie wirkte gespenstisch bleich, vollkommen verunsichert, und als sie Jo erblickte, schien sie an ihrem Verstand zu zweifeln, so überrascht war sie, ihn hier in dieser Umgebung zu sehen. Ihr Mund klappte auf und zu, doch sie brachte keinen Ton hervor.

»Ich möchte mit der Zeugin gern einen Moment allein sprechen, wenn Sie gestatten, Herr Kramaricz«, bat Jo mit Nachdruck.

Kramaricz starrte ihn einen Augenblick lang unschlüssig an, dann verließ er wortlos den Raum, dicht gefolgt von seiner verblüfften Sekretärin. Auch für sie schien es eine neue Erfahrung zu sein, dass jemand den Schulleiter aus seinem eigenen Zimmer komplimentierte.

Jo atmete auf, als die beiden endlich draußen waren und die Tür hinter sich geschlossen hatten. Er bat Helga, die in einem flauschig aussehenden rostroten Pullover über den schwarzen Nietenhosen vor ihm stand, sich zu ihm an den Tisch zu setzen. Er erklärte ihr, dass dies ein offizielles Gespräch sei, eine sogenannte Zeugenvernehmung, die er weder aufschieben noch wie vorher zu Hause, in ihrer Wohnung, führen könne. Ob sie das verstehe? Sie nickte.

»Schön.« Er legte sein Notizbuch auf den Tisch, nahm den Kugelschreiber in die Hand und fragte sie zunächst nach dem Namen ihrer Freundin.

»Sie heißt Lisabeth, Lisabeth Scholz. Sie geht in die Untersekunda, genau wie Grit.« Helga war aufgrund einer frühen Einschulung bereits in der Obersekunda.

Während er sich nun auch noch die genaue Adresse der Freundin sagen ließ und notierte, überlegte er sein Vorgehen. Die üblichen Routinefragen bei Vermisstensuchen hatte er ihr bereits gestern gestellt. Er erweiterte sie nun, um Anhaltspunkte zu erhalten, die eventuell ein Licht auf Grits Entführung, die er für wahrscheinlich hielt, oder gar ihre Ermordung werfen konnten: Gebe es womöglich Personen in der Schule, der Nachbarschaft, im Bekanntenkreis, die Grit nicht leiden könnten?

»Nein!« Sie widersprach heftig. »Alle mögen Grit. Sie ist immer so ... fröhlich. Jedenfalls wenn wir zusammen sind.«

»Sie tanzt gern, genau wie du. Rock'n'Roll.«

Helga erlaubte sich ein schüchternes Lächeln. »Das hatte ich Ihnen schon gesagt.«

»Du hast recht.« Er entschuldigte sich seinerseits mit einem Lächeln – und machte an dem Punkt weiter. »Ihr geht öfter gemeinsam zu Konzerten wie letzten Sonntag zu Bill Haley.«

»Nicht so häufig. Wegen ...« Sie rieb zwei Finger gegeneinander.

»Verstehe.« Er wusste, dass Frau Küpper ihrer Tochter nicht jede Woche ein Taschengeld in die Hand drückte – es war abhängig von ihren teils sehr schwankenden Einkünften als freie Klavierlehrerin. »War das bei Grit genauso, bekam sie auch nur unregelmäßig Taschengeld von ihrer Mutter?« Was ihn ein wenig wundern würde, Luise Stahns war Beamtin mit einem regelmäßigen Gehalt, als Lehrerin verdiente sie mehr als er selbst zum Beispiel.

»Grit bekam jedes Wochenende Pinke«, bestätigte Helga denn auch ohne Neid. »Aber nicht viel. Grits Mutter sagte, sie soll lernen, mit wenig Geld auszukommen. Es könnten auch wieder schwere Zeiten kommen.« Sie zuckte die Achseln.

»Hat Grit erwähnt, ob ihre Mutter selbst solche schweren Zeiten durchgemacht hat? Vielleicht sogar kürzlich noch? Muss gar nicht mit Geld zusammenhängen.«

»Nein, nie.« Sie musste nicht einmal darüber nachdenken.

»Helga ...« Er entschloss sich, den Fokus zu verschieben. »Weißt du etwas darüber, ob Grit – oder ihre Mutter – Kontakte zu Personen im Osten hatten?«

»In Ostberlin, meinen Sie?«

»Ostberlin oder Ostdeutschland?«

»Über ihre Mutter weiß ich nichts.« Sie wirkte inzwischen leicht ungehalten. »Und wenn wir, also Grit, Lisabeth und ich, wenn wir zusammen ausgehen, dann im Westen.«

»Hat man euch verboten, Ostberlin zu besuchen?«

»Nein, wieso?« Sie sah ihn erstaunt an.

Ein Verbot war also gar nicht nötig gewesen. Die Musik spielte im Westen, erst recht für Jugendliche. Vermutlich waren Rock'n'Roll-Clubs in Ostberlin staatlich ebenso verpönt, wenn nicht gar verboten wie der Jazz.

Plötzlich tauchte das Bild von Lore aus Ostberlin vor seinem inneren Auge auf. Als Musikjournalistin wusste sie sicher auch über die Rock'n'Roll-Szene drüben Bescheid.

Er wischte das Bild fort und versuchte, sich wieder auf das Mädchen zu konzentrieren. »Helga, du hast mir gestern gesagt, Grit sei mit keinem Jungen gegangen, erinnerst du dich? Bist du immer noch der Meinung?«

»Ja! Grit geht mit keinem Jungen. Jungs sind manchmal doof zu ihr, weil sie so dünn ist und noch keinen ... keine ...« Sie streckte unmerklich ihre eigene, schon entwickelte Brust ein wenig vor und wurde rot.

»Jungs können schon fies sein, was?«

Sie nickte ernst.

»Hat Grit einmal jemanden erwähnt, ich denke an einen erwachsenen Mann, über den sie sich sehr geärgert hat? Oder Schlimmeres?«

»Jemand, vor dem sie sich gefürchtet hat?«

»Vor dem sie vielleicht Angst hatte, ja.«

Sie dachte kurz nach und schüttelte den Kopf. »Nein.«

»Sie hätte dir davon erzählt?«

»Hätte sie. Und wenn nicht mir, dann Lisabeth. Hundertprozentig.«

Sie schluckte schwer, und Jo begriff, dass sie mit den Tränen kämpfte und am Ende ihrer Kräfte war.

»Ich werde den Schulleiter bitten, dass du jetzt nach Hause gehen darfst«, sagte er.

»Nein, danke. Zu Hause denke ich nur immer an Grit: Wo ist sie, was ist mit ihr?«

Die letzte Frage, das sah Jo ihr an, gestattete sie sich nicht, nämlich: Ist meine Freundin noch am Leben?

Jo legte ihr sachte eine Hand auf den Arm, bedankte sich bei ihr und führte sie dann hinaus; die Sekretärin nahm sie in Empfang, um sie in die Klasse zurückzubringen.

Von Kramaricz war im Augenblick nichts zu sehen, Jo bat daher die Sekretärin, ehe sie mit Helga hinausging, als Nächstes Lisabeth Scholz aus der Untersekunda zu ihm in das Büro des Schulleiters zu bringen – wo auch immer der sich aufhalten mochte.

Helgas Freundin Lisabeth war ein schüchternes Mädchen mit schulterlangen blonden Haaren, die sichtlich unter ihrer Körperfülle litt. Die ganze Zeit, in der sie Jo am Tisch gegenübersaß, schlang sie die Arme um ihre breite, schwere Brust und atmete schnell. Das Gespräch mit ihr war kurz, nicht nur, weil Jo ihre Überforderung bemerkte, sondern auch, weil sie nichts Neues auszusagen wusste. Sie bestätigte immerhin präzise Helgas zeitliche Angaben und den Ablauf ihrer Trennung von Grit Stahns am Sonntagabend. Ebenso wie Helga stand sie unter dem doppelten Schock, dass ihre Freundin spurlos verschwunden und deren Mutter ermordet worden war.

»Lisabeth, du kanntest sicher auch Grits Mutter, richtig?«

»Hab sie hin und wieder gesehen, wenn wir Grit besucht haben, Helga und ich.«

»Wie war sie so?«

»In Ordnung.«

»Mochtest du sie?«

Sie zuckte verlegen die Achseln. Entweder fehlten ihr die Worte oder der Mut, sich ein Urteil über die getötete Mutter ihrer Freundin zu erlauben.

Jo entließ das Mädchen aus der Tortur, die seine Fragen für sie offensichtlich bedeuteten.

Als sie im Vorzimmer von der Sekretärin in die Arme genommen wurde, brach sie in Tränen aus.

Es war einer dieser Momente, in denen Jo seinen Beruf hasste. Er hatte zwei junge Mädchen quälen müssen, um am Ende nichts zu erfahren, was er nicht schon wusste. Er war keinen Schritt weitergekommen.

Und er hatte eine Sekretärin als gefühllos brüskiert, die in Wahrheit einen sehr warmherzigen, mitfühlenden Umgang mit den Schülerinnen zeigte, wenn es darauf ankam. Er fand, dass er auch nicht anders war als andere: voller Vorurteile.

Schuchardt wartete bereits auf ihn vor dem Haus in der Naunynstraße. Er wirkte ähnlich freudlos wie Jo, als er auf der Fahrt durch die Stadt, zurück zum Präsidium, berichtete. »Keine Hinweise auf ein Liebesverhältnis, Beziehungen mit Männern, in der ganzen Wohnung nichts Privates, das in die Richtung weisen würde.«

»Finden Sie das nicht auffällig?« Jo berichtete ihm davon, dass Grit Stahns nach einer früheren Aussage ihrer Freundin Helga Tagebücher geführt habe, die er ebenfalls nicht habe finden können. »Vielleicht hat da jemand aufgeräumt?«

»Sie meinen, der Täter hätte Privates der Mutter und sogar die Tagebücher der Tochter mitgenommen? Ernsthaft?« Schuchardt blickte ihn erstaunt vom Beifahrersitz aus an. »Ich schlage vor, wir halten uns an die Dinge, die belegbar und vorhanden sind«, sagte er nun schon deutlich von oben herab. »An Dinge, die uns auffallen, statt an solche, die möglicherweise fehlen.«

»Und? Gab es Dinge, die Ihnen aufgefallen sind?«

Schuchardt schaute wieder nach vorn. »Na ja, vielleicht doch etwas Persönliches. Luise Stahns hatte anscheinend eine Vorliebe für Dänemark, besonders für Bornholm, die Insel in der Ostsee.«

»Woraus schließen Sie das?«

»Etliche Fotobände über die Insel, Geschichtenbände, ein dicker Roman, auch geologische Fachliteratur. Was bei einer Erdkundelehrerin wiederum nicht verwundert.«

»Und in puncto RIAS?«, fragte Jo, der hoffte, dass Schuchardt diesen Punkt nicht einfach übergangen hatte.

»Wie ich vermutet hatte, für mich war da kein besonderes Interesse der Stahns erkennbar. Auf einem Beistelltisch im Wohnzimmer lag die aktuelle Radio Revue. Ich habe hineingesehen. Angestrichen waren ›Wer fragt, gewinnt‹ und ›Pension Spreewitz‹.« Eine beliebte Quizsendung mit Hans Rosenthal und eine im letzten Jahr gestartete Serie mit Berliner Geschichten, beliebte RIAS-Sendungen, deren Stars regelmäßig auf den Titelblättern der Zeitschriften ihre Zähne blitzen ließen.

»Das war alles?« Für eine Lehrerin, die nach Aussage ihrer Kollegin ein erkennbar starkes Interesse am Rundfunk, insbesondere am Schulfunk hatte, erschien ihm Schuchardts Ausbeute in der Tat dürftig.

»Im Regal«, ergänzte er jetzt, »standen ein paar Vorkriegsschriften von so einem Friedensapostel. Der hatte anscheinend auch schon diesen Kinderfunkfimmel, von dem die Rajter erzählt hat. Hab mich ein wenig durch die Seiten geblättert, von Schulfunk stand darin aber nichts.«

Vielleicht nicht wortwörtlich, dachte Jo, verzichtete aber darauf, nachzukarten.

Er warf einen Blick durch das Seitenfenster auf die Hochbahn, an der sie entlangfuhren. Oben ratterten zwei U-Bahnzüge in Gegenrichtung aneinander vorbei, Jo glaubte, die Erschütterung bis in das Gaspedal zu spüren, auf dem sein Fuß ruhte.

»Welche Spur wollen Sie denn nun weiterverfolgen?«, fragte er Schuchardt nach einer Weile.

»Ich werde mir das Lehrerkollegium vorknöpfen, den männlichen Teil.«

»Das Beziehungsmotiv?«

»Vergessen Sie nicht, dass sie den Täter vermutlich arglos in die Wohnung gelassen hat, im Nachthemd, zu später Stunde höchstwahrscheinlich.« Er zuckte mit den Achseln. »Vielleicht gehörte Luise Stahns zu den Frauen, die ihre Gründe haben, über ihre Affären keine Aufzeichnungen zu machen.«

»Zum Beispiel?«

»Weil sie es in ihren Augen nicht wert waren? Vielleicht nur als flüchtig, oberflächlich von ihr betrachtet? Ich meine das nicht moralisch.«

Jo glaubte ihm das. Erkannte aber dennoch kein zwingendes Mordmotiv. Doch was das betraf, war Schuchardt der Boss.

Jos Aufgabe war es, Grit zu finden. Auch wenn ihm die formale Trennung der beiden Fälle zunehmend absurder vorkam.

Plötzlich meldete sich sein Magen.

»Hunger?«, fragte Schuchardt amüsiert.

»Immer.«

»Dann lassen Sie uns im Präsidium als Erstes in die Kantine gehen. Vielleicht will Gerber dazukommen.«

Es war wie immer voll, laut und geschäftig um die Mittagszeit, der große Kantinenraum hing voll schwerer Dünste, Dämpfe heißer Gerichte waberten durch die Luft, und der Qualm Dutzender Zigaretten, die teils parallel zum Essen geraucht wurden, vernebelte den Raum. Als Tagesgericht gab es Salzkartoffeln und Klöße mit Specksauce, wofür sich Schuchardt entschied. Jo wählte lieber ein Stück Mohnkuchen und einen großen Kaffee, schwarz und ungesüßt, da er sich weder für Erbseneintopf noch Bismarckhering mit dem üblicherweise wässrigen Kartoffelbrei erwärmen konnte.

Sie hatten Gerber aus dem Dienstzimmer in der Fünften abgeholt und saßen in der Kantine nun auch mit Jens Pack vom Einbruch zusammen, der sich mit seinem Teller Wurstsalat zu ihnen an den Tisch eingeladen hatte.

Pack war ein großer kräftiger Mann Ende vierzig mit einem Gesicht, in dem alles noch vorne zu streben schien, die lange Nase, das wuchtige Kinn, die wulstigen Lippen, die großen graublauen Augen. Er war ein geselliger Typ, der sich auf der einen oder anderen Betriebsfeier auch mit Jo schon unterhalten hatte. Jens Pack hatte eigentlich immer etwas zu erzählen. Diesmal war es eine brandneue Geschichte, die er unbedingt an den Mann bringen musste, das war ihm anzusehen.

Er lachte schon los, bevor er angefangen hatte zu erzählen. »Kennt ihr Berlins schlausten Verbrecher, Kollegen? Nein, könnt ihr gar nicht kennen, hab ihn letzte Woche selbst erst hochgenommen. Tatort Wedding, Graunstraße 14, ein Haus, das quasi mit dem Arsch an der Wand steht, sprich mit dem Rücken direkt an der Sektorengrenze.«

»Und?«, sagte Gerber, der sich ohne ersichtliche Freude über ein kaltes Kotelett hermachte.

»In den letzten sechs, sieben Monaten wurde in dem Haus eine Wohnung nach der anderen ausgeräumt. Mal wurde im ersten, mal im vierten Stock eingebrochen, immer schön tagsüber, wenn die Mietparteien außer Haus waren. – Was schließen wir daraus?« Jens Pack blinzelte wie ein Spielleiter in die Runde.

»Der Täter kannte die Gewohnheiten der Leute im Haus«, sagte Schuchardt.

»Er wohnte im Haus«, schränkte Jo noch weiter ein.

Pack deutete mit einem flabbrigen rosa Wurststreifen auf der Gabel auf Schuchardt und Jo. »Richtig und richtig.«

Gerber winkte gelangweilt ab. »War doch leicht.«

»Schon, aber ...« Jens Pack hob die Hand, wurde jedoch von Schuchardt unterbrochen:

»Was hat er denn eigentlich mitgehen lassen?«

»Neben Bargeld nur kleine Sachen, leicht zu transportieren, Kameras, Kofferradios, Schmuck. Aber da im

Wedding nicht gerade das Geld zu Hause ist, findet er immer nur geringe Beträge, und weder die Geräte noch der Schmuck, den er einsackt, sind beim Hehler Topware, für die er viel bekäme. Bleibt nur, das Zeug rüber in den Osten zu schmuggeln. Ist allerdings riskant, und die Ostmark schon als Währung ein schlechter Hehler.«

»Wissen wir doch, Pack. Wo steckt denn nun der Witz?«, maulte Gerber, der auf Jo noch genauso ungeduldig wirkte wie in der Sitzung bei Granzow am Morgen.

Jens Pack setzte ein breites Grinsen auf. »Jeder Einbrecher, der sein Handwerk auch nur halbwegs versteht, hätte irgendwann mal den Tatort gewechselt. Aber dieser Schlaumeier? Raubt eine Wohnung nach der anderen in immer demselben Haus aus.«

»Graun vierzehn«, sagte Gerber, der ungläubig die Stirn runzelte.

»So isses. Bis nach knapp sechs Monaten nur noch drei übrig blieben. Im dritten Stock lebt eine betagte Witwe, knapp neunzig, im ersten ihre auch nicht mehr junge Nichte, die sich vor und nach der Arbeit um sie kümmert. Also haben wir letzte Woche einfach mal Parterre links geklingelt, gleich neben den Briefkästen.« Pack legte eine Kunstpause ein und schaute in die Runde.

»Und?«, drängelte Gerber.

»Ihr werdet es nicht glauben«, fuhr Pack genüsslich fort, »aber in der Anderthalbzimmerwohnung des Burschen finden wir praktisch eine repräsentative Auswahl der Sachen vor, die er aus den anderen Wohnungen im Haus herausgeholt hat. Er hat uns das erklärt: Sein Hehler hätte ihm derart unterirdische Preise dafür angeboten, dass er sie im Zweifel lieber behalten hat, als sie quasi zu verschenken.«

»Und das Geld?«, wollte Gerber wissen. »Du sagtest, er hätte auch Bargeld mitgehen lassen.«

»Alles noch vorhanden, in kleinen Bündeln gestapelt, im Küchenschrank zwischen Zucker und Salz.«

»Wieso hat er's nicht ausgegeben?«, fragte Schuchardt.

»Haben wir ihn auch gefragt. Er sagt, er bräuchte doch kaum was zum Leben. Mit seinem Stempelgeld käme er noch eine Weile ganz gut zurecht.« Pack verzog das Gesicht. »Der Mann ist eine Schande für die Einbrecherinnung.«

»Und jetzt?«, fragte Gerber.

»Geht er für Jahre in den Knast. Durch die geraubten Sachen in seiner Wohnung können wir ihm nun sämtliche Einbrüche im Haus leicht nachweisen. Jedes Mal eine neue Straftat.«

»Arme Sau«, sagte Schuchardt.

Pack schob seinen Teller mit den Wurstresten von sich und verabschiedete sich. Er habe noch einen Riesenpapierkram wegen des Schlaumeiers aus der Graun abzuarbeiten.

Doch schon am Zigarettenautomaten neben dem Ausgang sah Jo ihn kurz danach auf einen weiteren Kollegen einreden. Wahrscheinlich erzählte Pack seine Einbrechergeschichte mit der gleichen Begeisterung noch einmal von vorn.

Schuchardt wandte sich Gerber zu, der lustlos auf einem Bissen kaute. »Weitergekommen im Fall Herzke?«, fragte er ihn leichthin, als wolle er nur Konversation machen.

Gerber schluckte seinen Bissen hinunter. »Nur mit den Hausaufgaben. Persönliche Daten, Wohnorte seit anno dunnemals, soweit sich das rekonstruieren lässt, und so weiter. Nichts Aufregendes bisher.« Er blickte auf seine Armbanduhr. »Hab in einer Stunde einen Termin beim RIAS.«

»Ich dachte, denen hättest du schon den Puls gefühlt?«

»Habe ich auch. Dem Intendanten, der ein paar wolkige Worte über Herzke auf Lager hatte, dem Verwaltungschef, der mich Herzkes Personalakte hat einsehen lassen, und dem Chefredakteur, der gerade auf dem Weg nach Bonn war und mich an den Wellenchef verwiesen hat.«

»Ich kenne einen Wellensittich, der heißt Hansi«, ulkte Schuchardt.

»Alle Wellensittiche heißen Hansi«, maulte Gerber. »Der Wellenchef vom RIAS heißt Rübsamen, kein Sittich, sondern so eine Art Programmchef, habe ich mir erklären lassen, er war Herzkes ›Kettler‹ sozusagen.« Gereizt sah er Schuchardt und Jo an. »Und ihr? Den Fall Stahns gelöst?«

Schuchardt stieß ein trockenes Lachen hervor. »Soll ich ehrlich sein?«

»Nichts Besonderes also?«

»Doch, schon«, sagte Jo und berichtete Gerber von Luise Stahns' Kontakt zum RIAS, den sie gegenüber ihrer älteren Kollegin erwähnt hatte.

»Ein angeblicher Kontakt zum RIAS, also nicht mehr als eine Behauptung der Stahns«, versuchte Schuchardt die Sache auch jetzt wieder auf kleiner Flamme zu halten. Allmählich fiel er Jo auf die Nerven damit.

Gerber dagegen schien anzubeißen. »Zum RIAS, sieh mal an.« Er senkte abrupt die Gabel, die er gerade zum Mund führen wollte. »Und was wollte sie dort? Angeblich oder tatsächlich?«

»Der Kollegin an ihrer Schule zufolge suchte sie eine Kooperation in Sachen Schulfunk, für den sie sich offenbar interessierte«, erklärte Jo.

»Von der Schule zum Schulfunk, ja, warum nicht?«, überlegte Gerber. »Vielleicht wollte sie einen Tapetenwechsel.«

»Und der RIAS macht Schulfunk«, erinnerte Jo.

Aus Gerbers Blick sprach ein noch diffuses Interesse. »Und sonst?« Er sah fragend vom einen zum andern.

»Nichts wirklich Besonderes.« Schuchardt spießte träge ein Kloßstückchen auf seine Gabel. »Wenn man mal von Luise Stahns' Faible für Bornholm absieht. Ich sehe nur keine Verbindung zu unserem Fall«, schob er mit gequälter Miene hinterher. Vielleicht plagte ihn wieder sein Splitter in der Hüfte, fragte sich Jo.

Gerber stutzte auf einmal. »Wir reden hier ... von der Insel Bornholm?«

»Kennst du etwas anderes, das so heißt? – Wieso fragst du?«

»Weil das merkwürdig ist.«

»Was denn?« Schuchardt runzelte die Stirn.

»Auch Herzke hatte einen Bezug zu Bornholm. Laut Personalakte war er im Krieg, zumindest nach eigenen Angaben, eine Weile als Soldat auf Bornholm stationiert gewesen.« Er sah Schuchardt an. »Am Nachmittag schon was vor, Rudi?«

»Jede Menge. Was denkst du denn?«

Gerber wandte sich an Jo. »Was ist mit Ihnen, Sturm? Schon was vor? Sagen wir jetzt gleich?« Gerber ließ ihn gar nicht erst antworten: »Ich sag's Ihnen: Sie haben etwas vor. Sie begleiten mich zum RIAS.«

»Jetzt, wo Sie es sagen, Herr Gerber.« Jo trank seinen Kaffee aus. Den Mohnkuchen hatte er bereits in sich hineingestopft, ohne dass das vertrocknete Stück geschmacklich Spuren auf seiner Zunge hinterlassen hätte. Nur Krümel, die er jetzt hinunterspülte.

Schuchardt umklammerte Messer und Gabel noch stärker und musterte Gerber und Jo mit einem schwer zu deutenden Ausdruck im Gesicht, als sie beide zur selben Zeit aufstanden, um sich auf den Weg zu machen.

Es waren nur rund anderthalb Kilometer von der Gothaer Straße bis zum RIAS, doch Gerber hatte Jos ohnehin nicht ernst gemeinten Vorschlag, einen Verdauungsspaziergang bis dorthin zu machen, entrüstet abgelehnt. »Sehe ich aus, als hätte ich das nötig?« Seine Nerven lagen offensichtlich blank.

Die Presse, das wusste auch Jo, beobachtete den Fortschritt im Fall ihres ermordeten Kollegen vom Radio sehr genau. Die Politik versprach rasche Aufklärung der Hintergründe, denn der RIAS besaß als »freie Stimme der freien Welt« ungeheure Symbolkraft. Nicht von ungefähr sendete der Ostberliner Rundfunk zunehmend sogenannte »Meinungen«, in denen buchstäblich »die Vernichtung dieser Propagandamaschine des Westens« gefordert wurde.

Gerber bekam daher die gesammelte Erwartungshaltung der Westberliner Öffentlichkeit und der Chefetage des Präsidiums zu spüren. Das machte ihn verständlicherweise reizbar und nervös.

Jo hastete mit Gerber um den düsteren Vorkriegsblock des Präsidiums herum und steuerte auf sein erdbeerrotes Isabella-Coupé zu, das er mangels Parkplätzen vor der neu errichteten Verlängerung des Gebäudes in der Grunewaldstraße hatte abstellen müssen.

Gerber startete lautstark und lenkte kantig auf die Fahrbahn, ohne sich allzu sehr um den von hinten anstürmenden Autoverkehr zu kümmern. Er fuhr, als hätte sein Wagen Blaulicht auf dem Dach. An der nächsten Ampel wendete er scharf und jagte seine »Erdbeersahneschnitte«, wie er das Coupé bei besserer Laune nannte, in Richtung Westen. An der Martin-Luther-Straße schoss er über die Kreuzung und bog Richtung Süden ab. Doch jetzt war er gezwungen, sich dem Verkehrsfluss anzupassen, der nach kurzer Zeit auch am Rathaus Schöneberg vorbeirollte. »Schnell weiter, ehe noch die Freiheitsglocke läutet!«, witzelte er, konnte jedoch selbst nicht darüber lachen.

Die Freiheitsglocke war bekanntlich ein Geschenk der Amerikaner, eine halbe Million Menschen hatten sich am Tag ihrer Einweihung vor gut acht Jahren auf dem Platz vor dem Rathaus versammelt. Jo hatte es damals wie so viele andere am Radio verfolgt. Seitdem ertönte die Glocke jeden Tag um zwölf Uhr mittags für zwei Minuten, außerdem am 1. Mai und an Heiligabend. Und wer sich in der Silvesternacht nicht sicher war, ob das neue Jahr schon angebrochen war, für den läutete ebenfalls die Freiheitsglocke. Viele in Berlin schalteten dazu den RIAS ein, der das Neujahrsgeläut live übertrug. Jeden Sonntag kam man außerdem in den Genuss der Stimme eines Schauspielers vom Schiller-Theater, der feierlich das »Freiheitsgelöbnis« sprach.

»Ich frage mich«, sagte Gerber, »ob der Ärmste eigentlich niemals länger als eine Woche Urlaub macht, wenn er Sonntag für Sonntag ranmuss.«

Das geräumige Büro des Wellenchefs Götz Rübsamen lag im zweiten Stock des RIAS-Funkhauses. Zwei breite Fenster erlaubten einen Blick über die Kufsteiner Straße hinweg zum Volkspark gegenüber dem Gebäude, dessen schlichte Fassade mit der für Berlin charakteristischen runden Ecke eher an Neue Sachlichkeit denn an einen in der Nazizeit errichteten Bau erinnerte. Früher hatte sich ein Stickstoffwerk in dem Gebäude befunden, das eng mit der IG Farben verbandelt gewesen war. Wo also damals die Chemie für den Krieg Nazideutschlands hergestellt worden war, wurden heute Musik- und Wortsendungen produziert.

Die Gründungsidee des RIAS durch die Amerikaner

verdankte sich bereits, wie man sich in Berlin noch gut erinnerte, den ersten Rivalitäten der Siegermächte unmittelbar nach dem Kriegsende. Die Sowjets hatten 1945 das Haus des Rundfunks besetzt – mitten im Westen, an der Masurenalleee im britischen Sektor –, zeigten aber keine Bereitschaft, die Westmächte mitspielen zu lassen. Also schufen sich die Amerikaner einen eigenen Sender in ihrem Hoheitsgebiet: den RIAS, Rundfunk im amerikanischen Sektor. Die Intendanten waren, soweit Jo wusste, bis heute Amerikaner, das Personal überwiegend deutsch.

Nun saßen Jo und Gerber in bequemen braunledernen Sesseln, auf einem niedrigen Tisch dampfte Kaffee in schlanken Porzellantassen, in einer flachen Schale lag Gebäck, daneben ein Aschenbecher aus schwarzem Glas mit einer zierlichen Fassung aus Goldmetall.

Rübsamen saß ihnen gegenüber und sog an einer Zigarre, darauf wartend, dass seine junge, groß gewachsene Sekretärin alles drapiert hatte. Der RIAS-Wellenchef war ein beleibter Mann Ende vierzig, mit wachen hellen Augen und straff zurückgekämmtem mittelblondem Haar, das seine hohe Stirn noch betonte. Seine Schildpattbrille war hellgelb wie die Weste unter der schwarzen Anzugjacke, und sein Einstecktüchlein an der Brust korrespondierte mit dem geflochtenen Weißgold, das seine Manschettenknöpfe aus Onyx einfasste. Dummerweise korrespondierte das schwarz-weiße Sichelmuster seiner Krawatte auch mit den dunklen halbmondförmigen Ringen unter seinen Augen, die auf eine Krankheit hindeuteten – oder auf Schlaflosigkeit.

Jo sah sich um. Über den beinahe umlaufenden Sideboardschränken hingen zahlreiche großformatige Schwarz-Weiß-Fotografien, auf denen klobige Studiomikrofone entweder aus dem Boden oder von der Decke zu wachsen schienen. Hinter den Mikrofonen Gesichter, die Jo – wie vermutlich fast alle Berliner – im Kino, auf Plakaten, im Fernsehen oder auf den Titelseiten von Illustrierten und Zeitungen schon gesehen hatte. Auf die Schnelle erkannte er Wolfgang Neuss, Edith Hanke, Bully Buhlan, Caterina Valente und O. E. Hasse. An der Wand hinter Rübsamens langem Elend von Schreibtisch hing eine Deutschlandkarte, deren eingezeichnete Wellenlinien die Reichweite des RIAS via Mittelwelle bei Tag und bei Nacht anzeigten. Auf den ersten Blick wurde klar, dass nicht nur Berlin und Umgebung, sondern beinahe die gesamte DDR beschallt werden konnte, mit freundlicher Unterstützung der Sender in Berlin-Britz und im bayerischen Hof. Unter der Karte stand die Luxusausführung eines Nordmende-Radios, aus dem leise schunkelnde Orchestermusik drang.

Neben der Wellenkarte hing eine ebenso große, mit Untertiteln beschriftete Fotomontage, die Aufnahmeszenen einiger Aushängeschilder des RIAS-Programms zeigte: Hörspielserien wie »Es geschah in Berlin« oder »Pension Spreewitz«, Ratesendungen wie »Wer fragt, gewinnt« oder Kabarettprogramme wie »Die Insulaner« oder »Die Rückblende«, von denen so ziemlich jedes Kind in Berlin schon gehört haben dürfte.

Rübsamen deutete mit seiner Zigarre nachlässig auf den Kaffee und das Gebäck auf dem Tisch. »Aber, bitte, meine Herren, bedienen Sie sich doch.«

Weder Gerber noch Jo kamen der Aufforderung nach.

»Herr Rübsamen«, sagte Gerber, »Wulf Herzke war ein bekannter RIAS-Mann in Berlin. Aber welche Aufgaben hatte er genau im Sender?«

Rübsamen sog mit flappenden Lippen an seiner Zigarre. »Nun, Wulf Herzke war ein vielseitiges Talent. Früher war er vor allem als Reporter bei aktuellen Ereignissen im Einsatz. Zuletzt arbeitete er für uns hauptsächlich als Musikreferent, moderierte unter anderem Musiksendungen, ›Schlager der Woche‹ beispielsweise.«

»Das heißt weniger an politischen Themen, die zum Beispiel dem Osten ein Dorn im Augen waren?«

»Nein, an politischen Themen arbeitete er gar nicht mehr. Seine Zeit als Live-Reporter, als politischer Berichterstatter, die war vorbei.« Er ließ ein paar graue Rauchringe aus seinem Mund aufsteigen. »Wissen Sie, Herzke war ... Aber, nein, de mortuis und so weiter, nichts Schlechtes über die Toten, nicht wahr?« Er setzte ein Lächeln auf, das geschickt die Mitte zwischen milde und mitleidlos hielt.

»Wir sind nicht zum Kondolieren zu Ihnen gekommen, Herr Rübsamen«, erwiderte Gerber humorlos. »Was war andererseits mit Herzke? Was wollten Sie sagen?«

Rübsamen schien sich einen Ruck zu geben, doch die Antwort hatte ihm wohl schon auf der Zunge gelegen. »Herzke war zwar vielseitig talentiert, wie ich schon sagte, aber selbst in seiner Paradedisziplin als Reporter denn doch kein Ass wie, sagen wir, Sammy Drechsel früher.«

Selbst Jo, der selten RIAS hörte, war der Name Sammy Drechsel ein Begriff. Er erinnerte sich sogar an eine aufregende frühe Live-Reportage, für die sich die Reporter-Legende des RIAS mit dem Mikrofon in ein vertieftes Gleisbett gelegt hatte, um sich buchstäblich von einem fahrenden Zug »überrollen« zu lassen.

Rübsamen setzte eine bekümmerte Miene auf. »Wulf Herzke verstand zweifelsohne sein Handwerk, was in seinem Fall das Mundwerk war. Aber im Unterschied zu einem Sammy Drechsel, um mal bei dem Vergleich zu bleiben, fehlten ihm der spontane Witz, die prägnante Formulierung aus der Situation heraus. Und, ehrlich gesagt, vermisste man an ihm zuletzt auch den Instinkt für das, was das Publikum nun mal erwartet. Verstehen Sie?«

»Nur Bahnhof«, sagte Gerber.

Auch Jo kam es vor, als spräche Rübsamen über einen Reporter, der vergessen hatte, was ein Radio war und wozu er ins Mikrofon sprechen sollte.

»Können Sie uns ein aktuelles Beispiel nennen?«, bat Gerber.

»Sicher.« Rübsamen beugte sich vor, seine Wamme drückte schwer gegen die cremefarbene Weste unter seiner geöffneten Anzugjacke. »Für den letzten Sonntagabend wollte Wulf Herzke uns, das heißt mir, eine komplette Live-Reportage des Bill-Haley-Konzerts aufschwatzen. Mit allem, was technisch und personell dazugehört, mit dem ganzen teuren Zauber, den so etwas nun mal erfordert. Vor allem aber mit ihm, Wulf Herzke, als Live-Reporter vor Ort, versteht sich.«

Jo stutzte. »Sie haben ihn also nicht zu Bill Haley geschickt?«

»Doch, haben wir. Als Musikreferenten eben. Um einen ausgearbeiteten Bericht zu liefern, den er dann in seiner Magazinsendung am Montag präsentieren sollte.«

»Was war denn so falsch an Herzkes Vorschlag einer Live-Reportage aus dem Sportpalast?«, wollte Jo wissen.

Rübsamen sah ihn befremdet an. »Sie haben doch sicher davon gehört, wie das Ganze ausgegangen ist.«

»Ganz hübsch was los gewesen im Sporti«, bemerkte Gerber trocken.

»Das wäre nun wirklich untertrieben, das sollten Ihnen Ihre Kollegen, die vor Ort waren, gesagt haben. Meine Haltung dazu war eindeutig: Nein! Dafür ändern wir nicht unser Programmschema.«

»›Lasst Blumen sprechen‹ …«

»Wie bitte?«

»Das Programm von RIAS 1, schon ab halb acht letzten Sonntagabend«, sagte Jo. »Ich habe nachgesehen: ›Lasst Blumen sprechen‹.«

»Richtig, das ist ein buntes Programm mit Quiz und Musik, sehr beliebt bei unseren Hörern.«

»Anschließend, das heißt ab neun Uhr an dem Abend: ›Tanz mit uns‹.«

»Gepflegte Tanzmusik, genau.«

Ähnlich dem Gedudel aus dem Radio, das auch jetzt seine Ohren nicht erfreute, dachte Jo. »RIAS 2 brachte Wagner am Sonntagabend, richtig? Den ›Ring der Nibelungen‹, volle drei Stunden lang?«

»Eine Aufzeichnung aus Bayreuth in diesem Jahr, genau.« Rübsamen setzte eine trotzige Miene auf. »Glauben Sie ernsthaft, wir streichen eines der wichtigsten Musikereignisse für eine Live-Übertragung aus dem Sportpalast, die an unserem Stammpublikum völlig vorbeigeht und angesichts des erwartbaren Tumults gar nicht sendefähig gewesen wäre, nicht einmal als Aufzeichnung?«

»Moment«, hakte Gerber ein, »verstehe ich Sie richtig, dass Sie bereits ahnten, dass das Konzert im Chaos enden würde?«

»Nicht ich. Herzke war es, der sogar sicher davon ausging.«

»Aber dann war es doch eine gute Idee von ihm, live vor Ort zu sein«, beharrte Jo. »Schließlich hat er recht behalten, oder nicht?«

Rübsamens Gesicht nahm einen verbissenen Ausdruck an. »Lärm ist noch keine Nachricht, junger Mann. Und Chaos bekommt bei mir keinen Platz in der ersten Reihe. Aber Herzke ließ, wie gesagt, zunehmend das Gespür für solche Dinge vermissen. Selbst noch in seiner letzten Montagssendung ...« Doch er winkte ab und lehnte sich wieder zurück. »Nein, lassen wir das, Wulf Herzke ist tot, und solche Details dürften Ihnen kaum weiterhelfen, denke ich.«

Doch Jo hörte heraus, dass er in Wahrheit ganz scharf darauf war, ihnen die Details zu präsentieren.

Gerber stöhnte sogar vernehmlich auf, er schien allmählich die Geduld mit dem Mann zu verlieren. »Herr Rübsamen, bitte überlassen Sie es uns, zu beurteilen, was uns weiterhelfen könnte. – Was war mit Herzkes letzter Sendung vom Montag?«

»Nun, in seinem Bericht zu dem Haley-Konzert, den ich ihm immerhin ersatzweise ermöglicht hatte, äußerte Herzke volles Verständnis für die Rowdys. Er hat sich sogar zu der Behauptung verstiegen, diese Halbstarken seien zuerst durch das angeblich pomadige Orchester Kurt Edelhagen gelangweilt und dann durch Bill Haleys Kurzauftritt regelrecht um ihr Eintrittsgeld betrogen worden.«

Nachvollziehbar, dachte Jo. »Was geschah mit Herzkes Bericht?«, fragte er.

»Selbstverständlich haben wir ihn gebracht! Wir sind hier nicht im Osten. Wir redigieren, aber wir zensieren keine Meinungen. Herzkes Text musste aber nun einmal als Kommentar gekennzeichnet werden, für einen Bericht fehlte es ihm an Objektivität, an Distanz zu seinem Gegenstand, möchte ich sagen. Ein journalistischer Grundfehler.«

»Hat er sich darüber geärgert, dass Sie seinen Beitrag redigiert haben?«, wollte Gerber wissen.

»Ich habe ihn nicht danach gefragt, ist nicht meine Aufgabe.«

»Gab es Hörerreaktionen auf diesen Kommentar?«, fragte Jo. »Als Herzkes Meinung, wie Sie sagen, war er doch entschärft.«

»Das denken Sie! Es gab noch während der Sendung

empörte Anrufe im Minutentakt, und selbst gestern noch, vermutlich abgeschickt vor der Nachricht, dass er tot sei ...«

»Ermordet«, erinnerte ihn Gerber.

»Ermordet, leider Gottes, ja – selbst da kamen noch Protestbriefe von Hörern wegen seines Kommentars zum Haley-Konzert. Woran Sie erkennen, dass wir ihn keineswegs entschärft hatten.«

»Diese Hörerpost, die Protestbriefe, hätten wir dann gern gesehen«, sagte Gerber.

Rübsamen erklärte ihnen, dass sie sich zwei Zimmer weiter an die Verwaltung der Hörerpost wenden müssten. »Die Kolleginnen dort können Ihnen weiterhelfen.« Er sah demonstrativ auf die Uhr, legte seine Zigarre ab und erhob sich. »Sie müssen mich jetzt bitte entschuldigen, ich erwarte ein Telefongespräch von einem unserer Korrespondenten.«

Aber das Telefon klingelte noch gar nicht, oder war Jo plötzlich taub geworden? Nein, das RIAS-Orchester spielte weiter zum gepflegten Paartanz auf. »Sagen Sie, Herr Rübsamen«, ignorierte er dessen Rausschmiss einfach, »wie gut kannten Sie Wulf Herzke eigentlich persönlich?«

»Privat, meinen Sie? Gar nicht. Nicht über das Tagesgeschäft im Sender hinaus.« Rübsamen ließ plötzlich seine Hände an den Seiten seines Anzugs nervös auf und ab wandern. »Ich nehme an, wir sind fertig«, sagte er mit spürbarer Gereiztheit und langte demonstrativ zum Telefon hinüber.

»Für den Augenblick nur noch eine Frage, Herr Rübsamen«, sagte Gerber. »Ist Ihnen der Name Luise Stahns ein Begriff?«

»Stahns?« Rübsamen war so verblüfft, dass er mechanisch den Hörer wieder auflegte, den er schon abgenommen hatte. »Stahns, Luise Stahns, ist das nicht …? Das ist doch das Mordopfer in Kreuzberg, oder nicht? Wir haben es eben noch mal in unseren Nachrichten gebracht.« Seine Schläfen fingen sichtlich an zu pulsieren. »Wieso fragen Sie mich nach dieser Frau?«

»Routine«, sagte Gerber.

»Routine? Im Zusammenhang mit dem Mord an einem RIAS-Mitarbeiter, zu dem Sie mich befragen?«

Gerber blieb ihm die Antwort schuldig.

Rübsamens wachsweißes Gesicht färbte sich krebsrot, doch er setzte nicht nach, schien ganz erpicht darauf, jetzt zu telefonieren. Er glitt beflissen an ihnen vorbei und komplimentierte sie unmissverständlich hinaus.

An der Tür zum Flur gab er ihnen flüchtig die Hand – sie war feucht wie ein Schwamm – und verschwand, für einen dicken Mann wie ihn erstaunlich behände, in seinem Büro.

»Manieren hat der Mann«, lästerte Gerber, nachdem die Tür sich geschlossen hatte. »Wahrt die Form, selbst wenn er einen hinausschmeißt. Wenn auch gerade mal so.«

»Aber Herzke konnte er auf den Tod nicht ausstehen«, stellte Jo fest.

»Auf den Tod ist gut.«

»Ich frage mich«, sagte Jo, »ob Rübsamen seine Abneigung gegenüber Herzke auch so offen zur Schau stellen würde, sollte er etwas mit dem Mord zu tun haben.«

»Zumindest hätte er dann eiserne Nerven.«

»Aber kein erkennbares Motiv.«

»Stimmt leider«, sagte Gerber. »Man bringt einen Kollegen nicht gleich um, nur weil man ihn nicht ausstehen kann.«

»Kommt vielleicht auf den Kollegen an«, bemerkte Jo, ohne eine Miene zu verziehen.

»Jemand Spezielles im Sinn?« Gerber zog ironisch eine Braue hoch, wurde aber gleich wieder ernst. »Schauen wir uns die ominösen Hörerbriefe an«, schlug er vor. »Vielleicht bekommen wir so eine ganze Kiste voller Mordmotive zu lesen.«

Sie wollten sich eben auf den Weg zu der dafür verantwortlichen Redaktion machen, als sich ihnen mit schnellen Schritten ein Mann näherte. Er war Ende dreißig, trug eine filigrane Brille mit Goldrand im spitzen Gesicht und war so mager, dass sein grauer Anzug schlackerte.

Er wirkte gehetzt und deutete mit spitzem Finger auf Jo und Gerber. »Guten Tag, sind Sie die beiden Herren von der Kripo?«

»Und wer, bitte, sind Sie?«, fragte Gerber.

»Opitz. Ich bin Mitarbeiter der Wortredaktion. Der Wellenchef bat mich, Sie in Empfang zu nehmen.«

Opitz musste rheinländischer Herkunft sein, er sagte »Isch« für »Ich« und »Wocht« für »Wort«.

»Na dann«, sagte Gerber, und der Redakteur machte auf dem Absatz kehrt, um sie drei Zimmer weiter zu führen – ein Zimmer zu weit nach Rübsamens Ankündigung, fiel Jo auf.

Auf dem kleinen Schild neben der Tür las er: »Opitz Maas Nagel – Pol./Bildg./Kult. Wort«. Sie betraten einen Raum mit drei Schreibtischen, von denen sich zwei großflächig mittig im Raum wie siamesische Zwillinge gegenüberstanden. Daran arbeiteten eine junge Frau mit schulterlangen dunklen Haaren in einem beigefarbenen Kleid und ein Mann mit Halbglatze und randloser Brille, die beide zur Begrüßung nur kurz aufschauten und nickten.

Opitz führte Jo und Gerber zu dem Schreibtisch an der Fensterseite. Wie die anderen beiden quoll er über von Papieren, Zeitungsstapeln, Büro- und Schreibutensilien, zwischen denen die Telefonapparate wie künstliche

Hügel aufragten. Jo ließ seinen Blick schweifen. An den Wänden hingen Kalender, Stadtpläne von Berlin und Potsdam, eine Deutschlandkarte mit der rot markierten »Sowjetischen Besatzungszone«, jedoch ohne die verlorenen Ostgebiete. Wie in Rübsamens Büro hingen auch hier zahlreiche Fotografien von leuchtenden oder schon verglühten Sternen am Musik- und Unterhaltungshimmel, die dem RIAS seit seinem Bestehen offenbar schon die Ehre gegeben hatten. In einem der Rollladenschränke am Kopfende des Raums stapelte sich womöglich die Hörerpost.

Opitz entführte unterdessen von den siamesischen Schreibtischen zwei herrenlose Stühle, die er Jo und Gerber übereifrig fast bis unters Hinterteil schob. Dann schwang er sich selbst auf seinen Schreibtischsessel und nahm Notizblock und Bleistift zur Hand, die neben seinem Telefon lagen. »Um mit der Tür ins Haus zu fallen, meine Herren ...«, begann er mit der größten Selbstverständlichkeit, doch Gerber blockte ihn mit erhobener Hand: »Moment, wir stellen hier die Fragen, Herr Opitz. Zunächst mal interessieren wir uns für die Hörerpost zu Wulf Herzkes letzter Sendung.«

»Die Hörerpost wird üblicherweise im Raum nebenan aufbewahrt.« Er wies mit dem Stift in die Richtung, aus der sie vermutlich gekommen waren, Jo war sich nicht ganz sicher.

»Und warum hocken wir dann hier bei Ihnen?«, wunderte er sich.

»Weil der Wellenchef mich beauftragt hat, mich um Sie zu kümmern. Das sagte ich doch schon.«

»Weil Sie Ihren Kollegen Wulf Herzke besonders gut kannten, oder wie?«, fragte Gerber.

Auch Jo war irritiert. Was für ein Spiel wurde hier mit ihnen getrieben?

»Na schön, dann Sie zuerst.« Opitz warf Stift und Notizblock sichtlich genervt zurück auf den Schreibtisch. »Wie war Ihre Frage?«

»Wie gut kannten Sie Wulf Herzke?«, wiederholte Gerber stoisch.

»Ich war nicht gerade mit Herzke verheiratet, falls Sie das denken. Ich kannte ihn persönlich so gut oder schlecht, wie man die meisten Kollegen in einem großen Funkhaus eben kennt. Beruflich hatte er aber meine volle Bewunderung.«

»Bewunderung ist ein großes Wort«, sagte Jo, dem es schwerfiel, ihm das abzukaufen.

»Es stimmt aber, ich meine es so«, beteuerte Opitz. »Herzke war bis zuletzt ein Aushängeschild des Senders. Vor allem natürlich wegen seiner großen politischen Reportagen von damals, live, von der Straße, an der Sektorengrenze, wirklich aufregend. Die Hörer liebten den Mann, seine tiefe Stimme am Mikrofon, die Unaufgeregtheit selbst in brenzligen Situationen.«

»An welche Situationen denken Sie?«, fragte Gerber.

»Besonders an den 17. Juni, natürlich.«

»Dreiundfünfzig, das war vor fünf Jahren, eine Weile her.«

»Schon, aber Herzke war nun mal einer von denen, die damals live über die Aufstände in Ostberlin berichtet haben. Das haben die Leute bis heute nicht vergessen, weder hier im Westen noch im Osten.« Er stockte plötzlich, runzelte die Stirn und fügte hinzu: »Die Staatssicherheit und der russische Geheimdienst allerdings auch nicht, da bin ich mir sicher. Aber die haben den RIAS ohnehin auf dem Kieker.«

»Rundfunk Im Ami-Sold«, rezitierte Gerber absichtlich gestelzt die DDR-Propaganda gegen den Sender.

»Der RIAS war den Kommunisten von Anfang an ein

Dorn im Auge«, sagte Opitz. »Der Grund dafür ist ganz einfach: Wir erreichen die Leute im Osten nicht nur, sie glauben uns auch. Sie vertrauen uns. Im Gegensatz zum Staatsfunk drüben. Deshalb ist RIAS hören in der Zone gleich Feindsender hören. Daher auch die Störsender aus dem Osten, die versuchen, uns dazwischenzufunken. Und Schlimmeres: Es ist ja erst ein paar Jahre her, wie Sie sicher wissen, dass ein harmloser Ostberliner Junge zum Tode verurteilt wurde, bloß weil er für seine Arbeitskollegen Karten für Hänschen Rosenthals ›Wer fragt, gewinnt‹ organisiert hatte.«

Gerber nickte betroffen, auch Jo erinnerte sich an den Schauprozess in Ostberlin vor drei Jahren, der in Wahrheit eine Propagandainszenierung war, um dem »Ami-Sender« RIAS systematische Spionage gegen den Osten unter dem Tarnmantel der Unterhaltung vorzuwerfen.

Opitz nestelte an seiner Brille. »Selbstverständlich sind wir parteiisch. Warum soll ich mich als Redakteur dümmer stellen, als ich bin? Ich weiß, dass die Kommunisten im Osten die Menschen unter der Knute halten und vor Bespitzelung, Entführung, Mord und Totschlag auch im Westen nicht zurückschrecken. – Was ich nicht weiß, ist, wie jemand das alles mit seinem Gewissen vereinbaren kann.« Er zuckte mit den Brauen. »Zugegeben müssen wir im Westen uns dieselbe Frage in der Rückschau auf die Nazizeit stellen. Der RIAS hat das jedenfalls schon getan.«

Eine schöne ausschweifende Lobrede auf den Aufarbeitungswillen seines Arbeitgebers, dachte Jo. Es fehlte nur noch der Weihrauch. Doch vom eigentlichen Thema war er dadurch erheblich abgewichen: »Zurück zu Wulf Herzke, Herr Opitz. Wie sehen Sie seine Rolle im RIAS?«

»Politisch, meinen Sie?«

»War denn Ihrer Meinung nach Herzkes Rolle politisch?«

Nachdem Opitz zuvor auf alles, was den RIAS betraf, eine rasche und meinungsstarke Antwort hatte geben können, zögerte der Redakteur auf einmal. Er zog seine Schreibtischschublade auf und nahm eine angebrochene Schachtel Eckstein-Zigaretten heraus. Er bot Gerber und Jo davon an, die dankend zugriffen.

»Wulf Herzke«, begann Opitz schließlich wieder, während sie gemeinsam rauchten, »war meines Erachtens ein spezieller Fall. Er war ganz klar Antikommunist. Ohne Hass, denke ich, aber eindeutig ablehnend in der Haltung. Ich sagte ja schon, wie engagiert er von den Ereignissen dreiundfünfzig berichtet hatte. Die Hörer hat das beeindruckt. Infolgedessen sind in den ersten Jahren danach Unmengen an Zuschriften für ihn in unsere Redaktion geflattert.«

»Auch aus dem Osten?«, fragte Gerber.

»Vor allem aus dem Osten. Mit wichtigen Informationen über den Alltag drüben, die er geschickt, das muss man sagen, als Hintergrund in seine Reportagen über Gegenmaßnahmen aus dem Westen einfließen ließ.«

»Apropos Gegenmaßnahmen, Herr Opitz, Sie arbeiten – ich meine, der RIAS arbeitet doch auch mit dem Ostbüro zusammen«, fiel Gerber plötzlich ein. »Galt das auch für Herzke?«

Gerber spielte auf das Ostbüro der SPD an, das in der Vergangenheit mit Hilfe des RIAS regelmäßig die Namen von Denunzianten im Osten veröffentlichte, die regimekritische Sozialdemokraten ans Messer lieferten.

Opitz spitzte die Lippen. »Darüber bin ich nicht informiert. Aber es ist zumindest anzunehmen, dass Herzke Kontakt mit dem Ostbüro hatte. Und warum auch nicht, wenn er auf diese Weise an Informationen gelangen konnte?«

»Damit wäre er aber zum Beispiel für die Stasi doppelt

interessant geworden«, warf Jo ein. »Schließlich erhielt er auf diese Weise Informationen aus beiden Richtungen – Ost und West.« Ein ideales Ziel, um ihn abzuschöpfen oder zu manipulieren.

»Sie meinen, er könnte vom Osten bespitzelt worden sein.« Opitz winkte ab. »Das trifft doch auf uns alle hier im Sender zu.« Er stand auf und holte von einem der mittleren Schreibtische einen Drehaschenbecher, den er oben auf einem Zeitungsstapel platzierte. Er streifte die Asche von seiner Zigarette und lud mit einer Geste dazu ein, es ihm gleichzutun.

»Herzke könnte aber ebenso gut selbst ein Spitzel gewesen sein«, fügte Jo lakonisch hinzu.

»Gottchen, ja, vielleicht. Aber auch das gilt für uns alle hier beim RIAS, Herr Kommissar, vom Intendanten bis zum Technikwart.« Er verharrte mit der Zigarette vor seinen dünnen Lippen und kniff ein Auge zu. »Sie könnten in diesem Augenblick mit einem vom Osten angeworbenen Agenten reden, ohne es zu ahnen.«

»Sie umgekehrt auch«, entgegnete Jo mit einem steifen Lächeln.

»Ihr Punkt, Herr Kommissar! Dann also von Spion zu Spion: Ich verrate Ihnen sicher nichts Neues, wenn ich sage, dass Wulf Herzke in den letzten Jahren als politischer Journalist kaum noch interessant für den Osten gewesen sein dürfte. Er hat mehr und mehr vollkommen unpolitische Unterhaltungssendungen gemacht und dazu seine Musikmoderationen. Und er hatte Erfolg damit.«

»Woran lag das?«, fragte Jo.

»Herzke hatte eine Nase für Trends.«

»Und die heißen heute aktuelle Musik und Unterhaltung?«

»Die Leute wollen sich eben nicht immerzu mit Politik, Kaltem Krieg und so weiter beschäftigen. Und

Herzke hatte dafür nicht nur ein Näschen, wie gesagt, sondern auch ein schönes Stimmchen, die Hörer mochten ihn. Er hatte aber wohl auch gute Kontakte zum AFN, wo er sich mit den neusten Musikrichtungen aus den Staaten versorgen ließ. Was auch nötig war, schauen Sie sich die aktuellen Schlager der Woche an, von den gut zwanzig Titeln sind die meisten inzwischen amerikanische. Bye-bye, Vico Torriani!, kann ich da nur sagen. Herzke hat das vorhergesehen – vorhergesagt. Insofern habe ich ihn noch immer bewundert, bis zuletzt, er war ein Trüffelschwein für neue Trends, wie die Amis sagen, auch bei den jungen Leuten. Ähnlich wie Rosenthal im Bereich Ratespiel.« Er nahm noch einen tiefen Zug von seiner Eckstein und versenkte den Stummel im Drehascher. »Die Antikommunisten in der Stadt hat er dadurch allerdings herbe enttäuscht.«

»Inwiefern?«, fragte Gerber.

»Einige Aktivisten von der KgU, Sie wissen schon, die Kampfgruppe gegen Unmenschlichkeit, haben wütende Briefe an die Redaktion, auch an uns hier geschrieben, nachdem Herzke darauf nicht mal mehr reagiert hatte. Die KgU-Leute hatten ihn wohl als einen der ihren betrachtet, als Aktivisten in Reportergestalt, was er offensichtlich anders sah.«

Die Kampfgruppe gegen Unmenschlichkeit, meist nur kurz KgU genannt, war eine besonders militante Gruppe von Antikommunisten, die von Westberlin aus auch Sabotageakte, Brand- und Sprengstoffanschläge im Osten verübte. Jo hatte erst kürzlich einen Zeitungsartikel gelesen, wonach die Gruppe zunehmend umstritten sei, da sie mit ihren Aktionen auch Menschenleben gefährdete und in Kauf nahm, dass ihre Helfer im Osten enttarnt und in letzter Konsequenz sogar hingerichtet werden konnten.

Während Jo und Gerber nun ebenfalls ihre Zigaretten ausdrückten, griff Opitz wieder zu Block und Stift. »Sie erlauben, dass ich Ihnen nun auch meine Frage stelle?«

Gerber gestattete es mit einer fahrigen Geste.

»Sie gehen also davon aus, dass es eine Verbindung zwischen dem Mord an unserem Kollegen Wulf Herzke und dem Mordopfer Luise Stahns geben könnte, ist das richtig?«

Gerber starrte ihn an. »Sagen Sie nicht, dass Ihr Wellenchef Ihnen das vorhin gesteckt hat?«

Doch genau so musste es gewesen sein, war Jo sofort klar. Das also hieß, Opitz solle sich um sie »kümmern«.

Der tat sehr erstaunt. »Was erwarten Sie denn, Herr Kommissar? Sie befinden sich in einem Funkhaus. Sie haben es mit Journalisten zu tun.« Sie hatten ihre Fragen gestellt, nun war er an der Reihe, so sah er das.

»Wenn Sie glauben, dass wir Ihre Neugier befriedigen, haben Sie sich geschnitten, Herr Opitz«, fuhr Gerber ihn an. »Und wenn Sie wollen, dass der Mord an Ihrem Kollegen Herzke aufgeklärt wird, sollten Sie solche Spekulationen auf keinen Fall veröffentlichen. Andernfalls machen wir öffentlich, dass Sie damit unsere Arbeit behindern. Aber das stecken wir dann den Zeitungen. Unabhängige Berichterstattung wird man Ihnen in dem Fall Herzke nicht zugestehen, verlassen Sie sich darauf.«

»Verstanden. Keine Aufregung.« Opitz hob schützend die Hände und legte demonstrativ sein Notizheft fort. »Sie haben wahrscheinlich recht.«

Da Gerber das in Granzow-Manier geklärt zu haben schien, entschloss sich Jo, den Spieß noch einmal umzudrehen: »Bleiben wir trotzdem beim Thema, Herr Opitz. Unter uns Spionen: Wissen Sie denn etwas über

Luise Stahns? Kannten sich die beiden eventuell, Stahns und Herzke, haben Sie sie einmal zusammen gesehen?«

Opitz schüttelte frustriert den Kopf. »Nein, nichts davon. Den Namen Luise Stahns kennen wir alle hier erst seit gestern. Als Mordopfer. Und Herzke hat den Namen Stahns meines Wissens nie erwähnt.«

»Andere Frage«, setzte Jo gleich nach, »könnte es möglich sein, dass Herzke sich neben Kultur und Musik auch für den Schulfunk interessierte?«

»Den Schulfunk?« Opitz brachte ein falsches Lachen zustande. »Wissen Sie, Herr Kommissar, ich zum Beispiel bin ungläubig wie eine Kirchenmaus: in keiner Kirche, Glaubens- oder Unglaubensgemeinschaft Mitglied. Aber hin und wieder habe selbst ich Themen für den Kirchenfunk. Reicht Ihnen das als Antwort?«

»Und wer bitte ist zuständig für den Schulfunk?«

»Lilo Rückert, ein Stockwerk höher.« Er sah auf die Uhr. »Aber bei der werden Sie momentan kein Glück haben, um die Uhrzeit ist sie gewöhnlich im Studio.«

»Wie lange dauert so etwas?«, fragte Gerber.

»Das kann schon ein paar Stunden dauern«, sagte die junge Redakteurin mit den dunklen Haaren. Sie musste sich in Jos Rücken unmerklich genähert haben. »Wir können im Sekretariat die Dispo für die Studiobelegung einsehen, wenn Sie wollen. Ich muss sowieso rübergehen. Ich bin übrigens Eva Nagel, ich betreue die Theaterkritiken.« Sie reichte ihnen die Hand, Jo und Gerber erhoben sich und stellten sich ebenfalls vor.

»Theaterkritiken?«, sagte Gerber. »Ich dachte, Friedrich Luft sei die Stimme der Kritik beim RIAS.«

»Ist er auch. Aber irgendjemand muss seine Beiträge ja für den Funk einrichten und das ganze Drumherum bewältigen. Das mache ich.« Sie blickte zu Opitz hinüber. »Ihr seid fertig, oder?«

Opitz leitete die Frage mit einer Geste an Jo und Gerber weiter.

»Fertig, bis auf die Hauptsache«, sagte Gerber, »die Hörerpost zu Herzkes letzter Sendung am Montag.«

»Die zeige ich Ihnen, kommen Sie.«

Mit raumgreifenden Schritten ging sie voraus, Gerber und Jo blieb nichts anderes übrig, als sich rasch von Opitz zu verabschieden und ihr zu folgen.

Auf dem Flur blieb sie überraschend stehen und wandte sich zu ihnen um. Ihr längliches Gesicht war ernst und blass, ihr Blick richtete sich an Jo, vielleicht, nahm er an, weil sie etwa im gleichen Alter waren.

»Ich konnte nicht anders, als Ihr Gespräch mit Friedrich Opitz teilweise mit anzuhören«, sagte sie leise und schnell. »Es ist alles richtig, was er gesagt hat, aber ...« Sie stockte.

»Ja?« Jo sah sie gespannt an.

»Aber es klang doch alles so ... geschäftsmäßig und kühl. Ich meine, was fehlt, was Opitz nicht gesagt hat, war, dass Wulf Herzke ein sehr feiner Mensch war: freundlich und gescheit und ... und kein bisschen herablassend wie viele ... andere Männer, die prominent sind, so wie sein Name und seine Stimme es nun mal waren.« Sie schwieg plötzlich. Eine Gruppe von vier oder fünf Männern und Frauen näherte sich ihnen. Sie grüßte knapp und ließ sie vorbeiziehen.

»Kannten Sie Wulf Herzke denn persönlich?«, fragte Jo, nachdem die Gruppe sich auf dem Flur entfernt hatte. »Standen Sie ihm nahe?«

»Das ist es ja gerade, was Opitz nicht erwähnt hat: Wer Wulf Herzke begegnete, hatte sehr schnell das Gefühl, ihn persönlich zu kennen. Weil er ein wirklich herzlicher Mann war, zugewandt und ...« Sie rang vergeblich um Worte, die dunklen Augen hinter ihren langen künstlichen Wimpern wurden feucht.

»Kann es sein, dass Herzke besonders auf Frauen wirkte?«, warf Gerber nicht gerade mitfühlend ein.

Eva Nagel musterte ihn einige Sekunden lang nachdenklich mit ihren feuchten Augen, ohne ihm zu antworten. »Möglich, dass Frauen ihn besonders mochten. Für unsere Hörerinnen galt das allemal, wenn man sich die Hörerpost vor Augen führt. Er hatte so ein bestimmtes Timbre in seiner Stimme, falls Ihnen das etwas sagt.«

Gerber machte nicht den Eindruck. »Und für Kolleginnen hier im Haus galt das auch? Dass sie sein ... Timbre mochten und was nicht sonst noch alles an ihm?« Er sah die Redakteurin auf eine Weise an, die sie nicht missverstehen konnte.

»Ich war nicht verliebt in ihn, falls Sie darauf anspielen, Herr Kommissar«, erwiderte sie kühl. »Ich bin verlobt.« Sie hielt ihre langgliedrige Hand hoch, an deren Finger ein filigraner silberner Ring steckte. »Und Wulf Herzke war verheiratet. Aber um diese Art Gefühle ging es nicht – ihm nicht und mir nicht. Ich habe nur von einer einzigen Frau aus dem Sender gehört, mit der er auch ein Verhältnis angefangen hat, und selbst das war Jahre bevor ich zum RIAS kam.«

»Und wer war die Glückliche?« Gerber sah sie erwartungsvoll an.

»Die Frau, die er später geheiratet hat«, sagte Eva Nagel mit einem gewissen Trotz in der Stimme. »Andrea Herzke, die damals wohl um ein Haar ...« Sie winkte ab. »Ach, das ist ja alles lange her.«

»Was ist lange her, Fräulein Nagel?«, bestand Gerber auf ihrer Antwort.

»Na ja, Andrea Herzke war davor mit Rübsamen verlobt.«

»Moment, bitte.« Gerber hob die Hand wie ein Verkehrspolizist. »Herzkes Frau, vielmehr Witwe hat hier im Funkhaus gearbeitet und hätte um ein Haar den Wellenchef geheiratet?«

»Bis sie Herzke kennenlernte. So wurde es im Haus kolportiert. Aber das war vor meiner Zeit beim RIAS, wie gesagt.« Sie blickte auf ihre Armbanduhr. »Es wird Zeit. Kommen Sie, ich zeige Ihnen rasch die Hörerpost.«

Sie folgten ihr in das angrenzende Zimmer, in dem zwei blonde Frauen, eine in ihren Fünfzigern, die andere erst Anfang zwanzig, mit den Rücken zueinander an schmalen Tischen saßen, jede von ihnen einen hohen Stapel bedruckter Zettel und Briefumschläge vor sich. Der Raum war groß und voller Regale und Schränke. Eva Nagel grüßte die Kolleginnen knapp, die kaum aufschauten, sondern mechanisch ihrer Arbeit nachgingen, und hievte einen grauen Ordner mit der Aufschrift »Studio-Dispo: Wort« aus einem Regalfach. Sie fuhr kontrollierend mit dem Finger über das zuoberst eingeheftete Blatt und wandte sich, den Ordner noch in der Hand, an Gerber und Jo. »Lilo Rückert hat das Studio heute noch für drei Stunden gebucht. Scheint eine größere Produktion zu sein.«

»Schulfunk-Parlament«, gab die ältere der Frauen über die Schulter hinweg Auskunft, ohne ihr Sortieren zu unterbrechen. »Sie war vor einer Stunde noch hier, um Material zu holen.«

»Da hören Sie's«, sagte Eva Nagel leichthin, wuchtete den Ordner zurück ins Regal und kam wieder auf Jo und Gerber zu. »Falls Sie auf die Kollegin warten wollen, es gibt eine Kantine im Haus.«

Gerber winkte ab. »Die Zeit haben wir nicht. Wir melden uns später bei ihr, falls nötig.« Er bat sie nun um die Hörerpost zu Herzkes Sendung.

Eva Nagel ging zu einem breiten Metallschrank, nahm

einen großen grauen Pappkarton heraus und stellte ihn auf einen Katzentisch in der Ecke, der Jo sehr an den erinnerte, den man ihm im letzten Jahr in Schuchardts und Gerbers Zimmer zugestanden hatte.

»Ich habe leider keine Zeit mehr«, sagte sie mit einem weiteren Blick auf ihre Armbanduhr, was Jo inzwischen wie eine typische Geste von RIAS-Redakteuren, vielleicht von Radioleuten überhaupt vorkam. »Falls Sie die Post mitnehmen möchten ...«

»Dann tun wir das einfach«, sagte Gerber ungeduldig und beugte sich bereits über den Karton.

»Nein, das tun Sie bitte nicht«, bat Eva Nagel. »Lassen Sie sich die Mitnahme vorher von unserer Verwaltung genehmigen. Presserecht, Sie wissen schon.« Sie wandte sich um, entnahm dem Regal einen anderen Ordner mit der vielsagenden Aufschrift »Dispo: Luft«, schenkte Jo zum Abschied ein freundliches Lächeln und verließ den Raum mit einem letzten Blick auf die Herzke-Zuschriften, in denen Gerber bereits blätterte.

In der folgenden halben Stunde machten sie sich im Stehen, da keine weiteren Stühle vorhanden waren, über die Zuschriften her. Es handelte sich um gut zwei Dutzend Briefe und Postkarten, in denen man sich in teils drastischen Worten über Herzkes Kommentar am Montag zum Bill-Haley-Konzert am Tag davor beschwerte: Er sei ja geradezu besoffen von Verständnis für diese fünfzehnjährigen Bengel gewesen, die Art von Getrommel gehöre in den Dschungel, der sogenannte Gesang erinnere an das Wiehern kranker Gäule, die man besser durch einen Gnadenschuss erlöse, bei Haley und seiner Truppe handele es sich um Wahnsinnige, die ins Irrenhaus gehörten, und die jugendlichen Randalierer im Sportpalast gehörten in eine Besserungsanstalt – »Eisen erzieht«, was auch immer das heißen sollte. Die Eltern dieser Halbstarken-Horden seien entweder unfähig oder unwillig, sie zu anständigen Menschen zu erziehen.

Die Post war durchweg namentlich gekennzeichnet, oft von Einzelpersonen, manchmal von Ehepaaren. In einem Fall war sie gleich von einer ganzen Gruppe »gemeinschaftlicher Rundfunk-Hörer« verschickt worden. Laut Poststempel des Briefumschlags noch an dem Tag, als Herzke tot aufgefunden wurde. Diese ominöse Gemeinschaft fand, Herzkes Verhalten sei »zutiefst undeutsch« und »Elemente« wie er gehörten »an die Wand gestellt oder noch besser: einen Kopf kürzer gemacht«.

Gerber legte den Brief dieser Gruppe samt angeheftetem Umschlag mit der Absenderangabe auf den Tisch. »Konfisziert«, raunte er Jo zu, nahm den Karton und stellte ihn zurück in den Schrank. Anschließend schaute er unschlüssig auf die blonden Wasserwellen der beiden Frauen, die wie in Trance ihr Sortieren fortsetzten. »Entschuldigen Sie, meine Damen«, sagte er schließlich, »aber was tun Sie da eigentlich?«

Beide Frauen drehten sich wie in einer spontanen Choreografie gleichzeitig zu ihm um. »Neue Ratesendung mit Hans Rosenthal«, antwortete die Ältere. »Zum Mitmachen«, ergänzte die Jüngere.

»Ah, verstehe, zur Abwechslung mal Post von Ihnen an die Hörer«, versuchte Gerber wie immer, einen Scherz anzubringen.

»Post an die Hörer?« Die Jüngere verzog wie unter Schmerzen das Gesicht.

»Von uns hier bestimmt nicht«, setzte die Ältere hinzu.

Gerber schaute betroffen. Die Höhe der Stapel mit Briefumschlägen und Zetteln auf den Tischen schien in der Zwischenzeit kaum abgenommen zu haben.

Sie standen neben dem Haupteingang des RIAS-Gebäudes und rauchten. Die Nachmittagssonne legte herbstlich-mildes Licht auf die Hausdächer jenseits der Kufsteiner Straße. Vom Stadtpark auf der Schöneberger und vom Volkspark auf der Wilmersdorfer Seite drangen die Rufe von Kindern, die spielten, und gelegentlich die Stimmen ihrer Mütter, die sie zur Ordnung riefen.

Gerber fixierte angriffslustig einen Ü-Wagen, der vor ihnen auf dem Bordstein parkte. »Wäre ich Verkehrspolizist, könnte ich jetzt ein Knöllchen verteilen.« Er war unzufrieden mit sich selbst. »Dieser Fatzke von Wellenchef. Tischt uns auf, den Herzke nur beruflich und keineswegs privat gekannt zu haben. Dabei hat Herzke ihm vor Jahren seine Herz*dame* ausgespannt.«

Vergeblich hatte Gerber noch vorhin versucht, Rübsamen ein weiteres Mal zu vernehmen, doch der Wellenchef hatte laut Sekretärin das Funkhaus schon für einen Außentermin verlassen.

»Trotzdem möglich, dass Rübsamen den Herzke nur beruflich, als Kollegen kannte, meinen Sie nicht?«, erwiderte Jo. »Auch wenn er ihn offensichtlich nicht ausstehen konnte. Man muss einen Mann, der einem die Verlobte ausspannt, ja nicht zwangsläufig privat kennen.«

»Nein, am besten wissen die Herren gar nichts voneinander«, kommentierte Gerber mit Kennermiene, »besser für alle.« Er wurde wieder ernst. »Freunde sind Rübsamen und Herzke jedenfalls nicht geworden. Die Trauer über Herzkes Tod hält sich bei dem dicken Wellensittich nun wirklich in Grenzen.«

»Aber Rübsamens Tränen wegen seiner Exverlobten – falls er ihr überhaupt nachgeweint hat – dürften schon eine Weile getrocknet sein. Sie hat Herzke bereits vor Jahren geheiratet.« Und als Herzkes Vorgesetzter, dachte Jo, hätte Rübsamen seitdem auf vielfache Weise die Möglichkeit gehabt, sich an seinem erfolgreichen Nebenbuhler von damals zu rächen.

Was Jo inzwischen viel mehr beschäftigte, war etwas anderes. »Ich werde aus diesem Herzke nicht schlau – ich meine, aus dem, was beruflich über ihn behauptet wird«, sagte er, während er dem zähen Verkehrsstrom auf der Kufsteiner Straße zusah. »Wenn man Rübsamen glaubt, dann war Herzke als Reporter zwar talentiert, aber keine große Nummer, auch früher nicht, nie gewesen.«

»Kein Sammy Drechsel«, erinnerte sich auch Gerber und zog an seiner Nil.

»Wenn man dagegen Opitz über ihn reden hört«, fuhr Jo fort, »hatte Herzke zwar seine ganz große Zeit schon hinter sich, war aber immer noch ein Zugpferd für den Sender und bis zuletzt auf dem Quivive, was Neues, vor allem aus Amerika, betraf. Laut Opitz hatte er, egal, was Rübsamen behauptet, sein Gespür für Ereignisse eben nicht verloren, siehe Bill-Haley-Konzert. Er war engagiert in seinem Beruf, nach wie vor.«

»Opitz hat aber auch gesagt, Herzke sei mehr oder weniger unpolitisch geworden«, sagte Gerber. »Und das fanden nicht alle gut. Als Politreporter war er damit weg vom großen Panoramafenster.«

»Das ist doch gerade das Seltsame«, entgegnete Jo. »Jahrelang steckt das Trüffelschwein Herzke seinen Rüssel in die politischen Ereignisse der Stadt, hat offenbar beste Kontakte im Westen und im Osten – KgU, Ostbüro, Informanten hüben und drüben. Doch dann lässt er seine politischen Quellen, Kontakte, Erfahrungen und so weiter mehr und mehr versiegen, um jugendliche Musiktrends aufzuspüren und zu präsentieren.«

»Schlager der Woche«, spottete Gerber.

»Eben. Gut, er verstand auch was von Musik, sagt

Opitz, hat bei den amerikanischen Kollegen von AFN dazu recherchiert, um auch die Schlagerwelt beim RIAS etwas aufzufrischen. Aber seine Politikthemen, die ihn berühmt gemacht haben, lässt er komplett verdorren. Das verstehe ich nicht, niemand hat ihn dazu gezwungen, nicht mal Rübsamen.«

Gerber nickte nachdenklich. »Da ist was dran. – Andererseits ...«, er zog noch einmal am heruntergerauchten Stummel seiner Nil, »Menschen ändern sich, soll vorkommen. Vielleicht hatte Herzke die Nase voll von Politikern und Kalten Kriegern in Berlin, die ihn für sich vereinnahmen wollten. Dann lieber heiße Tänze im Sporti mit Bill Haley.« Gerber sah aus, als hätte er durchaus Verständnis dafür.

Das mochte stimmen, dachte Jo. Doch wegen exakt dieser Entwicklung war es Herzkes früherem Intimfeind Rübsamen überhaupt erst möglich geworden, Herzke wie einen Mann von gestern zu behandeln, der nur aufgrund seiner alten Verdienste und seiner fortdauernden Beliebtheit noch mitspielen durfte – aber nach Rübsamens Regeln.

Aus der Glastür des Haupteingangs trat eine Gruppe von Leuten, die sich lebhaft unterhielten, während sie an Jo und Gerber vorbeigingen.

»Fragt sich, wie da Luise Stahns ins Bild passt«, sagte Jo, mehr laut denkend.

»Wenn sie überhaupt hineinpasst.« Gerber warf seinen Zigarettenstummel aufs Pflaster. »Ich sehe, offen gesagt, keine Verbindung zwischen Stahns und Herzke. Opitz konnte mit ihrem Namen bis gestern nichts anfangen. Und ich glaube ihm, dass das bei seinen Kollegen nicht anders war.«

»Wir haben die Schulfunk-Redakteurin noch nicht fragen können«, erinnerte ihn Jo.

»Ich rufe sie später mal an.« Doch Gerber schien sich nicht mehr viel davon zu versprechen. Auch der ohnehin sehr unterschiedliche Bezug der beiden Opfer zu Bornholm sei ihm unter diesen Umständen zu vage. »Für sich genommen, ohne weitere Spuren, die in die Richtung führen, ist mir das zu dünn.«

Ein berechtigter Einwand, wie Jo zugeben musste.

Gerber holte missmutig den Autoschlüssel aus seiner Manteltasche. »Fahren wir zurück ins Präsidium.«

Auf dem Weg zur Fritz-Elsas-Straße, wo Gerbers Isabella gleich gegenüber dem Stadtpark stand, sahen sie weit vorne, beinahe schon an der Innsbrucker Straße, die Gruppe, die vorhin an ihnen vorbeigegangen war, entspannt und weithin hörbar auf den U-Bahnhof Rathaus Schöneberg zuschlendern. Jo blickte ihnen nach, während Gerber bereits in sein Auto einstieg und ihm von innen die Beifahrertür öffnete. So wäre Jo beinahe der Blick eines Manns mit einem breitkrempigen Hut entgangen, der unweit von ihnen in einen taubenblauen Ford Taunus einsteigen wollte – es aber nicht tat.

Als Jo hinübersah, zog der Mann seinen Hut tiefer in die Stirn und klopfte dann hektisch die Taschen seines Mantels ab. Schließlich fand er die Autoschlüssel und beugte sich vor, um aufzuschließen. Jo stieg ein, Gerber ließ den Motor aufheulen und legte einen sportlichen Start hin. Jo schaute in den Rückspiegel und sah zu seiner Überraschung, dass der Mann wieder aufrecht neben dem blauen Ford stand und ihnen nachschaute.

Ganz gegen seine Gewohnheit benutzte Jo den Fahrstuhl im Präsidium. Bis zur dritten Etage begleitete er noch Gerber, der auf dem Weg in die fünfte war, um ein offizielles Protokoll aufzusetzen und sich inoffiziell das Drohschreiben der ominösen »Rundfunk-Hörer« genauer anzusehen, das er vorsichtshalber konfisziert hatte. Bei Bedarf werde er die Genehmigung dazu eben später einholen. »Die sollen sich mal nicht so haben in der Verwaltung.«

Die Aggressivität, die aus dem Pamphlet der Hörergruppe sprach, war in jedem Fall bemerkenswert, da hatte Gerber schon recht. »Wissen Sie, was komisch ist?«, sagte Jo, als sie den ersten Stock erreichten, wo zwei Kollegen ausstiegen, die mit ihnen hinaufgefahren waren. »Die Hardliner im Westen verabscheuen amerikanische Musik, Jazz und jetzt vor allem Rock 'n' Roll, genauso wie die Hardliner im Osten.«

»Wenn Sie mir jetzt noch verraten, was Hardliner bedeutet, könnte ich Ihnen eventuell zustimmen, Sturm.« Gerber lachte. »Schon gut, ich kann es mir denken.«

Duke Ellington und Dave Brubeck, dachte Jo weiter darüber nach, galten Spießern im Westen, die sich für Bildungsbürger hielten, bereits als »kulturlos«. Bill Haley und Elvis Presley waren ihnen ein Graus und Chuck Berrys »Roll over Beethoven« gleich ein Sinnbild für den Untergang des Abendlandes.

Wulf Herzke, der in dieses Horn nicht hatte stoßen wollen, hatte das offenbar prompt zu spüren bekommen, wie die Hörerzuschriften zeigten.

Doch auch den Funktionären im Osten galt dieselbe Musik als jugendverderbender amerikanischer Kulturimperialismus. Und darunter hatte auch eine Kulturjournalistin wie Lore Decker in Ostberlin zu leiden. Von der erwartet wurde, dass sie die Musik des imperialistischen Westens verachtete oder zumindest missachtete. Stattdessen fuhr Lore heimlich über die Sektorengrenze, um in Westberliner Clubs tanzen zu gehen und sich Jazzplatten am Kurfürstendamm anzuhören, ohne sich ihren Kauf leisten zu können.

Auf einmal hatte er ihr schmales blasses Gesicht wieder vor Augen, die ernsten nussbraunen Augen, die ihn anfangs so skeptisch gemustert hatten, nachdem er ihr gestanden hatte, dass er Polizist sei. Doch wie es aussah, wagte Lore es inzwischen nicht mehr, den Westen zu besuchen, zumindest nicht die einschlägigen Jazz-Lokale, in denen er sie hätte treffen können ...

Eine junge platinblonde Kollegin in einem eng geschnittenen hellgelben Kleid stieg in der zweiten Etage zu ihnen in den Fahrstuhl. Der starke Lavendelduft ihres Parfums verdichtete sich sekundenschnell zu einer intensiven Wolke. Unter ihren langen Wimpern hindurch warf sie Jo einen interessierten Blick zu, den er zerstreut mit einem Lächeln beantwortete, während Gerbers Augen bereits damit beschäftigt schienen, die Konfektionsgröße der jungen Kollegin zu ermessen.

Im dritten Stock verabschiedete Jo sich von Gerber und mit einem freundlichen Blick, der nichts versprach, auch von der Platinblonden, die ebenfalls weiter hinauffuhr.

Jo beschloss, auf eine Zigarette bei Lene Spohn vorbeizuschauen. Er klopfte flüchtig an ihre Tür und trat ein. Lene saß, den qualmenden Zigarettenstummel im Mundwinkel, tippend an ihrem Schreibtisch und kniff die Augen zusammen, als sie ihn den Kopf hereinstecken sah. Sie nahm hastig die Kippe aus dem Mund und drückte sie im Aschenbecher neben der Schreibmaschine aus. Sie war Raucherin, doch es war ihr peinlich, wenn man sie außerhalb der Pausen dabei überraschte. Jo wunderte sich eher darüber, wie sie es schaffte, während des Tippens zu rauchen, und noch mehr darüber, wie sie es schaffte, sich mit einem zu unterhalten, während sie tippte.

»Sag mal, Jo, wo steckst du denn die ganze Zeit?«, fuhr

sie ihn unerwartet heftig an, was sonst gar nicht ihre Art war.

»War mit Gerber unterwegs.«

»Mit wem, bitte?«

»Gerber. Aus der Fünften.«

»Warum sagst du denn keinem Bescheid, wo du steckst? Gundula Krauß von oben hatte keine Ahnung, wo und wie man dich erreichen kann, nicht mal ihr Chef wusste es.«

»Sie hat mit Granzow gesprochen?« Damit war der nächste Anpfiff des Alten fällig, vielen Dank!

»Was sollte sie machen? Gundi wusste nun mal nicht, wo du stecken könntest.«

»Schuchardt aus der Fünften wusste Bescheid, dass ich mit Gerber zum RIAS gefahren bin«, fiel ihm ein. Aber das spielte nun auch keine Rolle mehr. »Lene, was ist überhaupt los? Du klingst, als hätte ich den letzten Termin verpasst, um die Welt zu retten.«

»Nur den letzten Termin, um deine Wohnung zu retten, mein Lieber. Du musst sofort zu dir nach Hause fahren, Jo. Bei dir ist eingebrochen worden.«

»Bei mir ist was – eingebrochen worden?« Er glaubte sich verhört zu haben.

»Leider, ja. Die Kollegen von der Kreuzberger Dienststelle haben den Fall aufgenommen und hier angerufen. Deiner Vermieterin fehlen anscheinend Wertsachen und Geld.« Sie legte die Stirn in Falten. »Ich hoffe, du hast deine Reichtümer nicht auch so offen in der Wohnung herumliegen lassen wie die Dame?«

»Nur meine Plattensammlung«, antwortete er mechanisch. Er war durch die Nachricht wie vor den Kopf geschlagen.

»Deine Dschatz-Platten?« Sie meinte »Jazz«, auch wenn es sich kaum danach anhörte. »Ich denke, da kannst du beruhigt sein, Schätzchen. Außer dir kenne ich keinen, der sich so was freiwillig anhört.«

Auf dem Bürgersteig vor dem Haus spielten die kleine Elke und ihr noch kleinerer Bruder Ralf mit einer Handvoll anderen Kindern aus der Nachbarschaft Völkerball. Umkurvt von einem Jungen, der einen der neuartigen Roller mit Gummireifen und Gepäckträger fuhr. Ein einziges fröhliches Johlen und Kreischen, Werfen und Ausweichen. Hin und wieder diente auch ein parkendes Auto als Bande.

Jo stellte seine DKW einen guten Ballwurf entfernt ab und lief ins Haus. Als er den Flur betrat und die ersten Stufen zum Hochparterre hinaufstieg, nahm er wie neulich einen fauligen Küchengeruch wahr. Wahrscheinlich hatte die alte Frau Simonowsky ihren Küchenabfall bis zum nächsten Hofgang vor der Wohnungstür stehen lassen, um ihn dann zu den Mülltonnen zu tragen. Oder sie hatte für Fehring aus dem ersten Stock, einen alleinstehenden pensionierten Postbeamten, der sie gelegentlich besuchte, wieder einmal Kohleintopf gekocht, sein Leibgericht. Jo rätselte bis heute, was das Augenzwinkern, mit dem sie es ihm kürzlich erzählt hatte, genau bedeuten sollte.

Er eilte weiter die Treppe hinauf, indem er jeweils zwei Stufen auf einmal nahm. Im zweiten Stock hörte er heftiges Schluchzen einer Frau aus der Wohnung der Eberhardts, ganz in der Nähe der Wohnungstür. Trotz seiner Eile blieb er unwillkürlich stehen und klopfte – die Klingel war schon eine ganze Weile defekt, wie er wusste, die Eberhardts ließen sie einfach nicht reparieren.

»Christine? Alles okay?«

»Wer will das wissen?« Helmut Eberhardts gepresste Stimme. Zugleich verstummte das Schluchzen.

»Jo Sturm, dritter Stock.«

Beinahe noch im selben Moment wurde die Tür aufgerissen. Eberhardts massige Gestalt stand im Rahmen. Er war verschwitzt, sein schwarz-braun gestreiftes Baumwolloberhemd hing ihm vorne mit offener Knopfleiste über den prall vorstehenden Ranzen. Hinter ihm im Flur der Wohnung verschwand der Schatten einer Frau im Bad, Jo konnte sich nicht erinnern, sie hier im Haus schon einmal gesehen zu haben.

»Ihre Frau nicht da?«

»Wüsste nicht, was Sie das angeht.« Eberhardt streckte das markante, etwas schief gewachsene Kinn vor.

»Ich wollte nur sicher sein, dass bei Ihnen alles in Ordnung ist, Herr Eberhardt. Ich hörte ...«

»Und ich denke, Sie kümmern sich am besten um Ihren eigenen Kram.« Er schob sein Kinn hin und her, als wollte er es wieder ins Lot bringen. »Wie man hört, wurde bei Ihnen eingebrochen. Wenn Sie Polizist sind, warum sehen Sie dann nicht zu, dass Sie die Kerle kriegen? Ehe sie bei unsereins einsteigen.« Er trat einen Schritt zurück, ließ Jo aber nicht aus den Augen, bis er die Tür wieder geschlossen hatte.

Jo musste einsehen, dass Eberhardt recht hatte. Seine Frau war anscheinend gar nicht zu Hause. In letzter Zeit schien Christine Eberhardt immer häufiger in der Goldenen Henne hinter dem Tresen zu stehen. Während ihr Mann sich in der Zwischenzeit auf seine Weise die Zeit vertrieb, wie es aussah.

Jo eilte die restlichen Stufen zum dritten Stock hinauf. Als er die Wohnung betrat, hörte er aus Helga Küppers Zimmer eine traurige Rockballade dröhnen. Elvis Presley sang »It wouldn't be the same without you« in einer Lautstärke, die Helgas geschlossene Zimmertür vibrieren ließ. An einem Tag wie heute protestierte nicht einmal ihre in puncto Rock'n'Roll vollkommen humorlose Mutter dagegen.

Die Tür seines eigenen Zimmers stand sperrangelweit offen. Mit einem schnellen Rundumblick versuchte er, den Schaden grob zu ermessen – und dabei Elvis' traurige Ballade nebenan auszublenden. Die Bücher im Wandregal lagen gestapelt, statt nebeneinander in Reihe zu stehen, das Sideboard schien in Ordnung zu sein, keine Schubladen aufgerissen. Doch als er hinging, um die Laden zu überprüfen, die er gewöhnlich abschloss, weil sich darin Dokumente, persönliche Papiere und sein Sparbuch – ohne Sparguthaben – befanden, waren die Schlösser aufgebrochen. Er zwang sich zur Ruhe und zog eine Lade nach der anderen auf. Auf den ersten Blick schienen jedoch keine Dokumente zu fehlen, auch wenn alles offensichtlich durchwühlt worden war und durcheinanderlag. Wertgegenstände waren bei ihm ohnehin nicht zu holen. Am wertvollsten waren vermutlich der Tannhäuser, sein Nordmende-Radio, das noch auf dem Sideboard stand, gut vierhundertfünfzig Mark bei seiner Anschaffung vor zwei Jahren, und seine Sammlung Jazzplatten, an der, wenn man Lene Spohn glaubte, ohnehin nur ihm selbst etwas lag. Beides war zum Glück noch vorhanden und schien unbeschädigt. Den schon ein paar Jahre alten Plattenspieler hatte ihm Richard umsonst überlassen, sein alter Freund aus dem Wedding legte bei Musik- und Rundfunkgeräten Wert auf den letzten Schrei – und als erfolgreicher Bäckermeister, der er inzwischen war, konnte er ihn sich auch leisten.

Jo hörte Schritte im Flur, und kurz darauf stand Frau Küpper, seine Wohnungswirtin, in der Tür. Sie war kreidebleich, was durch die brombeerfarbene Weste, die sie trug, noch unterstützt wurde. Sie versuchte, das Zittern ihrer Arme in den Griff zu bekommen, indem sie sie eng wie Reifen um ihren schlanken Körper legte, als würde sie frieren.

Sie sah ihn fragend an.

»Auf den ersten Blick scheint nichts zu fehlen«, sagte er.

Sie atmete auf. »Nachdem die Polizei gegangen war, habe ich schnell ein wenig bei Ihnen aufgeräumt, Bücher zurück ins Regal gelegt, Schubladen geschlossen und so weiter.«

Sie machte eine hilflose Geste, und aus einem spontanen Impuls heraus ging er auf sie zu und hätte sie beinahe umarmt. Doch im letzten Moment schreckte er davor zurück, und so stand er auf einmal dicht vor ihr, verunsichert und ratlos.

Es war eben eine Sache, Verbrechen aufzuklären, und eine ganz andere, Opfer eines Verbrechens zu werden. Selbst wenn bei dem Einbruch niemand körperlich zu Schaden gekommen war, handelte es sich doch um die eigene Wohnung, die alles Persönliche und Intime barg und zum Teil auch verbarg.

»Und bei Ihnen, Frau Küpper?« Er trat wieder einen kleinen Schritt zurück. »Im Präsidium sagte man mir, dass Sie Geld und Wertgegenstände vermissen.«

»Ja, das habe ich der Polizei, ich meine, Ihren Kollegen auch angegeben. Die haben alles ...« Sie machte eine kleine wirbelnde Handbewegung und verlor anscheinend den Faden, als nebenan im Zimmer ihrer Tochter plötzlich die Musik verstummte. Sie horchten beide hin. Einige Sekunden herrschte Stille, dann waren Helgas Schritte auf dem knarzenden Parkett zu hören, und gleich darauf begann Elvis eine weitere traurige Ballade, deren Text Jo nicht verstehen konnte.

»Wollen wir in die Küche gehen?«, schlug Petra Küpper vor.

Er folgte ihr durch den langen Flur, der ihm noch nie

so dunkel erschienen war wie eben jetzt. In der Küche machte sie frischen Kaffee und holte Old Bristol, das gute Kaffeegeschirr für den Sonntag, aus dem Schrank. »Das ist zum Glück noch da.«

Sie setzten sich schweigend an den Küchentisch, und erst nach einer Weile begann sie wieder zu reden. »Wir waren in den Zoo gegangen, Helga und ich. Das habe ich früher schon mit ihr gemacht, wenn es ihr als kleines Kind nicht gut ging. Diese schreckliche Sache mit Grit und ihrer Mutter liegt ihr natürlich schwer auf der Seele.«

Jo wollte etwas dazu sagen, doch ihm fielen nur Platitüden ein, er schwieg lieber. Für einige Sekunden waren daher nur das Ticken der Wanduhr und die traurigen Töne hinten aus Helgas Zimmer zu hören.

»Als wir zurückkamen, war die Wohnungstür nur angelehnt, aber nicht kaputt«, fuhr sie fort. »Ich nahm zuerst an, Werner sei nach seiner Vertretertour heute doch nicht zurückgefahren, sondern noch mal nach Hause gekommen.«

Sie sagte »zurückfahren«, wenn Werner Markwort nach Osnabrück zu seiner Familie fuhr. Mit »nach Hause kommen« meinte sie seine Rückkehr nach Berlin, zu ihr.

Sie rang sich ein schiefes Lächeln ab. »Ich wollte Werner schon ermahnen, beim nächsten Mal die Tür ordentlich zu schließen. Aber er war gar nicht da.«

»Da das Schloss intakt ist«, sagte Jo, »muss der Täter mit einem Dietrich gearbeitet haben. Ein Profi also.«

»Das haben Ihre Kollegen auch vermutet. Allerdings sei es auch nicht schwer, solche alten Schlösser zu öffnen, meinten sie.«

»Ja, das stimmt.« Er musste plötzlich an Luise Stahns' Wohnung denken, deren Türschloss den gleichen alten Standard und kein zusätzliches Stangenschloss besaß.

Petra Küpper sah ihn ein wenig vorwurfsvoll an, als wäre es nicht ihre Aufgabe oder die des Hausbesitzers gewesen, sich darum zu kümmern, die Wohnung einbruchsicher zu machen, sondern Jos, schließlich war er Polizist. »Jedenfalls«, sagte sie dann, »bin ich mit Helga in die Wohnung, rufe noch Werners Namen, aber da ist Helga schon in ihrem Zimmer und fängt an zu schreien.« Ihre Lippen begannen zu zittern. »Sie können sich das nicht vorstellen, Herr Sturm. Helgas Zimmer war vollkommen durchwühlt, Regale, der Kleiderschrank, ihr kleiner Schreibtisch, sogar der Nachttisch. Auch bei mir war einiges durcheinander, aber weniger schlimm. Anscheinend hat der Schuft – oder vielleicht waren es ja auch mehrere – als Erstes meine Kommode durchstöbert. In der obersten Schublade lagen meine schönen Ohrringe. Der andere Schmuck, ach, wissen Sie, der war nicht viel wert.« Sie machte eine wegwerfende Geste. »Aber die Ohrringe aus Jade, das waren Erbstücke. Das Bargeld ist natürlich auch weg, fünfzig Mark für die letzten Klavierstunden. Ich ärgere mich so, dass ich sie nicht schon längst zur Bank gebracht habe.«

»Das tut mir leid, Frau Küpper.«

»Für Helga ist es noch schlimmer als für mich. Sie vermisst ihr Guldgubbe.«

»Guldgubbe?«

»Ja, das sind …« Sie holte Luft und bekam sich jetzt wieder unter Kontrolle. »Sie hatte ein süßes kleines Amulett aus Goldblech, nennt sich Guldgubbe, vielmehr die Nachbildung davon, die im Original jahrhundertealt sein soll. Eine winzige Frauenfigur, sehr schön. Helga hatte sie in ihrer Nachttischschublade. Die Einbrecher dachten wohl, sie wäre aus echtem Gold, also richtig wertvoll. Das ist sie auch. Aber doch nur für Helga, weil sie sie geschenkt bekommen hat. Und wissen Sie von wem?«

Er ahnte es.

»Von Grit. Ausgerechnet. Grit hatte wohl ein paar besonders hübsche Gubber von ihrer Mutter bekommen; eines davon hatte sie doppelt, das wollte sie Helga gern schenken. Und jetzt ... ist Grits Mutter tot und Grit selbst ... wer weiß wo, und das schöne Andenken von Bornholm wird meiner Helga aus der Wohnung gestohlen!«

»Bornholm, sagten Sie?«

»Ja, Bornholm.« Sie beruhigte sich wieder ein wenig. »Die große dänische Insel, die schon knapp vor der schwedischen Küste liegt.«

Bornholm – hatte auch das wieder nichts zu bedeuten?

»Sie hätten es sehen müssen, dieses Guldgubbestück, Herr Sturm. So wunderbar filigran, selbst als Nachbildung. Und nun gestohlen für nichts und wieder nichts. Irgendeinen Goldwert hat es natürlich nicht.«

Er nippte nachdenklich an seiner Kaffeetasse. »Sie sagten vorhin, Sie hätten spontan beschlossen, mit Helga in den Zoo zu gehen, Frau Küpper.«

»Ja, richtig. Es ging ihr so schlecht, als sie aus der Schule kam. Wegen Grit natürlich. Sie wollte aber gar nicht mit mir reden. Also habe ich meiner Klavierschülerin für heute Nachmittag kurzerhand abgesagt – die dürfte sich darüber gefreut haben, es ist in erster Linie ihre Mutter, die will, dass die Tochter Klavier lernt. Dann habe ich Helga den Vorschlag gemacht, in den Zoo zu gehen, damit sie auf andere Gedanken kommt, und wir sind los.«

»Sie haben es also niemandem vorher mitgeteilt, dass Sie beide heute Nachmittag nicht zu Hause sein würden?«

»Nein!«, bekräftigte sie und runzelte die Stirn. »Wieso fragen Sie mich das, Herr Sturm?«

Er winkte rasch ab. »Entschuldigung, Frau Küpper,

ist nur der Polizist in mir. Einbrecher, darauf wollte ich hinaus, kommen meist tagsüber, wenn keiner zu Hause ist.«

Die Frage war jedoch, warum sie ausgerechnet diese Wohnung ausgewählt hatten. Als einzige im Haus.

Er spürte mit einem Mal, dass sein Herz ruckartig einen Gang höher schaltete.

Es kostete Jo einige Mühe, sich bis zu den kleinen Tischen im hinteren Teil der »Badewanne« vorzuarbeiten. Es war schon gegen elf, der Jazzkeller voll wie immer um diese Zeit, die Stimmung dennoch entspannt. Die Haus-Band improvisierte »Take the A-Train«, und wie erwartet fand er Frank Stewart inmitten einiger GIs, die sich an ihren Drinks festhielten. Frank bevorzugte Bier.

Jo sah sich, nachdem sie sich herzlich begrüßt hatten, vergeblich nach einem freien Stuhl um, als ihm auffiel, dass Helen nicht wie üblich mit am Tisch saß.

Er beugte sich zu Frank hinunter und erkundigte sich nach ihr. Doch statt direkt zu antworten, nahm Frank sein halb volles Glas in die Hand, stand auf und zog Jo am Ellbogen ein paar Schritte zur Seite, bis sie unmittelbar vor einem großen Plakat von Ella Fitzgerald standen. Wie etliche andere Jazzgrößen aus den Staaten sollte auch sie schon Gast in der »Badewanne« gewesen sein. Wenn das stimmte, hatte Jo sie unfassbarerweise verpasst.

Frank zog hektisch an seiner Lucky Strike, die er in der anderen Hand hielt. Er wirkte besorgt. Irgendetwas stimmte nicht.

Sie waren befreundet. Doch als Warrant Officer mit speziellen Aufgaben – das hieß als Verbindungsoffizier der Amerikaner zu deutschen Behörden, auch zu Geheimdiensten in Berlin – konnte Frank selbst über Privates oft nur in Andeutungen reden.

In diesem Moment wurde Jo von einem GI namens Jerry – so nannte er sich zumindest – bemerkt, der ihm hin und wieder eine Stange Camel-Zigaretten zu einem günstigen Preis verkaufte. Doch als Jerry sah, dass Jo mit einem Officer zusammenstand – Frank war wie meistens in Uniform erschienen –, grüßte Jerry ihn nur mit einem angedeuteten Nicken im Vorbeigehen und arbeitete sich weiter zur Theke vor.

Jo wandte sich wieder Frank zu. »Also, was ist mit Helen? Doch nicht krank geworden?«

Frank kam noch dichter heran und raunte Jo, anstatt auf seine Frage zu antworten, eine Gegenfrage ins Ohr: »Mate, ist dir, als du Helen gestern Abend besucht hast, irgendetwas Besonderes aufgefallen?«

»An ihr?«

»Nein, ich meine, am Duck Pond, vor dem Haus, was weiß ich?«

Jo war wie elektrisiert von der Frage. »Nicht irgendetwas ist mir aufgefallen, sondern jemand.«

Er schilderte Frank seine Begegnung mit dem scheinbar angetrunkenen Officer, der ihn vor Helens Haus um Feuer gebeten hatte. »Kann vorkommen, so was, nur ...« Jo unterbrach sich. Er glaubte plötzlich, an der Theke Jerry im Gespräch mit einer Frau Ende zwanzig zu sehen, die ihm bekannt vorkam. Sie erinnerte ihn an Lores Freundin, die im Westen wohnte, Christa oder Christine hieß sie, er war nicht ganz sicher. Aber Lores Freundin, erinnerte er sich, hatte langes schwarzes Haar, damals zu einem Pferdeschwanz gebunden. Die Frau drüben an der Theke aber hatte kupferrote Haare, die ihr kaum bis zu den Schultern reichten.

»Nur was, Jo?« Frank stieß ihn mit seinem Bierglas an der Schulter an. »Der Mann, der Officer vor Helens Haus – was war mit ihm?« Er hatte inzwischen seine Lucky in dem Rest Bier versenkt, das sich noch in seinem Glas befand.

Jo riss sich zusammen und wandte sich ihm wieder zu. »Sorry, Frank. Der Typ, dieser Officer, schwankte beim Gehen. Aber er hatte keine Alkoholfahne, nicht die geringste. Und sein Blick wirkte auch verdammt nüchtern.«

Frank sah ihn aufmerksam an. »Das war alles?«

»An dem Abend?«

»In letzter Zeit?«

»Hör mal, Frank, was ...?«

»Bitte, Jo, denk nach. Ich erkläre dir gleich, warum.«

»Okay, also ...« Er musste nicht lange nachdenken. »Heute Nachmittag gab es da so eine Szene. An sich nichts Bedeutendes, aber jetzt, wo du fragst. Ich bin heute mit einem Kollegen zum RIAS gefahren.«

»Zum Radiosender?«

»Dem Funkhaus, ja. Als wir zum Wagen zurückgingen, starrte ein Mann zu uns herüber. Zu nah, um ihn zu übersehen, zu entfernt, um sein Gesicht zu erkennen. Außerdem hatte er viel Hut vor der Stirn, wenn du verstehst, und er war gleich sehr damit beschäftigt, in seinen sämtlichen Manteltaschen nach den Autoschlüsseln zu suchen, als er merkte, dass ich zu ihm rübersah.«

»Und?«

»Als wir wegfuhren, habe ich in den Rückspiegel gesehen. Der Mann stand noch immer neben seinem Ford – falls es sein Ford war – und starrte uns hinterher.« Jo hielt kurz inne. »Möglich, dass ich ihn an jemand erinnert habe, dachte ich schließlich ...«

»Denkst du das immer noch?«

Jo starrte ihn plötzlich an. »Es ist noch etwas passiert. Heute.«

»Was?«

»Bei mir zu Hause ist eingebrochen worden.«

»O shit!«

»Zum Glück gab es bei mir nichts zu holen. Aber meine Wohnungswirtin vermisst Geld und Ohrringe und ihre Tochter eine Art Amulett, an dem sie sehr hing, weil sie es von ihrer Freundin geschenkt bekommen hatte. – Und diese Freundin, Frank, wird seit Tagen vermisst. Die Mutter der Freundin wurde zur selben Zeit ermordet.«

Frank starrte ihn sekundenlang schweigend an. Jos Blick aber wanderte unwillkürlich noch einmal zur Theke hinüber. Die Rothaarige, die mit Jerry gesprochen hatte, war nicht mehr zu sehen. Vielleicht waren sie zusammen weggegangen.

»Okay.« Frank kam wieder dicht an Jos Ohr. »Duck Pond, RIAS, Einbruch bei dir. Siehst du einen Zusammenhang zwischen den Vorfällen?«

Jo konnte ein gequältes Aufstöhnen nicht unterdrücken. »Im Moment scheint es mir, als wären alle Vorfälle irgendwie miteinander verwoben. Bloß, ich habe keinen Schimmer, wie und warum!«

»Aber so viel steht fest, mate: Du wirst beschattet. Und zwar rund um die Uhr. Du solltest vorsichtig sein, mein Freund.«

»Warum sollte man mich beschatten?«

»Keine Ahnung. Aber denk nur mal an den Typen vor Helens Haus gestern Nacht. – Okay, es gibt Officers, die saufen und nachts alleine durch die Gegend irren. Aber am Duck Pond kenne ich keinen.«

Jo fiel ein, dass der Mann gestern Nacht die Dreipfuhl-Siedlung verlassen hatte. Er überlegte, ob er deswegen etwas hätte unternehmen, vielleicht schon früher Frank oder Helen davon erzählen sollen. Doch, nein, warum Alarm schlagen, wenn kein Feuer zu sehen war?

»Bevor wir weiterreden, Frank«, sagte er jetzt mit Nachdruck, »verrate mir bitte endlich, was mit Helen los ist!«

»Sie ist weg!« Frank breitete plötzlich die Arme aus und stieß dabei versehentlich sein Glas gegen die Brust eines GIs. Frank entschuldigte sich, doch der GI hatte bereits mit glasigen Augen den Gang zu den Toiletten im Blick.

Jo konnte sich kaum noch beherrschen: »Was heißt, Helen ist weg, Frank?«

»Sie wurde zurückbeordert«, raunte Frank ihm wieder ins Ohr.

»In die Staaten?«

»Ganz plötzlich zurückgerufen, ja.«

»Wieso das?«

»Helen weiß es nicht. Ich ebenso wenig. Aber unter uns – absolut unter uns, mate: Ich habe kein gutes Gefühl. Deshalb habe ich dich als Erstes gefragt, ob dir irgendetwas aufgefallen ist.«

»Und du meinst, das hätte mit Helen zu tun?«

»No idea, Jo.« Keine Ahnung. Er stieß einen Seufzer aus. »Die Nacht ist noch jung, aber ich werde jetzt zurück zum Duck Pond fahren und schauen, ob es von Helen schon irgendeine Nachricht gibt. Möglich, dass sie schon in den Staaten ist.«

»Wo in den Staaten?«

»D. C.«, presste Frank durch die Lippen.

Washington, also. Wieso wurde Helen in die Hauptstadt zurückbeordert?

Frank schaute auf die trübe Brühe am Boden seines Bierglases, in dem recht unschön die Lucky schwamm. Ein Kellner, der sich gerade an ihnen vorbeischob, fischte ihm das Glas wie nichts aus der Hand und stellte es im Weitergehen auf sein Tablett voller weiterer leerer Gläser.

Sie arbeiteten sich zurück zu dem Tisch, an dem Frank gesessen hatte. Sein Platz war längst von einem anderen GI besetzt worden, und so verabschiedete er sich mit ein paar Worten von dem Rest der Truppe und dann auch von Jo.

»Du willst noch bleiben, nehme ich an.«

»Bin ja erst gekommen.«

»See ya, mate.«

Washington D. C. Was hatte das zu bedeuten? Er sah Frank nachdenklich hinterher. Dann zwängte er sich durch die Masse erhitzter Körper, die hauteng beieinanderstanden, und durch Schwaden von Tabakrauch weiter vor bis zur Theke am anderen Ende des Raums. Er hielt Ausschau nach einem großen GI mit einem freundlichen Gesicht und einem Kopf, beinahe so rund und kahl wie eine Billardkugel. Doch von Jerry keine Spur.

Stattdessen entdeckte er die Rothaarige wieder, die er aus der Distanz irrtümlich für Lores Westberliner Freundin gehalten hatte. Die Frau stand nun mit einer anderen, blond gelockten an der Theke und trank eine Cola – mit oder ohne Schuss. Er wollte sich bereits wieder abwenden, um weiter nach Jerry zu suchen, als sich die Rothaarige zu ihm umdrehte, nachdem die andere sie auf seinen suchenden Blick aufmerksam gemacht hatte. Ihre Augen blitzten kurz auf, und nun erkannte er an ihrer kräftigen Nase und dem kantigen Kinn eben doch die Frau wieder, die auch bei seinem letzten Zusammentreffen mit Lore in der »Badewanne« gewesen war – in ihren Fängen damals ein oder zwei GIs, Jo war nicht ganz sicher.

Er tankte sich mit einiger Chuzpe an den Thekengästen vorbei zu der Rothaarigen durch.

»Sie sind – Moment – Jo, richtig?«, rief sie ihm zu, kaum dass er sie erreicht hatte. Die Lautstärke war nötig, da die Hausband Swing Guitars, einen Titel von Django Reinhardt, herunterfetzte und sich Mühe gab, kein Trommelfell unversehrt zu lassen.

»Und Sie sind Chris...tine«, entschied er sich und drückte die schmale Hand, die sie ihm reichte.

»Christa«, verbesserte sie ihn lachend.

»Christa, Entschuldigung. Ich hätte Sie beinahe nicht erkannt. Ihre Haare sind so anders.«

»Ja, öfter mal was Neues.« Sie schien sich nicht eben zu freuen, dass er es bemerkt hatte. Als er quasi aus Höflichkeit noch einen Blick darauf warf, fielen ihm nun inmitten des Kupferrot hier und da auch ein paar silbern schimmernde Strähnen auf, die sich dem Färben wohl widersetzt hatten.

Sie deutete auf die andere Frau, die Blondgelockte an ihrer Seite. »Jo, das ist Bettina. Bettina: Jo«, stellte sie die beiden mit röhrender Stimme einander vor.

»Betty«, bot diese lapidar über ihr Cola-Whiskey-Glas hinweg an – der Geruch war eindeutig.

»Betty«, wiederholte er lächelnd. Lore wäre ihm allerdings lieber gewesen, und unwillkürlich ließ er seinen Blick wieder umherschweifen.

»Sie suchen sie, oder? Lore, meine ich«, sagte Christa direkt an seinem Ohr mit einem Ernst, der ihn überraschte. Vielleicht weil er in so krassem Widerspruch zu der ausgelassenen Stimmung und den lebenshungrigen Rhythmen der Musik stand, die den Raum erfüllten.

»Ist sie hier, heute Abend?« Er fühlte zu seiner Überraschung, wie der faustgroße Muskel in seinem Brustkorb schon bei der vagen Aussicht anfing, schneller zu pulsieren.

Christa schüttelte den Kopf. »Ehrlich gesagt, habe ich Lore das letzte Mal hier mit Ihnen zusammen gesehen.«

»Vor einem Jahr also schon?« Er war maßlos enttäuscht.

»Danach jedenfalls nicht mehr. Wir hatten uns davor auch meist hier in der ›Badewanne‹ getroffen, Lore und ich. Hin und wieder auch in der ›Eierschale‹. So haben wir uns überhaupt erst kennengelernt«, fügte sie hinzu.

»In einem Club, meinen Sie?«

»Genau. Lore kam ja vor allem wegen der Musik rüber, die man drüben nicht live geboten bekommt. Und wenn doch, dann kann's Ärger geben, sagt Lore. – Wir zwei beide, Betty und ich«, sie warf ihrer Freundin einen schelmischen Blick zu, »kommen eigentlich wegen der duften Stimmung, oder?«

»Immer was los hier«, stimmte Betty lakonisch zu, offenbar typisch für ihr Temperament.

Jo fragte sie, ob sie Lore ebenfalls kenne.

»Doch, ja, ein wenig. Die Lore ist einfach auch – o Mann«, rief sie plötzlich aus und sah Jo bestürzt, geradezu mitleidig an. Sie beugte sich zu Christa hinüber und flüsterte ihr etwas ins Ohr, worauf diese mit Blick auf Jo bedeutungsvoll nickte.

Was auch immer das bedeuten mochte, er fühlte sich reichlich unbehaglich.

Christa beugte sich vor und strich ihm mit zwei Fingern leicht über den Handrücken. »Jo, ich sag Ihnen jetzt mal was: Schon bevor Sie sich damals wiedergesehen haben, Sie und Lore, hier in der ›Badewanne‹, hat sie mir von Ihnen erzählt. Von ihrem Zusammentreffen mit Ihnen kurz vorher, am Ku'damm war das, oder?«

»Ja, genau, ja.« Herrgott, jetzt begann er auch noch zu stammeln wie ein Schuljunge.

»Jo, die Lore ...« Sie kam noch näher, so dass sie leiser sprechen konnte: »Hach, mir fehlen irgendwie die Worte.«

Jo fragte sich immer verwirrter, worauf das Ganze eigentlich hinauslaufen sollte.

Christa wandte sich an ihre Freundin. »Frauen kapieren so was einfach besser, oder?«

Betty rollte mit den Augen.

Christa drehte sich wieder zu ihm um. »Ich habe Lores Adresse im Osten leider nicht, weiß nicht mal, ob sie dort Telefon hat. Sie kam ja immer rüber in den Westen. Aber sie arbeitet bestimmt noch beim Funk drüben.«

»Nalepastraße«, steuerte Betty bei.

»Einfach mal rüberfahren«, schlug Christa vor und sah ihn eindringlich an. »Lore wird nicht böse sein, wenn Sie sie besuchen.«

»Im Gegenteil.« Betty hob vielsagend die Brauen.

Er schwieg, verwirrt und etwas peinlich berührt.

Sie konnten natürlich nicht wissen, dass es für ihn als Polizisten nicht so einfach war, nach Ostberlin zu fahren. Im Laufe des letzten Jahres hatte der Innensenator Westberliner Polizeibeamten verboten, in den »Sowjetsektor« zu fahren. Zu groß sei das Risiko, in die Hände der Stasi oder anderer Geheimdienste im Osten zu geraten. Die Polizeigewerkschaft versuchte dagegenzuhalten; ironischerweise argumentierte sie mit dem Recht auf freizügiges Reisen in alle Himmelsrichtungen – auch für Polizisten. Man sei schließlich nicht der Osten.

Jo spendierte den beiden Frauen zwei Cola mit Schuss – »Aber einen kräftigen, bitte!«, mahnte Betty den Kellner – und gönnte sich selbst ein Bier. Danach tanzte er zuerst mit der einen, dann mit der anderen zu leichtfüßigen Rhythmen im Stil von Django Reinhardt und Stéphane Grappelli. Schließlich rauchten sie noch von den Camel-Zigaretten, die Betty Jerry vorhin erst abgekauft hatte.

Ein entspannter Abend. Enttäuschend jedoch, was Lore betraf.

Es war bereits weit nach Mitternacht, als Jo den Club verließ. Die beiden Frauen blieben noch. Sie arbeiteten als Krankenschwestern im Urban, wie er im Laufe des

Abends von ihnen erfahren hatte, und waren heute von der Spätschicht gekommen. Morgen wartete erst wieder die Nachtwache auf sie, sie konnten daher ausschlafen. Außerdem, sicherlich ein weiterer Grund für ihr Bleiben, hatten zwei GIs unverkennbar Interesse an den hübschen Frauen signalisiert. Weder Christa noch Betty schienen abgeneigt, sich auf ein neues deutsch-amerikanisches Abenteuer einzulassen.

Auf dem Bürgersteig vor der »Badewanne« rief Jo ein Taxi heran. Für einen kurzen Moment hatte er auf einmal wieder das Gefühl, vom Eingang des Clubs aus beobachtet zu werden.

War das bereits Paranoia?

Er stieg ein und warf durch das hintere Seitenfenster einen Blick hinaus. Im Eingangsbereich des Clubs stand ein Liebespaar, das sich leidenschaftlich küsste, ein Pulk neuer Gäste drängte sich lachend an den beiden vorbei ins Lokal.

Vielleicht hatte er nur unbewusst den Blick von jemandem aufgefangen, der nach einem Taxi Ausschau hielt. Zum Beispiel. Niemand, der dich beobachtet, Junge, sagte er sich.

Das Gespräch mit Frank ging ihm plötzlich wieder durch den Kopf. Er dachte an Helen, die jetzt vielleicht schon in den Staaten war.

Washington D. C.

Seltsam.

Auch Betty und Christa schwirrten noch in seinem Kopf herum. Und Lore. Er mochte es sich kaum eingestehen.

Der Taxifahrer wandte den Kopf zur Seite und fragte ihn über die Schulter: »Wollen Se mir nicht doch mal verraten, wo et hinjehen soll, junger Mann?«

»Nalepastraße.«

»Nalepa?« Der Taxifahrer drehte sich erstaunt noch weiter zu ihm herum. »Det is drüben im Osten. Wissen Se, oder?«

»Quatsch, Waldemarstraße wollte ich sagen.«

»Jut. Und haben wir auch 'ne Hausnummer in der Waldemar?«

Die Frau trug eine weiße Kittelschürze und machte ein freundliches Gesicht.

»Darfst Schwester Irmingard zu mir sagen, Mädchen.«

Sie war jung, jünger als die anderen Frauen, die sich Schwestern nannten – nicht »Aufseherinnen«, wie sie selbst es im Geiste immer noch tat.

»Schwester Irmingard«, wiederholte sie.

Sie saßen auf einer Bank vor dem riesigen Gebäude und blickten auf das Rasenrund im zur Zeit menschenleeren Hof.

»Deine Mutter«, begann Schwester Irmingard in einem seltsam schleppenden Tonfall, »hast du sie geliebt?«

Sie starrte die Aufseherin hilflos an.

»Natürlich hast du sie geliebt.« Irmingard stieß ein Lachen hervor, das keines war. »Ich möchte dir aber eines sagen, Mädchen: Auch wenn man einen Menschen geliebt hat, muss nicht alles richtig gewesen sein, was er getan hat. Verstehst du?«

Sie deutete ein Kopfschütteln an. Nein, sie verstand überhaupt nichts mehr. Seitdem.

»Du weißt aber schon, was deine Mutter getan hat?«

»Nein.«

»Was sie gearbeitet hat, aber doch?«

»Ja.«

»Und zwar?«

»Sie war Lehrerin.«

»Sie war Lehrerin. Und was noch?«

»Was noch?«

»Ja: Was war deine Mutter noch? Außer Lehrerin?«

»Na ... meine ... meine Mutter.«

Plötzlich verschwand jede Freundlichkeit aus dem Gesicht der Aufseherin, die sie Schwester Irmingard nennen sollte. Ihre hellen Augen brannten vor Zorn.

»Hör mal, Mädchen, wir tun hier wirklich alles für dich. Alles.« Sie sprach auf einmal sehr schnell und in einem scharfen Ton. »Aber eines rate ich dir, Mädchen: Versuch uns nicht für dumm zu verkaufen. Deine Mutter war – deine Mutter.« Die Aufseherin äffte sie nach. »Na, was denn sonst? Mutter, ja. Sie war auch Lehrerin, richtig. Aber was war sie noch? Willst du behaupten, du hättest keine Ahnung davon gehabt? Willst du, dass wir andere Saiten mit dir aufziehen, was?«

Sie konnte sehen, wie sich eine Faust in Schwester Irmingards Kitteltasche ballte.

Ihr Magen krampfte plötzlich sehr heftig, sie krümmte sich vor Schmerz und Angst, und sie schrie: »Ich weiß nichts, ich weiß nichts, ich weiß nichts!«

»Schon gut.« Die Frau legte eine Hand auf ihre zuckenden Schultern. »Beruhige dich, Mädchen. War doch nur eine Frage. Du musst verstehen ... Du musst einfach verstehen, dass alles zu deinem Besten geschieht, glaub mir.«

Sie sah auf – und erstarrte. Aus dem Augenwinkel kamen zwei Männer aus dem Gebäude und eilten auf sie zu.

Eine Todeskälte erfasste sie.

Freitag, 31. Oktober 1958

Mattusch war Teil der Runde.

Das war die erste Überraschung an diesem Morgen, auf die Jo jedoch von Gundula Krauß bereits vorbereitet worden war.

Die zweite bestand darin, dass sich alle um Granzows großen Sitzungstisch versammelt hatten, obwohl jeder wusste, dass der Hauptkommissar seine Leute lieber um seinen Schreibtisch herum sah, von dem aus er seine Angriffe auf sie startete.

Schuchardt, neben dem Jo saß, flüsterte ihm zu, dass Granzow offensichtlich schlecht in Form sei. Mattusch, der sich kurzerhand selbst eingeladen hatte, habe sich wie selbstverständlich an Granzows Besuchertisch gesetzt statt an den Schreibtisch. »Und der Alte hat das akzeptiert!« Granzow sei von seinem Schreibtischstuhl aufgestanden, um sich wie ferngesteuert neben Mattusch zu platzieren. »Er muss krank sein.«

Eine mögliche Erklärung für Granzows ungewöhnliches Verhalten stammte von Gundula Krauß, die Jo kurz vor der Acht-Uhr-Sitzung noch rasch im Sekretariat neben Granzows Zimmer besucht hatte. So wie er es auch in der Vermisstenabteilung bei Lene Spohn gerne tat.

Der Sekretärin war Granzows schlechte Verfassung ebenfalls schon aufgefallen, sie hatte jedoch bereits am Vortag das Gerücht aufgeschnappt, Granzows erwachsener gemütskranker Sohn Gunter randaliere zu Hause derartig, dass der Alte nicht mehr wisse, wo ihm der Kopf stehe, so dass er dem Sohn gedroht habe, ihn »in die Klapse« einweisen zu lassen. Gunter Granzow war im

Krieg verschüttet worden und hatte sich anscheinend nie ganz von diesem Horror erholt. Selbst auf der Straße blicke er ständig voller Angst nach oben, als könne sogar der Himmel über ihm zusammenstürzen, habe Granzow einmal geklagt.

»Der Hauptkommissar kann es ja nicht so zeigen«, hatte Gundula Krauß mitfühlend gesagt, aber ihn nehme das alles sehr mit. »Hat aber auch sein Gutes, Herr Sturm«, schob sie nach. »In so einer trüben Verfassung faltet er Sie heute bestimmt nicht zusammen, weil ich Sie gestern den ganzen Nachmittag nicht erreichen konnte.« Sie sah ein wenig schuldbewusst aus und schaltete dann federleicht um: »Lene Spohn sagte mir übrigens, bei Ihnen zu Hause wurde eingebrochen.«

»Leider, ja.«

»Großer Schaden?«

»Für mich nicht, nein.« Jedenfalls nicht materiell. »Aber meine Vermieterin und ihre Tochter sind weniger glimpflich davongekommen.« Er berichtete ihr in aller Kürze davon.

Sie verschränkte ihre molligen Arme unter der Brust. »Den Schmuck geraubt – wissen Sie, wie man sich als Frau ohne Schmuck fühlt? Wie ein Hund ohne Schwanz. In dem Buch dort steht es – jedenfalls so ähnlich.« Mit ihrem Kinn, das wie alles an ihr bis auf die ausgesprochen schönen filigranen Hände gut gepolstert war, deutete sie auf den Schreibtisch. Dort lag neben der Schreibmaschine ein fast quadratisches Büchlein in einem rosa Umschlag, dessen Titel Jo beim Hereinkommen bereits aufgeschnappt hatte: »Chic und praktisch: Die modisch gekleidete Ehefrau«. Irritierend daran war für Jo allerdings, dass Gundula Krauß mit ihren gut vierzig Jahren gar keine Ehefrau war und sich angesichts ihrer Körperfülle eher nach praktischen als nach modischen Gesichtspunkten kleidete. Was ihr durchaus gut stand, jedenfalls nach Jos unmaßgeblicher Meinung.

»Na, nun trauen Sie sich mal in die Bärenhöhle, Herr Sturm«, hatte sie ihm schließlich mit einem Blick auf die Wanduhr geraten und die Warnung nachgeschoben: »Ihr Chef aus der Dritten ist übrigens schon da.«

Nun saß er also an Granzows Sitzungstisch seinem Vorgesetzten Mattusch frontal gegenüber. Der seinerseits geflissentlich an ihm vorbeisah. Granzow eröffnete fahrig, mit den Gedanken sichtlich woanders, die Besprechung und schien froh, den Stab unmittelbar an den unverhofft aufgetauchten Mattusch übergeben zu können.

In der nächsten Viertelstunde bemühte sich dieser eifrig darum, Jo vor versammelter Mannschaft – außer Granzow noch Schuchardt und Gerber – regelrecht vorzuführen.

Jo solle präzise zusammenfassen, wo sie momentan stünden. »Haben Sie irgendeine konkrete Spur im Fall Grit Stahns?« Denn brauchbare Hinweise aus der Bevölkerung aufgrund der Suchmeldung habe er, Mattusch, von den Kollegen, die die Meldungen bearbeiteten, leider noch nicht erhalten.

Die Frage, so frontal gestellt, erwischte Jo eiskalt. »Bisher nichts Konkretes, nein«, musste er zugeben.

»Was ist mit den Aussagen aus dem Umfeld des Mädchens, die Sie erheben wollten?«

»Von zwei Freundinnen.«

»Und?«

Jo wich Mattuschs stechendem Blick aus, um sich zu konzentrieren. »Eine der Freundinnen versichert, Grit Stahns habe Tagebücher geführt, die jedoch verschwunden sind. In der Wohnung waren keine zu finden.«

»Tagebücher. Die verschwunden sind.« Mattusch sah ihn spöttisch an. »Und was schließen Sie daraus?«

»Dass Grit Stahns womöglich Dinge notiert hatte, die für den oder die Täter von Interesse waren. Vielleicht aus Furcht vor möglichen Hinweisen.«

»Und welche Hinweise sollten das bitte schön sein, woran denken Sie, Sturm?«

»Wenn ich das wüsste«, sagte Jo, der gegen ein Würgen im Hals ankämpfte, das er kaum noch unterdrücken konnte, »dann bräuchte ich diese Tagebücher nicht mehr zu suchen.« Er sah, wie ein Augenlid von Mattusch anfing zu rennen, und setzte nach: »Für mich steht eines fest: Ob die Hinweise nun vonseiten der Mordermittlung kommen«, er sah in die Runde, die ihm nun aufmerksam folgte, »oder aus der Vermisstenfahndung, sie werden immer Aufklärung in beiden Fällen bringen. Tagebücher oder Notizen, die fehlen, ob nur von Grit Stahns oder auch von ihrer ermordeten Mutter, sind Fingerzeige in beide Richtungen.«

»Dazu müssten Sie sie aber erst einmal finden, Sturm«, erwiderte Mattusch.

»Nicht ganz«, widersprach Jo. »Sie sagen uns schon etwas, bevor wir sie gefunden haben.«

»Ach, da bin ich aber mal gespannt.« Mattusch schien sich köstlich zu amüsieren.

»Tagebücher, die aus Tätersicht verschwinden müssen, sagen uns, dass Grit den oder die Mörder ihrer Mutter und damit auch ihre Entführer, falls es mehrere waren, gekannt haben muss. Wir haben also im persönlichen Umfeld von Mutter und Tochter zu suchen.«

Da Mattusch dem nichts entgegenzusetzen hatte, herrschte einen Moment lang Stille im Raum. Dann übernahm Granzow wieder. Aber keineswegs wie sonst. Der Alte schien sich, statt seine Mitarbeiter wie Leibeigene zu behandeln, heute lieber auf die Sache zu konzentrieren, auf das, was es Neues zu berichten gab.

Gerber schilderte den Besuch beim RIAS, strich die frühere Konkurrenz zwischen dem Wellenchef Rübsamen und Herzke um dessen spätere Ehefrau heraus und erwähnte die offensichtliche Enttäuschung, die Herzkes Abwendung von politischen Themen hin zu Musik- und Jugendthemen bei bestimmten Antikommunisten ausgelöst habe. »Besonders die Spezis von der Kampfgruppe gegen Unmenschlichkeit schienen darüber erbost zu sein, eventuell auch das Ostbüro.«

Granzow schob die dicken Lippen vor und mahlte mit den Kiefern. »Was ist mit dem Osten?«

»Aktuell keine konkreten Hinweise in die Richtung. Früher, als politischer Reporter, war Herzke der Staatssicherheit drüben sicher ein Dorn im Auge. Aber heute, als harmloser Musikreferent? Unwahrscheinlich.«

»War das alles?« Granzow stand die Unzufriedenheit ins Gesicht geschrieben.

Gerber wiegte den Kopf hin und her. »Es gibt da so einen dünnen Faden, der Luise Stahns mit Herzke in Verbindung bringen würde, falls etwas dran wäre. Sturm und ich sind dem gestern ebenfalls noch nachgegangen.«

Granzow horchte plötzlich auf: »Ah ja? Erzählen Sie mal.«

Gerber sah kurz zu Jo und Schuchardt hinüber und berichtete von Luise Stahns' angeblichem Kontakt zum RIAS in Sachen Schulfunk. Er schüttelte den Kopf. »Niemand im Haus will ihren Namen kennen. Nicht mal die zuständige Schulfunkredakteurin hat von ihr gehört.« Er warf Jo einen Blick zu. »Ich habe gestern Nachmittag noch bei ihr angerufen.«

Granzow nuschelte irgendetwas in sich hinein und wandte sich dann an Schuchardt: »Was haben Sie?«

Schuchardt fasste seine Eindrücke von Luise Stahns' Schule zusammen, erwähnte ihre Attraktivität, die den

Schulleiter, aber nicht nur ihn allein im Kollegium auf den Plan gerufen hätte. »Wie genau und wie weit das ging, ist mir noch nicht klar.«

Jo fürchtete schon, Schuchardt würde Luise Stahns' möglichen Kontakt zum RIAS und damit vielleicht auch zu Herzke einfach übergehen, als er, ein wenig verdruckst, noch einmal ansetzte. Mölradt, ihrem eifrigen Kriminalassistenten, berichtete Schuchardt, sei da etwas Bestimmtes aufgefallen. »Mölradt hat die verfügbaren Meldedaten mit den persönlichen Angaben abgeglichen, die Luise Stahns gegenüber den Behörden, auch dem Schulamt und so weiter über sich gemacht hat. Unter anderem wegen des Vertriebenengesetzes von dreiundfünfzig.« Er sah zu Granzow hinüber. »Ich denke, ich muss das hier nicht …?«

Granzow winkte rasch ab.

»Jedenfalls«, fuhr Schuchardt fort, »hat die Stahns demnach auf ihrer Flucht aus Königsberg, das ja schon vierundvierzig nach den Fliegerangriffen der Briten stark zerstört worden war, einige Zeit auf der dänischen Insel Bornholm verbracht.«

Plötzlich reckte auch Gerber den Hals. »Mölradt, hat er das verglichen mit den Daten, die ich ihm über Herzkes Zeit bei der Wehrmacht gegeben habe?« Gerber warf auch Jo einen Blick zu, offenbar um ihm zu signalisieren, dass er dessen These über eine Verbindung der beiden – Stichwort: Bornholm – nicht grundsätzlich ablehne.

»Hat Mölradt gemacht, ja«, bestätigte Schuchardt.

»Und?« Jo sah ihn gespannt an.

»Mit dem Ergebnis«, Schuchardt räusperte sich, »dass Luise Stahns' Aufenthalt auf der Insel teilweise mit der Zeit zusammenfällt, die auch Wulf Herzke als Besatzungssoldat dort verbracht hatte, nämlich Ende 1944 bis Mai 1945.«

Jo sah sich mit einem Schlag bestätigt: »Luise Stahns und Herzke könnten sich also dort, auf Bornholm, bereits kennengelernt haben! Und das heißt doch auch, dass ihnen vielleicht sogar gemeinsam die Flucht von der Insel in Richtung Westen gelungen ist.« Zusammen mit der kleinen Grit, die bei Kriegsende etwa zwei Jahre alt war. Und die viele Jahre später ihrer besten Freundin Helga Goldblechfiguren, Guldgubber von Bornholm, geschenkt hat, die sie selbst zuvor von ihrer Mutter bekommen hatte.

Wieder trat Stille ein, Granzow blickte in die Runde. »Wir haben immerhin ein paar Spuren«, sagte er, ohne Widerspruch zu ernten. »Also, schleunigst rauskriegen, was sie taugen. Folgende Aufteilung.« Schuchardt möge Luise Stahns' männlichen Lehrerkollegen auf den Zahn fühlen. »Als Erstes das Alibi des Schulleiters prüfen. Eifersucht, sollte es sich darum handeln, ist immer ein starkes Motiv. Und da die Stahns anscheinend gut aussah, wühlen Sie mal, wer da noch alles an ihr interessiert war.« Ähnliches gelte für den RIAS-Wellenchef. »Dieser Rübsamen hatte vielleicht wirklich noch eine Rechnung mit Herzke offen. Ist zwar lange her, dass der ihm damals die Verlobte ausgespannt hat. Aber eventuell gab es jetzt noch einen aktuellen Anlass, um die alte Konkurrenz wieder aufleben zu lassen. – Außerdem, Gerber, knöpfen Sie sich endlich die Witwe Herzke vor, ich will von der Dame keine Ausreden mehr hören. Wenn sie uns helfen will, den Mörder ihres Mannes zu fassen, soll sie gefälligst aussagen, sonst lasse ich sie vorführen!«

Der Alte schien allmählich wieder zur alten Form zu finden.

Doch Gerber, der zuletzt schweigsam dagesessen hatte, platzte auf einmal der Kragen: »Das ist ja alles gut und schön. Aber wie sollen wir paar Männeken das schaffen?«

Granzow sah ihn erstaunt an. »Sie haben zusätzlich

Sturm! Und ich habe Schuchardt den Mölradt abgetreten!« Er blickte, Zustimmung erwartend, zu Schuchardt hinüber, der schwach dazu nickte. »Fahren Sie zusammen mit Sturm zur Witwe Herzke, Gerber.« Er sah kurz zu Jo hinüber. »Versuchen Sie auch rauszukriegen, was es mit dem Kontakt ihres Mannes zur Stahns auf sich haben könnte. Aber fallen Sie nicht mit der Tür ins Haus. Wir wollen der Zeugin nichts in den Mund legen.« Er stockte kurz, um zu überlegen. »Was diese, wie soll ich sagen, die politische Spur angeht, KgU, Ostbüro et cetera ... Mölradt soll bei denen mal auf den Busch klopfen. Obwohl ich mir, ehrlich gesagt, nicht viel davon verspreche. Wenn die KgU jeden Journalisten, der ihr gegen den Strich geht, umbringen wollte, hätte sie viel zu tun.« Er schaute wieder in die Runde. »Noch Fragen?«

Niemand meldete sich.

»Dann an die Arbeit.« Granzow erhob sich breit und bullig, wenn auch leicht ächzend und ging mit dem Aktenordner in seiner fleischigen Pranke hinüber zu seinem Schreibtisch.

Jo war bereits aufgestanden, um mit Gerber und Schuchardt hinauszugehen, als er sah, dass Mattusch, der ganz still geworden war, zu Granzow hinüberwieselte.

»War noch was, Herr Mattusch?« Granzow sah verwundert zu dem Kollegen auf, der ihn um mehrere Köpfe überragte.

»Nun, ich dachte, Sie wollten, wir beide sollten noch mal gemeinsam ...«

»Nein, wir sind durch für heute«, beschied ihn Granzow wie einen Lakaien und schaute zerstreut zu dem Sideboard hinüber, auf dem die Fotos seiner Familie aufgereiht waren. Auch das von Gunter, seinem Sohn.

Jo kostete Mattuschs Abfuhr eine Sekunde lang aus und verließ dann schulterzuckend das Zimmer.

Wulf Herzke hatte mit seiner Frau in der Mackensenstraße gewohnt. Gerber hatte infolgedessen keine Schwierigkeiten, einen Parkplatz für seinen Wagen zu finden. Seine rote Isabella nahm sich in der durch Bomben gerupften Häuserzeile aus wie ein Granat in einem Steinbruch. Die Fassade des Altbaus, in dem das Ehepaar Herzke bis vor einigen Tagen gewohnt hatte, war gewissermaßen ein Solitär in der Straße. Sie war vor offenbar nicht allzu langer Zeit renoviert worden und blickte auf den stillgelegten Hochbahnhof Nollendorfplatz.

Gerber hatte sich vorhin vom Präsidium aus bei Andrea Herzke angekündigt, Jo hatte sich mit im Zimmer befunden. Schon an Gerbers energischem Tonfall hatte die Witwe sicherlich gespürt, dass es ungemütlich für sie werden könnte, wenn sie sich weiterhin so rarmachte.

Die Wohnung befand sich im zweiten Stock. Nachdem sie oben geklingelt hatten, öffnete ihnen eine schmale, fast zerbrechlich wirkende Frau in einem schwarzen Kostüm. Sie bat sie vom Flur aus ins Berliner Zimmer, das typischerweise trotz des klaren sonnigen Herbstwetters im Schatten lag. Dort gruppierten sich vier Sessel mit Streifenmuster um einen Nierentisch, dessen spiegelblanke kastanienbraune Fläche wie eine hauchdünne Eisschicht auf tiefem, dunklem Wasser wirkte.

Die dreiarmige Tütenlampe neben Jos Sessel war eingeschaltet und warf schwachgelbe Lichtkegel auf den weinroten Teppich mit arabisch anmutenden Mustern. Gegenüber blickte Jo auf ein Bücherregal, das bis unter die Decke die ganze Wandseite einnahm; auffällig die vielen fremdsprachigen Titel, die nordisch klangen, vielleicht schwedisch oder norwegisch. Rechts, neben dem Musikschrank mit integriertem Fernsehgerät, hingen große und kleinformatige Reproduktionen abstrakter Bilder.

Linkerhand das breite Fenster zum Hof, der keiner mehr war, da die Seitenflügel fehlten. Im Krieg zerbombt, die Trümmer längst fortgeräumt.

Andrea Herzke bot ihnen schwarzen Tee an, da sie Kaffee verabscheue und keinen dahabe. Außerdem bat sie die Männer, nicht zu rauchen, als sie sah, dass Gerber seine Nil-Schachtel aus der Seitentasche seine Jacketts zog. »Meine Lunge ist angegriffen, wissen Sie.« Sie hüstelte leicht, um es zu betonen.

Andrea Herzke hatte ein Gesicht, das in altmodischen Romanen vielleicht als ebenmäßig bezeichnet worden wäre: schmal, oval, mit dunklen mandelförmigen Augen. Ihr Mund war breit, mit vollen Lippen, die dezent geschminkt waren. Die Mundwinkel waren so geschnitten, dass es aussah, als würde sie permanent ein Lächeln andeuten wollen. Sie sah blass aus, die Hand, mit der sie die Teetasse zum Mund führte, zitterte leicht. Sie hatte sehr schöne helle Zähne, fiel Jo auf.

Die Unruhe, die Andrea Herzke von Anfang an ausstrahlte, schien auf Gerber überzugreifen, der mit den Füßen wippte und seine Hand nicht aus der Seitentasche des Jacketts herausbekam, in der er die Zigaretten wieder hatte verschwinden lassen müssen. Er begann, für Jo ein wenig überraschend, mit dem Bekenntnis, dass sich der Wagen ihres Mannes, der graue Olympia Rekord, noch immer nicht gefunden habe. »Das kann verschiedene Gründe haben, je nachdem, was der oder die Täter damit veranstaltet haben.«

Sie sah ihn mit versteinerter Miene an, es schien sie nicht im Mindesten zu interessieren, was mit dem Wagen geschehen sein mochte.

Nach diesem offensichtlich missglückten Auftakt versuchte Gerber als Nächstes, mit ihr zusammen den Montag zu rekonstruieren, den Tag, an dem sie ihren Mann zum letzten Mal gesehen hatte. »Wann genau war das? Welche Uhrzeit?«

Sie stellte die Teetasse ab, die sie schon halb zum Mund geführt hatte, und dachte nach. »Am Montagmorgen, so gegen halb neun, als ich zur Arbeit gefahren bin. Wulf wollte noch einen Text für seine Sendung am Montagabend schreiben und ihn dann im Sender redaktionell absegnen lassen. Das sagte ich Ihnen aber schon.«

»Ist nur zur Sicherheit, Frau Herzke, doppelt genäht hält besser.« Ein gewagtes Bild, wenn man bedachte, wie Gerber weitermachte: »Laut Befund aus der Gerichtsmedizin«, klärte er die Witwe auf, »wurde Ihr Mann in der Nacht von Montag auf Dienstag getötet.«

Sie sah ihn verständnislos an. »Was soll ich Ihnen darauf antworten, Herr Kommissar?«

»Waren Sie nicht beunruhigt, weil er nach seiner Sendung an dem Abend und auch in der Nacht noch nicht nach Hause gekommen war?«

»Nein.« Sie hob trotzig das Kinn. »Nein, war ich nicht.«

»Warum waren Sie nicht beunruhigt?«

»Es kam häufiger vor, dass Wulf über Nacht wegblieb.«

»Aus welchem Grund?«

»Eine Frau«, sagte sie fast beiläufig.

»Eine ... Geliebte?«

»Wenn Sie darauf bestehen, sie so zu bezeichnen.«

»Wie sagen Sie dazu, Frau Herzke?«

»Er traf sich mit einer Frau.«

»Regelmäßig?«

»Ja.«

»Hat Sie das nicht, wie soll ich sagen, geärgert?«

»Nein, hat es nicht. Es war eine Art Arrangement zwischen Wulf und mir.«

»Ein Arrangement? Wie darf ich das verstehen?«

»Ich weiß nicht, ob Sie das verstehen, Herr Kommissar.«

»Dann werden wir doch konkret«, sagte Gerber und beugte sich zu ihr vor, die Ellbogen auf seinen Oberschenkeln abgestellt. »Hatten Sie auch selbst einen Geliebten und tolerierten deshalb die andere Frau?«

»Nein.« Sie schüttelte scheinbar amüsiert den Kopf. »Ich ... wie soll ich Ihnen das erklären? Ich bin an dem Thema – *dem* Thema, nicht wahr – einfach nicht interessiert. Es hat mich Jahre gekostet, das zu verstehen. Und viel Zeit, es zu akzeptieren. Als ich Wulf kennenlernte, dachte ich, das ist mal einer, mit dem könnte es anders sein, schöner, vielleicht sogar irgendwie erfüllend.«

Gerber sah sie befremdet an, er schien mit seinem Latein bereits am Ende zu sein. Kein Interesse an Sex, denn darum handelte es sich schließlich, das schien über seinen Verstand zu gehen.

Jo, der seinen Tee noch nicht angerührt hatte, beugte sich nun ebenfalls vor. Um den Hebel anders anzusetzen: »Bevor Sie Ihren Mann kennenlernten, Frau Herzke, waren Sie mit Götz Rübsamen, dem RIAS-Wellenchef, verlobt.«

»Ach, das wissen Sie? Aber bestimmt nicht von Rübsamen selbst, oder?« Sie zog abschätzig die Mundwinkel nach unten. »Na, im Sender wird ja viel geklatscht. Aber es stimmt, ich war einige Zeit mit ihm verlobt. Nur, was spielt das für eine Rolle nach so langer Zeit?«

»Das zu beurteilen, dürfen Sie uns überlassen«, warf Gerber ein.

»Wenn ich Sie vorhin richtig verstanden habe, Frau Herzke«, sagte Jo, »gehörte Rübsamen eher zu Ihren enttäuschenden Erfahrungen mit Männern.«

Ihr Gesicht versteifte, sie ließ einige Sekunden verstreichen, ehe sie antwortete. »Die Zeit mit Götz Rübsamen«, sagte sie dann mit schleppender Stimme, »war eine sehr schlimme Zeit für mich.« Sie brach bereits wieder ab.

»Auch was das besagte ... Thema betrifft?«, fragte Jo.

»Besonders, was das Thema betrifft. Rübsamen ... er nahm keine Rücksicht darauf, dass ich meine Bedürfnisse in dieser Hinsicht kaum kannte. Und er verhielt sich, als hätte er ein natürliches Recht, von mir als Frau zu fordern, was ihm gerade in den Sinn kam. Dabei waren wir nicht mal verheiratet, sondern gerade verlobt, Herrgott!« Ihr Gesicht wurde plötzlich flammend rot.

»Sie verabscheuten ihn«, kommentierte Jo.

»Ich verabscheute – es! Das, was er von mir erwartete. Und was er dann auch von mir verlangte. Es war demütigend.« Sie ballte ihre Fäuste, um ihre Wut zu kontrollieren. »Er und ich, das hatte keine Zukunft.«

Jo gönnte ihr eine Atempause.

Nicht jedoch Gerber. »Rübsamen arbeitete zu der Zeit schon in einer leitenden Position, nehme ich an. Was für eine Aufgabe hatten Sie eigentlich damals im RIAS, Frau Herzke?«

»Ich bin von Hause aus Übersetzerin und Fremdsprachenkorrespondentin. Ich spreche einige nordische Sprachen: Schwedisch, Norwegisch und Dänisch. Simultanübersetzungen sind mir zu anstrengend, Buchübersetzungen zu schlecht bezahlt. Im RIAS gab es eine Nische. Ich habe den Aussprachekatalog für diese Sprachen betreut.«

»Das heißt?« Gerber runzelte die Stirn.

»Sprecher, Regisseure, Schauspieler und so weiter wollen oder müssen sogar wissen, wie bestimmte Wörter oder Namen ausgesprochen werden, die sie nicht kennen. Wenn es sich um nordische Sprachen handelt, wenden sie sich an mich.«

»Jetzt sicher nicht mehr, oder?«, wandte Gerber ein.

»Sie arbeiten schon seit ein paar Jahren nicht mehr beim RIAS.«

»Ich habe eine Weile freiberuflich gearbeitet, technische Übersetzungen für Firmen und so etwas. Kürzlich bin ich zum SFB gegangen.«

»Wieder der Aussprachekatalog?«, fragte Gerber.

»Wieder der Aussprachekatalog«, antwortete sie mechanisch.

»Und Rübsamen?«, kam Jo auf den Ausgangspunkt zurück. »Sie haben seinetwegen den RIAS verlassen, richtig?«

»Nach unserer Trennung wurde er unerträglich mir gegenüber. Auch Wulf, mit dem ich dann zusammen war, erst verlobt, dann verheiratet, hat es zu spüren bekommen. Aber mit seiner ...«, sie lächelte auf einmal, »seiner nonchalanten Art hat Wulf den Rübsamen ein ums andere Mal auflaufen lassen. Rübsamen konnte ihm nicht das Wasser reichen, in keiner Hinsicht.«

»Aber im Bett, wollen wir mal sagen, wurden Sie doch auch mit Ihrem Mann nicht glücklich. Haben Sie vorhin selbst angedeutet«, hielt Gerber ihr vor Augen.

Sie starrte einige Sekunden ins Leere. »Nein«, sagte sie dann, »wir waren nicht glücklich zusammen, Wulf und ich, was das ... das Bett, wie Sie sagen, betrifft. Aber dafür war nicht Wulf verantwortlich. Ich habe ja selbst lange gebraucht, um zu verstehen, dass ich kein Bedürfnis in dieser Hinsicht habe. Egal, wer da neben mir liegt.«

Gerber schüttelte unwillkürlich den Kopf.

»Und Ihr Mann?«, fragte Jo.

»Wulf hat es akzeptiert. Nach einer Weile wenigstens.«

»Und sich prompt eine andere gesucht«, versuchte Gerber offensichtlich, sie aus der Reserve zu locken.

»Er hat sich keine andere gesucht. Sie haben sich gefunden ... gewissermaßen.«

»Gewissermaßen? Wie meinen Sie das?«, fragte Jo.

»Wulf hat diese Frau vor ein paar Jahren bei einer dieser Jugendfunksendungen des RIAS das erste Mal getroffen.«

»Jugendfunk?« Jo stutzte. »Könnte es eine Schulfunksendung gewesen sein?«

»Möglich, ich bin Übersetzerin, ich kenne mich mit Programmdetails nicht aus. Die Sendung sollte jedenfalls mit Jugendlichen gestaltet werden, das Thema war ›Ost- und Westberlin‹, daran erinnere ich mich noch. Wulf war als politischer Reporter, der er damals war, also als eine Art Experte, mit dabei.«

»Wie kam nun diese andere Frau dazu, die er dort traf?«, wollte Gerber wissen.

Sie schloss kurz die Augen und öffnete sie wieder. »Es lag nahe, sie war Lehrerin.«

»Eine Lehrerin?« Jos Puls ging plötzlich schneller. Das wäre die endgültige Bestätigung, dachte er. »Sind Sie sicher?«

»Ja, es waren, glaube ich, auch Schüler von ihr dabei, ich weiß es nicht mehr genau. Unwichtig, sie war dann ja vor allem an Wulf interessiert. Wie so viele Frauen, die ihn kennengelernt haben, warmherzig und ... und charmant, wie er ... nun mal war.« Sie brach plötzlich in Tränen aus, ihr Kopf sank nach vorne, und ihre Schultern zuckten. »Müssen wir dieses Gespräch wirklich führen?«, stieß sie hervor, während sie ein Taschentuch aus einem Ärmel hervorholte, um die Tränen fortzuwischen.

Gerber ging mit einem Ausdruck grimmiger Entschlossenheit darüber hinweg. Möglicherweise, dachte Jo, hatte er Granzows Mahnung im Hinterkopf, Herzkes Witwe keinerlei Ausflüchte mehr zu gestatten. »Frau Herzke, sagen Sie mir bitte den Namen der Lehrerin.«

Das Schluchzen hörte auf, und Andrea Herzke hob

den Kopf. »Ich kenne ihren Namen nicht, wollte auch sonst nichts von ihr erfahren. Warum, Herr Kommissar, hätte mich das interessieren sollen?«

Gerber stieß ein ungläubiges Lachen hervor. »Weil Ihr Mann damals ein Verhältnis mit dieser anderen Frau, der Lehrerin, angefangen hatte!«

Sie ließ einen tiefen Seufzer hören. »Sie verstehen es einfach nicht, Herr Kommissar. Nein, Sie wollen es nicht verstehen: Ich habe mich für Wulf gefreut!«

Gerber starrte sie an.

»Das ist die Wahrheit, Herr Kommissar! Ich habe mich für ihn gefreut – und für mich! Wulf bekam von dieser Frau, was ich ihm weder geben konnte noch, wie ich inzwischen verstanden hatte, geben wollte. Keinem Mann nach dem, was ...«

»Ja?«

»Nach dem, was ich ... erlebt habe, als ... die Russen nach Berlin kamen.« Sie starrte plötzlich geradeaus wie in ein monströses, furchterregendes schwarzes Loch.

Eine lastende Pause in dem Gespräch trat ein, in der Jo sich bewusst wurde, dass weder er noch Gerber noch irgendwer ermessen konnte, was diese Frau vermutlich erlitten hatte. Das Grauen, das sich hinter der scheinbar so neutralen Formulierung: »als die Russen nach Berlin kamen«, verbergen musste.

Doch schließlich, als Jo bereits der Meinung war, dass es besser wäre, das Gespräch abzubrechen, griff Andrea Herzke zu ihrer Teetasse und sagte, indem sie darauf blickte: »Für mich war wichtig, dass diese Frau, die andere, nicht darauf bestand, dass Wulf sich von mir trennte. Dass sie ihn, abgesehen vom ... vom Körperlichen, nicht für sich beanspruchte. Dadurch konnten wir weiterleben wie bisher, Wulf und ich.« Sie balancierte die Teetasse auf ihren Knien und sah Gerber an. »Ob Sie es glauben oder nicht, Kommissar, zwischen Wulf und mir entspannte es sich sogar durch seine Treffen mit der Frau.«

Gerber schwieg dazu wie ein Stein.

»Sprachen Sie über sie, die andere Frau?«, fragte Jo.

»Das war nicht nötig. Wulf traf sich mit ihr, ich wusste davon, ohne dass wir darüber reden mussten, und für die Frau war es offensichtlich in Ordnung so.«

»Traf er sich an bestimmten Tagen mit der Frau?«

»Ein- oder zweimal in der Woche, aber nicht an bestimmten Tagen. Meistens blieb er über Nacht, manchmal nicht.«

»Wusste niemand sonst von dem Verhältnis Ihres Mannes mit der Lehrerin?«, fragte Jo.

»Niemand«, versicherte sie.

»Was macht Sie da so sicher?«, wunderte er sich.

»Wulf ging doch fast nur spätabends zu der Frau. Sie war niemals hier in unserer Wohnung.«

»Das hätten Sie nicht geduldet?«

»Nein, das war selbstverständlich tabu!«, sagte sie mit Nachdruck. »Und Wulf hatte auch kein Interesse daran. Mit seinem diskreten Verhalten, was die andere Frau anging, hat er nur unser aller Ruf schützen wollen: seinen in der Öffentlichkeit, meinen als seine Frau und den der anderen als Lehrerin und vielleicht auch ... privat.«

Gerber hatte unterdessen geschwiegen, er schien den Faden verloren zu haben. Kein Wunder, dachte Jo, denn dies hier war sicher eine der merkwürdigsten Vernehmungen, die auch er jemals durchgeführt hatte: voller Andeutungen, Pausen, unausgesprochenen Verletzungen und seelischen Narben, die vermutlich viel tiefer reichten, als sie auf den ersten Blick schienen.

Er versuchte, noch einmal an einer anderen Stelle anzusetzen. »Ihr Mann, Frau Herzke, war als Soldat eine Weile auf Bornholm stationiert. Wissen Sie davon?«

»Ja, das weiß ich.« Sie schien erleichtert, dass er unerwartet das Thema wechselte.

»Und Sie sprechen Dänisch.«

»Ja, sogar besonders gut. Ich habe nach dem Studium auch einige Zeit in dem Land gelebt.«

»Auf Bornholm?«

»Nein, in Kopenhagen.«

»Hat Ihr Mann je davon gesprochen oder wenigstens angedeutet, dass er auf Bornholm jemanden kennengelernt hatte? Eine Frau?«

»Nein. Welche ... welche Frau ... sollte das gewesen sein?« Sie erstarrte plötzlich. »Sie meinen doch nicht etwa ...?«

Sie erkannte schlagartig die Dimension seiner Frage: Wenn ihr Mann »der anderen« schon lange vor ihr, nämlich während des Krieges auf Bornholm begegnet war – waren die beiden bereits damals ein Liebespaar geworden? Waren sie später unter Kriegs- und Nachkriegsbedingungen getrennt worden und hatten sich erst viele Jahre später in Berlin wiedergetroffen? Gezielt oder durch zufällige Umstände zusammengeführt?

In dem Fall – das wurde Herzkes Witwe in diesem Augenblick offenbar klar – hätte Wulf Herzke nicht nur, wie sie stets geglaubt hatte, ein sexuelles Verhältnis mit der anderen gehabt, zu dem sie selbst ihren Segen gegeben hatte – auch im eigenen Interesse, was »das Körperliche« betraf. Nein, es hätte sich vielmehr um das Aufflammen einer alten, aber keineswegs erkalteten, sondern überdauernden Liebe zu der anderen Frau handeln können.

Das hatte auch für Andrea Herzke ein ganz anderes Gewicht.

Doch das spontane Entsetzen, das sich in ihrem Gesicht spiegelte, zeigte Jo, dass sie davon keine Ahnung, daran nie gedacht hatte. Bis zu diesem Moment.

»Frau Herzke«, er suchte wieder ihren Blick, »verfolgen Sie die Nachrichten?«

»Unregelmäßig«, sagte sie, noch immer wie abwesend. »Seit Wulfs Tod gar nicht.« Sie wandte ihm ihr Gesicht zu. »Warum fragen Sie?«

»Sagt Ihnen der Name Luise Stahns etwas?«

»Nein.« Sie sah ihn mit leerem Blick an. »Ist sie ... heißt sie so? Die andere? Worauf wollen Sie hinaus?«

Jo ließ ihre Frage unbeantwortet. Für ihn war damit alles gesagt, er hatte keine Fragen mehr an Andrea Herzke.

Gerber schien es schon länger so zu gehen. »Eine letzte Frage hätte ich noch, Frau Herzke«, sagte er dann aber überraschend, offenbar schon im Begriff aufzustehen. »Gibt es jemanden, der Ihrem Mann ebenfalls nahestand? Keine weitere ›andere‹, meine ich«, er setzte den Ausdruck mit zwei Fingern in Anführungszeichen, »sondern einen guten Freund, einen Vertrauten, Sie wissen, was ich meine?«

Eine listige Frage, fand Jo. Gerber misstraute dieser Frau von Grund auf, er verstand sie einfach nicht. Und nun suchte er nach jemandem, der ihren Mann gut gekannt hatte – und damit höchstwahrscheinlich auch sie, seine Frau, jetzt Witwe, beurteilen konnte.

Andrea Herzke straffte ihren Rücken, sie schien sich wieder gefangen zu haben, vielleicht war sie auch nur erleichtert, dass die beiden Polizisten nun endlich gehen wollten. Jedenfalls ging sie arglos auf Gerbers Frage ein. »Von seiner Familie lebt niemand mehr«, erklärte sie. »Aber das wissen Sie sicher schon. Wulfs Eltern und sein jüngerer Bruder sind in dem Feuersturm damals in Hamburg, wo sie lebten, umgekommen. – Ansonsten?« Sie schien ernsthaft zu überlegen. »Wulf hatte viele Kollegen, mit denen er nach der Arbeit mal ein Bier zusammen trank und so etwas. Aber befreundet war er eigentlich nur mit einem, Alex Burger vom AFN. Alex war regelmäßig bei uns zu Besuch und hat mich seit der schlimmen Nachricht von Wulfs Ermordung schon mehrfach angerufen. Er kann das alles genauso wenig fassen wie ich.«

»Alex Burger«, wiederholte Gerber und ließ sich den Namen buchstabieren, um ihn korrekt in sein Notizbuch zu schreiben. »Wie erreichen wir den Mann?«

»Am besten rufen Sie ihn beim AFN an, er ist bestimmt selten bei sich zu Hause anzutreffen. Wulf meinte einmal, dass Alex eigentlich im AFN wohnt, und zwar überall dort.«

Sie presste plötzlich die Lippen aufeinander und ballte die Fäuste wie ein kleines Kind, das nicht wusste, wohin mit seiner Wut. Auf wen oder was auch immer.

Doch Gerber war noch nicht fertig. »Ihr Mann, Frau Herzke, war früher ein politischer Reporter. Es soll nicht allen Gruppierungen in der Stadt gefallen haben, dass er sich zuletzt nur noch mit Ami-Musik beschäftigt hat.«

»Ich war …« Sie brach bereits wieder ab. Sie schien am Rande der Erschöpfung.

»Was ich Sie fragen will, Frau Herzke: Halten Sie es für denkbar, dass sich Ihr Mann bestimmte politische Gruppen zum Feind gemacht hatte?«

Gerber hatte keine Namen wie den der KgU erwähnt. Er schien Granzows Warnung, der Zeugin nichts in den Mund zu legen, also durchaus beherzigen zu wollen.

Andrea Herzke sah ihn müde an. »Ich weiß es nicht, Herr Kommissar.«

»Hat er nie mit Ihnen darüber gesprochen?«

»Wir sprachen möglichst nicht über unsere Arbeit. Zu Hause wollten wir uns davon erholen.« Ihr Blick sagte: Reicht Ihnen das jetzt?

Das tat es nicht. »Andere Frage, Frau Herzke, können

Sie sich vorstellen, dass jemand Ihren Mann aus, sagen wir, persönlichen Gründen getötet hat?«

»Falls Sie an Götz Rübsamen denken ...« Sie schüttelte beinahe verächtlich den Kopf. »Nein, dazu wäre er denn doch nicht fähig.«

»Und abgesehen von Rübsamen?«

Sie hob den Kopf, schaute an die Decke, sah Gerber wieder an und sagte: »Ich kenne niemanden, absolut keinen Menschen, der Grund gehabt hätte, Wulf umzubringen.«

Gerber nickte freudlos, dankte ihr matt und stand nun endgültig mit Jo zusammen auf, um sich zu verabschieden.

Kurz darauf standen sie vor dem Haus in der Mackensenstraße und rauchten, während sie dem Pinscher einer alten Frau beim Verrichten seines Geschäfts zuschauten, für das er auf der Brache gegenüber mehr als genug Platz fand.

Gerber schob sich den Hut in den Nacken und sog an seiner Nil, als hinge sein Leben davon ab. Nicht nur, weil er in der Wohnung nicht hatte rauchen dürfen: »Was ist das für eine Geschichte, die sie uns da aufgetischt hat?« Er fuchtelte mit der Zigarette in der Hand und äffte sie nach: »›Zu Hause wollten wir uns erholen.‹ ›Ich habe mich gefreut für Wulf, Herr Kommissar.‹ – Dass ich nicht lache! Ihr Mann hüpft zu einer anderen Frau ins Bett, um auf seine Kosten zu kommen, und sie freut sich? Kaufen Sie ihr das ab, Sturm?«

Jo musste lachen. »Nicht, wenn Sie mich so anstieren, Herr Gerber. – Aber falls sie uns angelogen hat«, fuhr er ernsthaft fort, »was folgt daraus? Dass sie in Wahrheit wütend und tödlich eifersüchtig auf ihre Konkurrentin war?«

»Von der sie angeblich nicht wusste, dass es die Stahns war, wie jetzt wohl feststehen dürfte.«

Was von Gerber selbst aber gestern noch angezweifelt wurde, dachte Jo. Wenn auch nicht ganz so stark wie von Schuchardt.

Gerber warf seine hastig heruntergerauchte Nil auf das rissige Pflaster. »Diese Frau ist jahrelang mit Herzke verheiratet und will sich so gar nicht für seine Geliebte interessiert haben, nicht mal für ihren Namen? Kann ich mir nicht vorstellen.«

»Mir scheint, sie kannte ihren Ehemann nicht wirklich«, entgegnete Jo.

»Wie kommen Sie darauf?«

»Mir ist aufgefallen, wie erschrocken sie war, als ihr klar wurde, dass Herzke die andere Frau vielleicht schon lange vor ihr gekannt – und geliebt – haben könnte. Der Gedanke schien ihr völlig fremd gewesen zu sein. Bis vorhin.«

Gerber zuckte die Achseln. »Schön, mag sein, dass Sie recht haben. Aber was fangen wir jetzt mit alldem an, was sie uns erzählt hat? Und mit dem, was sie uns vielleicht verschwiegen hat?«

»Sie hat uns immerhin einen interessanten Namen genannt: Alex Burger.«

»Den Mann vom AFN, richtig.«

»Seinen angeblich besten Freund.«

»Beinahe schon Freund der Familie, wenn ich das richtig verstanden habe«, witzelte Gerber. Nach der Zigarette schien sich seine Laune bereits wieder zu bessern. »Ich schlage vor, dass Sie den Zeugen übernehmen, Sturm. Sie können doch gut mit den Amis. In der Zwischenzeit könnte ich das Protokoll dieser faden Witwenvernehmung tippen und mir noch ein paar warme Gedanken dazu machen.«

Aus irgendeinem Grund hatte Jo auf einmal den Verdacht, dass Gerber vielleicht auch deshalb so unzufrieden mit Andrea Herzke war, weil er ihr als Mann so offensichtlich gleichgültig gewesen war. Es kränkte seine unübersehbare männliche Eitelkeit.

Sie fuhren zurück zum Präsidium. In seinem Büro ließ er sich mit dem AFN in Dahlem verbinden und fragte nach einem Redakteur namens Alex Burger. Eine Miss Stella Foss wusste, dass sich Alex irgendwo im Haus befinden müsse, in irgendeinem der Büros oder Studios. Es fänden gerade umfangreiche Bauarbeiten im Sendegebäude statt. Wenn er wolle, könne er jedoch gerne vorbeikommen und Alex Burger aufstöbern.

»In einer Stunde? Wäre das okay?«

»Whenever you want, Sir.«

Der AFN brachte Musik – aber nicht wie der RIAS Bach und Händel, Peter Kraus oder Peter Alexander, sondern Satchmo und Ella und immer häufiger auch Elvis und Little Richard. Wenn doch einmal Klassisches ins Programm geriet, dann waren es kurze »Highlights«, wie die Moderatoren sie nannten, weder ertönten drei Stunden lang Wagner-Opern, noch nervten operettenhafte »Blumen-Grüße« wie beim RIAS. Kulturwächter im Westen geißelten dies als Verstümmelung, in einer Zeitschrift hatte Jo einmal den Vorwurf aufgeschnappt, der AFN sei nichts anderes als eine Musikbox, um einem trübe Gedanken aus dem Kopf zu treiben. Das war vermutlich als Vorwurf gemeint gewesen, aber eben deshalb hörte er ja wie unzählige andere junge Deutsche den Sender. Auch im Osten, wie es schien, andernfalls hätten es die Parteibonzen drüben sicher nicht für nötig befunden, das AFN-Programm als typische amerikanische Kulturbarbarei zu geißeln.

Der Sender befand sich in Dahlem, in einer zweistöckigen Villa in der Podbielskiallee, Ecke Hellriegelstraße. Das Gebäude war kein wuchtiger Gründerzeitbau, sondern erst ein paar Jahrzehnte alt, winkelförmig und ohne Schnörkel, das Gelände von einem mannshohen Zaun umgeben. Jo parkte seinen Roller auf dem Bürgersteig, im Blendschatten riesiger Ami-Schlitten. Am Eingang unmittelbar neben der Hellriegelstraße zeigte er dem dort postierten Militärpolizisten seinen Dienstausweis mit dem Hinweis, er sei zum Gespräch mit »Mister Alex Burger« verabredet. Das entsprach zwar nicht ganz der Wahrheit, doch der Polizist sah seinen Ausweis an und winkte ihn durch. Stella Foss, sagte er, habe Jo bereits angekündigt.

Miss Stella hatte nicht übertrieben damit, dass die Bauarbeiten im Sender umfangreich seien. Als Jo den Eingangsbereich betrat, lagen und standen dort stapelweise Kabel und Kisten mit technischen Geräten. Uniformierte Techniker und Handwerker der Army wuselten geschäftig hin und her, ohne Jo zu beachten. In dem angrenzenden Flur war es nicht anders: Kabel, Kisten, Techniker mit Werkzeug und Material.

Eine der Türen stand halb offen, Jo klopfte und betrat ein kleines Büro, dessen Möbel bereits alle auf eine Seite gerückt worden waren, um auf der anderen Seite des Raums technische Installationen vornehmen zu können, wie es aussah.

Ein Mann und eine Frau, beide in Uniform, standen am Fenster und schienen auf etwas zu warten. Sie blickten freundlich, als sie Jo hereinkommen sahen, und rieten ihm auf seine Frage nach Alex Burger, es links den Flur hinunter im vorletzten Zimmer zu versuchen.

An der Tür, die er rasch fand, haftete ein Schild mit dem Namen Alexander S. Burger, doch sie war abgeschlossen. Als Jo sich umwandte, stand plötzlich ein großer, sehr schlanker uniformierter Mann mit viel Brille auf der Nase und wenig Haar auf dem Kopf vor ihm.

»Zu mir?«, fragte er auf Englisch mit dunkler Stimme und schaute Jo kein bisschen überrascht an.

»Zu Alex Burger, ja«, anwortete Jo ebenfalls auf Englisch.

»Hi. Sagen Sie Alex zu mir.«

»Mein Name ist Jo Sturm.«

»Stella hat mich schon vorgewarnt. Woher sprechen Sie so gut Englisch, Jo?«

»Camp Campbell, Kriegsgefangenschaft.«

»Man hat Sie dort hoffentlich gut behandelt?«

»Hat man.« Er war dort nicht nur gut verpflegt worden, man erlaubte ihm sogar, sich im Englischen fortzubilden – mit dem Hintergedanken, ihn im Camp später als Dolmetscher einzusetzen, was dann auch geschah.

Alex Burger deutete auf die verschlossene Tür. »Dort drinnen steht alles kopf, aber gegenüber geht es halbwegs, dort können wir uns unterhalten.«

Sie stiegen über ein meterlanges Kabel hinweg, und Alex öffnete das gegenüberliegende Zimmer. Dort sah es nicht viel anders aus als in dem Büro, das er zuvor betreten hatte, doch der Schreibtisch war freigeräumt, und Burger bot Jo den Bürostuhl an, während er selbst seine knochige Hüfte auf die Tischkante schwang. Aus einer Brusttasche seiner Uniformjacke zog er eine Packung Chesterfield und bot Jo eine an. Dann gab er ihm Feuer und zog einen bereits überquellenden Bakelit-Aschenbecher heran; das alles in Windeseile.

Burger war von der schnellen Truppe. »Sie kommen wegen Wulf, richtig?«, sagte er, kaum dass er seinen ersten Lungenzug ausgeatmet hatte. »Andrea hat mich angerufen und gesagt, dass die Berliner Polizei mich vielleicht sprechen will.«

Das ging aber schnell, dachte Jo und hob die Zigarette. »Andrea Herzke hat uns von Ihnen erzählt, Alex.« Er blieb bei dem vertrauten Tonfall, den Burger ihm angeboten hatte. »Sie sagte, Sie und Wulf Herzke seien eng befreundet gewesen.«

Burger beugte sich ein wenig vor und schnippte Asche von der Zigarettenspitze auf die Kippenhalde im Aschenbecher. »Wulf war ein Freund, ja.« Er atmete den Rauch tief ein und schüttelte dabei den Kopf. »Unfassbar, was da geschehen ist. Ich kann es gar nicht glauben, dass jemand ihn getötet hat – ermordet, einen friedlichen Mann wie ihn.« Er ließ den Rauch mit gequältem Gesichtsausdruck wieder aus seinen Lungen entweichen. »Habt ihr Jungs schon einen Verdacht oder eine Spur oder wie ihr bei der Polizei dazu sagt?«

»Wir arbeiten daran.«

»Ah, Profi.« Er lächelte breit. »Gibt nichts preis, auch wenn er viel weiß. Bei uns im Sender ist es umgekehrt: Man gibt alles preis, auch wenn man gar nichts weiß.« Er lachte. »Zum Glück sollen unsere Moderatoren nicht über Politik reden, sonst säßen sie alle schon wegen Hochverrats im Knast.«

»Arbeiten Sie ebenfalls als Moderator für den AFN, Alex?« Seine sonore Stimme klang danach, doch Jo hatte sie vorher noch nie im Radio gehört, auch nicht seinen Namen.

»Früher habe ich in den Staaten bei einem Privatsender moderiert. Hörspiele – Ginger Rogers, Charles Laughton, Bogart, die Stars. Bei AFN Berlin bin ich mehr der Mann im Hintergrund. Ich höre die Musikstücke und Wortbeiträge ab, die wir vorproduziert aus den Staaten geliefert bekommen. Letzter Check der Qualität, bevor wir damit auf Sendung gehen. Außerdem halte ich den Kontakt zu den anderen AFN-Stationen in Deutschland.«

»Wie haben Sie sich kennengelernt, Wulf Herzke und Sie, Alex? Er arbeitete ja beim RIAS.«

Burger nahm einen weiteren tiefen Zug und dachte kurz nach. »Ja, das war so: Wulf rief vor ein paar Jahren an – so wie Sie heute –, und ich lud ihn ins Haus ein. Als Mann vom RIAS war er uns natürlich willkommen, wir haben den Sender schließlich selbst gegründet.«

»Und was wollte er?«

»Sich über unsere Musikauswahl austauschen, sich nach Trends erkundigen, im Jazz, im Rock'n'Roll, er wollte alles darüber von uns wissen. Wulf war ein neugieriger, oder besser gesagt, ein offener Mensch. Ja, wirklich, ein sehr offener Typ war er, freundlich, direkt, ganz unkompliziert.« Er stieß frustriert eine neue Rauchwolke in die ohnehin schon stickige Büroluft. »So haben wir uns kennengelernt, und eigentlich ist es bis zum Schluss so geblieben. Wir sprachen kaum über Politik und so etwas, sondern über Dizzie oder Fats, über unseren Elvis und euren deutschen Ted Herold.«

»Und Herzkes Frau?«

»Andrea.« Burger nahm noch einen tiefen Zug und drückte die halb gerauchte Zigarette in dem Haufen Kippen bereits wieder aus, die in dem Ascher ihr Leben gelassen hatten. »Sie war immer sehr zurückhaltend, wenn ich bei ihnen zu Besuch war«, sagte er nach kurzem Nachdenken. »Manchmal fragte sie mich, wie ich oder wie wir Amerikaner die politische Lage in Berlin einschätzten. Sie hat, glaube ich, eine Höllenangst vor den Russen, traut denen alles zu. Eine Zeit lang war sie wohl auch aktiv gegen die Kommunisten im Osten, sie hat es einmal angedeutet. Wo und wie genau, das hat sie nicht gesagt, zumindest erinnere ich mich nicht daran.«

Plötzlich ging die Tür auf, und ein uniformierter Mann mit einer großen Metallkiste unter dem Arm stand im Rahmen. Er tat erstaunt, dass sich in dem Zimmer überhaupt noch jemand befand.

Alex Burger hob beschwichtigend eine Hand. »Wir sind schon weg, Jimmy!« Er lachte und fragte Jo: »Lust auf einen Kaffee, einen Drink? Wir haben eine Kantine im oberen Stockwerk, den einzigen Ort, an dem keine Kabel verlegt werden. Zumindest heute nicht.«

»Kaffee wäre nicht schlecht«, sagte Jo und folgte Alex Burger, der elegant an dem Techniker mit der Kiste unterm Arm vorbeiglitt. Dessen Augen inspizierten bereits fachmännisch die Wände des Zimmers.

»Wie können Sie eigentlich noch senden, Alex, während des Umbaus?«, fragte Jo auf der Treppe, die zum oberen Stockwerk hinaufführte.

Burger musste lachen. »Boy, das frage ich mich auch jeden Tag. Aber AFN Berlin hat auch schon mit einem gespannten Draht als Antenne zwischen zwei Bäumen gesendet. Unsere Techniker kriegen das hin, irgendwie.«

Sie betraten einen großen, trotz der niedrigen Decke sehr hellen Raum, in dem momentan nur wenige der kleinen quadratischen Tische besetzt waren. Die Kantine erschien wie eine ruhige Oase über dem geschäftigen Gewusel im Erdgeschoss und glich vom Angebot eher einem Bistro. Es gab vorwiegend kalte Küche, wie es aussah, mit haufenweise Sandwiches, Brownies, Cheesecake und Cookies in den Auslagen sowie die üblichen Getränke.

Jo bat um einen Kaffee, Alex nahm eine Cola. Sie setzten sich an einen freien Tisch am Fenster. Die Sonne fiel schräg herein, Staubfahnen, die es vom Parterre heraufgeschafft hatten, schwebten geisterhaft im Licht. An der Wand gegenüber entdeckte Jo eine Galerie unterschiedlicher Fotos, die sorgfältig gruppiert wirkten, auf der linken Seite erkannte er auf den ersten Blick Kirk Douglas, Natalie Wood und Cary Grant, vermutlich Autogrammkarten, in der Mitte die Gesichter bekannter US-Politiker von Roosevelt über Truman bis zum amtierenden Präsidenten und ganz rechts, gleich neben dem Ausgang zum Treppenhaus, hingen kreisförmig angeordnet zahlreiche Fotografien, die jedoch zu kleinformatig waren, um sie aus der Distanz zu erkennen.

Alex Burger nahm einen guten Schluck aus seiner Colaflasche und sah Jo mit ernster Miene an: »Ich habe das Gefühl, Jo, dass Sie mir etwas Bestimmtes sagen wollen. Etwas über Wulf. Kann das sein?«

»Sagen wir lieber, ich möchte Sie etwas Bestimmtes fragen, Alex.«

»Okay, go on.« Burger prostete ihm mit der Colaflasche zu.

Jo nahm einen Schluck von seinem Kaffee, der hervorragend war, tiefschwarz und stark, wie er ihn aus Camp Campbell kannte. »Was ich von Ihnen wissen möchte, Alex«, sagte er, »ist, wie Sie das Verhältnis zwischen Wulf Herzke und seiner Frau einschätzen.«

Burger zog etwas verstört die Brauen hoch. »Ist die Frage wirklich nötig?«

Jo nickte.

»Okay.« Doch er ließ sich Zeit mit der Antwort. »Ich glaube«, sagte er schließlich, »ihre Ehe war, wie sagt man, harmonisch. Sie sprachen sehr höflich miteinander, nobody argued, keine Streitereien und so etwas. Andrea ist eine sehr nette Frau, ›kultiviert‹, wie ihr Deutschen wohl dazu sagt. Wulf und Andrea, sie wirkten immer wie ... wie Freunde, würde ich sagen. Ja, sehr gut befreundet. Was viel ist, ich kenne Paare, die sind im Grunde verfeindet, Intimfeinde.« Er rang sich ein Lächeln ab, obwohl

Jo ihm ansah, dass ihm nicht danach war. Die Trauer um seinen Freund Wulf Herzke stand ihm ins Gesicht geschrieben.

Jo entschloss sich, die Karten auf den Tisch zu legen. »Wulf Herzke hatte eine Geliebte. Wussten Sie davon, Alex?«

Burger zuckte lakonisch mit den Achseln. »Ich ahnte es. An manchen Tagen, wenn wir uns trafen, telefonierte er von meinem Apparat aus mit jemandem, sehr leise und, wie soll ich sagen, mit Andrea sprach er nicht so ... zärtlich, kann man sagen. Der Unterschied war nicht zu überhören. Ich bin ein Radiomann, ich habe ein Ohr für so was.« Er deutete ein Lächeln an. »Eine Geliebte, dachte ich mir. Doch das ging mich nichts an, solange Wulf nicht selbst davon sprach.«

»Was er nicht tat?«

»Nein. Nie.«

»Er war ein diskreter Mensch?«

»Was sein Privatleben betraf, ja, sehr diskret.«

»Okay. Alex, sagt Ihnen vielleicht der Name Luise etwas, Luise Stahns?«

»Nein, sagt mir nichts. Hieß sie so, seine Geliebte?«

Die deutschsprachigen Nachrichten schien er also nicht zu hören oder auch nicht zu verstehen. Jo ließ die Frage offen und kam auf einen früheren Punkt zurück. »Alex, Sie sagten vorhin, Herzke sei an neuen Musiktrends interessiert gewesen, auch am Rock 'n' Roll.«

»Ja, an allem, was aktuell war.«

»Suchte er da auch Kontakt zu Jugendlichen, zu jungen Elvis- und Bill-Haley-Fans und so weiter?«

Burger lehnte sich zurück und sog scharf die staubgeschwängerte Kantinenluft ein. »Das ist eine etwas komische Frage, Jo.«

»Nicht aus meiner Sicht, Alex. Ich bin Polizist, ich suche nur nach weiteren Verbindungen, nach Kontakten, die Herzke pflegte.«

»Okay.« Burger dachte kurz darüber nach. »Wulf«, sagte er dann, »war ein Vollblutjournalist. Deshalb wollte er genau wissen, wie das junge Publikum tickt. Aber dazu suchte er nicht den Kontakt zu den Teenagern, Jo, sondern zu Kollegen wie mir. Mit gutem Grund.« Er ließ einen leisen Zischlaut hören, Resultat der Kohlensäure. »Wulf hatte Vorgesetzte und Kollegen, die teilweise noch Rock'n'Roll und Jazz in einen Topf warfen. Selbst wenn Elvis in Deutschland landet, schicken sie einen ›Musikreferenten‹, oder wie sie dazu sagen.« Er verzog geradezu schmerzlich das Gesicht. »Aber wir vom AFN kennen die Trends aus den Staaten, bevor sie in Deutschland ankommen. Deshalb waren wir für Wulf die erste Adresse, nicht seine Kollegen beim RIAS und auch nicht die Kids, die von ihrem Glück noch gar nichts wissen. Alle unsere Sendungen werden, wie ich schon sagte, in den Staaten vorproduziert, auf Schallplatten gepresst, die groß wie Autoreifen sind. Es lagern schon mehr als fünfzigtausend Stück davon allein in Deutschland. Ich muss es wissen, ich manage das ganze Zeug.«

Jo musste kurz nachdenken. »Alex«, sagte er dann, »Wulf Herzke war früher, wie Sie vielleicht wissen, ein politisch engagierter Reporter, stadtbekannt. Was denken Sie, warum hat er sich von diesem Thema so sehr abgewendet?«

»Guter Punkt, Jo«, räumte er ein. »Aber so war er eben, offen und spontan. In gewisser Weise war Wulf sehr amerikanisch: Er wollte als freier Mann in einer freien Stadt leben. Das hat er ausgestrahlt, und deshalb haben wir uns vielleicht auch auf Anhieb so gut verstanden.«

Alex warf einen Blick auf die große Wanduhr mit dem Emblem von Coca Cola, die über dem Durchgang zum

Flur hing. »Sorry, Jo, ich muss unser Gespräch leider abbrechen. Der Job ruft.«

»Platten hören?«

Burger lachte, der Job machte ihm sichtlich Spaß.

Sie standen auf und gingen zum Ausgang. Vor den kreisförmig angeordneten Fotografien an der Wand, mit Nadeln auf einer dicken Pappe befestigt, blieb Jo kurz stehen, um einen Blick darauf zu werfen.

»Unsere Besatzung hier im Haus«, erklärte Alex, der aus Höflichkeit, wenn auch spürbar ungeduldig mit Jo stehen geblieben war. »Die wechselnden Teams für den Sendebetrieb. Matt Jones, unser Küchenchef, hat sie alle fotografiert. Sein Hobby.« Er deutete auf die männlichen und weiblichen GIs, die zu zweit, zu dritt, manchmal in größeren Gruppen zusammenstanden. »Hier rechts auch die Küchencrews. Die wichtigsten Leute im Haus!« Er lachte wieder. »Die meisten von ihnen sind schon nicht mehr da«, fügte er beiläufig hinzu.

Jo ließ seinen Blick auch über diese Fotos hinweggleiten und wollte schon weitergehen, als ihm aus all den Gesichtern von Männern und Frauen in den typisch weißen Kitteln, Mützen und Hauben des Kantinenpersonals ein Gesicht förmlich aus der Menge herauszuwachsen schien.

»Moment mal.« Er ging näher an das Foto heran. Er war so perplex, dass er zuerst an eine Täuschung dachte. »Das ist doch ...« Margret Kwiatkowski! »Die Wasserleiche.« Jo war vor Überraschung ins Deutsche gefallen.

»Wasserleiche?« Burger wiederholte das Wort amüsiert, offensichtlich ohne seine Bedeutung zu kennen. »Ist das ihr Name? Ich erinnere mich nicht mehr.«

Jo trat ganz dicht an das Foto heran und betrachtete es nun noch genauer. Sie war es, Margret Kwiatkowski. Und ... schräg hinter ihr war das Gesicht eines Mannes zu sehen, das ihm ebenfalls bekannt vorkam. Doch war es unschärfer als das der Frau, die im weißen Köchinnenornat im Vordergrund stand.

Was den Mann betraf, so mochte er sich täuschen, aber die Frau erkannte er aufgrund der Fotografien, die er aus ihrer Wohnung für den Vermisstenordner zusammengetragen hatte, eindeutig wieder.

Margret Kwiatkowski – sie war es.

Er deutete auf das Foto: »Alex, kann ich das bitte haben?«

Burger sah ihn ganz perplex an.

»Es hat nichts mit dem aktuellen, sondern mit einem ... einem älteren Fall zu tun.« Na ja, so alt auch wieder nicht. »Es gibt auf dem Foto ein Detail, das mich interessiert. Okay, wenn ich eine Kopie davon machen lasse?«

»Da müssen Sie Matt, den Küchenchef, fragen«, entgegnete Burger fahrig. »Die Fotos gehören ihm, wie ich schon sagte.« Er hob entschuldigend eine Hand. »Sorry, Jo, ich muss dringend ins Studio. Fragen Sie am Ausschank drüben nach Matt, er wird Ihnen weiterhelfen.« Burger drückte ihm flüchtig die Hand und eilte auf seinen langen Stelzen hinaus in den Flur.

Jo wandte sich wieder dem Foto zu. »Margret Kwiatkowski. Was, zum Teufel ...?«

Eine Viertelstunde später fuhr Jo mit dem Foto in der Tasche zurück zum Präsidium und ließ sich dessen Vorgeschichte noch einmal durch den Kopf gehen. Matt Jones, der Küchenchef, war nicht wenig überrascht gewesen, als Jo ihm seinen Berliner Dienstausweis gezeigt hatte, um ihn dann um das Foto zu bitten, das er selbstverständlich baldmöglichst zurückerhalte. Doch nachdem er Matt davon erzählt hatte, dass Margret Kwiatkowski kürzlich tot aufgefunden worden sei, reagierte der Koch bestürzt und berichtete, dass »Margret«, er sprach es aus wie »Morgrett«, tatsächlich vor zwei, drei Jahren für eine kurze Zeit in seiner Küche gearbeitet habe. Sie sei zwar keine ausgebildete Köchin gewesen, aber eine sehr fähige Kraft mit einem guten Sinn für Organisation. »Sie hatte Erfahrung als Hauswirtschafterin, und das merkte man ihr an. Hat sich mir eines Tages vorgestellt, wir hatten mal wieder starken Mangel an Personal, schade, dass sie dann so früh wieder gegangen ist.« Aus welchem Grund, das wisse er nicht.

Jo fragte ihn nun auch nach dem Mann im Hintergrund, dessen Gesicht leider etwas verwaschen abgebildet war.

»Das ist Hans Meyrink«, erinnerte sich Matt Jones ohne Zögern und offenbar gerne an den Mann: »Ein Kellner, sehr professionell, sehr schnell. Hans arbeitete üblicherweise als Saisonkraft in Ausflugslokalen, er war deshalb nur einen Winter lang bei uns. Schade.«

Matt führte, wie sich herausstellte, ein Adressbuch mit den Anschriften und, falls vorhanden, auch mit den aktuellen Telefonnummern seiner Arbeitskräfte. Die damalige Adresse des Kellners war zwar durchgestrichen wie die aller ehemaligen Aushilfen, aber dennoch lesbar.

»Prinzenstraße 15«, sagte Matt. »Aber ob er dort noch wohnt?«

»Hatte er Telefon?«

»Kein Telefon, nein. Bei einem wie Hans auch wenig sinnvoll, der war tagsüber immer außer Haus beschäftigt, entweder bei uns oder in Berliner Lokalen. Gefragter Mann. Außerdem war Hans absolut zuverlässig, kann mich an keine Fehlzeiten erinnern, keinen Tag krank.« Er sah Jo fragend an. »Ich hoffe, er hat nichts Dummes angestellt?«

Jo antwortete mit einem Lächeln, bedankte sich bei dem Koch und verließ mit seiner Beute, dem Foto und

Meyrinks Adresse, die Kantine. Was sie wert waren, würde sich zeigen. Ein Job für Mölradt, dachte er.

Schuchardt war allein im Zimmer.

Als Jo eintrat, bemerkte er, dass sich neben dem Garderobenständer ein weiterer kleiner Schreibtisch befand. Der war jedoch nicht für ihn bestimmt, wie er bereits von Gundula Krauß erfahren hatte; er hatte sie vorhin nach Mölradt gefragt.

Auch Schuchardt klärte ihn jetzt darüber auf, dass der Kriminalassistent derzeit den Platz besetze. »Natürlich nur so lange, wie er in die aktuellen Fälle eingebunden ist.«

»Schon klar, seinetwegen bin ich hier.«

Außerdem war Jo sich mittlerweile gar nicht mehr sicher, ob ein Katzentisch in der fünften Etage überhaupt noch in seinem Sinne war. Er hatte es allmählich satt, geradezu darum bitten zu müssen, seine Arbeit so effektiv wie möglich machen zu dürfen. Mit welchem Recht versuchte man eigentlich, ihn am langen Arm verhungern zu lassen? Wo lebten sie denn, in einem Wolfsrudel, auf einem Hühnerhof, noch in der Steinzeit? – Es ging um Grit Stahns, nicht um ihn.

Er legte den Zettel, den er von Matt Jones aus der AFN-Kantine erhalten hatte, auf Mölradts Tischlein. Dazu schrieb er eine Notiz mit der Bitte, die aktuelle Wohnadresse von Hans Meyrink ausfindig zu machen, der vor ein paar Jahren in der Prinzenstraße unter diesem Namen gemeldet gewesen sei.

Dann trug er Mölradts Stuhl quer durch den Raum und platzierte ihn, die Lehne voran, vor Schuchardts Schreibtisch.

»Gerber ausgeflogen?« Jo deutete mit dem Kinn, während er sich setzte und die Arme auf der Stuhllehne ablegte, auf Gerbers Schreibtisch; ein Blatt mit drei, vier hingeworfenen Zeilen, wie zu sehen war, lag darauf, festgeklemmt unter dem Drehaschenbecher.

»Mit Mölradt abgeschwirrt, ja.« Schuchardts Mundwinkel zuckten spöttisch. »Der Kollege hat sich eine Weile an dem Vernehmungsprotokoll der Witwe Herzke abgearbeitet. Die Dame scheint ihm irgendwie nicht zu liegen. Er hat das Messer in der Sau stecken lassen, wie man so sagt. Stattdessen hat er sich Mölradt gegriffen, um mit ihm zum Ostbüro der SPD zu fahren und anschließend zur KgU. War ja sowieso Mölradts Aufgabe. Und was Franz angeht«, er sprach von Gerber, »erwarte ich ihn heute auch nicht mehr zurück: Protokollflucht, oder wie soll ich sagen.« Er lachte. Verstummte aber, als er Jos ernstes Gesicht sah. »Sie waren bei den Amerikanern, sagte Gerber.«

»AFN.«

»Etwas herausgefunden?«

»Ja und nein.«

Schuchardt sah ihn verständnislos an.

»In der Kantine des AFN gibt es eine Wand voller Fotografien«, begann Jo zu erklären. »Unter anderem auch Schnappschüsse von Küchenkräften und Kellnern, die dort schon mal gearbeitet haben. Eine Marotte des Kochs, sie möglichst alle einmal fotografiert zu haben.«

Schuchardt lächelte. »Eine schöne Marotte. Aber worum geht's?«

»Um Margret Kwiatkowski.«

»Die Wasserleiche?« Schuchardt saß plötzlich kerzengerade auf seinem Stuhl. »Was ist mit ihr?«

»Margret Kwiatkowski war, bevor sie bei dem alten Bärbeiß, diesem Richter, gearbeitet hat, als Küchenkraft in der AFN-Kantine beschäftigt. Ich habe sie auf einem der Schnappschüsse erkannt, die der Küchenchef an die Wand gepinnt hat.«

Er zog das Foto aus der Innentasche seines Mantels, legte es auf Schuchardts Schreibtisch und tippte mit dem Zeigefinger auf die deutlich erkennbare ältere Frau in der vorderen Reihe.

Schuchardt nahm das Foto in beide Hände. »Stimmt, ähnelt den Fotos der Kwiatkowski in Ihrer Vermisstenakte.« Er hob den Kopf. »Aber warum stand in der Akte nichts davon, dass sie früher in der AFN-Kantine gearbeitet hat?«

»Weil dazu keine behördlichen Angaben von Berliner Seite existieren«, erklärte Jo; er hatte die Akte ja selbst zusammengestellt. »Margret Kwiatkowski hat laut Matt Jones, so heißt der Küchenchef, auf Handgeldbasis für die Amerikaner gearbeitet. Nicht ungewöhnlich in dem Metier, wo es in einer Stadt wie Berlin auch viele Saisonkräfte gibt, sagte mir Jones. Das Prüfen der Meldeadressen ist allerdings nicht seine Aufgabe. Er führt nur Buch über die angegebenen Wohnanschriften des Personals – nachdem sie ihm von der Army bestätigt wurden.« Jo sah Schuchardt bedeutungsvoll an.

»Moment, das geht mir jetzt ein bisschen schnell.« Schuchardt tippte mit dem Finger auf das Foto in seiner Hand. »Sie wollen sagen, wenn die Kwiatkowski beim AFN gearbeitet hat, selbst vorübergehend und für ein Handgeld, dann muss das von den Amis überprüft worden sein?«

»Genau das. Sie wollen natürlich wissen, wer bei ihrem Sender beschäftigt wird, egal wie lange und unter welchen Bedingungen. Der AFN ist schließlich ein Soldatensender, nicht nach unseren Vorstellungen, aber der Leib- und Magensender der US-Army. Und Kellner und Küchenhilfen werden besonders gerne vom Osten als Spitzel angeworben.« Das wusste Jo bereits aus der Vermisstenfahndung, wenn sich etwa herausstellte, dass Hilfskräfte aus dem Gaststättengewerbe plötzlich verschwanden, die wahrscheinlich als Agenten tätig gewesen waren. Manche von ihnen flüchteten wahrscheinlich nach Ostberlin oder wurden dorthin beordert, wenn die Befürchtung bestand, dass sie enttarnt wurden. »Sicher interessant für die Staatssicherheit oder den KGB«, fuhr Jo fort, »zu erfahren, was sich hochrangige Amerikaner am Kantinentisch so alles zu erzählen haben. Matt Jones, der Kantinenkoch beim AFN, hat mir gesteckt, dass er selbst schon von einem Ostagenten angesprochen wurde. Ehe man den Mann, den Ostagenten, festnehmen konnte, war er auch schon wieder verschwunden, wie ein Phantom.«

Die Frage, die nun in der Luft lag, lautete: Was hatte diese überraschende Vorgeschichte der Margret Kwiatkowski damit zu tun, dass die Frau vor wenigen Tagen als Wasserleiche geborgen worden war? Immerhin schien jetzt klar, warum ihnen der Fall entzogen worden war – ohne Vorankündigung, ohne jede Erklärung.

»Ich bin mir sicher, dass Margret Kwiatkowski für die Amerikaner, sprich die CIA keine Unbekannte war«, sagte Jo. »Fragt sich nur, ob sie beobachtet hat oder beobachtet wurde.«

»Sie meinen, ob sie für den Westen oder den Osten gearbeitet hat?«

»Oder sogar für beide Seiten. Sie wäre nicht die Erste gewesen.«

Doch das war noch nicht alles, was er dem Kollegen mitzuteilen hatte. Nachdem Schuchardt das Foto aus der Kantine wieder auf den Tisch gelegt hatte, tippte Jo mit dem Finger auf das Gesicht des Mannes, der schräg hinter Margret Kwiatkowski stand.

»Bisschen verwaschen, aber ich kann mir nicht helfen, ich meine, das Gesicht schon einmal gesehen zu haben.«

»Keinen Schimmer, wo?«

»Ich komme einfach nicht drauf. Der Mann heißt angeblich Hans Meyrink. Ich kann mich natürlich täuschen, vielleicht steckt gar nichts dahinter. Zumal Meyrink als Kellner vom Küchenchef in den höchsten Tönen gelobt wurde.«

»Welchen Zusammenhang vermuten Sie denn zwischen Margret Kwiatkowski und Meyrink?«

»Offen gesagt, habe ich keine Ahnung, ob es überhaupt eine Verbindung zwischen den beiden gab. Außer dass sie beide in derselben Kantine gearbeitet haben, teilweise im selben Zeitraum, wie man sieht. Aber vorsichtshalber bitte ich Mölradt, auch die Meldedaten von Meyrink zu überprüfen.«

»Da wir gerade so ungemütlich beieinandersitzen«, sagte Schuchardt, als wollte er Gerbers Tonfall nachahmen, »könnten wir auch gleich über unseren eigentlichen Fall reden.«

»Sicher. Bevor man uns den auch noch wegnimmt.«

»Ich war nämlich ebenfalls fleißig heute. Habe mich ein wenig unter den Damen und Herren in Luise Stahns' Lehrerkollegium umgehört. Alles in allem decken sich die Aussagen mit dem, was wir schon von ihrer älteren Kollegin Rajter erfahren haben. Das heißt, einerseits wird Stahns von allen als eine auffallend schöne Frau bezeichnet. Eine attraktive Erscheinung, hat einer von ihnen gesagt ...«

»Erscheinung klingt fast überirdisch«, warf Jo ein.

»Andererseits«, fuhr Schuchardt fort, »galt sie als eher zurückhaltend, beinahe schüchtern – freundlich distanziert, besonders gegenüber Männern, sagte eine Kollegin wörtlich über sie. Also, zusammengefasst: Wenn ich diese Aussagen betrachte, dann konnte sich Luise Stahns anscheinend für keinen der Männer aus ihrem Kollegium begeistern.«

»Sagen ihre Kolleginnen?«

»Richtig, da sei kein männlicher Kollege, der ihnen als Kandidat irgendwie aufgefallen sei.«

»Und was sagen die Herren selbst?«

»Ich konnte natürlich nur mit einem Teil von ihnen sprechen. Aber wenn man die fragt, haben sie in den letzten zehn Jahren ausschließlich in ihren Ehebetten geschlafen, in den letzten Nächten sowieso, und an die Kollegin Stahns hätten sie auch nicht einen einzigen unzüchtigen Gedanken verschwendet. So in etwa drückte sich auch Hagert aus, der Schulleiter. Sein Alibi: die Gattin. Noch nicht überprüft.« Er stöhnte auf. »Apropos, was haben Sie und Gerber denn bei der Witwe Herzke herausbekommen?« Sein Blick sagte: Hätte ich schon im Protokoll lesen können, wenn Gerber sich nicht lieber mit Mölradt zur KgU verdrückt hätte.

Jo schilderte ihm das seiner Ansicht nach wichtigste Ergebnis von Andrea Herzkes Aussage am Vormittag. »Herzkes Frau war sich darüber im Klaren, dass er zu einer anderen ging, wie sie sich ausdrückte. Sie glaubt aber, dass niemand sonst darüber Bescheid wusste, was ihr sehr wichtig war. Sie sagte auch, dass die andere Frau Lehrerin sei, die ihr Mann über eine Jugend-, vielleicht sogar Schulfunksendung kennengelernt habe. Den Namen und persönliche Hintergründe der Frau will sie aber nicht gekannt, sich gar nicht für sie interessiert haben.« Ihre Begründung dafür sparte er sich jetzt. »Meiner Meinung nach deutet damit alles auf ein Verhältnis zwischen Herzke und Luise Stahns hin.«

»Ja, dafür spricht nun wohl einiges«, räumte Schuchardt vorsichtig ein.

»Unsere beiden Mordopfer«, zog Jo sein Fazit, »Herzke und Stahns, waren demnach mit hoher Wahrscheinlichkeit ein Liebespaar. Und sie wurden im selben Zeitraum, kurz nacheinander getötet. Das ist für mich kein Zufall mehr.«

Doch Schuchardt schaute skeptisch. »Der Zeitraum ist verdächtig, das stimmt. Aber sie wurden an weit voneinander entfernten Orten und auf sehr unterschiedliche Weise ermordet.«

»Finden Sie die Tötungsarten wirklich so unterschiedlich?«, entgegnete Jo.

»Sie wurde in ihrem Bett erwürgt, er auf freiem Feld erschlagen, weit draußen. Unterschiedlicher geht es kaum noch, scheint mir.«

»Aber trotzdem verbindet die Tötungsarten etwas«, erwiderte Jo. »Herzke wurde nicht kaltblütig erschossen, sondern sein Kopf wurde regelrecht zu Klump geschlagen. Und Luise Stahns ist mit bloßen Händen erwürgt worden, wahrscheinlich von Angesicht zu Angesicht. Sie wurde nicht etwa mit einem Kissen oder etwas Ähnlichem erstickt, was distanzierter gewesen wäre.«

Schuchardt spitzte die Lippen. »Sie meinen, das spricht nicht für kaltblütig eingesetzte Gewalt.«

»Nein. In Herzkes Fall könnte es sogar blanker Hass gewesen sein, der sich Bahn gebrochen hat.«

»Dann können Sie aber ein persönliches Motiv, Eifersucht oder ein anderes Beziehungsmotiv, nicht ausschließen, Sturm.« Schuchardt spielte auf seine eigene Theorie an. »Ein persönlich motivierter Mord an beiden, Stahns und Herzke«, fuhr er fort, »setzt allerdings voraus, dass dem Mörder deren Beziehung bekannt war. Es müsste also eher Wunschdenken von Herzkes Frau gewesen sein, wenn sie glaubte, außer ihr und dem schönen Paar selbst hätte keiner sonst Bescheid gewusst.«

»Grit Stahns zum Beispiel«, sagte Jo, »war alt genug, um wenigstens zu ahnen oder sogar zu wissen, dass ihre Mutter Herzke als Liebhaber hatte.«

Aber hätte Grit ein so delikates Geheimnis außer vielleicht ihrem Tagebuch nicht zumindest auch ihrer besten Freundin anvertraut? Während der Gedanke durch Jos Kopf rotierte, klingelte das Telefon.

Schuchardt nahm ab. »Moment mal, Fräulein Krauß, er sitzt mir direkt gegenüber.«

Jo übernahm den Hörer.

»Na, zum Glück sind Sie noch im Haus, Herr Sturm«, sagte Gundula Krauß. »Ihr Chef, Herr Mattusch, hat Laut gegeben. Er möchte Sie sehen.«

»Er will mich sehen?«

»In seinem Büro unten, ja. Wollte wissen, wo Sie sich rumtreiben. – Seine Worte.«

»Wann will er mich denn sehen?«

»Na, möglichst sofort, sagt er. Am besten gehen Sie gleich mal runter.«

Jo dankte ihr und reichte Schuchardt den Hörer, der ihn zurück auf die Gabel legte, während er ihn besorgt ansah. »Alles in Ordnung mit Ihnen, Sturm?«

Drei Minuten später klopfte Jo zwei Stockwerke tiefer an Mattuschs Tür und trat ein. Überraschend – oder auch nicht – hatte der gerade Besuch von Pohlenz, dem Technikwart. Was auch immer die beiden zu besprechen hatten, sie verstummten augenblicklich, als Jo hereinkam. Pohlenz warf Mattusch einen Blick zu, der irgendwo zwischen verschwörerisch und verschlagen lag, und schlappte grußlos an Jo vorbei, um das Zimmer zu verlassen.

Mattusch wies Jo mit einer jovialen Geste den frei gewordenen Stuhl vor seinem Schreibtisch zu. »Schön, dass Sie gleich zu mir kommen konnten, Sturm.« Er schien bester Laune zu sein. Doch auf einmal verhärtete sich sein Gesicht, und seine hohe Gestalt straffte sich hinter dem Schreibtisch. »Ich muss Ihnen allerdings sagen, dass mich Ihr Bericht in großer Runde heute früh nicht eben überzeugt hat. Gelinde gesagt. Und zwar ausgerechnet, was Ihre eigentliche Aufgabe, den Vermisstenfall, betrifft.«

Jo legte den Kopf ein wenig schief und war gespannt, ob sein Vorgesetzter ihm eigentlich irgendetwas Neues zu sagen hatte oder sich nur noch einmal in Pose werfen wollte.

Mattusch faltete die Hände vor seinem dunklen Zweireiher. »Ihre Beteiligung an den Mordermittlungen in Ehren, Sturm, aber sie muss Resultate für die Vermisstensuche bringen. Ich dachte, in dem Punkt wären wir uns einig?«, fragte er nicht wirklich. »Verstehen Sie das nicht falsch, es ist nichts Persönliches von meiner Seite.« Jo konnte sich kaum beherrschen, laut aufzulachen. »Ich bin jedoch Ihr Vorgesetzter«, fuhr Mattusch fort, »ich muss sowohl hier im Haus als auch der Öffentlichkeit Fragen beantworten. Zum Beispiel, wo und wie gedenken wir – das heißt Sie –, weiter nach dem Mädchen zu suchen? Mit welcher Strategie? Welche anderen Behörden und Stellen wollen Sie einbinden, damit wir endlich weiterkommen?«

»Sie meinen, welche anderen, abgesehen von sämtlichen Polizeistationen in der Stadt, den Bezirksämtern, Krankenhäusern, Schulen selbstverständlich, der Feuerwehr, sämtlichen Stadtzeitungen, dem Rundfunk …?« Sollte er weitermachen? Die mit den Rückmeldungen befassten Kollegen unter der Leitung von Mattusch schossen wie Billardkugeln über den Flur der Abteilung, um ihre Informationen auszutauschen, wie Jo vorhin aufgefallen war. Nur Mattusch erlaubte sich einen Plausch mit dem Technikwart, obwohl Pohlenz in dieser Sache ganz sicher nicht eingebunden war.

Mattusch beugte sich vor. »Hören Sie, Sturm, von mir

als Leiter dieser Abteilung wird erwartet, dass wir der Polizeiführung und der Öffentlichkeit einen Plan vorlegen können, wie wir das anstellen wollen. Aber mit Verlaub, Sturm, was Sie mir in diesem Punkt bisher geliefert haben, ist nichts, rein gar nichts. Und offen gesagt, Sie enttäuschen mich. Ich hatte mehr von Ihnen erwartet.«

Mattusch sah ihn herausfordernd an, in seinen Augen blitzte die Genugtuung über Jos Schweigen. In Jos Kopf dagegen kreiste in diesem Moment nur ein Gedanke: dieser Mann stahl ihm die Zeit.

Zum Glück klingelte das Telefon.

Mattusch nahm ab. »Ja? – Aber Frau Spohn, was soll denn das? Ich sagte Ihnen doch …« Ruckartig versteifte sich seine Körperhaltung. »Stellen Sie durch, ja, selbstverständlich. – Ebenfalls, Herr Sta… Wen, bitte?« Seine Augen verengten sich und richteten sich frontal auf Jo. »Jawohl, der ist hier, aber wir sind gerade in einer … Wie bitte?… Selbstverständlich.« Am ausgestreckten Arm reichte er Jo den Hörer über den Schreibtisch hinweg wie einen vergifteten Knochen. »Für Sie.«

Jo nahm überrascht den Hörer entgegen. »Sturm.«

»Tag, Herr Sturm. Curow hier von der Senatskanzlei.«

Curow? Jo erinnerte sich an ihn, ein hohes Tier, ein politischer Strippenzieher, zuständig für geräuschlose Kontakte zu den Alliierten in Berlin. Jo war Curow vor einem Jahr schon einmal begegnet. Was wollte der jetzt von ihm?

Curow kam gleich zur Sache. »Um es kurz zu machen, Sturm, ich muss Sie sprechen. Morgen früh um acht möchte ich Sie sehen. Hier bei mir im Rathaus. Bis dahin kein Wort zu irgendwem von Ihrer Seite, auch nicht zu Ihrem Vorgesetzten, zu niemandem.«

»Und darf man …?« Jo musste lachen, so dreist war dieser Überfall seitens Curow. »Darf ich auch noch den Grund dafür erfahren?«

»Sicher. Sollen Sie erfahren. Morgen, acht Uhr, Rathaus Schöneberg. Melden Sie sich im Foyer, ich lasse Sie abholen.«

»Entschuldigung, wenn ich nachfrage.« Jo konnte erneut ein Auflachen nicht unterdrücken. »Aber woher wollen Sie wissen, dass ich Zeit habe? Wenn ich nun einen Termin …?«

»Den sagen Sie ab.«

»Ich stecke mitten in einem Vermisstenfall, der mit zwei Mordfällen zusammenhä…«

»Der Vermisstenfall Grit Stahns. Der Mord an ihrer Mutter. Der Mord an Herzke vom RIAS. Würde ich nicht von der Polizeiführung darüber informiert werden, könnte ich es auch in allen Zeitungen dieser Stadt lesen, die mir zur Verfügung stehen. Gehen Sie einfach davon aus, Herr Sturm, dass der Termin morgen nicht ohne Wissen von oben – von Ihrer Warte aus betrachtet – stattfindet.«

»Was denn, Kettler?« Jo war wirklich überrascht.

»Ich kenne den Herrn als Kriminalrat Kettler. Aber ich sprach von ganz oben, mein Lieber, think big, wie die Amerikaner sagen. Der Kriminalrat ist, nebenbei erwähnt, natürlich ebenfalls eingeweiht. Darüber hinaus aber niemand!« Curow hatte deutlich die Stimme erhoben. »Im Übrigen also kein Wort zu weiteren Personen über unser Treffen!«, mahnte er Jo eindringlich. »Auch nicht zu Ihren unmittelbaren Vorgesetzten im Präsidium. Haben Sie das verstanden?«

Bin ja nicht taub. Jo schenkte sich die Antwort.

»Bis morgen dann, Sturm, mein Mitarbeiter Carstensen wird Sie in Empfang nehmen.«

Jo hörte das Klicken in der Leitung und reichte dem erstaunten Mattusch den Hörer, der ihn mit spitzen Fingern zurück auf die Telefongabel legte.

Mattusch wartete ein paar Sekunden und sagte äußerst ungehalten, da Jo einfach schwieg: »Würden Sie mich gütigst aufklären, was dieser Anruf zu bedeuten hat?«

»Tut mir leid.« Jo schüttelte langsam den Kopf. »Anordnung von oben.« Auch von seiner Warte aus.

Mattusch verschlug es die Sprache.

Was auch immer ihn morgen um acht erwarten mochte, dachte Jo, im Augenblick verschaffte es ihm ein Hochgefühl, wie er es lange nicht empfunden hatte. Er stand auf und verließ das Zimmer.

Im Flur wartete überraschend Pohlenz. Der Technikwart lehnte an der Wand gegenüber und rauchte, die Asche schnippte er in die hohle Hand. Er ging wortlos an Jo vorbei, drückte die Türklinke mit der Zigarettenhand und betrat ohne weitere Vorwarnung Mattuschs Zimmer. Die Tür fiel heftig ins Schloss, nachdem Pohlenz ihr mit der Schuhsohle einen Tritt verpasst hatte.

Jo musste an Lene Spohn denken, ihr Gefühl, irgendetwas stimme zwischen den beiden Männern, Pohlenz und Mattusch, nicht. Doch man konnte es auch umgekehrt sehen, die beiden benahmen sich wie zwei Backen, ein Arsch.

Kopfschüttelnd eilte Jo den Flur entlang, schloss sein Zimmer auf und griff zum Telefon.

»Küpper.«

»Hallo, Frau Küpper, Jo Sturm hier.«

»Ach, Herr Sturm. Gibt es etwas Neues zum Einbruch?«

Da sich Jo gedanklich gerade in ganz anderen Sphären befand, stutzte er kurz, ehe er antwortete. »Nein, Frau Küpper, tut mir leid. Nichts Neues von meiner Seite zum Einbruch. Die Sache wird ausschließlich von den dafür zuständigen Kollegen bearbeitet.«

»Verstehe.« Sie klang dennoch enttäuscht.

»Frau Küpper, ich rufe wegen der Suche nach Grit Stahns an, es hat leider keinen Aufschub. Ich würde gerne Helga sprechen, falls sie da ist.«

»Ist sie. Moment, ich hole sie.«

Es dauerte keine zehn Sekunden, da hatte er Helga Küpper am Hörer.

»Grit wieder da?«, rief sie gleich als Erstes in den Hörer.

Jo begriff erschrocken das fatale Missverständnis, das er verursacht hatte. »Helga, es tut mir leid, ich rufe zwar wegen deiner Freundin an, aber wir haben Sie noch nicht gefunden.«

»Ach, ich dachte …« Die Stimme brach ihr weg.

»Darf ich dir trotzdem eine Frage stellen?«

»Jetzt … sofort?«

»Es ist wichtig.«

Einen Moment lang war Stille in der Leitung, dann folgte ein mattes: »Okay.«

»Helga, erinnerst du dich, dass ich dich schon mal danach gefragt habe, ob Grit mit dir auch über persönliche Dinge gesprochen hat, die ihre Mutter betreffen?«

»Ja, aber hat sie nicht, Grit. Hab ich doch gesagt.«

»Trotzdem vergisst man mitunter Dinge oder sogar Namen, erinnert sich aber wieder, wenn man sie noch einmal hört.«

»Kann sein.«

»Meine Frage, Helga: Hat Grit einmal den Namen Herzke erwähnt, Wulf Herzke?«

»Herzke? Ist das … ist das nicht der Mann vom RIAS, der auch tot ist, ermordet, meine ich?«

»Bitte, beantworte nur meine Frage, Helga: Hat deine Freundin den Namen Wulf Herzke jemals erwähnt?«

»Keine Ahnung.«

»Was heißt keine Ahnung?«

»Na, dass Grit nie von ihm gesprochen hat, Herzke.«

»Bist du sicher?«
»Sie ist meine Freundin, oder?«
»Sicher.«
»Ich erinnere mich an alles, was Grit zu mir gesagt hat. Auch an komische Namen und so.«
»Wieso findest du den Namen Herzke komisch?«
»Hach, das meinte ich nur so, allgemein.« Es klang, als hielte sie ihn für ziemlich schwer von Kapee. »War das alles, was Sie von mir wissen wollten?«
»Vorerst ja, Helga. Danke.«
»Jo, Herr Sturm?«
»Hm?«
»Ich dachte ...« Sie schluckte schwer. »Ich dachte wirklich, Sie können das.«
»Ich könne was, Helga?« Doch er ahnte es bereits.
»Grit finden. Ich dachte, Sie könnten das.«
Sie legte auf.
Nun war es an ihm, schwer an dem Brocken zu schlucken, den sie ihm hingeworfen hatte, todtraurig und zutiefst enttäuscht von ihm. Wenn Mattusch das zu ihm sagte, traf ihn das kaum, es war nur eine Masche. Aber Helga – das tat schon weh.

Er hatte genug für heute, schwang sich aus seinem Stuhl, schlüpfte in seinen Mantel und schloss das Zimmer ab. Unten im Foyer rief er Hoyer hinter seinem Schalter einen Gruß zu, den der Pförtner freundlich wie immer erwiderte. Jo stieß die schwere Glastür des Portals auf und trat hinaus auf die Stufen der flachen Steintreppe. Seine DKW stand neben anderen Motorrädern auf dem Gelände des gegenüberliegenden Gerichtsgebäudes. Hoyer hatte ihm kürzlich gesteckt, dass man Anstoß daran nehme, wenn er seinen Roller auf dem Bürgersteig direkt vor dem Präsidium abstelle. Heute war ihm das wieder eingefallen, und er hatte neben dem Gerichtsgebäude denkbar leicht eine Alternative gefunden.

Als er die Straßenseite wechselte, fiel ihm plötzlich die Silhouette eines Mannes auf, der hinter dem Steuer eines Wagens saß und zu ihm herüberstarrte. Jo erkannte den taubenblauen Ford Taunus sofort wieder, der neben dem RIAS-Gebäude geparkt hatte und nun einen Steinwurf entfernt am Straßenrand stand.

Er machte mitten auf der Straße kehrt – und wäre um ein Haar mit einer Radfahrerin zusammengestoßen, die sich in seinem Rücken aus der anderen Richtung genähert hatte. Sie erschraken beide, die Frau schlingerte zum Glück nur ein wenig auf ihrem Rad und fuhr dann kopfschüttelnd weiter.

Sein Herz raste. Vom Trottoir aus rief er ihr eine Entschuldigung hinterher, die sie jedoch ignorierte. Als er sich klarmachte, was der Frau durch seine Kopflosigkeit beinahe passiert wäre, begannen seine Knie zu zittern. Beinahe im selben Augenblick sah er, wie der blaue Ford Taunus aus der Reihe parkender Wagen scherte, noch vor der Radfahrerin, die sich ihm näherte, auf der Straße wendete und Richtung Grunewaldstraße davonraste. Zwei Herzschläge später bog der Wagen mit quietschenden Reifen rechts ab und verschwand aus Jos Gesichtsfeld.

Jo holte tief Luft.

Was, zum Teufel, ging hier vor?

Er vergewisserte sich – nun gleich doppelt –, dass die Straße frei war, und eilte wieder hinüber zum Gerichtsgebäude. Wenigstens seine DKW wartete auf ihn wie eh und je.

Aber ansonsten schien nichts wie immer.

Er fuhr zum Odeon-Musikhaus am Ku'damm, klemmte sich die Kopfhörer an einem freien Kundenplatz auf die Ohren und hörte sich durch sämtliche Platten von Charlie Parker, die der Laden vorrätig hatte. Birds nervöser, sprunghafter Sound, seine zerrissenen Melodien drückten exakt aus, wie er sich augenblicklich fühlte. Die Welt war gespaltener denn je, die Stadt ein Sammelsurium voller Widersprüche, der Mensch konnte gut oder auch entsetzlich bösartig oder beides gleichermaßen sein – vielleicht jeder Mensch, auch er selbst, wenn die Umstände ihn entsprechend formten. Aber solange es die Musik eines Bird gab, hatte die Welt noch immer ein Herz, auch wenn es aufgeregt flatterte und schrie und quietschte, dass einem die Ohren wehtaten. »That's life, that's what all the people say«, wie schon Sinatra wusste.

Er kaufte zwei Bird-Platten, die er noch nicht besaß, und fuhr mit seinen neuen Schätzen nach Hause.

Vor dem Haus standen ein Einsatzwagen der Polizei und ein Leichenwagen in der Einfahrt zum Hof. Als Jo das Treppenhaus betrat, stieß er im Hochparterre auf ein halbes Dutzend Nachbarn, die sich vor der verschlossenen Wohnungstür von Frau Simonowsky versammelt hatten und gewissermaßen miteinander schwiegen. Es stank entsetzlich faulig im Flur, schlimmer denn je, und auf einmal wusste er, was geschehen war – was seit Tagen vor sich gegangen war. Er entdeckte zwar nicht Petra Küpper unter den Leuten, dafür den alten Herrn Fehring, der in Hausschuhen und einem abgewetzten Bademantel verloren neben dem Treppenaufgang stand.

Der gebrechliche Mann hob den Kopf und sah traurig zur Wohnungstür seiner Nachbarin hinüber: »Nu riecht se selbst wie Kohleintopp.« Er hob den Kopf, die Nasenflügel bebten, seine Augen waren blutrot unterlaufen, sein mageres Gesicht voller Runzeln war verweint. »Se soll regelrecht explodiert sein«, sagte er mit Entsetzen in den Augen. »Explodiert! Von de Faulgase. Stell'n sich das mal vor, Herr Sturm.«

Jo stieg langsam die Stufen hoch.

Als er die Wohnung betrat, hämmerten harte Rock'n'Roll-Töne aus Helga Köppers Zimmer. Ihre Tür war verschlossen. Helga wolle heute niemanden mehr sehen, erfuhr Jo von ihrer Mutter, die er in der Küche dabei überraschte, wie sie in Helgas neuem Bravo-Heft blätterte.

An diesem Abend saß er am Tresen der Goldenen Henne und trank ein Bier.

Die Kneipe war nicht gut besucht. Der Besitzer hatte gewechselt, der neue war ein windiger Typ, der zum Beispiel ungefragt das Wechselgeld als Trinkgeld einbehielt. Jemand sollte ihm sagen, dass das beim Publikum nicht gut ankam, dachte Jo.

Aus der Musikbox dröhnte Freddy Quinn, zum dritten Mal hintereinander.

»Noch eins, Jo?« Christine Eberhardt deutete auf sein fast ausgetrunkenes Bierglas.

»Nein, danke, Christine, ich muss morgen früh raus.« Er dachte an Curow und den rätselhaften Termin um acht im Rathaus Schöneberg.

»Ich wollte, mein Helmut würde das zur Abwechslung auch mal wieder sagen: Ich muss morgen früh raus.«

»Noch keine neue Arbeit gefunden?«

»Doch, hat er.« Sie lachte sarkastisch, goss sich selbst einen Schnaps ein und kippte ihn, zack und weg, hinunter. »Helmut rackert sich neuerdings an dem Flittchen ab, das er ständig mit nach Hause bringt, während ich hier meine Schichten schiebe.«

»Du weißt davon?«

»Elke hat's mir verraten. Leider.«

»Wieso leider?«

»Weil Helmut sie vertrimmt hat, als er herausbekam, dass sie ihn bei mir verpetzt hat.«

Jo knallte wütend das Glas auf den Tresen, das Bier darin schwappte und schäumte. »Schmeiß ihn raus, Christine! Setz diesen verfluchten Blutsauger auf die Straße. Es ist deine Wohnung, oder nicht?«

Sie zuckte die Achseln. »Schon. Aber weißt du, so einfach, wie du dir das vorstellst, ist das nicht.«

»Christine, du bist, ich weiß nicht, fünfunddreißig?«

Er glaubte, ihr damit ein Kompliment zu machen, doch sie antwortete: »Zweiunddreißig.«

Herrgott, sie war so alt wie er selbst, sah aber mindestens zehn Jahre älter aus, als er sie geschätzt hatte. »Entschuldigung, zweiunddreißig, noch besser. Ich sag dir was, Christine: Setz ihn auf die Straße, deinen Mann, such dir einen anderen. Einen, der gut zu den Kindern ist. Denk an Elke und Ralf.«

»Mach ich ja, ich denke Tag und Nacht an meine Kinder. Aber ist alles nicht so einfach, Jo. Glaub mir.« Sie goss sich noch einen Korn ein. »Du auch?« Sie hielt kurz die Flasche hoch und goss auch schon ein zweites Schnapsglas voll, das sie ihm hinschob. »Komm, wir trinken auf Frau Simonowsky«, sagte sie und hob ihr Glas. »Darauf, dass sie es endlich geschafft hat.«

Er verhielt mit dem Glas vor seinen Lippen. »Was, geschafft?«

»Sie hatte doch Krebs. Speicheldrüse. Ganz schlimm. Sie wollte nicht mehr, konnte nicht mehr, jetzt hat sie es geschafft.«

»Das heißt, du hast gewusst, dass sie ... dort liegt, Christine? Tot hinter ihrer Wohnungstür? Die ganze Zeit über?«

»Geahnt hab ich's, Jo. Wie wir alle im Haus, meinst du nicht?« Sie sah ihn über ihr Schnapsglas hinweg an und zog eine Braue hoch.

Christine hatte recht. Er hatte es so wenig wahrhaben wollen wie alle anderen im Haus. Auch er war x-mal an der Tür im Hochparterre vorbeigelaufen, hatte sich geweigert, sich die schreckliche Tatsache bewusst zu machen, obwohl sie buchstäblich zum Himmel stank. – »Kohleintopp.« Herrgott, wie gedankenlos ging er eigentlich durchs Leben?

Er kippte sein Glas, der Schnaps brannte im Hals, wärmte dann seinen Magen. Es tat gut.

Der dürre Arzt in seinem knielangen weißen Kittel stand plötzlich auf und kam um seinen Schreibtisch herum. Er fasste sie am Ellbogen und zog sie mit sich zu dem großen Fenster am Ende des Behandlungszimmers.

»Schau hinaus, Mädchen.«

Sie tat es.

»Was siehst du?«

Sie zitterte. Sah hinunter. »Einen ... eine ... Art Park.« Hohe Tannen und dichte, immergrüne Büsche umstanden einen löcherigen Rasen, kaum halb so groß wie ein Handballfeld. Darauf eine verrostete Rutsche, ein rotes Karussell, dessen Farbe abblättert, und eine Stelle mit hellem Sand.

»Ein kleiner Park, richtig, Mädchen. Und wie du siehst, haben nur wir vom Haus Zugang zu ihm. Hinter den Bäumen und Büschen, die uns vor neugierigen Blicken schützen, verläuft noch ein hoher Zaun.«

Der hässliche Park befand sich hinter dem roten Backsteingemäuer des rückwärtigen Gebäudes. Das Gelände des »Hauses«, wie hier alle sagten, war durch ein kleines Tor mit dem Park verbunden.

»Alle, die vernünftig sind, dürfen mit unseren Betreuerinnen hinausgehen und sich im Park eine Weile aufhalten. Bewegung und frische Luft gehören zu unserem Programm.« Sein Mund verzog sich zu einem Froschmaul. »Unseren Hausinsassen soll es schließlich gut gehen.« Er sah sie scharf an. »Hast du das verstanden?«

»Ja.«

»Du warst aber bisher nicht sehr vernünftig.«

Sie wagte nicht, seinen Blick zu erwidern, sondern schaute weiter aus dem Fenster, zitternd am ganzen Körper, hinunter auf den hässlichen Park.

»Wirst du ab jetzt vernünftig sein, Mädchen?«

»Ja.«

»Wirst du also mit Herrn Spölsen – oder Schwester Irmingard oder mit wem du willst, wir sind da sehr großzügig im Haus –, wirst du also mit ihnen über alles sprechen?«

»Alles?«

»Du erzählst ihnen einfach, was du weißt, wenn sie dich fragen, offen und ehrlich?« Sein Blick bohrte sich in ihre Augen. »Du verstehst mich, oder?«

»Ja.«

»Gut.« Er legte eine Hand auf ihre Schulter und tat zufrieden. »Du wirst sehen, das Angebot, mit in den Park zu gehen, wird nur der Anfang sein. Wir haben dir noch sehr viel mehr zu bieten: gesunde, stärkende Angebote. Nicht das Geschrei und Gezappel wie in einem Affenkäfig, was du bisher kennengelernt hast. Sondern das, was dich zu einem wirklich wertvollen Menschen unserer neuen Zeit machen wird.« Wieder das Froschmaul. »Ist das ein Angebot?«

»Ja.«

»Das will ich meinen.«

Der Arzt, falls er einer war, sprach mit ihr wie mit einem kleinen Kind. Doch das ließ sie die Gefahr, die von dem Mann ausging, nur noch deutlicher spüren: hautnah.

»Das will ich meinen«, wiederholte er und presste seine Hand noch stärker gegen ihre Schulter. Er wäre fähig, dachte sie, ihr mit einem einzigen Handgriff den Hals umzudrehen.

Samstag, 1. November 1958

Im Vestibül des Rathauses Schöneberg, das so früh am Tag noch beinahe menschenleer war und stark nach Reinigungsmitteln roch, erwartete ihn bereits ein dünner Mann in einem blauen Anzug, der ihn durch die Hornbrille auf seiner langen Nase prüfend ansah: »Kommissar Sturm?«

Jo fuhr sich mit der Hand durch seine vom Fahrtwind verwirbelte Mähne und nickte.

»Carstensen, Büro Dr. Curow.« Der dünne Mann tat einen weiteren Schritt auf ihn zu und reichte ihm die Hand. »Bitte, folgen Sie mir.«

Carstensen eilte mit weit ausholenden Schritten voraus. Mit dem Paternoster gondelten sie hinauf in den zweiten Stock. Dort führte Curows Mann ihn auf einem endlos scheinenden Flur an unzähligen Türen vorbei, bog auf einmal nach links ab, dann nach rechts, wieder links, bis Jo endgültig die Orientierung verloren hatte.

Kurz darauf betraten sie einen großen, mit hellem Holz getäfelten Raum. An seinem Ende war eine weitere, sehr viel schmalere Tür, an die Carstensen zweimal klopfte, um sie sogleich zu öffnen und Jo an sich vorbeigehen und eintreten zu lassen.

Curow saß in einem schwarzledernen Sessel mit hoher Rückenlehne an einem niedrigen runden Mahagonitisch, der so gewienert aussah, als hätte eine Putzkolonne tagelang geschuftet, ihn auf Hochglanz zu polieren. Der Staatssekretär wirkte so elegant, wie Jo ihn in Erinnerung hatte: offensichtlich teurer dunkler Anzug, seiden schimmerndes weißes Einstecktuch, braune italienische

Schuhe. Die Pfeife in der linken Hand und die Beine übereinandergeschlagen, erwartete er Jo mit wachen dunklen Augen hinter der randlosen Brille und mit leicht spöttischer Miene.

Curow war nicht allein. In dem Sessel neben ihm saß ein etwa gleichaltriger Mann um die fünfzig in einem ebenfalls dunklen Anzug. Doch anders als der Staatssekretär mit seinem welligen braunen Haar und dem weichen ovalen Gesicht waren die Züge des anderen Mannes scharf geschnitten, sein borstiges stahlgraues Haar war streichholzkurz, die lachsrote Haut von Narben übersät, das offensichtliche Opfer einer massiven Jugendakne.

Jo sah sich um, wie er es immer tat, wenn er neue Räume betrat. Er befand sich in einem fast quadratischen Zimmer, einer Art Kabinett, wie man früher – vermutlich in Adelskreisen – dazu gesagt hätte. Im Grunde war der Raum der Blinddarm des großen hellen Zimmers nebenan, wie dieser rundherum holzgetäfelt, aber ohne Fenster. Licht spendete ein vielarmiger Kronleuchter hoch oben unter der Tafeldecke. Ein Wandregal mit ledergebundenen Büchern und daneben kleine Landschaftsporträts und Stillleben verbreiteten eine bräsig-gediegene Atmosphäre. Ein zierlicher kleiner Schreibtisch mit geschwungenen Beinen stand am Kopfende des Raums und schien einzig dazu da, einem elfenbeinfarbenen Bakelittelefon seinen angemessenen Platz einzuräumen.

Curow hielt sich Jo gegenüber weder mit einem Morgengruß noch mit irgendwelchen Begrüßungsfloskeln auf, sondern wies bloß mit der Pfeife in der Hand auf den freien dritten Ledersessel am gewienerten Tischchen. Währenddessen musterte der andere Mann Jo ganz offen und kniff überrascht die Brauen zusammen, als er sich Curows Aufforderung zum Trotz nicht setzte.

»Danke, ich stehe lieber.«

Jos Schläfen pulsten vor Zorn. Was bildeten sich diese zwei selbstgefälligen alten Männer eigentlich ein? Es war – buchstäblich – ein Entgegenkommen von ihm gewesen, dass er überhaupt erschienen war. Abgesehen von der Neugier, zugegeben, die ihn dazu angetrieben hatte. Eine offizielle Anweisung »von oben« hatte er jedenfalls nicht erhalten.

»Schön, dass Sie gekommen sind, Herr Sturm«, sagte Curow auf einmal betont höflich, nachdem er anscheinend begriffen hatte, dass er einen diplomatischen Fehler gemacht hatte. Er setzte seine Pfeife ab, die er schon zum Mund geführt hatte, und deutete damit auf seinen Nachbarn am Tisch: »Der amerikanische Freund zu meiner Linken, dessen Namen zu nennen ich nicht befugt bin, ist Mitarbeiter des Außenministeriums der Vereinigten Staaten. Er hat – ähnlich wie ich – koordinierende Aufgaben und ein paar Fragen an Sie, Herr Sturm. Abhängig von Ihren Antworten unter Umständen auch ein sehr wichtiges Anliegen an Sie.«

Dass Curow den Namen des Amerikaners nicht nennen durfte, konnte nur den Grund haben, dass der Mann für das INR arbeitete, dachte Jo, das Bureau of Intelligence and Research. Ein angeblich äußerst effektiver Nachrichtendienst, der direkt dem Außenministerium unterstellt war, jedoch Verbindungen zu allen anderen Geheimdiensten der Amerikaner unterhielt und notfalls auch ihre Aktionen koordinierte und unterstützte. So war es bereits in seiner Zeit in Camp Campbell kolportiert worden.

Völlig unerwartet erhob sich der Amerikaner aus seinem Sessel, ein großer Mann, er überragte Jo noch um einen halben Kopf, und streckte ihm über das Mahagonitischchen, das nun noch niedriger und zierlicher wirkte, seine kräftige Hand entgegen. »Mister Storm.«

Jo ergriff die Pranke und setzte sich.

»Ich muss mich dafür entschuldigen, Kommissar«, sagte Curow leichthin, »dass ich Ihnen nicht einmal Kaffee oder Tee anbieten kann. Unser Gespräch hier und heute ist, sagen wir, inoffiziell. Um stärkere Vokabeln wie ›geheim‹ oder ›konspirativ‹ zu vermeiden.« Seine Mundwinkel zuckten spöttisch. »Daher leider kein Sekretariat, das uns angenehm bedient. Der gute Carstensen hat andere Aufgaben.« Er sog kurz an seiner Pfeife, lockerte mit der freien Hand ein wenig seine blau und rot gestreifte Seidenkrawatte und sagte, wieder an Jo gerichtet: »Betrachten Sie mich also bitte nur als einen Vermittler, Herr Sturm, und damit als den Unbedeutendsten von uns dreien hier. Tun Sie, als wäre ich gar nicht anwesend.«

»›Tut so, als wäre ich bereits gestorben, sagte der reiche Alte zu seinen verbiesterten Erben.‹ – So in etwa?«

Curow lachte und übergab mit einem amüsierten Blick den Stab an den Amerikaner.

»Man hat mir davon berichtet, dass Sie früher einige Zeit in den Staaten waren«, sagte der grauhaarige Mann mit einer etwas schnarrenden Stimme auf Englisch. »Deshalb erlauben Sie mir, dass wir diese Unterhaltung weiter in meiner Sprache führen.«

Jo machte eine kleine Geste.

»Danke. Ich habe Ihnen, Kommissar, eine Mitteilung zu machen, die sowohl die Sicherheit der Vereinigten Staaten als auch Westberlins betrifft.«

»Ich möchte Sie übrigens darauf aufmerksam machen, Sturm«, fiel Curow ein, »dass alles, was Sie hier und heute erfahren, als streng geheim einzustufen ist. Betrachten Sie es als Dienstgeheimnis, ein Verstoß wäre strafbar, wie Sie wissen.«

Der Amerikaner nahm Jo hart in den Blick. »Sie kennen Helen Tomley, Mister Storm?«

Jo zuckte unwillkürlich zusammen. »Helen?«

»Helen Tomley.« Der Amerikaner sah ihn weiterhin auffordernd an.

»Entschuldigung, was soll die Frage?« Die ohnehin rhetorisch war.

Curow wedelte mit seiner Pfeife und sagte auf Deutsch: »Nun tun Sie ihm schon den Gefallen zu antworten, Herr Sturm. Ich versichere Ihnen, dass unser amerikanischer Freund Ihnen anschließend den Grund dafür nennen wird.«

Jo war fassungslos.

Nein, so lief das nicht!

Er wandte sich erbost an den Amerikaner. »Was ist mit Helen Tomley? Wo befindet sie sich jetzt?« Er selbst hatte zuletzt mehrfach versucht, Frank zu erreichen, vergeblich. Und jetzt kam ihm dieser namenlose Amerikaner mit solchen Fragen!

Der Mann hob beschwichtigend eine Hand. »Okay, selbstverständlich kennen Sie Helen Tomley. Und vermissen sie bereits, wie es scheint.« Er sagte es ohne erkennbare Ironie. »Es wird Sie also beruhigen, wenn ich Ihnen versichere, dass es Helen gut geht und sie bald wieder ihren Dienst antreten wird. In welcher Funktion, das werden wir dann sehen.«

Jo versuchte auf die Schnelle zu ermessen, worauf das Ganze hinauslaufen sollte. Es gelang ihm nicht.

»Ich will klarstellen, Mister Storm, dass es mir gar nicht in erster Linie um Helen Tomley geht«, fuhr der Amerikaner fort.

»Dann verstehe ich Ihre Frage nicht, Sir«, erwiderte Jo. Er ertappte sich dabei, dass er geradezu automatisch in die sprachlichen Umgangsformen von Camp Campbell fiel, auch die formale Anrede »Sir« schlüpfte ihm unbedacht wieder über die Lippen. Was nicht hieß, dass er bereit war, ihn wie einen Vorgesetzten zu behandeln. »Sie fragen mich nach Helen Tomley, Sir, interessieren sich aber nicht für sie?«

»Nicht in erster Linie, sagte ich. Helen war der Anlass einer bestimmten Untersuchung unsererseits. Diese Investigation hat aber eine überraschende Wende genommen und ist inzwischen abgeschlossen.«

»Wie schön.« Jo legte den Kopf ein wenig quer. »Und mit welchem Ergebnis?« Der Mann sprach in Rätseln.

»Geduld, Mister Storm. Dazu komme ich gleich.« Er sog eine Menge Luft in seine breite Brust und saß nun wie in Stein gemeißelt in seinem Sessel. »Ich nehme an, der Name Julia Range ist Ihnen bekannt?«

»Julia?« Das war nun schon der zweite Überraschungscoup innerhalb weniger Minuten. »Lange her, dass ich sie gesehen habe.« Warum sollte er nicht zugeben, dass er sie gekannt hatte?

»Ein Jahr her, wenn ich richtig gerechnet habe, Mister Storm.«

Jo warf seinen Kopf zurück und war nahe daran, einfach aufzustehen und zu gehen. »Wollen Sie mir bitte erklären, was hier gespielt wird? Worauf wollen Sie hinaus – Sir?«

»Sie haben recht, sich über mich zu ärgern, Mister Storm, ich entschuldige mich. Bitte, hören Sie an, was ich Ihnen dazu zu sagen habe.«

Was Jo nun aus dem Mund des Amerikaners erfuhr, war eine beinahe schon verworren klingende Geschichte. Sie enthielt manches, was Jo bereits geahnt hatte, anderes war vollkommen neu und überraschend für ihn.

Julia Range, mit der er vor einem Jahr eine kurze Affäre gehabt hatte – das, was die Amerikaner ein »one-night-stand« nannten –, war offiziell Mitarbeiterin des Bureau of German Affairs gewesen, des Berliner Büros von Eleanor Dulles, das dem diplomatischen Dienst der USA unterstellt war. Dulles' Brüder waren der amtierende Außenminister der USA und der aktuelle Geheimdienstchef.

»Insofern lag es nahe, dass Julia Range auch für unseren Dienst tätig war«, sagte der Amerikaner.

»Für das INR«, nannte Jo das Kind beim Namen, »Ihren Nachrichtendienst beim Außenministerium, meinen Sie.«

Der Amerikaner zuckte nicht mal mit dem Augenlid, dementierte aber auch nicht. »Julia sollte wegen spezifischer Vorkenntnisse Kontakte zum tschechischen Auslandsgeheimdienst knüpfen, was ihr schließlich gelang. Sie inszenierte sehr geschickt und glaubwürdig ihr Überlaufen zu den Tschechen und verschwand wie geplant hinter dem Eisernen Vorhang. Wir erwarteten selbstverständlich wertvolle Informationen aus erster Hand aus Prag. Seltsamerweise hörten wir längere Zeit kaum noch etwas von ihr. Das konnte Vorsicht sein, aber wir machten uns Sorgen um sie. Entweder war sie überfordert mit der Situation vor Ort, in Prag ...«

»Oder sie war gewendet worden«, schloss Jo.

»Oder sie war, in fact, übergelaufen, ein Risiko, das immer besteht.« Der Amerikaner nahm eine Zigarette aus einem silbernen Etui, das er aus der Innentasche seiner Anzugjacke gezogen hatte, bot Jo eine an und gab ihm Feuer mit einem Feuerzeug, das aussah wie das silberne Geschwister des Etuis. »Von Prag aus«, fuhr er nun fort, »signalisierte Julia uns dann endlich vor einiger Zeit, dass sie an wichtige Informationen gelangt sei.« Er legte eine Pause ein, um zu inhalieren und den Rauch langsam wieder ausströmen zu lassen. »Diese Information bestand darin, dass Julias frühere Mitbewohnerin am Duck Pond, Helen Tomley, nicht sauber sei.«

»Nicht sauber?«

»Julia behauptete, sie habe in Prag auf verschiedenen Umwegen – daher der Zeitverzug ihrer Nachricht – herausbekommen, dass Helen Tomley in Wahrheit für die Sowjets arbeite. Helen lasse sich mit viel Geld dafür bezahlen, die USA zu verraten.« Der Amerikaner sog wieder an seiner Zigarette, die er recht aufwändig mit drei Fingern und dem Daumen hielt. »Der Grund für Helens Verrat, behauptete Julia, sei nicht Ideologie, sondern dumme Gier.«

»Deshalb also Washington«, sagte Jo. »Sie haben Helen in die Staaten zurückbeordert, um sie dort in die Mangel zu nehmen.«

»No!« Der Amerikaner widersprach mit erhobenem Zeigefinger. »Tomley ist sauber, das wissen wir inzwischen. Helen ist zwar keine Führungskraft, aber sie geht ein und aus im Berlin Headquarter. Wir mussten sie selbstverständlich überprüfen. Das ist nun aber abgeschlossen. Sie ist momentan in D. C., um ihr dort die Hintergründe zu erklären und mit ihr die Konsequenzen zu besprechen. Einzelheiten kann ich Ihnen nicht nennen.«

»Okay.« Jo signalisierte Verständnis in dem Punkt. »Helen war also Julias Bauernopfer.« Er hatte das Wort auf Deutsch gesagt.

Der Amerikaner schien ihn dennoch zu verstehen. »Ja. Diese Art der Desinformation ist typisch für die östlichen Geheimdienste: kompromittieren, täuschen, bloßstellen.«

»Und Sie weihen mich nun darin ein für den Fall, dass Julia sich noch einmal an mich wenden sollte? Damit ich Sie informiere?« Welchen Sinn sollte dieses Gespräch sonst haben?

»Ja, das ist der eine Grund, Mister Storm. Und bleiben wir noch kurz bei Julia Range. Sie bevorzugt das Kompromittieren und hat es in der kurzen Zeit in Prag zu einer

Meisterin in dem Fach gebracht. Range hat zum Beispiel gezielt nur Helen Tomley bezichtigt, nicht etwa auch Frank Stewart, den Sie ja ebenfalls kennen und mit dem Helen teils eng zusammenarbeitet.«

»Julia musste Frank auch nicht zusätzlich bezichtigen«, wandte Jo ein. »Sie konnte sich darauf verlassen, dass Sie und Ihre Leute Helens gesamtes Umfeld prüfen würden, einschließlich – Moment mal ...« Jo ging plötzlich ein ganzer Kronleuchter auf. »Das war Ihr Mann im blauen Ford? Sie haben ... mich ebenfalls überwachen lassen!« Er sprang wütend auf. »Verflucht noch mal, haben Sie etwa auch den Einbruch bei mir zu Hause inszeniert, um mich zu überprüfen oder was auch immer der Sinn dieser schwachsinnigen Aktion sein sollte?«

»No, no, no, Storm!« Der Amerikaner wedelte abwehrend mit der Hand. »Damit haben wir nichts zu tun. Wir haben von dem Einbruch bei Ihnen erfahren, das stimmt. Und wir haben deswegen natürlich nachgehakt, weil wir Sie aus Sicherheitsgründen nun mal auf dem Schirm hatten. Aber eine unserer Berliner Quellen an strategischer Stelle hat uns darüber informiert, dass es sich um einen ganz gewöhnlichen Einbruchdiebstahl handelte.«

»Ach, hat sie das gesagt, Ihre Quelle?«

»Sind Sie anderer Meinung?«

Jo musste den Kopf schütteln, als er begriff, welches Ausmaß die Bespitzelung in dieser Stadt inzwischen angenommen hatte. Bei der »strategischen Stelle« konnte es sich nur um einen Informanten mit Kontakten zur Polizei handeln – oder um diese selbst. »Bei dem Einbruch wurden Wertgegenstände und Geld meiner Wohnungswirtin und ihrer Tochter gestohlen«, sagte er. »Vielleicht wissen Ihre Quelle oder der Schatten, den Sie mir zur Beobachtung angehängt haben, wo sich die Sachen befinden. Ich nehme Hinweise gerne entgegen.«

Der Amerikaner verzog keine Miene. »Ich gebe zu, dass sich Bob – nennen wir ihn Bob, Ihren Schatten, wie Sie sagen – zuletzt leider nicht mehr allzu geschickt verhalten hat. Wir haben ihn jetzt in den Urlaub geschickt, nach Hause. Sicherheitshalber lief sein Job, was Sie betrifft, noch bis gestern.«

»Aber warum?«, rief Jo aus, inzwischen mehr verwirrt als empört. »Helen war durch Ihre eigenen Leute doch schon rehabilitiert!« Sofern es stimmte, was der Amerikaner behauptet hatte. »Was wollen Sie dann noch von mir?«

Der Amerikaner nahm einen letzten Zug von seiner Zigarette und stieß die Kippe zu den anderen in den Kristallaschenbecher auf dem Mahagonitischchen. »Haben Sie das noch nicht erraten, Mister Storm? Es hängt mit dem zusammen, was wir – wenn auch nur als Nebeneffekt der Tomley-Range-Untersuchung – nun über Sie wissen: Sie sind so sauber wie Helen und Frank, mit denen Sie befreundet sind. Sie sind definitiv nicht politisch gegen uns aktiv, im Gegenteil, Sie sind sogar ein Freund unserer Musik.« Er zeigte zum ersten Mal in diesem Gespräch etwas, das entfernt an ein Lächeln erinnerte.

»Schön, das zu hören«, sagte Jo ungerührt. »Aus so berufenem Munde.«

»Punkt für Sie, Sturm«, warf Curow plötzlich wie ein Schiedsrichter von der Seitenlinie ein.

»Ihre ganze Familie«, fuhr der Amerikaner fort, »leidet unter den politischen Verhältnissen, unter der deutschen Teilung. Sie können Ihre Mutter, Ihre Schwester im Osten kaum noch sehen.«

Das wussten sie also auch. »Aber warum ist das so wichtig für Sie? Ich bin kein amerikanischer Agent, und ich habe auch nicht vor, einer zu werden.«

Curow ruckte plötzlich nervös auf seinem Sessel hin

und her. »Sie sind selbstverständlich ein freier Mann in einer freien Stadt, Herr Sturm. – Oder sagen wir, in der freien Hälfte dieser Stadt«, fügte er gewohnt ironisch hinzu. »Aber, bitte, lassen Sie meinen amerikanischen Gast erst einmal zu Ende sprechen. Sie werden feststellen, es betrifft auch Sie. Es betrifft uns alle in Berlin, Ost und West.«

Kleiner hatte er es nicht? Jo sog an seiner Zigarette und ließ den Rauch langsam entweichen.

»Es geht um Folgendes«, übernahm der Amerikaner wieder. »Wir haben Informationen erhalten, dass vor wenigen Tagen ein ranghoher russischer Offizier Karlshorst besucht hat. Streng geheim, aber wir haben glücklicherweise durch eine Quelle in Moskau davon erfahren.«

»Karlshorst? Sie meinen das Hauptquartier der Sowjets?«

»Ihr militärisches Headquarter in Ostberlin, richtig. Wie Sie sich denken werden, haben unsere Dienste auch im Sowjetsektor der Stadt unsere Quellen. Und eine von ihnen könnte, vielmehr sollte sogar über entsprechende Kanäle erfahren haben, was in Karlshorst unter den Militärs besprochen wurde. Was die Russen eventuell planen und in Ostdeutschland vorhaben. Unglücklicherweise, Mister Storm«, er blickte Jo eindringlich an, »ist ein Kontaktmann, ein Kurier, der uns üblicherweise die Informationen verlässlich über die Sektorengrenze bringt, verbrannt. Es gibt Anzeichen dafür, dass er enttarnt ist, zumindest aber beobachtet wird.«

»Und das heißt?« Sie kamen wohl endlich zu dem entscheidenden Punkt.

»Das heißt, Mister Storm, dass uns ausgerechnet diese wichtige Information aus Karlshorst, die die Ostberliner Quelle mit ziemlicher Sicherheit für uns hat – genau wissen wir das eben nicht –, nicht erreichen kann.«

»Warum wird nicht ein anderer Kurier beauftragt, der Ihnen die Information der Quelle bringen kann?«

»Weil wir nicht wissen, Mister Storm, wer von den in Frage kommenden Leuten eventuell ebenfalls enttarnt wurde.«

»Durch Julia Range, wollen Sie sagen?«

»Nur sie kann dafür verantwortlich sein, dass unser Kurier, von dem ich sprach, inzwischen unter Beobachtung der Ostdeutschen steht, danach sieht es jedenfalls aus. Möglicherweise ist es Julia gelungen, noch weitere von unseren Leuten zu dechiffrieren. Wir können das nicht ausschließen, weil unser Verdacht gegen sie bedauerlicherweise erst auftrat, als sie sich bereits in Prag befand. Das hat zur Konsequenz, dass derzeit niemand von unseren Kurieren gefahrlos die Sektorengrenze passieren kann, in keiner Richtung.«

»Okay. Aber was hat das mit mir zu tun?«

»Das ahnen Sie wirklich nicht, Herr Sturm?«, mischte Curow sich plötzlich wieder ein.

Jo stieß den Zigarettenrauch heftig aus. Doch, er ahnte es inzwischen. Weigerte sich aber, es wirklich zu glauben, dass man ihn deswegen heute an diesen Ort beordert hatte. Dass man ihn deshalb noch bis gestern als Zielperson einer Überwachungsaktion behandelt hatte, um sich seiner Integrität – dass er »sauber« war – ganz sicher zu sein.

»Mister Storm.« Der Amerikaner beugte sich weit vor und legte die großen Hände wie Tabakblätter, die man zum Trocknen ausbreitet, auf seinen Knien ab. »Wir brauchen dringend eine Person, die unsere Quelle in Ostberlin trifft und deren Information aus Karlshorst für uns herausschmuggelt. Das kann derzeit, wie ich schon sagte, wegen der Lage, in die uns Julia Range gebracht hat, keiner unserer sonst aktiven Agenten sein. Wir dürfen hier kein Risiko eingehen, das verstehen Sie selbstverständlich.«

Jo sah ihn nur unvermindert an.

»Andererseits ...«, der Amerikaner holte ein wenig Luft, »wäre eine solche Aufgabe aber auch kein Job für einen blutigen Anfänger. Es braucht jemanden, der nicht nur verlässlich und integer ist, sondern auch professionell genug, intelligent und flexibel, um auf verschiedene Szenarien vor Ort zu reagieren.«

Jo war klar, dass mit solchen Szenarien unkalkulierbare Gefahrensituationen gemeint waren. »Professionell, intelligent, flexibel, danke für so viel Honig ums Maul, Sir«, sagte er ohne jede Begeisterung. »Ich komme gar nicht nach mit Schlecken.«

»Es ist unser blutiger Ernst, Herr Sturm«, sagte Curow mit finsterer Miene. »Und es soll Ihr Schaden nicht sein, wenn Sie sich zu der Aufgabe bereit erklären würden.«

Die zwei waren weiß Gott Seelenkäufer ersten Ranges!

Jo warf den Kopf zurück und schaute einen Moment an die Decke. Dann beschloss er, das Spiel ein wenig mitzuspielen, um noch mehr zu erfahren: »Ich nehme an, Sie würden mich mit einem falschen Pass rüberschicken?«

Der Amerikaner nickte. »Selbstverständlich.«

»Und falls ich geschnappt werde?«

»Liefern Sie denen einen plausiblen privaten Grund für Ihren Trip, Mister Storm. Sagen Sie, dass Sie auf der Suche nach einer Prostituierten sind.«

»Sehr originell, Sir.«

»Nein, glaubwürdig. Der Wechselkurs lockt Tausende Männer aus dem Westen nach Ostberlin, Sex ist dadurch billig zu haben. Das weiß man drüben. Die Männer, die Sie eventuell in die Mangel nehmen könnten, würden Ihnen das abkaufen.«

Von Ilse wusste Jo allerdings auch, dass das Wechselkursgefälle in umgekehrter Richtung ebenso Tausende Frauen aus dem Osten nach Westberlin lockte. Als Straßenhuren verdienten sie hier ein Vielfaches.

»Mister Storm.« Der Amerikaner suchte seine Aufmerksamkeit. »Glauben Sie mir, wir haben uns das gut überlegt. Sie sind für uns der richtige Mann für diese einmalige Aktion.«

»Es kommt ganz auf Sie an, Sturm«, versicherte Curow. »Wir respektieren Ihre Entscheidung. Ganz gleich, wie sie aussehen mag.«

»Na schön.« Jo drückte seine Zigarette im Aschenbecher aus und ließ seinen Blick zwischen dem stoisch dreinschauenden Amerikaner und Curows überwachen Augen hin- und herpendeln. »Angenommen, ich übernehme den Job.«

»Okay.«

»Angenommen auch, dass mir ein paar gastfreundliche ostdeutsche Geheimdienstler, sollte ich auffliegen, die private Vergnügungsfahrt nach drüben abkaufen.«

»Go ahead, please.«

»So dass ich am Ende nicht im Bautzener Knast oder in einem Gulag hinter dem Ural lande. Sondern putzmunter und vor allem gut informiert zu Ihnen zurückkehre ...«

Beide Männer sahen ihn gespannt an.

»Wenn ich dieses einmalige Risiko also auf mich nähme – was genau wäre Ihre Gegenleistung?«

»Geld?«, schlug der Amerikaner ohne Zögern vor. »Über die Summe lässt sich reden.«

Jo sah den Mann gelangweilt an. »Sehen Sie, das dachte ich mir.« Er schüttelte den Kopf.

Geld war schon für seinen Vater das Wichtigste im Leben gewesen. Nur dass der es nie geschafft hatte, es in nennenswertem Umfang zu scheffeln. Selbst wenn, hätte es ihn nicht glücklicher gemacht. Nicht einmal so zufrieden wie der Zustand völliger Erschöpfung, nachdem er Jo minutenlang verprügelt hatte.

Nein, er war nicht wie sein Vater, und er wollte auch nie so werden wie er. Geld als solches interessierte ihn daher nicht, es war zu teuer erkauft.

Er richtete sich wieder an den Amerikaner, um ihm eine ganz andere Karte zu präsentieren. »Meine Bedingung, um über den Job nachzudenken, Sir, betrifft eine Information, die ich von Ihnen möchte.«

Das Gesicht des Amerikaners erstarrte. »Worum geht es?«

»Um eine gewisse Margret Kwiatkowski. Ihre Leiche wurde vor einigen Tagen von uns aus dem Landwehrkanal geborgen. Noch ehe wir uns um den Fall kümmern konnten, wurde er uns jedoch schon wieder entzogen. Ohne offizielle Begründung.«

Der Amerikaner sah Jo weiter eisig schweigend an.

»Durch einen Zufall«, fuhr Jo fort, »oder vielleicht war es gar nicht sehr zufällig, das wird sich vielleicht noch herausstellen, weiß ich inzwischen, dass Margret Kwiatkowski der CIA, sagen wir, bekannt gewesen sein muss.« Er erwiderte kühl den frostigen Blick des Amerikaners. »Wenn Sie also wollen, dass ich für Sie nach Ostberlin fahre, verlange ich von Ihnen die Hintergründe zu Margret Kwiatkowski. Andernfalls kommen wir nicht ins Geschäft.«

Das war sein voller Ernst.

Der Amerikaner griff zu seinem Silberetui und zündete sich eine neue Zigarette an. Diesmal, ohne Jo eine anzubieten. Nach einigen tiefen Zügen sagte er: »Sie sind ein harter Hund, dafür dass Sie so jung sind, Mister Storm. – Das muss ich schon sagen.«

N. A. R. No action required.

»Aber das ist gut! Doch, doch, Mister Storm!«, versicherte er. »Es sagt mir, dass Sie wirklich der richtige Mann für diese Mission in Ostberlin sind. Nur, so leid es mir tut, die Hintergründe dieser Kwiatkowski-Sache kann ich Ihnen nicht nennen. Noch nicht. Aus zwei Gründen. Erstens bräuchte ich dafür die Genehmigung und die entsprechenden Informationen der CIA, der ich selbst nicht angehöre, ich bin dem State Department zugeordnet.« Dem Außenministerium. »Zweitens gibt es ein ganz praktisches Hindernis: Geheimdienstliches Wissen wie die Kwiatkowski-Sache wäre für die Gegenseite äußerst wertvoll und würde Sie selbst einem unnötigen Risiko aussetzen, sollte man Sie in die Hände bekommen und speziellen ... Befragungen unterziehen.« Er sog an seiner Chesterfield und verzog das Gesicht, als würde sie ihm nicht mehr schmecken. »Aber im Anschluss an die Aktion, sobald Sie aus Ostberlin zurück sind, werden wir Ihnen die Informationen verschaffen, an denen Sie interessiert sind. – Soweit es, das werden Sie verstehen, Personen oder Strukturen nicht gefährdet«, schränkte er ein. »Darauf haben Sie mein Wort.«

Jo lehnte sich zum ersten Mal während dieses seltsamen konspirativen Treffens zurück und versuchte, über den letzten Punkt Klarheit zu gewinnen.

Das Wort eines Geheimdienstlers – was war das wert?

Doch er kam schnell zu dem Schluss, dass der Amerikaner in einem Punkt recht hatte: Geheimdienstwissen würde ihn in Ostberlin nur einem erhöhten Risiko aussetzen. Und wenn alles glattging, besaß er am Ende ja die Information aus Karlshorst, die er nach seiner Rückkehr als Faustpfand für die Kwiatkowski-Hintergründe einsetzen konnte.

Das Risiko, dass er sich verkalkulierte, war dennoch nicht auszuschließen. Zumal der Amerikaner die CIA noch nicht mit im Boot hatte.

Falls er sich auf das Unternehmen überhaupt einließe. Denn das stand fest: Jeder der beiden Männer, die ihm gespannt gegenübersaßen, war auf seine eigene Art mit allen Wassern gewaschen.

»Na schön«, sagte er schließlich, »ich überleg's mir.« Er stützte die Hände auf die gepolsterten Lehnen des Sessels und machte Anstalten aufzustehen. »Ich werde darüber nachdenken.«

Curow beugte sich vor, völlig perplex, ganz untypisch für ihn. »Es tut mir leid, Herr Sturm, aber das wird nicht gehen.« Er schaute auffordernd zu dem Amerikaner hinüber.

»Sie müssen noch heute nach Ostberlin, Mister Storm. Aus den Gründen, die ich Ihnen genannt habe, ist uns jede Möglichkeit genommen, unsere Quelle gefahrlos umzudirigieren, weg von dem schon vereinbarten Treffen. Das nun einmal heute stattfinden muss.«

Jo starrte die beiden Männer an. »Heute? Das heißt, ich mache den Job sofort – oder gar nicht?«

»So ist es«, sagte Curow, in gespannter Haltung wie ein Vorstehhund.

»Anders ergibt es keinen Sinn, Mister Storm. Es steht Ihnen selbstverständlich frei, nein zu sagen. In dem Fall vergessen Sie, dass wir uns getroffen haben. Wir würden es ohnehin abstreiten, Curow und ich.«

»Sollten Sie sich jedoch dafür entscheiden, Sturm, so hätten wir alles Erforderliche vorbereitet«, versprach Curow.

»Ich nehme an, auch den falschen Pass?«

»Vorsichtshalber, ja. Die Personalverwaltung Ihrer Dienststelle war uns freundlicherweise mit einem geeigneten Passfoto von Ihnen behilflich. Sehen Sie es denen bitte nach.«

Die Personalverwaltung seiner Dienststelle hatte dafür alles andere als Nachsicht verdient, war Jos Meinung dazu. Doch ohne dass die Spitze des Polizeipräsidiums darin eingeweiht war – wenn auch nicht offiziell –, wäre dies niemals möglich gewesen, war er sich sicher.

Er musste sich also entscheiden. Jetzt, sofort.

Seine Gedanken rasten.

Was gewann oder verlor er dabei?

Im ungünstigen Fall schaffte er es nicht zurück in den Westen und flog auf. Dann gnade ihm Chruschtschow oder Ulbricht. Wenn er Glück im Unglück hatte, kaufte ihn die Bundesregierung später frei, in ein paar Monaten oder Jahren.

Andererseits – war diese Aufgabe nicht wie ein Freifahrtschein, sie nebenher auch für seine ganz eigenen, privaten Zwecke zu nutzen, sollte sich die Gelegenheit dazu ergeben?

Lores Bild tauchte vor seinem inneren Auge auf.

Und aus einem Impuls heraus entschied er sich.

»Okay. Sie haben mich.«

»That's good«, sagte der Amerikaner lapidar, als hätte er nichts anderes von Jo erwartet.

Curow war die Erleichterung dagegen anzusehen. Er nickte so nachdrücklich, als müsste er das Dienermachen neu erlernen. »Gratulation zu dieser Entscheidung, Herr Sturm!« Seine Stimme nahm einen für seine Verhältnisse geradezu pathetischen Tonfall an: »Wie ich schon sagte, hat der Senat ein ebenso großes Interesse an den Informationen aus Ostberlin wie die Amerikaner. Ich muss kein Prophet sein, um Ihnen zu versichern, dass Sie uns allen in der Stadt damit einen großen Dienst erweisen werden!«

»Hoffentlich keinen Bärendienst«, entfuhr es Jo, dem dieser Überschwang schon wieder suspekt war.

»Eine Sache noch, Mister Storm«, sagte der Amerikaner mit etwas verkniffener Miene. »Sie zeigen, soweit wir informiert sind, ein starkes Interesse an einer jungen Dame aus Ostberlin.«

Jo blieb buchstäblich der Mund offen stehen. Das wussten sie also auch?

»Ich spreche von einer gewissen Lore Decker.«

Jo konnte ein genervtes Aufstöhnen nicht unterdrücken. »Da Sie anscheinend alles über mich wissen, können Sie mir vielleicht sagen, wo ich meinen Kamm wiederfinde? Ich hab ihn kürzlich verlegt.«

Der Amerikaner rang sich ein dünnes Lächeln ab.

Jo sah ihn scharf an. »Wieso wissen Sie von Lore Decker?«

»Sie erkundigten sich kürzlich in einem Nightclub äußerst interessiert nach ihr. Bob hat von den zwei kontaktfreudigen jungen Damen, mit denen Sie in dem Jazz-Club gesprochen haben, erfahren, dass Miss Decker den Westen meidet, weil sie drüben unter Beobachtung steht.«

»Wenn Sie das alles schon wissen, warum tischen Sie es mir dann noch mal auf?«

»Weil unsere Dienste Sie warnen möchten, Storm. Nehmen Sie in Ostberlin unter keinen Umständen Kontakt zu Miss Decker auf. Nicht einmal per Telefon. Wir wissen aus einer anderen Quelle, dass bereits ihr Vater, früher ein überzeugter Kommunist, politisch in Ungnade gefallen ist.«

»Falls es Sie beruhigt, Lore Decker dürfte sich umgekehrt eher für meine Jazz-Schallplattensammlung als für mich interessieren.«

»Okay«, sagte der Amerikaner und lehnte sich zufrieden zurück, »that's good.«

Das werden wir dann ja sehen, dachte Jo und lächelte.

Unter einem aschgrauen Nachmittagshimmel eilte Jo zu Fuß zum Hochbahnhof Kottbusser Tor. Das Treffen mit der Quelle in Ost-Berlin war für drei Uhr am heutigen Nachmittag angesetzt. In einer knappen Stunde also.

Von Carstensen hatte er wie angekündigt den bereits vorbereiteten gefälschten Personalausweis erhalten. »Ihr Name ist Joachim Schröter. Das Übrige, Geburtsdatum und natürlich die Adresse, sehen Sie ja. Mehr brauchen Sie nicht für eventuelle Personenkontrollen durch die Transportpolizei im Osten. Sollte es, was wir nicht hoffen wollen, zu Problemen kommen, sprich zu Ihrer Festnahme und zu Verhören durch die Staatssicherheit, bleiben Sie bei den Angaben und verweigern jede weitere Aussage. Sie würden sich andernfalls in Widersprüche verwickeln. Versuchen Sie auch nicht, von Ostberlin aus Kontakt zu uns aufzunehmen, Herr Sturm. Wir werden von uns aus aktiv, um Ihnen zu helfen, falls Sie sich bis morgen früh um zehn nicht wieder zurückgemeldet haben sollten. – Persönlich, hier im Rathaus, bitte. Ich werde Sie abholen, wie heute.«

»Ist das alles?«

»Fahren Sie am besten mit der Stadtbahn ab Zoologischem Garten. In der Masse der Fahrgäste bis Alexanderplatz dürften Sie auf der Linie am sichersten sein. Denken Sie auch an die Rückfahrkarte. Tragen Sie einen gewöhnlichen Straßenanzug, einen schlichten dunklen Mantel zum Beispiel, auf keinen Fall Ihren Trenchcoat, der wird schon auf eine Meile als amerikanisch erkannt.« Carstensen hatte anscheinend mit Kennermiene darauf geschaut, denn sein Alligator war tatsächlich eine amerikanische Marke. Dann nannte er Jo den Treffpunkt. »Gneiststraße, vor dem Buchladen schräg gegenüber vom HO. Der Kontakt ist weiblich, schlank, Ende dreißig, dunkle, schulterlange Haare. Die Person hält eine Zeitung, Neues Deutschland, verkehrt herum in der linken Hand. Achten Sie auf das Muttermal der Kontaktperson an der rechten Wange.«

»Ist es echt?«

Carstensen hatte bereits antworten wollen, doch Jo ersparte ihm das. »War ein Scherz.«

»Das Stichwort haben Sie sich eingeprägt?«

»Mehr ein Stichsatz, oder?«

»Falls etwas schiefgeht«, hatte Carstensen hinzugefügt, »machen Sie nicht mich dafür verantwortlich. Ich gebe Ihnen nur die Informationen weiter, die ich von unseren Diensten und den Amerikanern erhalten habe.«

»Sonst noch etwas?«

»Viel Glück.« Carstensen hatte ihm zum Abschied die Hand so fest gedrückt, als glaubte er nicht recht daran, Jo in absehbarer Zeit wiederzusehen.

Er war nach Hause gefahren, um sich umzuziehen, als Frau Küpper an seine Tür geklopft hatte, um ihm zu sagen, dass ein Herr Hoyer vom Präsidium für ihn am Telefon sei.

»Sagen Sie ihm ...« Jo hatte laut aufgestöhnt und weiß Gott anderes im Sinn.

»Dass Sie sich nicht fühlen?«

»Gute Idee.« Er hatte lachen müssen. »Danke, Frau Küpper.«

Später hatte er in seinem Zimmer die neuen Charlie-Parker-Platten mehrfach rauf und runter gespielt und sich mit dem Lesen der Wochenendausgabe der Zeitung abgelenkt, die Frau Küpper ihm großzügig überlassen hatte. Die Berichterstattung über die Fälle Herzke und Stahns hatte er nur überflogen. Die Zeitung warf der Polizei vor, auf der Stelle zu treten, besonders was die Suche nach dem verschwundenen Mädchen, Grit Stahns, betreffe. Was leider der Wahrheit entsprach.

Er war zunehmend nervöser geworden. Als es Zeit wurde, aufzubrechen, hatte er mechanisch Zigaretten und Streichhölzer aus dem Trenchcoat geholt und in den unscheinbaren blauen Blouson gesteckt, den er stattdessen angezogen hatte, und das Haus verlassen. Die nördliche U-Bahnverbindung in den Osten, mit den Linien D und AI, wäre schneller gewesen, doch Carstensens Empfehlung, lieber die stärker frequentierte S-Bahn zu benutzen, leuchtete ihm ein. So fuhr er vom Kottbusser Tor aus mit der Linie BI in Richtung Zoo. Der S-Bahnsteig dort in Richtung Osten war belebt. Jo rauchte nervös, betrachtete nur oberflächlich die Werbung für neue Filme, Eiskrem und Lotto. Der Zug fuhr ratternd ein, er warf die Zigarette fort und stieg in den Nichtraucherwaggon, der vor ihm hielt. Im Grunde befand er sich damit schon im Einflussbereich der DDR, denn die S-Bahn wurde von Ostberlin betrieben.

Der Wagen war voll, gut so, er stellte sich neben die Tür und sah hinaus. Tiergarten und Bellevue. Lehrter Bahnhof war schon der letzte Halt im Westen. Kurz vor dem Passieren der Sektorengrenze das mahnende Schild: »Achtung! Sie verlassen jetzt West-Berlin«. Für diejenigen, die es noch immer nicht verstanden hatten.

Die Bahnhöfe Friedrichstraße und Marx-Engels-Platz. Er befand sich nun definitiv im Osten.

Auch sein Puls nahm Fahrt auf.

Am Alexanderplatz fiel ihm als Erstes ein Hinweisschild auf die Volkspolizei im Bahnhofsbereich ins Auge. Vielen Dank auch. Durch das Gedränge der Menschen am vollen Bahnsteig wuselte er erfolgreich zu den Treppen hinunter zur U-Bahn.

Die nächsten Stationen waren Luxemburgplatz und Senefelderplatz. Die Szene wechselte merklich, wurde alltäglicher, sein Herzmuskel entspannte sich etwas. Auf den Bahnsteigen die üblichen Parolen: »Entwickelt die SED zur Partei neuen Typus!«, »Der Sozialismus siegt!« oder der Bandwurm: »Unsere ökonomische Hauptaufgabe bis 1961: Pro-Kopf-Verbrauch der gesamten Bevölkerung Westdeutschlands wird erreicht und übertroffen!« Wehe, wenn nicht.

Neben ihm saß ein Mann, der das Neue Deutschland las, er blätterte um, und Jo schnappte die Schlagzeile auf: »Veitstanz für die Nato. Orgie der amerikanischen Unkultur«. Darüber ein Pressefoto der randalierenden Jugendlichen aus dem Sportpalast vom letzten Wochenende. Darunter die Textzeile: »Westberliner Senat ließ Ami-Gangster auf die Jugend los.« Das Bill-Haley-Konzert sorgte also noch Tage später sektorenübergreifend für Furore. Beide Seiten verdammten es, nur ihre Begründungen waren verschieden.

Am Hochbahnhof Dimitroffstraße, der einmal Danziger Straße hieß, so wie der Luxemburgplatz früher Schönhauser Tor geheißen hatte, stieg er aus und sah sich um. Der Bahnsteig war mäßig belebt, statt Trapos oder Vopos fielen ihm zum Glück nur ein paar Werbetafeln ins Auge, Reklame für den Volkseigenen Betrieb Yachtwerft Berlin, Motto: »Wenn die Sonne wieder lockt«, für Zweitakt-Motorenöl aus dem VEB Hydrierwerk Zeitz oder für Jagd- und Sportwaffen aus dem Ernst-Thälmann-Werk.

Er lief die Treppe zur Schönhauser Allee hinunter. Fürs Erste konnte er aufatmen, keine Kontrollen, nichts Auffälliges, er war völlig unbehelligt geblieben. Auch entlang der Schönhauser war es nicht allzu geschäftig, schließlich war Samstag, alles recht gemächlich, sogar ein Pferdefuhrwerk kreuzte die Straße und zwang eine Straßenbahn, die auf ihrem Dach für den »Konsum« warb, zum Tempodrosseln.

Dennoch hielt er ständig Ausschau nach Polizeifahrzeugen, die sich ihm näherten, oder nach Uniformierten. Von beidem war jedoch nichts zu sehen. Dabei war ihm klar, dass gerade die Herren der Staatssicherheit keine Uniformen trugen und zivile Pkw fuhren, einen Sachsenring oder einen IFA, vielleicht auch einen Wartburg, der erst seit zwei oder drei Jahren produziert wurde.

Er wollte sich gerade wieder entspannen, als ein schwarzgrüner Moskwitsch an ihm vorbeischlich, der dann zum Glück aber weiterfuhr.

Er erreichte die Gneiststraße und bog rechts ab. Nach einer zwei Häuser breiten Brache und einem Bürogebäude, dessen Fassade von Schrapnelleinschlägen zerfressen worden war, aber immerhin noch stand, folgte ein HO-Feinkostladen, der schon geschlossen hatte. Eine ältere Frau mit Kopftuch und einer großen Einkaufstasche in der Hand stand neben dem heruntergelassenen Rollladen der Eingangstür und blickte prüfend auf die Stapel Einmachobst und verschiedene Fleischkonserven im Schaufenster.

Jo ging ein paar Schritte weiter und schaute hinüber auf die andere Straßenseite. Vor einem kleinen Buchladen stand eine schlanke, hochgewachsene Frau, die scheinbar die Schaufensterauslage studierte. Sie trug einen beigen Mantel und einen breitkrempigen Hut. Er überquerte die Kopfsteinpflasterstraße und näherte sich dem Buchladen, ohne sich zu beeilen. Er ließ eine Handvoll Passanten, die mit ihm auf dem Bürgersteig unterwegs waren, vorbeiziehen und betrachtete die Frau, die noch gut fünf Meter entfernt war, von der Seite. Sie war Ende dreißig, vielleicht Anfang vierzig, hatte dunkle, schulterlange Haare und ein blasses, etwas verhärmtes Gesicht, soweit sich das erkennen ließ.

Er näherte sich weiter, stellte sich neben sie und warf

einen Blick in die Auslage des Ladens, der ebenso wie die HO auf der anderen Straßenseite bereits geschlossen hatte. Neben deutschen Titeln wie »Der Sputnik und der liebe Gott« oder »Der Mensch schuf Gott nach seinem Bilde« wurden auch sowjetische Bücher präsentiert, »Vor Tau und Tag« oder »Stromauf!«, dicke Schinken von ihm unbekannten Autoren, die Kusnezow oder Werschigora hießen.

Die Frau verharrte neben ihm vor dem Schaufenster, in dem sich undeutlich ihre Gestalt spiegelte. Jo wandte ganz leicht den Kopf in ihre Richtung. In der einen Hand trug sie eine schwarze Handtasche, mit der anderen hielt sie eine Zeitung, gefaltet, mit der Kopfseite nach unten, »Neues Deutsch« konnte er entziffern, die restlichen Buchstaben befanden sich auf der verdeckten Seite. Er hob den Blick, auf der rechten Wange, direkt über dem Mundwinkel, befand sich ein stecknadelkopfgroßes Muttermal.

Er ließ zwei Fußgänger in seinem Rücken an sich vorbeiziehen, dann warf er einen schnellen Blick links und rechts die Straße hinunter, nichts Auffälliges. Er sagte: »Heinrich Mann fehlt.«

Die Frau drehte ihm ihr Gesicht zu, schmale dunkle Brauen, intensiver Blick aus kohlschwarzen Augen. »Der Untertan.« Sie wandte sich um und ging ohne besondere Eile davon.

Jo folgte ihr in einem Abstand von gut zehn Metern. Sie ging die Straße entlang bis zur nächsten Kreuzung, bog rechts ab, dann links und gleich wieder rechts, ohne sich umzusehen. Sie erreichte einen Friedhof, den sie durch ein schmales Steinportal betrat.

Jo folgte ihr über enge Kieswege an den Gräbern und Bäumen vorbei bis zu einer Bank, die sich überraschend in der Ausbuchtung eines dichten immergrünen Buschs am Ende des Friedhofs befand. Die Frau saß bereits, als Jo sie einholte.

Er setzte sich neben sie.

Einige Sekunden lang beobachteten sie ein älteres Paar, das, ein Dutzend Gräber entfernt, frische Blumen in eine Grabvase stellte und die alten in einem Drahtkorb entsorgte. Nicht weit davon blickte eine alte Frau in stark gebückter Haltung stumm auf ein schlichtes Holzkreuz. Sonst war niemand in der Nähe.

Ohne sich zu Jo umzudrehen, sagte die Frau neben ihm: »Sie sind neu.«

»Ersatz. Ein Leck, entstanden in Prag«, sagte Jo, im Vertrauen darauf, dass sie sich den Rest zusammenreimen konnte.

»Wir haben nicht viel Zeit, wie vereinbart keine Unterlagen.« Ihre Stimme klang etwas verhuscht.

»In Ordnung.« Davon war Jo ohnehin ausgegangen, schriftliche Notizen hätten das Risiko unnötig erhöht, auch für ihn. »Was haben Sie?«, fragte er.

»Moskau hat einen neuen KI-Mann nach Karlshorst geschickt.«

»Verstehe.« Mit dem KI meinte sie das Komitet Informazii, den Auslandsnachrichtendienst der Russen bekanntlich.

»Es braut sich etwas zusammen«, zischelte sie. »Die zunehmenden Kontrollen der Westalliierten in diesem Jahr durch die Ostdeutschen waren nur ein Vorgeplänkel.«

Sie spielte anscheinend darauf an, dass Amerikaner, Briten und Franzosen zuletzt immer wieder durch ostdeutsche Soldaten, die Transportpolizei und andere Befehlsempfänger der DDR-Führung kontrolliert oder auf dem Transit von und nach Berlin behindert oder gar schikaniert worden waren. Laut Viermächtestatus wären zu solchen Kontrollen allenfalls die Sowjets berechtigt gewesen. Doch um keinen größeren Konflikt heraufzubeschwören, hatten die Westalliierten die ostdeutschen Kontrolleure einfach als Befehlsempfänger der Sowjets bezeichnet und sie so quasi als Russen behandelt. – In gewisser Weise hatten sie die Vorfälle dadurch aber auch bagatellisiert.

»Ihr müsst das äußerst ernst nehmen!«, sagte die Frau leise, aber nachdrücklich, sie klang fast verärgert. »Übermitteln Sie das! Die Störmanöver dienen letztlich nur der Vorbereitung.«

»Vorbereitung auf was?«

Die Frau wandte den Kopf und sah ihn jetzt voll an: »Chruschtschow will einen neuen Status«, sagte sie so leise, dass Jo sie nur eben noch verstehen konnte, obwohl sie ja neben ihm saß. »Er will den Status für *ganz* Berlin.«

Er wartete ab.

»Was sie bei den Transit- und Passkontrollen praktiziert haben, war nur die Probe aufs Exempel: Chruschtschow will die Verantwortung – und damit meint er natürlich den Befehl – über Ostberlin an die DDR übergeben. Die Sowjets wollen sich daraufhin taktisch zurückziehen – und dann dasselbe von den Westalliierten verlangen!«

Sie hatte zuletzt jedes Wort betont. Jo begriff mit einem Mal die Dimension dieser Information. »Und wenn die Westalliierten sich weigern?«, sagte er.

Sie riss die Augen auf. »Panzer und Kanonen? Atomwaffen? Wer kann wissen, wie weit die Russen gehen werden? Wenn Chruschtschow tatsächlich ein Ultimatum für den Abzug der Westalliierten aus Berlin stellt, und danach sieht es hundertprozentig aus, dann setzt ihn das auch selbst unter Druck.«

»Zu Hause in Moskau?«

»Richtig. Chruschtschow spielt den starken Mann, droht und fordert. Doch wenn der Westen nicht spurt, dürfte es in Moskau für ihn eng werden. Dann muss er die Muskeln spielen lassen gegenüber dem Westen.«

»Aber er muss dem Westen doch auch etwas bieten«, flüsterte Jo ihr zu. »Wenigstens zum Schein.« Aus Propagandagründen.

»Oh, er wird sogar Großes versprechen. Frieden und Freiheit und Neutralität für ganz Berlin. So friedvoll und frei und neutral wie die Sowjetzone«, fügte sie sarkastisch hinzu. »Es ist vollkommen klar, was Chruschtschow vorhat: Westberlin und letztlich auch Westdeutschland als fette Happen für die Ulbricht-Clique. Darum geht es.«

»Aber wann will Moskau dem Westen die frohe Botschaft denn verkünden?«

»Nächsten Monat, nächste Woche? In jedem Fall bald. Sehr bald. Der Westen soll eiskalt erwischt werden.«

»Wie viel Zeit wollen die Russen den Westalliierten geben, um aus Berlin abzuziehen?«

»Laut Karlshorst-Information höchstens sechs Monate.«

Ein halbes Jahr, realisierte Jo entsetzt, in dem Berlin erneut am Abgrund stehen könnte.

Curow hatte nicht einmal übertrieben, als er fürchtete, die Information der Ostberliner Quelle könnte das Schicksal ganz Berlins betreffen. Jetzt hörte es sich danach an, als könnte es sogar noch weit darüber hinausgehen. Der Kalte Krieg könnte sehr schnell sehr heiß werden, die folgenden Sätze der Frau bestätigten das.

»Chruschtschow«, zischelte sie nervös, »will die zu erwartende Schockstarre der Alliierten ausnutzen.« Sie sah sich erneut um, wie die ganze Zeit schon. »Er will sie mit einem Vertrag überrumpeln, der angeblich Frieden verheißt, aber in Wahrheit eine Drohung ist. Ihr nicht nachzugeben könnte Krieg bedeuten, ein Atomkrieg, ein neuer Weltkrieg, alles scheint möglich.«

»Aber welches Interesse sollten die Russen an einem Atomkrieg haben? Wer als Erster die Bombe schickt, stirbt als Zweiter.« Die Logik des Atomzeitalters.

»Es geht um Symbolik. Chruschtschow will seiner Meute zeigen, dass er Herr der Lage ist. Und dem Westen auch. Die Russen haben die Amerikaner letztes Jahr mit Sputnik geschockt.« Ihre Augen zuckten für den Bruchteil einer Sekunde nach oben, gen Himmel. »Jetzt setzen sie zu einem neuen Stoß an.«

»Und Berlin soll der Hebel dazu sein«, bemerkte Jo.

»Richtig.« Sie sah ihn eindringlich an. »Übermitteln Sie das gewissenhaft! Der Westen muss vorbereitet sein. Einen Schritt vorausdenken. Er muss nicht nur schneller sein als die Sowjets, sondern auch einen längeren Atem haben als sie.«

Die Frau blickte sich ein weiteres Mal um und presste mit einer Hand ihre Handtasche gegen die Hüfte. »Seien Sie auf der Hut heute. Die Ulbricht-Clique ist extrem nervös. Der Russe, der KI-Mann in Karlshorst, hat auch durchblicken lassen, dass der KGB seinen ostdeutschen Kollegen nicht zutraut, die Lage im Griff zu behalten.«

»Was meinen Sie?«

»Es sei zu unprofessionellen Aktionen der Ostdeutschen gekommen, sagen die Geheimdienstleute der Russen. Die Hauptverwaltung Aufklärung heuere ungeeignete Agenten im Westen an. Und die Russen wissen, scheint's, wovon sie reden. Eine von Ostberlin aus geführte Aktion im Westen soll kürzlich wieder aus dem Ruder gelaufen sein. Die Ursachen angeblich Dilettantismus und Disziplinlosigkeiten der verantwortlichen Agenten. Namen und genauere Details kenne ich allerdings nicht. Die Ostdeutschen wollen jetzt beweisen, dass sie immer noch alles unter Kontrolle haben. Deshalb finden momentan auch in Ostberlin wieder verstärkt Aktionen statt. Seien Sie äußerst vorsichtig, wenn Sie gleich zurück in den Westen fahren, und verlieren Sie vor allem keine Zeit! Die Kontrollen in den U- und S-Bahnen sollen über das Wochenende verdreifacht werden und finden wellenartig statt. Die Trapo ist gefährlich wie ein Wolfsrudel, das urplötzlich auftaucht. Weichen Sie also aus, wo Sie nur können, ihre Rudel sind inzwischen überall auf den Bahnhöfen.«

Jo wusste, wovon sie sprach. Die Zollkontrollen der Transportpolizei waren nur vorgeschobene Aufgaben. In Wahrheit ging es der Trapo darum, »Republikflucht« zu verhindern, »verdächtige Elemente« unter den Fahrgästen in Richtung Westen ausfindig zu machen und natürlich auch westliche Agenten, die dabei halfen. Verräterisch war bereits die Tatsache, dass die Transportpolizei nicht der Bahn unterstand, wie man hätte meinen können, sondern dem Innenministerium. Daher leitete sie sicher alle Berichte direkt an die Stasi weiter. Was vermutlich zu schnellen Verhaftungen und Verhören führte.

»Haben Sie eine Pistole dabei?«, fragte die Frau unvermittelt.

Jo stutzte. »Sie etwa?«

Sie senkte die Augen und klopfte mit der flachen Hand leicht auf ihre Handtasche. »Folter und ... das andere, falls ich auffliege? Nein, auf keinen Fall!« Sie schüttelte heftig den Kopf. »Lieber vorher Schluss machen.«

Als wäre das ihr Stichwort, stand sie mit einem Mal auf und blickte noch einen Moment lang auf Jo hinunter. Offenbar ihre Art, Abschied zu nehmen, denn im nächsten Moment drehte sie sich wortlos um und ging langsam davon, in dem bedächtigen Tempo, das man von der Besucherin eines Friedhofs erwarten konnte, noch dazu an einem trüben Tag wie heute. Mit jedem Schritt berührte das Neue Deutschland ihre Handtasche. In der sich für alle Fälle ihre Pistole befand.

An den Bahnhöfen Dimitroffstraße und Senefelder Platz ging alles gut. Durchschnittlich aussehende Fahrgäste, viele Familien darunter, die sich nicht für ihn interessierten. Doch am Luxemburgplatz stiegen plötzlich zwei Trapo-Männer in ihren blauen Uniformen und Mützen zu, einen Schäferhund an der Lederleine. Jo glückte es, im letzten Moment noch auf den Bahnsteig hinauszuspringen, bevor die Wagentüren geschlossen wurden und der Zug wieder anruckte. Durch die Fenster konnte er von außen noch erkennen, dass die Männer drinnen sofort mit dem begannen, was sie Gepäckkontrolle nannten. Während einer von ihnen den Schäferhund an Taschen und Kleidung der Fahrgäste schnüffeln ließ, nahm der andere die Fahrgäste ins Visier und baute sich breitbeinig vor ihnen auf.

Das war knapp gewesen. Der Schweiß brach ihm aus. Die Agentin hatte recht: Die Kontrollen wurden bereits jetzt verschärft. Schlagartig wurde ihm klar, dass sein heimlicher Gedanke, mit etwas Glück in Ostberlin vielleicht auch Lore ausfindig zu machen – eventuell unter einem Vorwand im Funkhaus Nalepastraße –, nichts als Wunschdenken gewesen war, naiv, wie sich jetzt herausstellte.

Nein, er musste zurück nach Westberlin, so schnell wie möglich, ehe es mehr Trapo-Kontrolleure als Fahrgäste in den Bahnhöfen gab.

Er sah sich auf dem Bahnsteig um, nahm auf den ersten Blick jedoch keine weiteren Kontrolleure in Uniform wahr. Was nicht hieß, dass nicht plötzlich ein Stasi-Mann in Zivilkleidung neben ihm auftauchen konnte, um nach seinen Papieren zu fragen. Doch er hielt es für unwahrscheinlich, dass das geschah, nachdem die Trapo bereits zur Stelle gewesen war und solange er selbst sich nicht auffällig verhielt.

Er zog die Camel-Schachtel aus der Manteltasche – steckte sie jedoch erschrocken wieder ein: Ami-Zigaretten! Herrgott, war er denn von allen guten Geistern verlassen? Wie hatte er nur so fahrlässig sein können! Er zwang sich, ohne Eile zu dem Abfallkorb neben einer Sitzbank hinüberzugehen, vergewisserte sich, dass die Leute, die in der Nähe auf den nächsten Zug warteten, ihn nicht beachteten, knüllte die noch halb volle Zigarettenschachtel in seiner Manteltasche zusammen und warf sie dann wie beiläufig in den Korb, zusammen mit den Streichhölzern, amerikanische Safety Matches, eine Zugabe von Jerry, seinem Camel-Dealer. Wo hatte er nur seinen Kopf gelassen, als er sie so völlig unbedacht in die Tasche seines Blousons gesteckt hatte?

Er wischte sich den Schweißfilm von der Stirn, ging zurück zur Bahnsteigkante und dachte fieberhaft nach: Sollte er die Strecke bis zum Alexanderplatz nicht besser zu Fuß gehen? In dem Fall musste er den S-Bahnhof von außen betreten. Nicht ausgeschlossen aber, dass dort im Zugangsbereich Richtung Westberlin erst recht Kontrollen durchgeführt wurden.

Während er noch überlegte, fuhr ratternd der nächste Zug ein. Die Türen öffneten sich, er trat einen Schritt näher, warf noch vom Bahnsteig aus einen Blick hinein – und wurde von hinten in den Wagen hineingeschoben. Schon wurden die Türen wieder geschlossen, und der Zug rollte an. Als Nächstes durfte er sich von den handfesten Dränglern ein paar saftige Kommentare für sein »Bummeln« und »Träumen« anhören. Was das betraf, glichen sich Ost- und Westberlin also noch immer aufs Haar.

Er spürte, wie ihm der Schweiß den Nacken hinunterrann.

»Nüscht für ungut«, sagte plötzlich neben ihm ein

Mann mit einem schwarzen Lederkäppi auf dem Kopf. Wie Jo dann merkte, galt der Spruch einer Frau, die den Mann grimmig ansah.

Er atmete durch und riss sich zusammen.

Am Alexanderplatz bestätigte sich die Warnung der »Quelle« erneut. Wo er hinschaute, standen Vopos in Zweier- und Dreiergruppen zusammen oder patrouillierten die Gänge. Sein Puls begann zu rasen, jeden Moment rechnete er damit, aufgehalten und angesprochen zu werden. Mechanisch bewegte er sich voran. Als er den S-Bahnsteig in Richtung Charlottenburg und Westend erreichte, merkte er zu seinem Entsetzen, dass er dabei war, uniformierten Trapo-Männern direkt in die Arme zu laufen. Etwa ein halbes Dutzend von ihnen verteilte sich wie ein Schwarm und griff scheinbar wahllos Reisende heraus, um ihre Ausweise und das Gepäck zu kontrollieren. Er drehte sich auf dem Absatz um, stieß mit einem älteren Mann zusammen, entschuldigte sich hastig und bemerkte plötzlich, dass auf der Treppe weitere Trapo-Leute zum Bahnsteig hinaufstiefelten.

Er sah sich auf einmal buchstäblich in der Falle.

Andererseits versuchte er sich zu beruhigen, warum es nicht einfach darauf ankommen lassen? Vertrau auf den Personalausweis in deiner Tasche, er wurde von Profis gefälscht! Warum sollte man Misstrauen gegen dich schöpfen?

Die Antwort war: Weil man ihm seine Aufregung, die er zu seinem Erschrecken einfach nicht unter Kontrolle bekam, sofort anmerken würde. Das Risiko war nicht das Enttarnen seines gefälschten Ausweises, sondern er selbst, die Panik, die ihm schweißnass im Nacken saß und auf seiner Stirn glänzte.

Wie in einem bösen Scherz befand er sich gerade unter dem schon auf der Hinfahrt bemerkten riesigen Schild, das auf die Volkspolizei hinwies. Ausgerechnet. Doch über die Köpfe der anderen Fahrgäste hinweg las er unweit der Treppe, die zum Ausgang führte, den Fraktur-Schriftzug »Fernsprecher« …

Er war einen Schritt schneller an der Telefonzelle als eine junge Frau und zu aufgeregt, um sich zu entschuldigen, doch sie ließ ihm achselzuckend den Vortritt. Er betrat die Kabine und sah durch das leicht geriffelte Glas, dass die Frau die Treppe hinunterging, um sich vermutlich eine andere Zelle zu suchen.

Mit überwachen Sinnen behielt er die Szene auf dem Bahnsteig im Blick. Inzwischen waren nicht nur sein Nacken, die Stirn und seine Achselhöhlen schweißnass, sondern der ganze Rücken fühlte sich feuchtheiß an.

Jetzt hieß es, Zeit zu gewinnen, bis sich die Trapo wieder verzog, vielleicht in den nächsten Zug einstieg, der Richtung Westen einrollte. Dann würde er weitersehen.

Du bist jemand, der angeblich telefonieren will, machte er sich klar, und wandte sich um. Vor ihm lag das »Amtliche Fernsprechbuch für Groß-Berlin«. Er schlug es wahllos auf einer vorderen Seite auf und landete bei einer Anzeige des VEB Taxi-Berlin. Er hatte vorsichtshalber ein paar Ostmünzen eingesteckt, die er jetzt unwillkürlich aus seiner Hosentasche klaubte. Leider war ein Taxi Richtung Westen keine Lösung. An der Sektorengrenze würde es angehalten und kontrolliert werden, deshalb waren ja die Stadtbahnen das bevorzugte Schlupfloch nach Westberlin.

Er sah hastig über die Schulter hinweg auf den Bahnsteig. Die Spürhunde in blauer Uniform verrichteten weiter ihr Werk.

Plötzlich hämmerte jemand mit einer Münze gegen

die Scheibe der Telefonzelle. Ein Mann gestikulierte verärgert mit seiner ledernen Aktentasche: »Andere wollen auch, junger Mann!« Doch glücklicherweise drehte er sich dann um und rannte auf der Suche nach einem anderen Fernsprecher die Treppe hinunter wie zuvor die junge Frau, nur schlechter gelaunt.

Jo warf eine Münze ein und starrte wie gelähmt auf die aufgeschlagenen Seiten des Telefonverzeichnisses. Dann fiel ihm ein Name ein – nur dieser eine. Er blätterte hektisch – dabei sollte er sich doch Zeit lassen, schon um den Schein zu wahren – bis zum Buchstaben D vor und fuhr mit dem Finger die Spalten hinunter. Er war überrascht. Es gab den Namen Decker nur gerade fünfmal, doch vermutlich existierte er auch in Ostberlin dutzendweise, aber eben nur fünf hatten Telefonanschluss. Vier davon hatten männliche Vornamen, die einzige Frau mit Namen Decker hieß Dorothea.

Wieder klopfte jemand gegen die Zelle, das verärgerte Gesicht einer Frau tauchte im geriffelten Glas neben ihm auf. Er drehte sich weg und wählte auf gut Glück die erste Nummer: Decker, Hermann. Das Klopfen ans Glas der Zelle hörte auf, der Geräuschpegel des Bahnhofs jedoch blieb, er presste sich einen Finger gegen das andere Ohr und horchte angestrengt in die Leitung. Nichts als ein nerviges Tuten. Er brach ab, die Münze fiel durch, und er sah sich wieder um. Die Frau an der Zellentür war verschwunden, nicht jedoch die Trapo, die sich weiter fächerförmig auf dem Bahnsteig verteilte.

Du bist ein Mann in einer Telefonzelle – also telefoniere, Herrgott!, schalt er sich. Er warf erneut die Münze ein und probierte es mit dem zweiten Namen im Verzeichnis, Franz Decker.

Die Stimme einer älteren Frau meldete sich: »Krüger, Martha, Anschluss Decker.«

»Tag, Frau Krüger. Ich möchte mit Lore Decker sprechen.« Er sagte es, um halbwegs glaubwürdig ein Gespräch vorzutäuschen. Falls die Frau auflegte, würde er einfach weiterreden.

»Wer sind Sie denn?«, fragte sie.

»Entschuldigung, ich bin Jo...achim Schröter.«

»Aus Stralsund, was?«

»Stralsund, genau.« Was auch immer sie damit verband.

»Moment, junger Mann, ich schicke meinen Enkel runter, vielleicht ist sie da, die junge Deckersche.«

Er hörte sie lautstark nach einem Walter rufen, der »Tante Lolo von unten« zum Telefonieren heraufholen solle. Dass diese »Tante« die Lore war, die Jo sich wünschte, war nun wirklich nicht anzunehmen.

Dankbarerweise redete die Frau weiter, während ihr Walter unterwegs war. »Sie sind gerade aus Stralsund angekommen, wie?«

»Eben erst, richtig.«

Durch das Seitenfenster der Zelle sah er, dass eine der beiden Trapo-Gruppen sich langsam zum Bahnsteigrand hin bewegte, vielleicht wirklich, um in den eben von Osten hereinratternden Zug einzusteigen.

»Sie sind noch am Bahnhof, was?«, sagte die Frau. »Man hört die Züge.«

Er warf wieder einen schnellen Blick auf den Bahnsteig, die Trapos linkerhand waren wirklich in den S-Bahnwagen gestiegen. In wenigen Sekunden würden die Türen schließen und der Zug abfahren. Aber es gab ja noch die zweite Trapoeinheit, die bislang den hinteren Teil des Bahnsteigs in die Zange genommen hatte.

»Für dich, Lore, aus Stralsund«, hörte er plötzlich die Frau am Telefon sagen.

»Stralsund?« Eine junge Frauenstimme, noch undeutlich im Hintergrund. »Hallo? Lore Decker hier.« Lores Stimme, direkt an seinem Ohr.

Er wollte seinen Namen sagen, seinen richtigen, doch die Stimme versagte ihm plötzlich.

»Hallo?«, wiederholte sie. »Wer ist denn da – aus Stralsund?«

»Lore?«, bekam er endlich heraus. Seine Stimme kiekste, er musste husten, um sie zu klären. »Nicht ... Lolo?«

Er hörte sie lachen. »Lolo darf mich nur der kleine Walter nennen. – Aber wer ist denn da?«

»Lore«, sagte er jetzt mit klarer Stimme. »Hier ist Jo.«

»Jo?«

Sekundenlang herrschte Stille in der Leitung. Seltsamerweise drang in diesem Augenblick auch der Bahnhofslärm des abfahrenden Zuges, der Lautsprecherdurchsagen und der Rufe von Leuten auf dem Bahnsteig kaum zu ihm durch. Das alles war in diesen Sekunden Teil eines diffusen Rauschens und weit weg.

»Doch nicht etwa ... der Jo?«, hörte er sie so leise flüstern, dass er sie kaum verstehen konnte.

»Der Jo. Doch, Lore.«

»Aus ... Stralsund?«

Er spürte ihre Verwirrung und hatte plötzlich Angst, sie würde ihm nicht trauen und einfach auflegen. Doch dann lachte sie plötzlich. »Jo! Von wo rufst du an?«

Aus dem Augenwinkel sah er, dass sich draußen das zweite Trapo-Rudel seiner Telefonzelle näherte. Er musste raus aus dieser Falle, auch weg vom Bahnhof, wenigstens vorübergehend, um seine Lage neu zu überdenken. Im Augenblick war er dazu nicht fähig.

Er presste die Hand um den Hörer und versuchte seiner Stimme die Panik zu nehmen, die schlagartig wieder in ihm hochschoss. »Ich bin am Alex, Lore, und brauche dringend ... Ich würde ...« Gott, jetzt fing er auch noch an zu stammeln. »Können wir uns sehen, Lore? Jetzt, sofort? Ich weiß nur nicht ...«

Mit deutlich veränderter, plötzlich sehr ernster Stimme sagte sie: »Jo, ich hole dich ab. Warte vor dem HO-Warenhaus auf mich, direkt am Alex. Ich muss nur schnell noch ... Spätestens in einer halben Stunde kann ich dort sein. Falls ich doch länger brauchen sollte, geh nicht weg, warte vor dem Warenhaus oder besser, behalte es einfach im Auge.«

»Gut, ja.« Er würde es versuchen. »Bis gleich.« Hoffentlich.

Der Alexanderplatz lag Luftlinie nur wenige hundert Meter entfernt. Doch er musste es erst einmal aus dem Bahnhofsbereich schaffen. Und zwar schnell.

Er hängte den Hörer ein und öffnete einen Spaltbreit die Tür der Kabine. Der zweite Trupp hatte sich nicht weiter genähert, die Trapo-Männer standen in einem Halbkreis vor der Bahnsteigkante, lachten lautstark und ließen ihre Hunde hecheln. Andere in Angst und Schrecken zu versetzen machte ihnen sichtlich Spaß.

Jo trat aus der Zelle und ergriff die Gelegenheit, sich mit einer Gruppe älterer Fahrgäste, die gerade vorbeikam, zur Treppe hin zu bewegen. Im Pulk mit ihnen ging er die Stufen hinunter.

Im unteren Bahnhofsbereich blieb er kurz stehen, um sich zu orientieren. Er sah drei Vopos vor einem Würstchenstand, die hungrig dicke Bockwürste in sich hineinstopften. Er tat, als überlege er, sich ebenfalls eine zu kaufen, und ging dann einfach weiter.

Vor dem Bahnhofsgebäude fiel ihm bei einem kurzen Rundumblick nichts Bedrohliches ins Auge. Er atmete auf und ging rasch weiter in Richtung Alexanderplatz.

Das Hochhaus des HO-Warenhauses befand sich auf der rechten Seite. »Jeder Einkauf eine besondere Freude«, versprach ein gigantischer Schriftzug, der sich an der Fassade über drei Stockwerke hinzog.

Es war zugig am Platz, er klappte den Kragen seines Mantels hoch und ließ seinen Blick schweifen. Das weite Rund, das vor ihm lag, erschien ihm trist und öde, daran änderten auch die Menschen nichts, die auf dem Trottoir an ihm vorbeihuschten, oder die Pkw, Straßenbahnen und Busse im Kreisverkehr. Vor dem HO sah er sich ebenfalls um, hielt unter den Passanten, die sich ihm von links oder rechts über das Pflaster näherten, Ausschau nach Lore.

Er sah auf seine Armbanduhr, gleich fünf, die halbe Stunde war längst herum, aber sie kam noch immer nicht. Er ging nervös auf und ab, bis er einen Polizisten bemerkte, der sich inzwischen vor dem Nachbargebäude der Sparkasse aufgebaut hatte und jetzt zu Jo herübersah.

Er wandte sich um und ging möglichst ohne Hast zurück in Richtung S-Bahnhof. Einen Steinwurf entfernt blieb er stehen und blickte zurück zum HO-Gebäude. Noch immer nichts zu sehen von Lore. Er drehte sich wieder um und ging ziellos ein paar Schritte weiter.

Da entdeckte er sie.

In einem blaugrün schimmernden Mantel, das kurze braune Haar vom Wind zerzaust, das Gesicht blass, aber die Augen strahlend, eilte sie über das Pflaster auf ihn zu.

Er lief ihr entgegen, und als er sie erreichte, riss er sie förmlich an sich. Und im nächsten Moment wusste er wieder, wie es sich anfühlte, sie zu umarmen und zu küssen. Dass er es seit jenem letzten Abend mit ihr ein ganzes Jahr lang vermisst hatte.

»Jo, wir müssen weg hier«, flüsterte sie plötzlich erschrocken in sein Ohr, sobald er ihr Gelegenheit gegeben hatte, einen Blick an ihm vorbeizuwerfen. »Der Vopo drüben vor der Sparkasse beobachtet uns.«

Ihr Wagen, ein ochsenblutroter Wartburg, stand ein paar hundert Schritte entfernt in der Memhardstraße. Ehe sie einstiegen, warfen sie sich über das Dach hinweg Blicke zu. Sobald sie hinter dem Steuer saß und er sich neben ihr auf den Beifahrersitz geworfen hatte, küsste er sie wieder.

Sie sah ihn verwirrt an. »Ich kann das nicht glauben, Jo«, sagte sie ernst. Doch für Erklärungen war jetzt keine Zeit. Sie startete den Motor und fuhr los.

Während der Fahrt sprachen sie kaum ein Wort. Er sah hinaus. Der Himmel hatte teilweise aufgeklart, die späte Nachmittagssonne warf Lichtblitze durch die hier und da aufgerissene Wolkendecke. Er sah trostlose Brachen und neue Gebäude, die in ihrer Nüchternheit ebenso wenig Charme versprühten wie ihre Pendants im Westen. Hier und da las er Parolen an den Hauswänden wie »Nie wieder Krieg!«, denen er sich sogar hätte anschließen können. Meist aber waren es riesige Spruchbänder an Fassaden und Brückengeländern, die mit ihrem umständlichen Pathos kein Ende zu finden schienen und im Vorbeifahren sowieso unlesbar waren. – Lag das nun an ihm, an seiner Lage, dass ihm die Menschen auf den Bürgersteigen grauer als im Westen erschienen? Langsamer in ihren Bewegungen, irgendwie zielloser? Baustellen und Brachen, Brandmauern und Berge aus Bauschutt und Bruchsteinen, die noch nicht abgeräumt waren, fielen hier noch immer unverstellt ins Auge, im Westteil der Stadt lagen sie häufig hinter riesigen Werbetafeln verborgen: »Renommiert, wer's macht – Firma Schacht«.

Er sah Lore von der Seite an, ihr Gesicht schimmerte weich im matten Licht der Nachmittagssonne. Es kam ihm ebenso unwirklich vor wie ihr, dass er nun neben ihr saß.

»Eigentlich«, sagte er, »müsste ich der Trapo dankbar sein.«

»Wa-as?« Sie öffnete ungläubig die Lippen und sah kurz zu ihm hinüber.

»Ja«, bekräftigte er scherzhaft, »ohne die Trapo auf dem S-Bahnsteig wäre ich jetzt schon zurück im Westen.«

»Du bist also nicht hergekommen, um mich zu besuchen?« Sie hatte es leichthin gesagt, als Scherz, dennoch war er nicht sicher, ob sie es ernst meinte.

Er berührte leicht ihren Arm mit seiner Hand. »Ich will dich schon seit einem Jahr sehen, Lore.«

Sie blickte starr nach vorn, nur ihre zarten Nasenflügel bebten leicht, und sie errötete tief.

Plötzlich wusste er es.

Begriff es.

Die Erkenntnis überwältigte ihn.

Er stieß einen schweren Seufzer aus und musste über sich selbst den Kopf schütteln.

»Alles in Ordnung, Jo?«, rief sie erschrocken aus. »Geht's dir nicht gut?« Sie nahm den Fuß vom Gas.

»Nein, nein, im Gegenteil, Lore, alles bestens!« Er sah sie an. »Es ist nur ... Mir ist soeben etwas klar geworden.«

»Was denn?«

»Ich weiß nicht, fällt mir schwer, es ...« Er brach ab. Ihm fehlten schlicht die Worte.

Sie lachte und runzelte zugleich die Stirn. »Klingt eher nach Fieber.«

»Ja, ich glaube, das ist es.« Er lachte ebenfalls und wünschte, es wäre umgekehrt. Wie in dem Song, den er von Peggy Lee erst kürzlich im Radio gehört hatte: »He gives me fever«. Doch im Moment war es sicher besser, wenn wenigstens Lore kühlen Kopf behielt.

Sie hielt gegenüber einem kleinen Park, der zur anderen Seite hin leicht bergan stieg. Auf dem Plateau blitzten die Scheiben eines etwas futuristisch anmutenden Cafés im späten Nachmittagslicht; mit einigen Werbetafeln suchte es auf sich aufmerksam zu machen. Am tiefer gelegenen Ende der Liegewiese, dessen Gras bleich und löcherig wirkte, war ein künstlicher Teich angelegt worden.

»Den Park kenne ich gar nicht«, sagte er, als sie ausstiegen. Jedenfalls konnte er sich aus früheren – viel früheren – Zeiten nicht an ihn erinnern.

»Vor ein paar Jahren erst angelegt worden«, warf sie ihm zu, während sie um das Auto herumging. »Nachdem die Trümmer weggeräumt waren. Fast die ganze Häuserzeile auf der anderen Seite wurde im Krieg zerstört.«

Sie gingen auf ein Haus mit schlichter Altbaufassade zu. »Falls jemand fragt«, raunte sie ihm zu, »sagen wir, dass du mein Cousin aus Stralsund bist.«

Er lächelte. »Wegen Frau Krüger?«

»Die ist eigentlich ganz in Ordnung, nur ziemlich neugierig. Sie weiß, dass ein Teil unserer Familie aus der Gegend um Stralsund stammt.«

»Und Walter?«

Sie lachte. »Ihr Enkel, er ist erst sechs. Sie passt auf ihn auf, solange Walters Eltern verreist sind. Betriebsfahrt in den Harz, sagt die Krüger.«

Sie nahm den Schlüsselbund aus der Manteltasche und schloss die Haustür auf. Der Flur mit schadhaftem Putz an den Wänden und nicht mehr ganz vollständigen schwarz-weißen Bodenfliesen. Ein offen stehender Flügel der Hoftür gab den Blick frei auf den Innenhof: eingehegte Blumenbeete in der Mitte und Büsche an den Seiten, weiter hinten das grau verputzte Gartenhaus.

»Wir wohnen hier vorn im Parterre«, sagte sie und deutete mit dem Schlüssel auf die Wohnungstür gleich links.

»Seit einem halben Jahr ungefähr«, fügte sie hinzu, und ihr Gesichtsausdruck wechselte von Dur zu Moll.

Die Wohnung, die er nach ihr betrat, war dunkel, sie war bereits genötigt, Licht im Flur zu machen. Auf den ersten Blick fühlte er sich an die Weddinger Parterrewohnung erinnert, in der er selbst aufgewachsen war. »Zwischen den Kneipen« hatte sie seine Mutter getauft, da sie von Bierhallen und Gastwirtschaften geradezu umstellt gewesen war. Heute war nichts mehr davon vorhanden. Das Wohnhaus und alle Kneipen ringsherum zerbombt, teilweise ersetzt durch die schmucklosen Neubauten des Aufbauprogramms, aber noch immer klafften riesige Baulücken.

Die Küche befand sich rechts, doch Lore führte ihn als Erstes zu einem Zimmer am Ende des Flurs. Links ein schmaler Bücherschrank und ein Sekretär mit aufgeklappter Schreibfläche, darüber eine Reihe heller Rechtecke auf der vergilbten Tapete, offenbar von Bildern oder Fotografien, die abgenommen worden waren. Rechts war die Wand bis in Brusthöhe mit weißen Kacheln versehen. »Früher war das hier eine Metzgerei«, erklärte sie.

Sie gingen zum Fenster, wo ein grauhaariger Mann im Rollstuhl saß und hinaussah, wenigstens wirkte es so. Lore strich ihm über sein schütteres Haar und drehte den Stuhl ein Stück herum. Jo blickte in leere Augen, die eine Hälfte des Gesichts hing schlaff herunter.

»Vater, das ist Jo«, sagte sie. »Jo«, sie blickte ihn an, »das ist mein Vater Franz.«

Jo nickte ihm zu und grüßte.

Der alte Mann starrte ihn an, ohne erkennbares Zeichen, dass er verstand, was seine Tochter gesagt hatte.

»Wir lassen dich wieder in Ruhe«, entschied Lore und drehte den Rollstuhl herum, so dass er weiter hinaussehen konnte. Falls er hinaussah.

Dann nahm sie Jo bei der Hand und führte ihn durch den Flur zu einem kleinen Zimmer, das links neben der Küche lag. Ein schmales Bett, ein Kleiderschrank, ein Korbstuhl, eine Spiegelkommode. An der Wand die Reproduktion eines Akts von Modigliani in einem schmalen Rahmen. Lore drehte sich zu ihm um, schlang die Arme um seine Hüften und legte den Kopf in den Nacken. Sie öffnete die Lippen, ihre hellen Zähne schimmerten im Halbdunkel.

Später, als es bereits Abend war, saßen sie in der Küche.

Sie hatte Rührei gemacht und ihrem Vater zu essen gegeben, genau genommen hatte sie ihn am Tisch gefüttert wie ein Baby. Dann hatte sie ihn gegenüber in das Badezimmer geschoben und anschließend in seinem Zimmer für die Nacht versorgt. Sie werde später noch einmal nach ihm sehen, hatte sie Jo erklärt, nachdem sie in die Küche zurückgekehrt war.

»Was ist mit deinem Vater?«, fragte er, während sie den Kaffee tranken, den sie gebrüht hatte.

»Er hatte einen Schlaganfall. Früher haben wir oben in der zweiten Etage gewohnt, in der Wohnung, in der jetzt Frau Krüger wohnt.«

»Daher der Anschluss Decker?«

»Ja. Es ist der einzige Anschluss hier im Haus. Er ist noch nicht umbenannt, aber daran stört sich Frau Krüger nicht, alle wissen ja Bescheid, auch die Nachbarn lassen sich dort anrufen. Wegen Vaters Lähmung nach dem Schlaganfall haben wir die Wohnung mit Frau Krüger getauscht, die hier im Parterre wohnte, zu dem Zeitpunkt lebte ihr Mann noch.«

Er schwieg, er musste sie immerzu ansehen. Es gefiel ihm, wie sie sprach, so ruhig und begleitet von kleinen Gesten ihrer schlanken Hände.

Sie sah ihm in die Augen. »Warum bist du hier, Jo?«

Sie hatten sich geliebt, aber bisher nicht darüber geredet. Er sagte, es sei vermutlich besser, wenn er ihr nichts davon erzähle. »Sicherer für dich.«

»In Ordnung.« Sie griff nach seiner Hand. »Aber was ist mir dir? Nicht gerade ohne Risiko für dich als Polizisten aus dem Westen, hier im Osten zu sein.«

Er zog die Brauen hoch. »Nein, vor allem die Rückfahrt ist ein Problem. Die Trapo kontrolliert an diesem Wochenende anscheinend jeden Fahrgast.«

Sie nickte nachdenklich. »Politisch scheint momentan einiges ins Rutschen zu geraten. Das Tauwetter nach Stalins Tod ist vorbei, ich merke es auch im Sender.«

»Immer noch Nalepastraße?« Er sagte ihr, dass er mit dem Gedanken gespielt hatte, sie dort im Funkhaus zu suchen. »Unter irgendeinem Vorwand.«

»Du hättest mich dort nicht gefunden. Ich habe keinen Büroplatz mehr, auch keinen Telefonanschluss, sie haben mich degradiert. Bin jetzt nur noch Hilfskraft in der Kulturabteilung, das heißt, ich schleppe Ordner hin und her, koche Kaffee, sorge für schlechte Laune mit meinem Miesepetergesicht. Wirft man mir vor.« Sie lachte bitter. »Sie trauen mir nicht, und dann war … das mit Vater.« Sie ballte eine Hand zur Faust.

»Was meinst du?«

Sie holte tief Luft. »Bis vor zwei Jahren«, begann sie zu erzählen, »war Vater noch leitender Sekretär im Bereich Metallverarbeitung. Er war früher in der SPD, dann bei den Kommunisten. Aber was seit dem 17. Juni passiert ist, die Hetze, die Propaganda, all die Brutalitäten, das hat ihn mehr und mehr entsetzt. In der Partei spürten sie das und setzten ihn unter Druck. Und eines Tages verlangten sie von ihm Informationen – über mich. Wegen meiner westlich-dekadenten Tendenzen.«

»Der Jazz?«

Sie liebte Satchmo und Ella und Bird und Miles mindestens ebenso wie er. Und stand damit auf völlig verlorenem Posten gegenüber den ideologischen Verfechtern eines beinharten deutschen Volkslieds, gepaart mit schmissiger Parteifolklore.

»Und dann«, sagte sie, »habe ich dummerweise den Fehler begangen, einen Kollegen aus Halle zu verteidigen, der die ablehnende Parteilinie gegenüber Jazz und Rock'n'Roll offen kritisiert hatte. Er sitzt seitdem im Gefängnis.«

Jo sah sie beunruhigt an.

»Ich weiß, was du sagen willst. Aber mich haben sie vorläufig nur degradiert.« Sie drehte an ihrer Kaffeetasse und atmete stöhnend aus. »Aber Vater hielt es nicht aus, wie sie mich behandelten. Er fühlte sich sicher, war zwar keine große, aber auch keine ganz kleine Nummer in der Partei. Er beschwerte sich über meine Degradierung. Als Antwort darauf bekam er die Aufforderung, mich ›zu beobachten‹, wie sie sich ausdrückten.«

»Dich zu bespitzeln? Die eigene Tochter?«

»Sie meinten das vollkommen ernst. Als Funktionär der Partei müsse er Vorbildverhalten an den Tag legen. Vater ...« Sie brach plötzlich ab.

»Was ist passiert?«

»Vor einem halben Jahr ungefähr fand ich ihn im Bett, etwa in dem Zustand, wie du ihn jetzt siehst. Seitdem kümmere ich mich um ihn, abends und an den Wochenenden. Tagsüber in der Woche kommt zum Glück meine Tante, um ihn zu versorgen, sie ist seine Schwester aus Friedrichshain. Wenigstens haben sie uns den Wagen gelassen, den Wartburg, den er noch bekommen hatte, bevor er meinetwegen in Ungnade fiel. Wir brauchen das Auto wirklich, um ihn zum Arzt zu fahren, zum Krankenhaus hin und wieder.« Sie brach plötzlich in Tränen aus. »Es ist alles meine Schuld. Nur meinetwegen sitzt er heute im Rollstuhl, kann nicht mehr laufen, nicht mal sprechen, ich weiß gar nicht, ob er mich versteht.«

Jo beugte sich zu ihr vor und legte beide Arme um ihre zuckenden Schultern. »Nicht du bist schuld daran, Lore. Es sind Ulbricht und seine Clique, die das System am Laufen halten.«

»Mag sein, Jo ...«

»Ganz sicher sogar, Lore.«

Sie drückte ihre Stirn gegen seine. »Ich fühle mich nur trotzdem schuldig seinetwegen. Ich kann nichts dagegen machen.«

Er küsste ihre Stirn.

Nach einer Weile des Schweigens stand sie auf, um ihre Zigaretten zu holen.

»Kann ich auch eine haben?«

»Eine Juno? Im Ernst, Jo?« Sie wusste, dass er sonst nur amerikanische Zigaretten rauchte.

Er schilderte ihr, wie er am Nachmittag in einem Anfall von Panik seine Camel-Packung samt Safety Matches im Mülleimer eines Ostberliner Bahnsteigs versenkt hatte.

Sie bot ihm von ihren Juno an. »Einen Schnaps dazu? Ich glaube, ich brauche jetzt einen.«

Sie holte eine halb volle Flasche polnischen Wodka und zwei Schnapsgläser aus dem Küchenschrank. Es war guter Wodka, er kippte zwei Gläser kurz nacheinander, während sie an ihrem vorsichtig nippte. Allmählich beruhigte sie sich wieder.

Später sah sie noch einmal nach ihrem Vater und setzte sich dann wieder zu Jo an den Küchentisch. Nachdenklich, mit einer neuen Juno in der Hand, sagte sie: »Vaters große Hoffnung war immer die Jugend. Aber nun zieht die Partei überall wieder die Zügel an. Kürzlich haben sie ein paar harmlose Jungs angeklagt, bloß weil sie Rock'n'Roll gehört haben und sich Bill-Haley-Klub nannten. Die hatten zu Hause kein Geld für Schallplatten oder gar einen Plattenspieler, deshalb hatten sie sich im Park getroffen und – dummerweise – Westradio gehört, RIAS und Radio Luxemburg, um Elvis zu hören und Bill Haley. Der angebliche Rädelsführer war von den anderen nur deshalb zum ›Klubleiter‹ erklärt worden, weil er hundertzwanzig Liegestütze schaffte. Er hat sich zum Spaß einen Sheriffstern an die Brust geklemmt, sich eine Entenschwanzfrisur verpasst wie Elvis Presley und eine Haartolle wie Tony Curtis. Die Jungs nannten sich Bill und Elvis und Tony. Das reichte, um ihnen subversive Tendenzen vorzuwerfen. Jetzt schmoren die armen Kerle, Vierzehn-, Fünfzehnjährige, im Roten Ochsen, das ist die Stasi-Haftanstalt in Halle. Es ist klar, was dabei herauskommen wird, sie werden die Kinder in ein Arbeitslager stecken und sie sich halb oder ganz totschuften lassen.«

»Gehörten eigentlich nur Jungs zu dem Klub?«

»Es war auch ein Mädchen dabei.«

»Nur eines?«

»Genau eines, die Jungs waren wohl mehr an Elvis als an Mädchen interessiert. Und dieses eine Mädchen in dem harmlosen Klub hat die Partei kurzerhand für sittlich verdorben erklärt. Vermutlich sitzt die Ärmste jetzt in irgendeinem Stasi-Umerziehungsheim für widerspenstige Mädchen.«

Lore lächelte traurig, und sie schwiegen eine Weile, während sie rauchten. Nur das leise Ticken der Küchenuhr war zu hören.

Schließlich drückte sie ihre Juno aus – seine hatte er schon nach wenigen Zügen im Ascher erstickt –, und er nahm ihre Hand. »Komm mit mir, Lore«, sagte er, »in den Westen.«

Sie schüttelte ungläubig den Kopf.

»Ich meine es ernst, Lore.«

Sie sah ihn eine Weile schweigend an. »Und mein Vater?«, sagte sie dann.

»Wir finden einen Weg, deinen Vater mitzunehmen.«

»Mit dem Wartburg in den Westen, meinst du? Vaters Rollstuhl hinten im Wagen? An der Sektorengrenze wäre Schluss, das weißt du. Außerdem ...« Sie senkte die Augen.

»Außerdem was?« Er suchte ihren Blick. »Was, Lore?«

Sie hob den Kopf und sah ihn betrübt an. »Ich kann Vater nicht einfach aus allem herausreißen. Nicht in seinem Zustand. Er ist hier zu Hause. Vor drei Jahren ist meine Mutter in diesem Haus gestorben, in der früheren Wohnung oben. Jetzt ist dies hier alles, was ihm noch vertraut ist, der Blick aus dem Fenster, auf die Straße, in der er seit Jahrzehnten lebt.«

»Er hat dich, Lore! Und das wäre auch im Westen der Fall.«

In ihren Augen glitzerten Tränen, und er wusste, dass er sie damit jetzt in Ruhe lassen musste.

Plötzlich warf sie erschrocken einen Blick auf die Küchenuhr. »Es ist bald eins, Jo!«

»Ich kann noch bleiben«, sagte er. »Bis morgen früh.«

Genau genommen schon heute.

Sie nahm sein Gesicht in ihre Hände, und er spürte ihre Lippen, schmeckte ihren Atem. »Komm«, sagte sie, »dann haben wir noch die Nacht.« Sie nahm seine Hand und zog ihn mit sich.

»He, du«, flüsterte eine Stimme in der Dunkelheit.

Jemand berührte sie an der Schulter, und sie richtete sich erschrocken auf. Sie zitterte, das Nachthemd war klatschnass.

»Scht, nicht erschrecken, ich bin's: Karin.«

»Karin?«

»Ja, ich heiße Karin. Und du?«

»Grit.«

»Du hast schlecht geträumt, Grit. Rück mal ein Stück.«

Sie rückte bis dicht an die Wand, und das Mädchen, das Karin hieß, schlüpfte zu ihr unter die Decke.

»Ich konnte nicht schlafen«, flüsterte Karin, »und da hab ich dich gehört. Du hast geschrien, aber die anderen sind nicht aufgewacht.«

Sie war heute in den kleinen Saal zu den anderen Mädchen gebracht worden. Karin war die Einzige in ihrem Alter, die anderen waren jünger, höchstens elf oder zwölf, zwanzig Mädchen insgesamt.

In der Dunkelheit schimmerte Karins Gesicht, das sie ihr nun zuwandte. »Du hattest einen Albtraum, Grit.«

»Ja.«

»Zum Glück hat dich die Nachtaufseherin nicht gehört. Sie hätte dich sonst aus dem Bett geholt und auf den Flur gestellt.«

»Ich weiß.« Die Aufseherin hatte es bereits früher, in dem anderen Zimmer, getan. Eine Stunde auf dem Flur stehen sei noch eine milde Strafe für die Störung der Nachtruhe. In der Schule machten sie es auch nicht anders, hatte die Nachtaufseherin behauptet.

»Sie ist eine Hexe«, flüsterte Grit.

»Ja, hässlich wie die Nacht, keiner will sie ansehen, deshalb ist sie Nachtaufseherin«, zischelte Karin und unterdrückte ein Kichern.

»Was machst du hier, Karin? Ich meine, warum bist du hier?«

»Du zuerst«, sagte Karin. »Was machst du hier?«

»Keine Ahnung, sie haben mich gezwungen. Ich weiß nicht mal, wo genau ich hier bin.« Sie beschrieb einen Bogen mit der Hand. »Wo das hier ist?«

»Sie nennen es Besserungsheim – ha, ha. Eines von mehreren der Partei.«

»Der Partei? Welcher Partei?«

»Na, der Partei eben. – Aber weshalb haben sie dich eingelocht?«

»Sie ... wollen etwas von mir wissen. Aber ich verstehe gar nicht, was. Meine Mutter ist tot. Sie ... haben sie umgebracht.« Sie stockte, konnte spüren, wie Karin neben ihr erstarrte und plötzlich ganz still dalag.

Erst nach einer Weile fragte Karin: »Warum haben sie deine Mutter ... umgebracht?«

»Sie soll irgendetwas Schlimmes gemacht haben, keine Ahnung, was. Sie denken, dass ich davon weiß, aber ich weiß nichts, gar nichts. Sie glauben mir nicht. Ich verstehe das alles nicht.« Sie suchte Karins Augen in der Dunkelheit. »Aber du, Karin? Warum bist du hier?«

»Wegen Bill Haley, dem Klub.«

»Welchem *Bill Haley-Klub*? Es gibt, weiß nicht, Tausende Bill-Haley-Klubs, schätze ich.«

»Hier nicht. Hier gab es nur einen. Sie haben alle eingesperrt, die dabei waren. Alle Jungs und mich. Ich war die Einzige, das einzige Mädchen, meine ich.«

»Ehrlich?«

»Ja.«

»Aber Bill Haley ist doch nicht verboten.«

»Hier schon.«

»Wegen der Krawalle?«

»Wegen überhaupt. Weil es eben Bill Haley ist. Sie hassen ihn. Und sie hassen Elvis. Sie hassen alle, die aus Amerika sind. Sie hassen unsere Musik, und sie hassen uns.«

»Ja, die hassen uns«, wiederholte Grit. Sie drängte sich an Karins warmen Körper und flüsterte in ihr Ohr: »Brausen sie dich eigentlich auch?«

Karin fuhr mit dem Kopf zu ihr herum. »Dich auch?«

»Ja. Die zwei Aufseher.«

»Das sind Schweine. Sie lachen, wenn sie es tun. Aber eines Tages, du, eines Tages …« Sie fühlte, dass Karin eine Faust unter der Decke ballte.

Ja, eines Tages. Ganz sicher.

Aber bis dahin richteten die Männer den Schlauch auf sie und Karin und die anderen Mädchen. Und der eiskalte Wasserstrahl traf steinhart jede Stelle ihres Körpers, wie sehr sie ihn auch zu schützen versuchten.

»Sie lachen sich halb tot dabei, diese Schweine«, sagte Karin. »Aber irgendwann, du, das schwöre ich, kriegen sie's zurück. Und zwar alles.«

»Ja«, flüsterte Grit und war froh, dass Karin sich an sie klammerte, damit sie nicht wieder stürzte – fiel und fiel, immer tiefer, immer schneller. Wann würde der Albtraum aufhören?

Sonntag, 2. November 1958

Der Morgen graute, als sie das Haus verließen. Der Bürgersteig war menschenleer, kein Auto auf der Straße unterwegs. In der Luft hing ein schwefeliger Geruch, etwas für lederne Lungen. Schweigend stiegen sie in den Wagen.

Die Stadt lag wie betäubt, als Lore ihn zum Bahnhof fuhr, kaum Verkehr auch auf den großen Straßen. Unwillkürlich hielt Jo nach Polizeifahrzeugen Ausschau und auf den Bürgersteigen nach Männern in Uniform. Sinnlos, einmal mehr musste er sich daran erinnern, dass Stasi-Leute in Zivil unterwegs waren.

Lore fuhr ihn bis zur Geschwister-Scholl-Straße, um mit ihrem Wagen nicht vor dem S-Bahnhof aufzufallen. Sie hielt am Straßenrand, und sie sahen sich schweigend an. Sie umarmten sich, er küsste sie noch einmal, dann stieg er aus.

Er wandte sich nicht mehr um, glaubte aber, ihren Blick in seinem Rücken noch zu spüren, bis er die Straßenseite wechselte und in die Georgenstraße einbog. An der S-Bahnbrücke über der Friedrichstraße lief eine Leuchtschrift: »Neues Deutschland meldet: Vom Willen hängt es ab, ob ...« Er ging weiter, der Rest interessierte ihn nicht.

Ein grauer Sonntagmorgen in Ostberlin, kaum mehr als einen Kilometer Luftlinie vom Westen, von der Sektorengrenze entfernt. Ab Friedrichstraße eine einzige Station, bis er in Sicherheit war. Doch das hing nicht nur von seiner Selbstbeherrschung ab, sondern auch vom Glück, das er jetzt hatte oder eben nicht. Bislang waren keine Kontrolleure in Sicht.

Ein paar Krähen zankten miteinander, als er zum »Fernbahnsteig B« hinaufstieg. Vor einer Werbetafel für einen ultraroten volkseigenen Lippenstift mit dem Versprechen: »Hält!« flatterten Tauben aufgeregt hin und her. Ganz gewöhnliche, keine Friedenstauben. Er erinnerte sich, dass sein Vater sie einmal als Flugratten bezeichnet hatte: »Scheißen alles voll. Wenn du etwas taugen würdest, Junge, hättest du längst mit der Schleuder ein paar von den Viechern vom Himmel geholt.« Hätte er eine Schleuder besessen damals, dann hätte er auf seinen Vater gezielt statt auf Tauben. Eine Zeit lang hatte er sich an der Phantasie geweidet, sein Vater müsste infolgedessen eine Augenklappe tragen.

Er sah sich um. Nur wenige andere Fahrgäste befanden sich außer ihm auf dem Bahnsteig, und mit einem Mal fragte er sich, ob es nicht eine ganz schlechte Idee gewesen war, so früh zu fahren. Je weniger Menschen unterwegs waren, desto leichter fiel er auf. Doch gestern waren viele Menschen auf den Bahnsteigen gewesen – und dementsprechend viele Trapo-Männer, die offenbar auf reiche Beute gehofft hatten.

Im Moment waren keine Uniformen zu sehen. Er musste jetzt die Nerven behalten.

Er stellte sich neben den Kiosk am Bahnsteig und zwang sich, die Schlagzeilen des Neuen Deutschland und anderer Parteiblätter zu lesen, um die aufkommende Panik zu blockieren: Chinesische Diplomaten halfen demnach DDR-Bauern bei der Zuckerrübenernte. Mercedes-Aktien kletterten auf schwindelerregende Höhen. Mit Rock'n'Roll ins Massengrab. Er musste zweimal lesen, stand das dort wirklich? Bonner Militaristen, warnte das Blatt, förderten absichtlich den Rock'n'Roll als modernen Veitstanz, um die Jugend der DDR zu verführen.

Jo trat einen Schritt zurück und dachte an das, was Lore ihm gestern Abend über die Jugendlichen des Bill-Haley-Klubs im Osten erzählt hatte. Plötzlich packte ihn eine solche Wut, dass er sich kaum zurückhalten konnte, nach der Zeitung zu greifen und sie in Fetzen zu reißen.

Ein Mann in einem knielangen Mantel kam auf ihn zu, zupfte sich am Hutrand und zeigte ihm, vom Körper abgeschirmt, einen Ausweis. Sein Puls begann zu rasen. Aber dann sah er: nein, das war kein Ausweis. Was der Mann ihm heimlich zeigte, war ein Geldschein, zehn westdeutsche Mark. Ein Schwarzhändler, der ihm flüsternd anbot, sein restliches Ostgeld abzukaufen, das er noch besitze. »Kurs zehn zu eins.«

»Danke, nein.« Abgesehen davon, dass er bis auf ein paar Münzen kein DDR-Geld mehr besaß, war der Kurs geradezu lachhaft, offiziell betrug er vier zu eins.

»Ist strafbar, Ostmark auszuführen«, bedrängte ihn der Mann.

»Hab gar keine«, sagte Jo.

Der Mann verzog keine Miene, sah ihn noch einige Sekunden lang an und wandte sich dann ab. Ein paar Schritte weiter sprach er eine Frau in einem grauen Wollmantel an. Sie drehte sich wortlos von ihm ab.

Sonderbarerweise beruhigte Jo der Vorfall ein wenig. Wenn ein Schwarzhändler die Fahrgäste so offen ansprach wie dieser, konnte die Staatsmacht nicht in der Nähe sein. – Vorausgesetzt, das Ganze war keine Falle und der vermeintliche Schwarzhändler nicht in Wahrheit ein Stasi-Spitzel, der einen Vorwand schuf für Übergriffe und Verhaftungen. Seine Nervosität nahm wieder überhand, und er entfernte sich noch ein paar Schritte weiter von dem Mann, der bereits den nächsten Fahrgast ansprach, der auf dem Bahnsteig wartete.

Der Zug fuhr ein. Zwei Männer sprangen aus dem

Wagen, der direkt vor ihm hielt. Sie eilten dicht an ihm vorbei, liefen weiter zur Treppe und verschwanden aus seinem Blickfeld.

Er beruhigte sich und stieg ein. Mit einem schnellen Rundumblick erfasste er, dass sich außer ihm nur noch drei weitere Personen in dem Waggon befanden: zwei junge Frauen, die sich auf den Holzbänken gegenübersaßen, in hellen Glockenkleidern unter ihren offenen Mänteln, die Handtaschen auf den Knien, und ein Mann, der die Frauen von der anderen Gangseite her heimlich zu beobachten schien.

Niemand stieg mehr ein, die Türen schlossen sich, der Zug ruckte an, und Jo, der an der Tür stehen geblieben war, sah den Bahnhof langsam aus seinem Gesichtsfeld verschwinden. Sie kreuzten die Spree, dann wand der Zug sich entlang grauer maroder Hausfassaden, ehe er sich am Klinikgelände der Charité vorbei und schließlich über den Humboldthafen schleppte.

Der Rest war Westen.

Mit einem unsagbaren Gefühl der Erleichterung machte Jo ein paar Schritte zurück von der Tür und sackte nieder auf eine Sitzbank. Er stieß ein heiseres Lachen aus, das ihm die überraschten Blicke der beiden Frauen einbrachte und ihm auch selbst ein wenig verrückt vorkam. War es nicht das Leichteste auf der Welt, mit der S-Bahn von Ost nach West zu fahren? Ein Kinderspiel?

Für andere vielleicht.

Lehrter Bahnhof, dann Bellevue. Der Zug füllte sich mehr und mehr. Am S-Bahnhof Tiergarten wankten ein paar Betrunkene herein, und die beiden Frauen stiegen aus. Der Mann, der sie unentwegt beobachtet hatte, folgte ihnen nach. Auf dem Bahnsteig, konnte Jo von seinem Platz aus sehen, sprach der Mann die Frauen an. Sie blieben stehen, musterten ihn skeptisch, bis sie bemerkten, dass er sein Portemonnaie schon in der Hand hielt. Sie lachten, und zu dritt gingen sie fort.

Im Westen schien alles nur eine Frage des Geldes zu sein.

Als Jo am Bahnhof Zoo ausstieg, zitterten seine Waden. Panikstimmung, hatte ihm einmal ein Nervenarzt erklärt, baue sich blitzschnell auf, doch nur sehr langsam wieder ab. »In Panik schwitzen Sie zwei Hemden in zwei Minuten durch, junger Mann. Aber Sie brauchen zwei Tage, bis Ihr Nervenkostüm nicht mehr flattert.«

In der Wohnung im Hochparterre, in der Frau Simonowsky gestorben war, standen alle Fenster zur Straße hin einen Spaltbreit auf. Sie wurde gelüftet. Im Hausflur war der Verwesungsgeruch bereits nicht mehr zu bemerken, es roch nur säuerlich wie eh und je. Im zweiten Stock war es ausnahmsweise still, kein Streit bei Eberhardts, kein Geschrei, kein Weinen der Kinder war zu hören, die Familie schlief wohl noch.

Jo warf einen Blick auf seine Armbanduhr, es war jetzt kurz vor acht. Er konnte es kaum fassen, dass er vor einer guten Stunde noch drüben gewesen war – und die Nacht mit Lore verbracht hatte. Doch er hatte fahren und sie dort bleiben müssen, eine Tatsache, die ihm so abgrundtief falsch vorkam wie die Leuchtschrift am S-Bahnhof Friedrichstraße.

Auch in der Wohnung war es still. Auf dem Weg zum Bad, das er als Erstes ansteuerte, hörte er nur Markworts Schnarchen aus dem Allzweckzimmer der Wohnungswirtin. Auf Petra Küpper traf er anschließend in der Küche. In ihrem schlammfarbenen Morgenmantel – »isabellfarben« sei die richtige Bezeichnung, hatte sie ihn mal belehrt – saß sie am Tisch vor einer Tasse Kaffee und rauchte. Markworts Schnarchen hatte sie wieder einmal die Nachtruhe gekostet.

Sie hob müde den Kopf. »Morgen, Herr Sturm. Sie sind mir heute Nacht doch nicht untreu geworden?« Sie warf ihm einen trüben Blick zu.

Er blieb an der Tür stehen und fragte, da ihm nichts Besseres einfiel, ob es Neues in Sachen Einbruchdiebstahl gebe. Dabei war Wochenende.

»Keine Ahnung. Sie sind doch bei der Polizei.« Ihre Laune war umwerfend.

Er versprach, sich morgen bei den Kollegen im Bezirk zu erkundigen, und ging dann in sein Zimmer. Dort öffnete er die obere Schublade seines Sideboards und entnahm seinem Camel-Vorrat eine neue Packung. Er rauchte die erste Camel seit gestern Nachmittag im Stehen vor dem Fenster, und für einen kurzen Moment bildete er sich ein, Lores Gesicht statt seines darin zu sehen. Anschließend drückte er den Stummel in dem Aschenbecher auf dem Fensterbrett aus, zog sich um und verließ das Zimmer. Noch während er sich im Flur den Trenchcoat anzog, klingelte das Wandtelefon.

»Gehen Sie bitte ran, Herr Sturm?«, rief Frau Küpper von der Küche her. »Ist bestimmt für Sie.«

Er nahm ab. »Sturm hier.«

Frau Küpper hatte recht. Es war Hoyer aus dem Präsidium, der sich in seiner verbindlichen Art zunächst danach erkundigte, ob es Jo wieder besser gehe.

»Bestens, Herr Hoyer, danke.«

Dann berichtete er, dass die Sitzung bei Hauptkommissar Granzow heute ausfalle. »Gibt da wohl einen Unglücksfall in seiner Familie. Stattdessen übernimmt Kriminalrat Kettler die Leitung, aber erst später. Sie können sich also Zeit lassen.«

Jo bedankte sich und legte auf. Dass der Rapport bei

Granzow ausfiel, passte ihm gut. Er wollte gerade die Wohnung verlassen, als ihm seine Vermieterin nacheilte, die glimmende Kippe noch in der Hand. »Herr Sturm, eine Sache noch, hatte ich vorhin vergessen: Christine Eberhardt war gestern hier und wollte Sie sprechen.«

»Hat sie gesagt, was sie wollte?«

»Nein, nur, dass Sie mit Ihnen reden möchte. Vielleicht schauen Sie später mal bei ihr vorbei oder rufen an? Schien ihr wichtig zu sein.«

»Danke, werde ich machen, Frau Küpper.«

Eine Minute später war er unten auf der Straße. Die Luft, stellte er fest, roch hier ebenso nach Schwefel wie drüben im Osten. Aber, er konnte sich nicht helfen, sie atmete sich freier. Er startete seine DKW mit neuem Schwung.

Es war kurz vor neun, als er sich am Schalter des Foyers im Schöneberger Rathaus nach Carstensen erkundigte. Curows Assistent tauchte keine drei Minuten später auf.

»Offen gesagt, haben wir uns schon Sorgen um Sie gemacht, Herr Sturm«, verriet er ihm bereits auf dem langen, umständlichen Weg durch die Gänge des Rathauses.

»Wieso das? Sie sagten, vor zehn heute Morgen würden Sie nichts unternehmen, falls ich mich bis dahin nicht zurückgemeldet hätte. – Und hier bin ich.«

»Schon richtig.« Carstensen verzog das magere Gesicht. »Aber das war ein Notfallplan. Wir hatten Sie eigentlich schon gestern Nachmittag oder am Abend zurückerwartet. Der Zehn-Uhr-Termin heute war der äußerste Zeitrahmen. Danach ...«

»Hätten Sie mich aus dem Sowjetsektor entführen lassen? Zur Not herausgebombt?« Carstensens näselnde Oberlehrerhaftigkeit ging ihm gerade ziemlich auf die Nerven.

Carstensen reagierte mit einem scheelen Blick und bat Jo, ihm den gefälschten Personalausweis zurückzugeben. »Wir vernichten ihn ordnungsgemäß«, versicherte er mit Nachdruck in der Stimme.

Jo suchte danach in seiner Brieftasche und wollte schon die Taschen seines Trenchcoats abtasten, als es ihm einfiel: »Tut mir leid, Herr Carstensen, das gute Stück muss noch in dem Blouson stecken, mit dem ich rübergefahren bin.«

»Dann reichen Sie es mir bitte baldmöglichst zurück, Herr Sturm«, sagte er schmallippig. Er deutete auf die Tür zum angrenzenden Raum. »Die Herren sind schon anwesend.«

Die Herren in dem Hinterzimmer erwarteten Jo in derselben Sitzordnung wie gestern. Und hätte Curow heute nicht einen sandfarbenen statt eines dunklen Anzugs getragen, hätte man annehmen können, dass er und der Amerikaner an seiner Seite die Nacht im Rathaus verbracht hätten.

Curow, die Pfeife zwischen den Lippen, erhob sich und lächelte dünn zur Begrüßung. Der Amerikaner, an einer Zigarette mümmelnd, ließ sich kaum zu einem Nicken hinreißen. Ihre Skepsis, wenn nicht gar Misstrauen ihm gegenüber schien den ganzen gediegenen Raum zu füllen, bis unter die holzgetäfelte Decke.

Mit einer kleinen Geste bat Curow ihn, Platz zu nehmen. »Sie ahnen gar nicht, Herr Sturm, wie froh wir beide sind«, er deutete flink mit der Pfeife auf den Amerikaner und sich, »dass Sie offenbar wohlbehalten zurück sind. Und hoffentlich gut informiert?«

Hinter Curows ironischer Fassade spürte Jo diesmal die Anspannung, unter der er offenbar stand. Er griff nach seiner frischen Camel-Packung in der Manteltasche, zündete sich eine an – und wartete ab.

»Nun, Mister Storm!«, rief der Amerikaner beinahe schon ungehalten aus. »Wir hatten Sie früher zurückerwartet, viel früher. Das Treffen mit der Ostberliner Quelle war gestern Nachmittag um drei, nicht wahr?«

Jo hob die Brauen. No action required.

»Es hat also stattgefunden?«, vergewisserte sich Curow.

Jo nahm einen Zug und lehnte sich zurück. »Ich habe mit Ihrer Quelle gesprochen, ja.«

»Mister Storm«, sagte der Amerikaner mit zerknirschtem Gesichtsausdruck, »das Treffen war für uns von größter Dringlichkeit. Wenn Sie uns jetzt also, bitte, mitteilen würden, was Sie erfahren haben!«

»Bei allem Respekt.« Jo lachte nicht wirklich und schüttelte verständnislos den Kopf. »Wir hatten gestern einen bestimmten Deal vereinbart, Sie und ich.« Für wie dumm hielten sie ihn eigentlich?

Er konzentrierte sich auf den Amerikaner. »Meine Informationen aus Ostberlin für Sie gegen Ihre Information für mich. Das war unsere Abmachung. Sie zuerst, bitte, Sir.«

Der Amerikaner schaute ihn verblüfft an und stieß dann seine Zigarette in den Kristallascher, der noch voller Stummel war, es sah aus wie ein Miniaturschlachtfeld, lauter tote Tabaksoldaten. »Unser Deal, all right.« Er richtete sich in seinem Sessel auf.

»Margret Kwiatkowski, Sir.«

»Ich habe ihren Namen nicht vergessen, Mister Storm.«

»Ich auch nicht.«

»Okay.« Der Amerikaner hatte Jos Angriffslust verstanden und winkte ab, ließ sich aber dennoch Zeit, ehe er endlich zur Sache kam: »Sie haben recht mit Ihrer Vermutung, Kommissar«, gestand er als Erstes ein, »Kwiatkowski war in der Tat keine Unbekannte für uns. Und wenn ich sage: uns, dann spreche ich in diesem Fall für den Dienst, den ich hier lediglich vertrete, soweit mir das gestattet ist.«

»Okay, Sir. Aber was heißt das nun konkret?« Jo hatte keine Lust, sich durch scheinbares Kompetenzwirrwarr zwischen INR und CIA, dem von ihm bloß vertretenen »Dienst«, in die Irre führen zu lassen.

»In Kwiatkowskis Fall heißt das: Sie hat für uns, für unseren Dienst gearbeitet.«

»Als Ihre Agentin?«

»Als Informantin, als Quelle. Die Frau, die Sie als Margret Kwiatkowski kennen, wurde anfangs von unserem Dienst erfolgreich angeworben und unter anderem Namen in den Osten eingeschleust. Sie konnte zunächst als Wirtschafterin in den Haushalt eines kleinen, nicht sehr bedeutenden Parteifunktionärs in Ostberlin platziert werden.« Er stockte und sah auf. »Ich bin nicht befugt, Ihnen dessen Namen zu nennen, Storm.«

»Okay.«

»Kwiatkowski, bleiben wir bei dem Namen, bekam von unserem Dienst die Biografie der Witwe eines altgedienten Kommunisten aus Schlesien; vom Osten nicht zu widerlegen. Nach einiger Zeit sprachen sich ihre Zuverlässigkeit und ihr Organisationstalent als Haushälterin parteiintern herum, so dass sie von einem höheren und danach von einem Spitzenfunktionär der Partei übernommen wurde. – Auch hier: keine Namen, Storm.«

Jo nickte.

»Das Wichtigste ist immer, eine Quelle oder einen Informanten in ein System einzuschleusen, der Aufstieg funktioniert dann wie im Fahrstuhl. Man muss allerdings Geduld bewahren und viel Zeit einplanen, in der Leerlauf herrschen wird. Margret Kwiatkowski war eine Zeit lang eine ergiebige Informantin für uns. Aber eines Tages war sie unvorsichtig bei einem Treffen mit einer weiteren Quelle. Sie wurde beobachtet, bemerkte das aber zum Glück noch und floh zusammen mit der anderen Quelle noch am selben Tag über die Sektorengrenze in den Westen. Unser Dienst war überrascht, um nicht zu sagen, überrumpelt von der Entwicklung. Und fürs Erste brachte man die Frau unter einem neuen Namen ...«

»Margret Kwiatkowski.«

»Unter dem neuen Namen Kwiatkowski, richtig, brachte man sie zunächst einmal als Küchenkraft in der AFN-Kantine unter, was unter dem Zeitdruck das Einfachste war, da der AFN gewissermaßen mit zu unserem Terrain gehört, aber kein Hochsicherheitsbereich ist. Außerdem bekam sie von unserem Dienst eine kleine Wohnung in Steglitz. Zu ihrem eigenen Schutz wurde sie nach einigen Monaten wieder herausgenommen aus der AFN-Kantine. Über einen vertraulichen Kontakt wurde ihr stattdessen zu der Stelle bei einem alten Richter verholfen.«

»Und zu einer neuen Wohnung im Wedding, nehme ich an.«

»Richtig.«

»Das heißt, Sie befürchteten einen Vergeltungsakt von drüben gegen Margret Kwiatkowski?«

»Selbstverständlich. Die Geheimdienste aus dem Osten wollen sich an unseren enttarnten Quellen schon deshalb rächen, um andere Agenten aus dem Westen einzuschüchtern, nach dem Motto: ›Wir finden euch, egal, wo man euch versteckt.‹ Unser Dienst war zwar davon ausgegangen, dass Kwiatkowskis Tarnung in Westberlin gelungen sei. Aber erst, wenn sie schon eine Weile unbehelligt hier lebte, konnte man sicher sein, dass kein Risiko mehr für die Frau bestand. Daher ihr Wechsel von der AFN-Küche zu dem pensionierten Richter, der zwar ein schwieriger Charakter zu sein schien, aber vollkommen arglos war, wen er da als Hauswirtschafterin beschäftigte. Trotzdem waren auch er und seine Kontakte noch einmal überprüft worden, die allerdings nicht sehr zahlreich waren, typisch für alte Leute.«

»Wie erklären Sie sich dann den Tod von Margret Kwiatkowski trotz Tarnnamen und neuer Existenz im Westen? Ich nehme an, dass die CIA ähnlich wie ich nicht davon ausgeht, dass sie sich umgebracht hat?«

»Sie haben recht. Unser Dienst geht davon aus, dass sie von den Ostdeutschen oder den Sowjets enttarnt und ermordet wurde. Trotz aller Vorsichtsmaßnahmen, die getroffen worden waren.«

»Deshalb hat die CIA den Fall an sich gezogen – mit freundlicher Unterstützung unserer Dienste.«

»Es war bereits ihr Fall! Den sie auf ihre Weise weiter verfolgen wird.«

»Irgendeine Idee, wie Ihr Dienst das machen will?«

Der Amerikaner sah ihn scharf an. »Mister Storm, Sie haben die gewünschte Information erhalten. Sie verstehen jetzt, warum Ihnen der Fall entzogen wurde. Ich bin nicht befugt, Ihnen Weiteres mitzuteilen. Die Mörder von Kwiatkowski sitzen in Ostberlin oder Moskau, als Westberliner Polizei hätten Sie ohnehin keinen Zugriff auf sie. Unsere Dienste haben andere Möglichkeiten, darauf zu reagieren, und die werden sie nutzen, früher oder später. Kwiatkowski war zwar keine Geheimnisträgerin, kannte keine Klarnamen, keine unserer Strukturen. Aber hier geht es ums Prinzip: wir gegen die. Überlassen Sie alles weitere im Fall Kwiatkowski uns, unseren Diensten. Und das ist keine Bitte, Mister Storm.«

Nein, es war eine Warnung, sich nicht einzumischen. »Wir gegen die«, hier ging es nicht um eine überlegene Moral, sondern um das effektivere System. Der Zweck heiligte die Mittel.

Jo schwieg. Ihm ging das Schicksal von Margret Kwiatkowski durch den Kopf, deren falscher Name und getarnte Biografie nur dazu gedient hatten, sie wie eine Spielfigur über ein politisches Schachbrett zu manövrieren. Was für ein Leben war das?

Curow machte sich mit einem kleinen Räuspern bemerkbar. »Nun, Herr Sturm, Sie erkennen aus alldem, dass der Gerechtigkeit auf verschiedenen Wegen Genüge getan werden kann. Die Mörder von Margret Kwiatkowski werden ihre Strafe erhalten. Bedenken Sie aber Folgendes: Sollte von den Hintergründen, die Ihnen nun bekannt sind, irgendetwas an die Öffentlichkeit dringen, würde dies sowohl vonseiten des Senats, vertreten durch meine Wenigkeit, als auch von den Amerikanern dementiert werden.« Er legte eine Pause ein, zog an seiner Pfeife, dann fügte er lapidar hinzu: »Außerdem wäre es das Ende Ihrer Laufbahn.«

»Ist mir klar.«

»Nun sind aber wirklich Sie an der Reihe, Sturm.« Curow sah ihn auffordernd an. »Was haben Sie für uns?«

Jo betrachtete ihn mit einem gewissen Erstaunen. Curow hatte sich wieder derart im Griff, dass ihm seine anfänglich noch spürbare Anspannung nicht im Mindesten mehr anzumerken war.

Jo drückte seine Zigarette aus, die inzwischen schon bis auf Fingernagellänge heruntergebrannt war, und berichtete nun detailliert, was er von der Quelle in Ostberlin erfahren hatte.

Nachdem er geendet hatte und hoffte, nichts Wesentliches ausgelassen zu haben, konnte Jo sehen, was die Information bei den beiden Männern angerichtet hatte: Schockstarre, blankes, ungläubiges Entsetzen. Vielleicht eine volle Minute lang stierten sie abwechselnd ihn, sich gegenseitig oder die gewienerte Tischplatte vor sich an. Es hatte ihnen buchstäblich die Sprache verschlagen.

»Ich rekapituliere einmal, was Sie uns eben mitgeteilt haben, Herr Sturm«, sagte Curow, noch immer sichtlich angefasst. »Laut Aussage der Quelle wird Moskau für die DDR die volle Souveränität über ganz Berlin verlangen. Die Sowjets wollen so den Rückzug der Westalliierten aus Berlin erzwingen, das künftig als – vermeintlich – neutral und unabhängig gelten soll.«

»Die Sowjets wollen uns tatsächlich aus Berlin vertreiben?« Das narbengezeichnete Gesicht des Amerikaners hatte sich gefährlich rot verfärbt. »Und Berlin als fette Beute den Ostdeutschen in den Rachen werfen?«, empörte er sich. »Das wäre die frontale Konfrontation mit uns, mit dem Westen insgesamt!« Er schien das nicht glauben zu wollen.

»Chruschtschow müsste verrückt sein, wenn er das fordern sollte«, sagte Curow. »Es würde bedeuten, dass sämtliche Verbindungswege von und nach Berlin unter ostdeutsche Kontrolle geraten würden. Das wäre ein brutaler Bruch des Völkerrechts – und womöglich der dritte Weltkrieg!«

Jo sah ihn offen an. »Die Information müssen Sie bewerten. Die Quelle mahnt aber dazu, das drohende Manöver der Sowjets ernst zu nehmen. Die Schikanen der DDR-Grenzer in den letzten Monaten gegenüber den Westalliierten seien nur ein symbolischer Auftakt gewesen für das, was die Russen und Ostdeutschen noch vorhaben. Es zielt letztlich auch auf Westdeutschland.«

Wieder entstand eine Pause, an deren Ende der Amerikaner Jo noch einmal scharf ins Visier nahm: »Können wir sicher sein, Mister Storm, dass Sie über diese Sache mit niemandem sonst gesprochen haben?«

»Das können Sie.«

»Und doch sind Sie erst heute zu uns gekommen statt gestern schon.«

»Es gab verschärfte Kontrollen an den U- und S-Bahnhöfen. Ihre Quelle hatte mich bereits davor gewarnt. Ich habe es sicherheitshalber vorgezogen, abzuwarten, bis die Luft rein war. Was erst heute früh der Fall war.«

»Sie hatten Kontakt mit Miss Decker in Ostberlin, Mister Storm, nehme ich an?«

Jo stöhnte genervt auf. Von dort wehte der Wind also.

»Sie haben mit der Frau darüber geredet!«, unterstellte Curow ungewohnt brüsk.

Jo beugte sich weit zu ihm vor. »Davon, Herr Curow, können Sie nur dann ausgehen, wenn Sie glauben, dass mir Lore Deckers Leben vollkommen gleichgültig ist.« Er setzte sich wieder aufrecht. »Das ist es aber nicht. Ganz im Gegenteil.« Vielleicht kapierte er das hinter seiner überheblichen Fassade?

Der Amerikaner aber schien auf einmal zu verstehen und warf Curow einen beschwichtigenden Blick zu, ehe er sich wieder an Jo wandte. »Ich habe keinen Zweifel daran, dass Sie diese Informationen auch in Zukunft für sich behalten werden, Mister Storm. Das ist eine Überlebensfrage. Für Sie selbst. Und für alle anderen, die Sie davon in Kenntnis setzen würden.«

»Es wäre zudem Geheimnisverrat!«, setzte Curow scharf hinzu. Eine kaum verhüllte Drohung.

Jo schenkte sich die Antwort darauf. Beides, die Mahnung des Amerikaners und Curows Drohung, waren vollkommen überflüssig. Er hatte das Gefühl, diesen Männern nichts mehr schuldig zu sein, und erhob sich aus dem knarzenden Sessel.

Auch Curow und der Amerikaner standen auf.

»Thank you, Mister Storm.« Der Amerikaner streckte ihm mit ernster Miene seine überdimensionierte Hand hin. Jo nahm sie mit zwiespältigem Gefühl und glaubte einen Moment lang, seine Hand befinde sich in einem Schraubstock, so fest drückte der Mann zu.

Curow kam mit seiner Pfeife in der Hand, als wäre sie inzwischen daran angewachsen, um den kleinen Tisch herum und begleitete Jo zur Tür. »Verstehen Sie unsere letzten Bemerkungen bitte richtig, Herr Sturm. Wir sind Ihnen wirklich außerordentlich dankbar«, sagte er mit hauchdünnem Lächeln in den Mundwinkeln, »und werden Ihren Einsatz für die Sache nicht vergessen.«

Was auch immer das heißen mochte.

Curow öffnete die doppelwandige Tür, und auf der anderen Seite schraubte sich Carstensen mit verschlafener Miene aus einem gepolsterten Ledersessel, um Jo in Empfang zu nehmen.

Im Präsidium angekommen, machte Jo sich zuerst auf den Weg in sein Büro. Von Hoyer unten im Foyer hatte er im Vorbeieilen erfahren, dass Kriminalrat Kettler immer noch nicht erschienen sei. Chefallüren, signalisierte ihm Hoyers solidarischer Blick.

Der Flur der Vermisstenabteilung schien verwaist wie jeden Sonntag, doch hinter den Türen waren heute das Klappern von Schreibmaschinen und das Schrillen von Telefonapparaten zu hören. Die Suche nach Grit Stahns ging unvermindert weiter, auf allen Kanälen. Er hoffte, dass Mattusch die einlaufenden Hinweise zu bewerten wusste und ihn, Jo, mit einbezog, statt ihn auszugrenzen.

Doch danach sah es nicht aus. In seinem Zimmer fand er auf seinem Schreibtisch keine neue Information zum Stand der Dinge von Mattusch oder den anderen Kollegen vor, nicht einmal eine Notiz von Lene Spohn. Also hatte Mattusch auch ihr bis gestern nichts Neues für Jo mitgeteilt. Es fühlte sich mittlerweile an, als wollte Mattusch ihn mit der groß angelegten Suchaktion rechts überholen und bei Erfolg die Meriten für sich einstreichen. Sollte alles misslingen, konnte immer noch Jo als zuständiger Ermittler für seine persönliche Erfolglosigkeit verantwortlich gemacht werden.

Vielleicht, überlegte Jo weiter, war die Suchmeldung, wie er schon befürchtet hatte, an sich bereits ein Fehler gewesen, der das Leben des Mädchens zusätzlich gefährdete.

Die ganze Misere stand ihm mit einem Mal wieder vor Augen. Zumal besonders Mattuschs Vorwurf zutraf, dass Jo noch immer keine überzeugende Strategie vorzuweisen habe, welche Möglichkeiten, Grit zu finden, ihnen noch blieben, abgesehen von den üblichen Suchroutinen, die er, Mattusch, leitete.

Ein ganz neuer, äußerst unangenehmer Gedanke tauchte plötzlich in Jo auf: Was, wenn er sich auf das waghalsige Manöver in Ostberlin vor allem deshalb eingelassen hatte, weil er bei der Suche nach Grit Stahns so entsetzlich ratlos war? Es wäre ein unverzeihliches Ausweichen vor seiner eigentlichen Aufgabe, das Grit das Leben kosten konnte.

Frustriert wie schon lange nicht mehr, schaltete er Peggie ein, ließ sich dann auf seinen Stuhl fallen, hievte die Beine, die sich heute schwer und steif anfühlten, auf den Schreibtisch und rauchte zum bedächtigen Sound von »Deeds, Not Words«, dem neuen Musikstück von Max Roach, einem Schlagzeuger, dessen Stil er sehr mochte. Der AFN-Moderator verriet, dass Roach das Stück erst kürzlich veröffentlicht hatte.

Das Gespräch mit Alex Burger vom AFN ging ihm auf einmal durch den Kopf, der über seinen deutschen Freund Wulf Herzke nur bestätigen konnte, was dessen Witwe im Kern schon ausgesagt hatte. Dann sah er das

Foto an der Kantinenwand vor sich, Margret Kwiatkowski im Vordergrund und das geisterhafte Gesicht dieses Meyrink schräg dahinter ...

Das Telefon klingelte und riss ihn aus seinen Gedanken.

Er schwang sich aus seinem Stuhl, drehte Peggie den Ton ab und griff zum Hörer.

»Sturm.«

Zu seiner Enttäuschung war es nicht Mattusch oder ein anderer Kollege, der einen heißen Tipp, einen glaubwürdigen Hinweis zu Grit Stahns für ihn hatte.

»Tag, Gerber hier. Schön, dass Sie nicht mehr unter der Decke stecken. Gestern stimmte was mit ihrer Gefühlswelt nicht, hieß es.«

»Gefühle kommen und gehen, Herr Gerber.«

»Wem sagen Sie das. Der Hauptkommissar meinte allerdings, das Drückeberger-Symptom des Kollegen Schuchardt hätte Sie nun auch schon angesteckt.« Gerber lachte, und Schuchardt schimpfte im Hintergrund.

Am liebsten, dachte Jo, würde er wenigstens Schuchardt in die Dinge einweihen, die er von dem Amerikaner heute früh über Margret Kwiatkowski erfahren hatte. Doch Curows Warnung, jede Weitergabe der Information würde als »Geheimnisverrat« gewertet, schepperte noch in seinen Ohren.

»Weshalb rufen Sie an, Herr Gerber?«

»Haben Sie Zeit für eine Besprechung? Der Hauptkommissar ist heute zwar nicht abkömmlich, und wann der Kriminalrat auftaucht, weiß auch niemand. Aber wir müssen ja weiterkommen mit den Fällen. Und es gibt Neuigkeiten.«

»Kann in zwei Minuten bei Ihnen sein.«

Als Jo vom Treppenhaus her die breite Glastür öffnete und den fünften Stock betrat, begegnete er im Flur Mölradt, der von den Toiletten kam. Der Kriminalassistent sah erholt aus, nicht annähernd so blass wie vor ein paar Tagen. Dass er derzeit Granzow nicht mehr zuarbeiten musste, bekam ihm sichtlich gut.

Jo sprach ihn ganz unvermittelt auf die Recherchen zu Meyrink an.

»Erledigt«, verkündete Mölradt stolz. »Die Unterlagen dazu liegen drinnen auf meinem Tisch.«

Sie betraten gemeinsam das Zimmer von Schuchardt, Gerber und derzeit auch Mölradt.

»Sieh an, die Zukunft unseres Berufsstandes!« feixte Gerber etwas bemüht, und sie griffen sich zwei Stühle, um sich vor den Schreibtischen zu platzieren. Mölradts Angaben zu Meyrink konnten auch noch bis nach der improvisierten Sitzung warten, sie waren ohnehin nur ein Nebenschauplatz.

»Hoyer sprach von einem Unglücksfall in Granzows Familie«, warf Jo in die Runde.

»Sein Sohn«, sagte Schuchardt betroffen. »Er ist wohl vom Balkon gesprungen.«

»Aus dem vierten Stock«, ergänzte Gerber und schüttelte den Kopf. »Hat sich den Hals gebrochen.«

Jo erstarrte, allein die Vorstellung jagte ihm einen Schauder über den Rücken.

»Hoffentlich plagt den Alten das schlechte Gewissen«, schimpfte Mölradt. »Dem nervenkranken Sohn zu drohen, ihn in die Geschlossene zu bringen.« Seine Empörung darüber trieb ihm die Röte ins Gesicht.

»Tragisch. Aber wie dem auch sei, wir müssen weiterkommen, uns abstimmen und so weiter«, drängte Gerber, der sich bereits eine zweite Nil ansteckte, obwohl seine erste noch im Ascher glomm. Schuchardt wies ihn mit dem ausgestreckten Finger darauf hin, was Gerber verärgert zum Anlass nahm, gleich beide Zigaretten auszudrücken.

»Ich berichte euch mal, was wir, Mölradt und ich, beim Ostbüro und bei der KgU erfahren haben.« Gerber sah Mölradt an. »Sie ergänzen, falls ich etwas vergessen sollte.« Mölradt nickte ergeben. »Das Interessante daran ist für mich«, sagte Gerber, »dass das Ostbüro weniger ein Problem mit Herzke hatte als – und jetzt bitte festhalten – mit der uns wohlbekannten Kampfgruppe gegen Ungerechtigkeit.«

»Verstehe ich nicht«, sagte Schuchardt.

»Das Ostbüro behauptet, es habe so viele eigene Kanäle in die Zone und aus der Zone heraus«, erläuterte Gerber, »dass man auf einen Wulf Herzke und dessen Informationen nie angewiesen gewesen sei. Im Gegensatz zur KgU.«

»Warum betont das Ostbüro die KgU denn derart?«, hakte Schuchardt nach.

»Laut Ostbüro«, fuhr Gerber fort, »sieht die Kampfgruppe mittlerweile an jeder roten Ampel Kommunisten und überschreitet mangels seriöser Quellen alle Schranken, um an Informationen zu kommen. Die KgU gehe inzwischen so weit, sogar sie, das Ostbüro, zu bespitzeln. Doch jetzt sei Schluss damit.«

»Und das heißt?«, fragte Schuchardt.

»Das Ostbüro setzt sich ab sofort für die Auflösung der KgU ein«, antwortete Mölradt an Gerbers Stelle, der gerade dabei war, sich eine dritte Zigarette anzustecken.

Jo wurde unruhig. »Warum ist die Auseinandersetzung zwischen Ostbüro und KgU so wichtig?«, fragte er Gerber. »Wo liegt der Bezug zu unseren Fällen?«

»Ich erklär's Ihnen«, sagte Gerber gönnerhaft nach dem ersten tiefen Lungenzug. »Für die KgU, die wir uns anschließend vorgeknöpft haben, war Herzke anscheinend doppelt abtrünnig. Einmal, weil er beim RIAS zuletzt nur noch Schlager präsentiert hat, statt Kommunisten enttarnen zu helfen, so wie früher. Zweitens machen ihn die KgU-Leute auch noch dafür verantwortlich, dass ihnen mit Andrea Herzke eine ehemals sehr engagierte Aktivistin von der Fahne ging.« Er legte eine kleine Kunstpause ein. »Sie war nämlich früher selbst in dem Verein aktiv.« Er sah Jo an. »Davon hat sie uns allerdings nichts erzählt.«

Jo flocht hier ein, dass Alex Burger, Herzkes Freund beim AFN, Andrea Herzkes früheres politisches Engagement ihm gegenüber durchaus erwähnt hatte. »Ein großes Geheimnis hat sie daraus also nicht gemacht. Auch wenn Burger den Namen KgU nicht explizit erwähnt hat.«

Gerber machte ein Gesicht, als hätte er ein zweites Ass im Ärmel. »Es gab noch einen weiteren KgU-Aktivisten, der die Gruppe später ebenfalls verlassen hat, so wie Andrea Herzke. Er heißt Weinmei…, nein, wie heißt der Mann gleich, Mölradt?«

»Weidenmann, Horst.«

»Diesem Horst Weidenmann erschien, das muss man sich mal vorstellen, selbst die Kampfgruppe zu lasch angesichts der roten Gefahr, die uns umzingelt. Laut KgU hat Weidenmann seitdem eigene Aktivitäten entfaltet.«

»Aber worauf wollen Sie hinaus?« Jo sah Gerber ungeduldig an.

»Darauf, dass es eben dieser Weidenmann war, wie man bei der KgU wusste, der die ›Gruppe gemeinschaftlicher Rundfunk-Hörer‹ ins Leben gerufen hat.«

»Sie meinen die Gruppe, die den Drohbrief gegen Herzke an den RIAS geschickt hat? Wegen Bill-Haley-Verharmlosung?«

»Macht es jetzt klick, Sturm?« Gerber sah sehr zufrieden aus. »Ich habe inzwischen noch mal beim RIAS nachgehakt. Der letzte Brandbrief der Hörer-Gruppe war nicht der erste gegen Herzke.« Er zog vielsagend die Brauen hoch.

Doch nicht nur Jo, auch Schuchardt blickte skeptisch. »Ich weiß nicht, Franz. Dass Weidenmann sich nach so langer Zeit über einen Journalisten aufregt, der ihn politisch enttäuscht hat und nun angeblich den falschen Musikgeschmack beklatscht – nein, das überzeugt mich nicht.«

»Aber Weidenmann hat sich über Herzke nicht einfach nur aufgeregt, Rudi!«, beharrte Gerber in giftigem Ton. »Er hat ihm über Jahre hinweg zunehmend gedroht und sich dabei hinter dieser ominösen Hörergruppe verschanzt, die er selbst gegründet hat.«

»Durch die Drohbriefe hätte Weidenmann sich doch nur selbst verdächtig gemacht«, wandte Jo ein.

»Womöglich sollte aber der letzte Drohbrief an den schon ermordeten Herzke genau den Zweck erfüllen, als ahnungslos und damit unschuldig zu gelten«, hielt Gerber dagegen.

»Eine etwas billige Finte, oder?«

»Sie wäre nicht die erste in einem Mordfall. Und Sie übersehen, Sturm, dass diese Leute Fanatiker sind. Solche Typen handeln zuerst und denken später. Wenn überhaupt.«

»Mag sein, aber wo ist der Zusammenhang mit Luise Stahns?«, erwiderte Jo. »Sie war mit großer Wahrscheinlichkeit Herzkes Geliebte und wurde fast zeitgleich ermordet.«

»Wer sagt Ihnen denn, Kollege, dass sich dieser Zusammenhang nicht noch herausstellen kann, wenn wir uns Weidenmann und seine Truppe erst einmal genauer ansehen? – Falls die Beinahe-Parallele der Morde nicht doch Zufall war. Für den Mord an Stahns kommen schließlich auch noch andere Täter infrage.« Gerber erinnerte mit einem Blick auf Schuchardt an dessen Ermittlungen in Luise Stahns' beruflichem Umfeld.

»Stimmt schon, im Augenblick können wir tatsächlich noch nichts endgültig ausschließen«, lenkte Schuchardt ein. »Und vielleicht fügt sich hinterher sogar manches zusammen.«

Ein weiß Gott lapidarer Satz in Jos Augen. Aber Wasser auf Gerbers Mühlen. Mit einer gewissen Genugtuung im Blick drückte der nun seine Nil aus, klatschte sich dann mit der flachen Hand auf den Bauch und tönte, er brauche jetzt erst einmal eine kleine Stärkung. »Kommt wer mit?« Er schaute fragend in die Runde.

Schuchardt schloss sich Gerber nach kurzem Überlegen an.

Jo lehnte dankend ab und blieb mit Mölradt zurück.

Der Kriminalassistent trug seinen Stuhl zu seinem Katzentisch zurück und fischte eine seiner Notizen auf. »Hans Meyrink«, erläuterte er mit einem Blick auf den Zettel in seiner Hand, »den Mann gibt es behördlich gar nicht mehr. Aktuell nirgends gemeldet. Nicht in Westberlin und auch nicht in Westdeutschland. Falls er sich in den Osten verzogen hat, das soll es ja geben, können wir das natürlich nicht überprüfen.«

»Haben Sie festgestellt, wo und eventuell bei wem er früher gemeldet war?«

»Er hatte früher Meldungen in verschiedenen Stadtbezirken, immer in eigenen Wohnungen, zuletzt vor drei Jahren in Reinickendorf, dort ausnahmsweise mal als Untermieter.«

»Bei wem? Haben Sie das auch?«

Mölradt schaute wieder auf sein Blatt. »Böhnke, Helene, eine Witwe, dem Familienstand nach.«

»Sagen Sie das noch mal: Bei wem hat Meyrink zuletzt gewohnt?«

»Böhnke, Helene. Am Schäfersee in Reinickendorf damals. Sie ist inzwischen ebenfalls verzogen, wohnt jetzt am Nordufer im Wedding.«

Jo starrte ihn an. »Und Meyrink, nachdem er sich bei Böhnke abgemeldet hatte?«

»Keine Meldeadresse mehr von ihm. Sagte ich das nicht?«

»Doch, wahrscheinlich schon«, erwiderte Jo zerstreut und wiederholte verstört den Namen: »Helene Böhnke.«

Auch Margret Kwiatkowski hatte zuletzt am Nordufer gewohnt, das Haus lag unweit der Fennstraße im südlichen Wedding. Nicht sehr weit vom Krankenhaus Moabit.

Helene Böhnke wohnte dort noch immer.

Unter einer dichten, mattweißen Wolkendecke steuerte Jo sein Motorrad von der Gothaer Straße aus durch Schöneberg und Tiergarten und folgte dann der Straßenführung, die auch der zukünftigen U-Bahnlinie D in Richtung Norden entsprechen würde.

Mölradts Information, die das Phantomgesicht aus der AFN-Kantine ausgerechnet mit Helene Böhnke in Verbindung brachte, verstörte Jo zutiefst. Er würde der Sache auf den Grund gehen, jetzt sofort. Aber nicht per Telefon. Er wollte sie mit seinem unverhofften Auftauchen an ihrer Wohnungstür überraschen und sehen, wie sie auf seine Fragen reagierte.

Er wäre gern mit Schuchardt zusammen hingefahren, doch da die Kantine im Präsidium sonntags geschlossen hatte, hatten Schuchardt und Gerber sich irgendwo außerhalb ein Lokal gesucht, um sich zu stärken.

Am Nordufer herrschte kaum Verkehr, er stellte seine DKW vor dem Haus Nr. 3 ab. Ein junges Paar verließ gerade das etwas heruntergekommene Gebäude aus der Gründerzeit, und er schlüpfte in den Hausflur, ehe die schwere Tür zurück ins Schloss fiel. Er lief die abgetretenen Stufen der Treppe hinauf in den ersten Stock, baute sich vor Helene Böhnkes Wohnungstür auf und klingelte. Niemand öffnete. Er klingelte erneut und wartete ungeduldig. Nichts, keine Reaktion.

Pech gehabt, das kam vor. Aber sie würde ihm nicht durch die Lappen gehen, früher oder später würde sie seine Fragen beantworten müssen.

Er lief das Treppenhaus hinunter und saß keine halbe Minute später wieder auf seinem Roller. Er entschied sich, weiter am Nordufer entlangzufahren bis zur Fennstraße, um über die Perleberger Brücke nach Moabit und von dort zurück nach Schöneberg zu gelangen.

Als er die Fennstraße erreichte, schaukelte der 23er vorbei. Bevor er die Bushaltestelle auf der gegenüberliegenden Straßenseite erreichte, bemerkte Jo aus dem Augenwinkel heraus eine Frau in einem dunklen Mantel, die dort wartete. Helene Böhnkes stämmige, breithüftige Figur erkannte er auf Anhieb wieder. Sie musste kurz vor seinem Eintreffen das Haus verlassen haben. Als hätte irgendjemand sie vor ihm gewarnt. Was selbstverständlich unmöglich war.

Im nächsten Moment war sie hinter dem alten Schnauzenbus verschwunden, der zischend und schnaubend an der Haltestelle zum Stehen kam. Die Werbung auf der Fahrerseite empfahl: »Mach dir ein paar schöne Stunden, geh ins Kino«, und hatte auch gleich einschlägige Adressen parat: Atelier am Zoo, Gloria und Zoo Palast. – Gute Idee, im Augenblick nur unpassend.

Jo musste drei Pkw vorbeifahren lassen, ehe er endlich den breiten Fahrdamm kreuzen konnte. Der 23er hatte seine Fahrt bereits fortgesetzt, und Helene Böhnke stand nicht mehr an der Haltestelle, als Jo daran vorbeifuhr.

Noch vor dem nächsten Halt an der Müllerstraße hatte er den Bus eingeholt. Eine Handvoll Fahrgäste stieg ein, wenige bröckelten heraus. Helene Böhnke war nicht darunter. Der Bus fuhr an, und Jo folgte ihm nun am S-Bahnhof Wedding vorbei die Pankstraße und die Prinzenallee hoch bis zum S-Bahnhof Wollankstraße. Unmittelbar jenseits der Streckengleise begann Ostberliner Gebiet, daher war hier Endhaltestelle.

Helene Böhnke war eine der Ersten, die ausstiegen. Sie brauchte viel Zeit dafür.

Jo saß nur einen Steinwurf entfernt auf seinem Roller und beobachtete, wie sie in ihrem typischen Watschelgang die Wollankstraße entlang bis zur S-Bahnunterführung ging. Er stieg ab und folgte ihr mit Abstand auf der gegenüberliegenden Straßenseite, bis er Einblick in den Tunnel hatte. Mit einem Nicken grüßte Helene Böhnke die Grenzposten des »Demokratischen Sektors« wie alte Bekannte, die denn auch stoisch zurückgrüßten.

Offenbar passierte sie häufiger an dieser Stelle die Sektorengrenze. So wie Tausende Grenzgänger jeden Tag irgendwo in der Stadt, rief er sich ins Gedächtnis.

Schließlich sah er Helene Böhnke auf der Ostseite der S-Bahn hinter einem Haus aus seinem Blickfeld verschwinden. Die gesamte Rückseite des Gebäudes war mit einer Parole in riesigen roten Lettern versehen: »Sei ein Freund der Sowjetunion!«

Er wandte sich ab und ging zurück zu seinem Motorrad mit dem Gefühl, auch in dieser Sache nicht wirklich klüger geworden zu sein.

Nicht sein Tag heute. Denn auch, was er nun im Fall

Grit Stahns unternehmen sollte, war ihm angesichts ausbleibender Hinweise völlig unklar.

Sein Blick blieb an einer Schultheiß-Werbetafel hängen, die vor einer Kneipe auf der anderen Straßenseite stand. Er musste an Christine Eberhardt denken, die mittlerweile auch an den Sonntagen in der Goldenen Henne arbeitete. Laut Frau Küpper, erinnerte er sich, hatte Christine ihn dringend sprechen wollen. Er entschloss sich, sie angesichts des Leerlaufs momentan gleich jetzt einmal anzurufen, ehe er es am Ende noch vergaß.

Er ging hinüber und betrat die Kneipe, die gut besucht war. Neben dem Zigarettenautomaten befand sich ein Münztelefon, darunter lagen ein Teilnehmer- und ein Branchenverzeichnis.

Die Nummer der Goldenen Henne hatte auch mit dem neuen Besitzer nicht gewechselt. Angesichts der Lautstärke ringsum hielt er sich das freie Ohr zu und telefonierte – von Kneipe zu Kneipe, wie er sich bewusst machte.

Christines sympathischer Chef nahm grunzend ab, beantwortete Jos Gruß mit einem weiteren Urlaut und brüllte in den Kneipenraum: »Christine! Dein Verehrer am Apparat.«

Wenige Sekunden später hörte er sie atemlos in den Hörer keuchen: »Ach, du bist es, Jo! Schön, dass du dich meldest.« Dann senkte sie die Stimme: »Weißt du, der neue Chef ist manchmal so was von ...«

Allerdings war er das. Doch Jo mochte jetzt nicht darauf eingehen. »Frau Küpper sagte, du wolltest mich sprechen, Christine?«

»Hör mal, Jo«, flüsterte sie in die Sprechmuschel, »ich kann dir das am Telefon nicht sagen, worum es geht. Könntest du eventuell herkommen?«

»Zur Henne?«

»Ja, bitte. Ich muss heute leider den ganzen Tag arbeiten. Aber momentan ist es noch nicht voll, wir könnten uns kurz an einen Tisch setzen, wenn du herkommen willst?«

»Hört sich nach einer ernsten Sache an, Christine.«

»Sehr ernst, Jo. Es ist wirklich wichtig.«

Er überlegte nicht lange. »Ich könnte in einer halben Stunde da sein.«

»Danke, Jo. Bis gleich.«

Zwanzig Minuten später stellte er den Roller vor der Goldenen Henne ab und betrat die dunkle Höhle. Schaler Bierdunst und der Qualm unzähliger Zigaretten hingen in der Luft. Christine hatte wohl schon nach ihm Ausschau gehalten, sie grüßte ihn bereits von einem Tisch aus, an dem sie zwei Gäste gerade mit Bier und einem Teller Buletten beglückte. Ansonsten saßen nur noch zwei ältere Männer an der Theke, die eine jüngere Frau auf dem Hocker zwischen sich in die Zange nahmen. Alle drei lachten.

Christine kam mit dem leeren Tablett in der Hand zu Jo und bat ihn, sich schon mal an den kleinen runden Tisch neben der Musikbox zu setzen, die im Moment zum Glück schwieg. Dann eilte sie zum Tresen, pflanzte dem Gästetrio drei Schnäpse vor die Nase, gab dem missmutigen Wirt, der mit einer Schürze um die Wamme im Durchgang zur Küche stand, Zeichen, dass sie Pause mache, und war gleich darauf bei Jo.

»Ein Bier, Jo, einen Kaffee? Geht auf meine Rechnung.«

»Nein, danke, Christine, hatte ich vorhin schon«, log er, um sie nicht zu kränken. Der keineswegs dezente Geruch, der von den Toiletten herüberwaberte, verdarb ihm die Lust auf Bier oder Kaffee. »Setz dich doch einfach«, bat er, »und erzähl mir, worum es geht.«

Sie ließ sich schwer seufzend schräg neben ihm auf den Stuhl fallen und brauchte mindestens zehn weitere Sekunden, in denen sie ihn mit gequältem Gesichtsausdruck ansah. Dann sagte sie: »Jo, die Sache ist schwierig für mich, und ich rede mit dir, obwohl du Polizist bist.«
»Vielen Dank auch, Christine.« Er musste lachen.
»Na ja, und auch, weil du Polizist bist.«
»Okay, Christine. Sag mir einfach, was los ist.«
»Also, es geht um ...« Sie senkte wieder die Stimme. »Um Helmut.«
Jo nickte. »Das dachte ich mir.«
»Und um dich.«
»Um mich?«
»Jedenfalls auch um dich. Es geht um den Einbruch in eurer Wohnung.«
Jo starrte sie an. »Hat ... Helmut etwa damit zu tun?«
»Ja.«
»Sicher?«
»Hundertprozentig.«
»Wie kommst du darauf, Christine?«
»Hab doch kürzlich mit Frau Küpper gesprochen, kurz nachdem der Einbruch passiert ist. Sie hat mir von dem Geld und dem Schmuck erzählt, der ihr gestohlen wurde. Und dass ihre Kleene, die Helga, so eine winzige Goldfigur vermisst. Hab den Namen dafür vergessen.«
»Guldgubbe. Und?«
Sie sah ihn an. »Helmut hat die Sachen ganz unten im Kleiderschrank versteckt. Er dachte wohl, ich finde sie nicht. Aber das ist mein Kleiderschrank. Ich weiß genau, wie alles vorher war und an welcher Stelle es gelegen hat. Das Geld habe ich zwar nicht gefunden. Wahrscheinlich hat er damit seine Nutten bezahlt. Aber die Ohrringe, von denen die Küppersch erzählt hat, und diese Golddinger, die habe ich gefunden.«

»Und nun willst du es Frau Küpper und ihrer Tochter irgendwie zurückgeben, nehme ich an? Mich betrifft das übrigens nicht, weil ich nichts vermisse, auch kein Geld.«

»Natürlich will ich, dass die beiden ihren Schmuck und alles zurückbekommen, Jo. Aber wenn ich es aus dem Schrank hole und es den Küppers zurückbringe, bekommt Helmut eine Anzeige.«

»Und die hätte er ja auch verdient, oder? Er ist auf Bewährung draußen, richtig?«

»Ja, zweieinhalb Jahre.«

»Dann wandert er zurück in den Bau und bekommt viel Zeit zum Nachdenken, ehe sie ihn wieder rauslassen.«

»Aber vorher, Jo, noch ehe sie ihn verurteilen, schlägt er mich halb tot. Und die Kinder dazu. Oder er tut es in ein paar Jahren, wenn sie ihn wieder entlassen. Der vergisst das nicht. Niemals.«

Jo stieß einen langen Atemzug aus. »Verstehe.«

»Es ist so«, fuhr sie auf einmal mit veränderter, beinahe verschwörerischer Stimme fort. »Helmut hat einen Hehler gefunden, der ihm die Ware abnehmen würde. Ich hab's mir zusammenreimen können, als Helmut, schon nicht mehr ganz nüchtern, mit dem Mann telefoniert hat. Der Hehler muss einen Trödelladen in der Wrangelstraße haben, kurz vor der Kirche dort, soweit ich das verstanden habe.«

»Und?« Jo sah sie gespannt an.

»Helmut will ihm die Sachen zeigen.«

»Wann?«

»Heute Abend, so ab sechs, Helmut hat sich die Uhrzeit aufgeschrieben, der versoffene Schussel. Sonntags scheint dem Hehler lieber zu sein als werktags, weil da keine Kundschaft im Laden ist.«

Jo nickte nachdenklich. Er verstand vollkommen, worauf sie hinauswollte. Wenn man Eberhardt in flagranti bei seinem Hehler schnappte, fiel der Verdacht nicht auf seine Frau, sondern auf den Hehler, der sich irgendwie verdächtig gemacht haben musste. »Ich kümmere mich darum, Christine, versprochen. – Aber eins noch: Wo sind eigentlich die Kinder?«

»Bei Mutti. Meiner Mutter in Neukölln.«

»Das ist gut.«

Sie nickte, als wollte sie damit auch sich selbst bestärken. »Du hattest recht, Jo. Ich konnte die Kinder nicht länger in der Wohnung lassen. Mit dem Kerl zusammen und ... seinen Weibern.«

»Gut. Ich kümmere mich darum, Christine«, versprach er noch einmal und sah auf seine Uhr.

Jens Pack vom Einbruch hatte seine private Telefonnummer aus Schutzgründen nicht ins öffentliche Telefonverzeichnis eintragen lassen. Er hatte keine Lust auf unliebsamen Besuch oder Drohanrufe einschlägiger Kundschaft, die es ihm übel nahm, dass er sie eingelocht hatte.

Jo fuhr daher mit seiner DKW auf direktem Weg zurück zum Präsidium und ließ sich von seinem Büro aus über die hausinterne Leitung mit der Zentrale verbinden. Erst nachdem er seine eigene Personalnummer genannt hatte, erhielt er Packs Privatnummer. Er rief ihn gleich an.

»Nicht, Klaus!«, hörte er Pack aus dem Hintergrund rufen, aber da war es schon zu spät. Jens' kleiner Sohn Klaus hatte den Hörer schon abgehoben und sich mit »Hier Pack« gemeldet.

»Wenn du mir den Nachmittag mit meiner Frau und den Kindern im Zoo verderben willst, Kollege«, drohte sein Vater gleich darauf am Telefon, »breche ich morgen bei dir ein, das verspreche ich dir! Die Kinder wollen heute das neue Affenhaus sehen.«

»Sollen sie auch, Jens«, versuchte Jo ihn zu beruhigen und erklärte ihm in aller Kürze, weshalb er an einem Sonntag bei ihm anrief.

»Ich weiß von keinem Hehler in der Wrangelstraße«, sagte Pack. »Muss ein kleiner Krauter sein, in der Gothaer kümmern wir uns um die dicken Fische in den großen Netzen. Aber Folgendes, Jo: Ich rufe jetzt die Bezirkskollegen aus Kreuzberg an, die kennen ihre Pappenheimer und werden gegebenenfalls dem Laden um sechs heute Abend einen freundlichen Besuch abstatten. Sollte der Vogel, dieser Eberhardt – übrigens mit Dora Theodor am Ende?«

»Richtig, ja.«

»Sollte der Vogel mit seiner heißen Ware im Nest gelandet sein, nehmen sie ihn hoch und den Hehler gleich mit. – Ist das ein Wort?«

Wenn es denn so kam, schon. »Danke dir, Jens.«

»Bist du bis heute Abend im Dienst und in der Gothaer zu erreichen, Kollege?«

»Weiß ich noch nicht«, sagte Jo ehrlicherweise.

»Gut, dann gib mir noch deine private Telefonnummer für alle Fälle.«

Jo diktierte sie ihm rasch. »Eine wichtige Sache noch, Jens«, fügte er hinzu. »Sag den Kreuzbergern, dass Eberhardt gewalttätig ist. Sie sollen vorsichtig sein und ihn auch in Begleitung nicht noch mal in seine Wohnung lassen, um Sachen für die U-Haft zu holen oder so etwas.«

»In Ordnung, Jo. Falls sie ihn schnappen, bist du ihn los.«

»Danke, Jens.« Dass es in erster Linie darum ging, ihn Eberhardts Frau und den Kindern vom Hals zu schaffen, schenkte er sich jetzt und legte auf.

Gleich anschließend rief er in der fünften Etage an, niemand nahm ab. Schuchardt, Gerber, Mölradt, anscheinend waren inzwischen alle ausgeflogen.

Er war versucht, Peggie einzuschalten, ließ es aber bleiben. Er musste jetzt über seinen Fall nachdenken, die nächsten Schritte entscheiden. Mit klarem Kopf. Er durfte keinen Fehler machen, wenn er bei der Suche nach Grit Stahns überhaupt noch Erfolg haben sollte, das war ihm klar.

Doch statt der Details des Falls, auf die er sich konzentrieren wollte, drängte sich ihm auf einmal wieder Lore in den Sinn: der Abend und die Nacht, die er mit ihr verbracht hatte, das Aufwachen neben ihr heute früh – mein Gott, das war tatsächlich erst heute Morgen gewesen! Sie lebte nur wenige Kilometer von ihm entfernt und doch in einer ganz anderen Wirklichkeit. Die Situation machte ihn wütend und zugleich ratlos. Er sah nicht, wie er daran irgendetwas ändern konnte.

Er klemmte sich eine Camel zwischen die Lippen und zündete sie an. Sein Disput mit Gerber bei der improvisierten Sitzung heute fiel ihm ein. Er und Schuchardt hatten vielleicht doch recht, als Ermittler waren sie verpflichtet, allen Spuren nachzugehen, auch sich widersprechenden. Was sich davon am Ende eventuell zusammenfügte, ließ sich vorher nun mal nicht absehen.

Doch welcher konkreten Spur folgte er selbst eigentlich?

Ihm wurde plötzlich mit Schrecken klar, dass er, was Grit betraf, im Grunde noch einmal von vorn beginnen musste – ganz von vorn, dort, wo er angefangen hatte, nach ihr zu suchen: in ihrem Zimmer, in der Wohnung, in der sie bis vor wenigen Tagen noch mit ihrer Mutter gelebt hatte. Denn als er sich Grits Zimmer das erste Mal angesehen hatte, war es ihm um direkte und konkrete

Hinweise auf den Verbleib des Mädchens gegangen, darauf, wo sie sich aufhalten könnte, falls sie noch lebte.

Aber sein Wissen über die Hintergründe des Falls hatte sich inzwischen erheblich erweitert. Eventuell gab es in der Wohnung noch ganz unscheinbare Hinweise auf die Beziehung zwischen Herzke und Stahns, von der er nach wie vor überzeugt war? Mit Details, aus denen sich womöglich jetzt Anhaltspunkte für Grits Verbleib ableiten ließen? Die ihm nur nicht aufgefallen waren, weil er anfangs von dem Verhältnis Stahns – Herzke noch gar nichts geahnt hatte?

Eine vage Chance nur. Doch eine bessere hatte er nicht.

Er versenkte seine Zigarette im Ascher und fragte sich, wie er an den Schlüssel für die Tatortwohnung kommen könnte? Er rief erneut in der Zentrale an. Musste sich jedoch sagen lassen, dass der Schlüssel für die Wohnung Stahns in der Naunynstraße von der Mordabteilung verwahrt werde. An die müsse er sich wenden.

»Dort ist aber zurzeit niemand.« Auch für Gundula Krauß war heute Sonntag. Nicht mal ihre Chefs, Granzow und Kettler, waren im Haus.

»Tut mir leid, so sind die Vorschriften. Könnte ja sonst jeder x-Beliebige kommen.«

Womit sie nicht unrecht hatte. Er legte auf und suchte die Nummer des hilfreichen Hausmeisters in der Naunynstraße heraus, wählte und ließ es lange klingeln. Doch Kleuber nahm nicht ab.

Der Sonntag, musste Jo einsehen, hatte endgültig gewonnen.

Er gab sich geschlagen und fuhr nach Hause.

Wo vielleicht ein Ereignis ganz anderer Art auf ihn wartete.

Es passte ihm gut, dass niemand in der Wohnung war. Mutter und Tochter Küpper waren mit oder ohne Markwort wohl noch auf ihrem Sonntagsausflug. So konnte er ungestört rauchend in seinem Zimmer sitzen und vom Fenster aus das Trottoir vor dem Haus beobachten. Sobald Helmut Eberhardt herauskäme, um seinen Hehler aufzusuchen, würde er es bemerken, und er hoffte, dass heute das letzte Mal war, dass Christine »ihren Helmut« hatte ertragen müssen.

Er sah auf seine Armbanduhr, es war mittlerweile halb sechs geworden. Hinter der Wohnungstür im zweiten Stock hatte er, als er nach Hause gekommen war, keinerlei Geräusche gehört. Es war allerdings auch möglich, dass Eberhardt das Haus schon vorher verlassen hatte oder von einem anderen Ort aus zu seinem Hehler in der Wrangelstraße gefahren war. Wie sinnvoll war es also, dass er hier am Fenster auf ein Ereignis wartete, für das es keine Garantie gab?

Er stand vom Stuhl auf und ging zu seiner Couch, um wenigstens bis um sechs die Beine auszustrecken.

Er fühlte sich mit einem Mal todmüde.

Als er aufwachte, war es draußen bereits dunkel, und unter der Zimmertür drang ein Streifen Licht vom Flur in sein Zimmer. Er rappelte sich auf und knipste die Stehlampe neben der Couch an. – Ach, du Schande, seine Armbanduhr zeigte kurz vor zwölf! Er hatte sechs Stunden geschlafen.

Er verließ das Zimmer. Im Flur sah er, dass Helgas Zimmertür geschlossen war; klar, morgen war Schultag. In der Küche rauchte Petra Küpper ihre Gute-Nacht-Zigarette. Er setzte sich zu ihr.

»Sie haben aber mal einen gesunden Schlaf, Herr Sturm«, sagte sie, als wolle sie sich darüber beschweren.

»Wieso, ist was passiert?«

»Nein, nur ein Kollege hat gegen neun für Sie angerufen.«

»Ein Kollege?« Jo war wieder vollkommen wach. »Wie hieß er?«

»Pack.« Sie lachte. »›Wie Sack und Pack‹, hat er gemeint. Scheint ein lustiger Zeitgenosse zu sein.«

»Aber warum haben Sie mich nicht geweckt, Frau Küpper?«

»Ihr Kollege sagte, das sei nicht nötig. Er würde Sie morgen im Präsidium anrufen.«

Jo konnte ein Stöhnen nicht unterdrücken.

»Aber Sie haben doch so fest geschlafen, Herr Sturm!«, entschuldigte sie sich. »Und wo doch heute Sonntag ist ...«

Verdammter Sonntag! Er stand auf, lief durch den Flur zur Wohnungstür, die er angelehnt ließ, drückte den Lichtschalter im Treppenhaus und stieg rasch und leise die Stufen zum zweiten Stock hinunter. Er lauschte. Stille im ganzen Haus. Auch aus Eberhardts Wohnung drang kein Laut.

Er stieg wieder hinauf zu seiner Wohnung. Doch die Tür war ins Schloss gefallen. Das fehlte noch. Um Helga nicht zu wecken, klopfte er leise, statt zu klingeln. Frau Küpper, die ihn drinnen zum Glück gehört hatte, ließ ihn herein und sah ihn bestürzt an. »Alles in Ordnung mit Ihnen, Herr Sturm? Was haben Sie denn draußen im Flur gewollt, um Himmels willen?«

»Mich mal ausschließen, wollte wissen, wie das ist«, sagte er, und aus einem Impuls heraus drückte er ihr im Vorbeigehen einen leichten Kuss auf die flaumige Wange.

Sie legte verblüfft eine Hand darauf. »Muss ich mir Sorgen um Sie machen, Jo«, sagte sie lachend, als er bereits auf dem Weg ins Bad war.

In dieser Nacht tat Jo kein Auge mehr zu. Er dachte an Lore, die er ganz unverhofft wiedergefunden hatte. An Grit, die er finden musste. Er dachte an Christine Eberhardt, die jetzt unbeschadet bei ihrer Mutter in Neukölln und den beiden Kindern sein sollte. An Eberhardt, den die Kreuzberger hoffentlich bei seinem Hehler erwischt hatten. An Helga, die nebenan schlief und vielleicht bald ihr Guldgubbe zurückbekam, so wie ihre Mutter den geliebten Schmuck. Sobald Pack ihm berichtet hatte, wie die Sache ausgegangen war, würde er auch Petra Küpper über die Aktion aufklären können.

Dann fiel ihm seine Mutter ein, die mit seiner Schwester in Weimar lebte und damit wie auf einem fernen Planeten. Er sah die tote Luise Stahns, die er in ihrem Bett gefunden hatte, vor sich, ihre Augen und den Mund voller Käfer und Maden. Dann auch Margret Kwiatkowskis aufgedunsene Wasserleiche. Als ihn schließlich das geisterhafte Gesicht des ominösen Meyrink als diabolisch grinsende Fratze auslachte, war für ihn an Schlaf endgültig nicht mehr zu denken.

Er richtete sich auf, warf die Bettdecke zurück, schaltete die Stehlampe ein, setzte sich mit dem Stuhl ans Fenster und rauchte den Rest der Nacht eine nach der anderen, bis der Morgen graute. In der ganzen Zeit starrte er hinaus und hatte immer wieder den einen Gedanken: Wo bist du, Grit? Wie kann ich dich finden?

»*Sie wissen es, Grit*«, *flüsterte Karin.* »*Sie wissen Bescheid.*«
Es war Nacht, Karin lag neben ihr unter der Bettdecke wie in der Nacht davor.
»*Worüber wissen sie Bescheid, Karin?*«
»*Über uns. Dass wir miteinander reden.*«
»*Woher willst du das wissen?*«
»*Sie haben mich ausgequetscht. Nach dem ... dem Brausen haben sie mich zu sich bestellt.*«
»*Und? Was ist passiert?*«
»*Ich war so erschöpft und ... Sie haben mich ausgefragt, ich war noch im Hemd, verstehst du?*«
»*Ja.*« *Sie nickte im Dunkeln.* »*Ja, verstehe.*«
»*Der dürre Arzt und dieser andere im Anzug.*«
»*Ja?*«
»*Sie sagten, ich soll ruhig mit dir reden, Grit.* ›*Ist gut für euch beide*‹, *hat der Dürre gesagt. – Ein Arzt ist der niemals.*«
»*Nein.*«
»*Sie wollen sogar, dass ich mit dir rede, Grit, verstehst du?*«
»*Nein. Wieso wollen sie das?*«
»*Grit, ich soll ihnen alles sagen, was du mir erzählst.*«
»*Was?*« *Sie wich unwillkürlich zurück.*
Karin legte den Arm um ihre Schultern und zog sie wieder zu sich heran. Sie lachte leise. »*Ich* hab *ihnen ja schon was von dir erzählt.*«
»*Aber ...*«
»*Warte doch*«, *flüsterte Karin.* »*Ich hab ihnen gesagt, du hättest mir erzählt, dass du gar nichts weißt. Nichts über*

deine Mutter und was sie gemacht oder nicht gemacht hat. Gar nichts wüsstest du.«

»Stimmt ja auch. Aber sie glauben mir nicht.«

»Jetzt schon.«

»Weil du es ihnen gepetzt hast?«

»Ja.« Sie unterdrückte ein Lachen.

»Aber ... woher willst du das so genau wissen, Karin, dass sie es jetzt glauben?«

»Weil wir beide dafür belohnt werden.«

»Belohnt?«

»Na ja, was sie eben Belohnung nennen. Wir dürfen das nächste Mal mit den anderen in den Park gehen.«

»Du meinst ...«

»Das hässliche Gelände hinter dem Haus. Mit dem verrosteten Klettergerüst und dem dreckigen Sandhaufen in der Mitte.« Sie grunzte leise. »Du darfst mit in den Park, weil sie jetzt wissen, dass du ihnen nichts verschweigst. Über deine Mutter und so. Und ich darf mit in den Park, weil ich es ihnen gesagt habe, dass du nichts weißt.«

»Ich will gar nicht in diesen Park. Er ist so hässlich.«

»Alles ist hässlich hier, Grit. Aber am hässlichsten sind sie selber.«

»Ja. Hässlich und eklig.«

»Am schlimmsten ist der Jüngere, oder? Beim Brausen, meine ich. Und Irmingard, die ist auch gemein.«

»Ja. Sie sind alle schlimm hier.«

»Aber dem Jüngeren und Irmingard, ich schwör's dir, Grit, denen zahl ich's auf alle Fälle heim. Eines Tages, das schwöre ich!« Karins helle Augen schimmerten wie Glaskugeln in der Dunkelheit. »Und wenn sie mich dafür umbringen sollten. So wie ...«

Karin verstummte erschrocken, doch Grit wusste, was sie nicht hatte aussprechen können: »So wie sie deine Mutter umgebracht haben«, hatte sie sagen wollen.

Grit schlang den Arm um Karin und presste sich an sie. Keine von ihnen sollte mehr fallen, sie nicht und Karin auch nicht. Zusammen würden sie es vielleicht schaffen.

Montag, 3. November 1958

Gundula Krauß saß in einem anthrazitfarbenen Kostüm, das ihre Körperfülle geschickt kaschierte, an ihrem Schreibtisch. Sie war gerade dabei, mit ihren flinken Fingern ein Blatt in die Maschine einzuspannen, als Jo um kurz nach sieben ihr Zimmer betrat.

Die Sekretärin sah ihn erstaunt an. »Na, das ist aber Rekord heute, Herr Sturm! So früh hat noch nie ein Kerl mein Büro betreten. Sind Sie sicher, dass Sie zu mir wollen?« Sie wurde ernst. »Worum geht's denn?«

»Ich benötige den Schlüssel für die Tatortwohnung Stahns in der Naunynstraße 89.«

Gundula Krauß musterte ihn jetzt noch etwas genauer. »Sie sehen aus wie der leibhaftige Tod, Herr Sturm, wissen Sie das?«

Das wunderte ihn nun nicht. Nachdem er die Nacht nicht hatte schlafen können, war er heute früh noch vor Petra Küpper im Bad gewesen, hatte in der Küche Kaffee gemacht, der ihm viel zu schwarz und bitter geraten war, um gleich darauf zur Gothaer Straße zu fahren. Die Sekretärinnen im Präsidium waren bekannt dafür, dass sie meist schon eine Stunde früher da waren als der Rest, Gundula Krauß bildete keine Ausnahme.

Sie stand ächzend auf, öffnete den Wandsafe, in dem der Schlüssel, der mit einer Nummer markiert worden war, aufbewahrt wurde, und bat Jo, ein Formular zu unterschreiben.

»Ich bin Herrn Hauptkommissar so was von dankbar, dass wir die Schlüssel hier in unserem Safe aufbewahren dürfen. Er hat durchgesetzt, dass ich damit nicht immer erst zur Verwaltung rennen und das ganze Gedöns erledigen muss, um sie zu bekommen.«

Er setzte unbesehen seinen Namen darunter, und sie sagte trocken: »Danke, dass Sie mir Ihr Vermögen überschrieben haben, mein Herr.«

Jo fühlte sich zu zerschlagen, um über den alten Spruch zu lachen. Er bat sie, von ihrem Apparat aus einen Kollegen anrufen zu dürfen. Sie gab dem langen Teleskoparm, auf dem das Telefon thronte, einen Klaps, so dass es zu ihm herüberschwang.

Er wählte Jens Packs Nummer im Präsidium, doch wie die meisten Beamten war der Kollege um die Uhrzeit noch nicht in seinem Büro erreichbar. Zu Hause mochte Jo ihn so früh jedoch nicht aufscheuchen, Jens hatte sich schon gestern, am Sonntag, nicht lumpen lassen.

Er legte auf, bedankte sich bei Gundula Krauß und wollte ihr zur Aufmunterung noch ein ehrlich gemeintes Kompliment für das dunkle Kostüm machen, das sie trug. Doch das ging nach hinten los. »Trauerkleidung. Wissen Sie, Herr Sturm, der Hauptkommissar hat mir in den letzten Jahren so viel von seinem Gunter erzählt, dass es mir manchmal schon vorkam, als wäre ich seine Schwiegertochter.« Sie winkte ab und kämpfte sichtlich mit den Tränen.

Es war stark bewölkt und nieselte leicht, als Jo auf seine DKW stieg, die er aus alter Gewohnheit wieder vor dem Präsidium abgestellt hatte. Er klappte den Kragen seines Trenchcoats hoch, knöpfte ihn fest und fuhr los.

Er hatte zwar keine Vorstellung, auf was er in der Wohnung von Luise und Grit Stahns nun stoßen könnte. Aber seine Hoffnung, mit verändertem Blick jetzt dort die Dinge neu und anders zu sehen, wuchs mit jedem Kilometer, den er zurücklegte.

Mit einer merkwürdigen Euphorie, die hoffentlich mehr war als grundloser Optimismus, kurvte er zwischen den Fahrzeugen des morgendlichen Berufsverkehrs durch die Schlagadern der Stadt. Seltsam fand er nur, dass er gewöhnlich um diese Uhrzeit dieselbe Strecke in umgekehrter Richtung fuhr.

Er fröstelte, als er den Roller vor der Wäscherei neben dem Eingang des Hauses in der Naunynstraße parkte. Der feuchte Fahrtwind war ihm unter die Haut gekrochen, doch seiner unerklärlichen Euphorie nahm das nichts. Zu seiner Stimmung schien zu passen, dass beide Flügel des mächtigen Haustors bereits einladend offenstanden. Die Müllabfuhr war am Werk und holte die vollen Mülltonnen und Ascheimer aus dem Hinterhof. Vor dem Haus stand ihr Fahrzeug mit laufendem Motor.

Jo betrat den Hausflur und stieg bereits die Stufen zum ersten Stock hinauf, als ihm auf halber Treppe ein großer, etwas korpulenter Mann entgegenkam. Jo sah ihm ins Gesicht und stutzte für einen Moment. Von irgendwoher kannte er den Mann, der nun mit schweren Schritten grußlos an ihm vorbei die Treppe hinunterstiefelte. Richtig, jetzt erinnerte er sich, das war der Nachbar im Haus, der an dem Tag, als Jo Luise Stahns' Leiche gefunden hatte, zusammen mit Kleuber, dem Hausmeister, lachend die Treppe heraufgekommen war.

Jo stieg ein paar Stufen weiter hoch und holte den Schlüssel für die Tatortwohnung aus der Innentasche seines Mantels, da traf ihn plötzlich die Erkenntnis! Er wusste mit einem Mal, um wen es sich bei dem Mann außerdem noch handelte: Das Gesicht war inzwischen fleischiger als auf dem Kantinenfoto, im Grunde schon feist, aber er war es, Meyrink – falls das sein richtiger Name war!

Jo machte sofort kehrt und lief die Stufen hinunter.

Unten im Flur war der Mann nicht mehr zu sehen. Auch die Müllmänner waren verschwunden, das Haustor war wieder verschlossen, nur die Durchgangstür zum Hof stand noch offen.

Jo eilte in den Hinterhof. Von dem Mann war nichts zu sehen. Nur eine alte Frau lugte aus einem Fenster im zweiten Stock, schloss es gleich wieder, als sie Jos suchenden Blick bemerkte, und zog innen die Gardine vor.

Er lief zurück in den Flur des Vorderhauses, in dem sich aber niemand befand. Als er vor der Wohnungstür des Hausmeisters verharrte, glaubte er, streitende Stimmen in Kleubers Wohnung zu hören. Im nächsten Augenblick summte der Türöffner am Haustor, und der Streit in der Wohnung verstummte.

Jo schwenkte den Kopf herum und sah verblüfft, wer mit dem schwerfälligen Öffnen des Tors das Haus betrat.

Helene Böhnke erstarrte ebenso wie er. In ihrem dunklen Mantel, demselben wie gestern, und mit ihrer großen schwarzen Handtasche in der zusammengepressten Faust stand sie ihm wie angewurzelt gegenüber und riss die Augen auf.

Noch ehe Jo sie ansprechen konnte, wurde in seinem Rücken die Tür zu Kleubers Wohnung geräuschvoll geöffnet. Er fuhr herum, sah aber nicht etwa den Hausmeister vor sich, sondern starrte in das fleischige Gesicht, das ihm eben erst auf der Treppe begegnet war. Der Mann stutzte nur eine Sekunde lang, dann orientierte er sich blitzschnell mit Blicken nach links und rechts – und seine breite Stirn schoss mit voller Wucht auf Jos Kopf zu.

Als Jo wieder zu Bewusstsein kam, lag er mit dem Gesicht nach unten auf dem Boden, sein Mund stand halb offen, seine Zunge berührte die harten Fasern eines alten Teppichs, dessen muffiger Geruch ihm in die Nase drang.

Mit der Stirn lag er auf einer feuchten Stelle, er brauchte einige Sekunden, um zu begreifen, dass es sein Blut war, in dem sein Kopf lag.

Meyrink, wenn er denn so hieß, hatte ihn mit einem klassischen Kopfstoß ausgeknockt. Die Stelle an seiner Stirn war aufgeplatzt und blutete stark. Sein Schädel dröhnte, doch er spürte keinen Schmerz, was vermutlich auf den Schock zurückzuführen war. Er wollte sich regen, wenigstens versuchen, auf die Beine zu kommen, doch mit den ersten Sätzen, die er nun vernahm, nur eine Armlänge entfernt, wurde ihm klar, dass das keine gute Idee wäre.

»Verflucht, Resch, musstest du ihn gleich niederschlagen?«

»Ja, was denn sonst? Ich hab dir gesagt, Bruno, dass ich ihm eben erst im Treppenhaus begegnet bin. Und dass er mich so seltsam angesehen hat.«

»Und ich hab dir gesagt, dass wir erst mal abwarten und die Füße still halten sollten.«

»Aber er hat nun auch Helene gesehen. Die er kennt, das weißt du. Die hier im Haus aber nichts zu suchen hat. Der Mann ist von der Kripo, oder etwa nicht? Meinst du, er kann eins und eins nicht zusammenzählen? Es war doch klar, dass Helene zu uns wollte, in diese Wohnung. Ich hatte ihr ja die Tür geöffnet, schon vergessen?«

»Aber wenn dich nun einer gesehen hätte, Resch, Herrgott noch mal?«, hörte er die aufgeregte Stimme des Hausmeisters zischeln. »Wenn jemand in den Flur gekommen wäre, als du ihm eins verpasst hast, was dann?«

»Hat aber keiner gesehen, Bruno, also was soll's?«, sagte der mit Resch Angesprochene – früherer Deckname Meyrink, wie es schien – in kaltblütigem Ton.

»Aber was machen wir jetzt mit ihm? Er muss weg, das ist klar«, sagte Kleuber, der Hausmeister.

»Weg? Was heißt, er muss weg?«, vernahm Jo nun auch die bestürzte Stimme Helene Böhnkes, ein paar Schritte weiter im Hintergrund.

»Der Bulle träumt noch 'ne Weile, ich hab ihm eine tüchtige Nuss verpasst«, sagte der Mann, der Resch hieß, zufrieden. »Aber bevor er zu sich kommt, sollten wir ihm die Visage auf links drehen – zack, das war's, so haben wir's im Krieg mit den Partisanen gemacht, wenn gerade kein Seil da war.« Er lachte. »Oder kein Baum.«

»Ihr wollt ... ihn umbringen?«, rief Helene Böhnke schockiert.

»Halt gefälligst die Klappe, Lene!«, fuhr Kleuber sie an. »Willst du, dass das ganze Haus mithört? – Wir machen es, wie du sagst, Resch.«

Jos Herz begann zu hämmern, und die Panik raubte ihm schier den Verstand.

»Wieso wir?«, hörte er Resch auf einmal höhnisch erwidern. »Du bist doch neuerdings der Spezialist fürs Kaltmachen, Bruno.«

»Hört auf damit! Hört auf!«, flehte Helene Böhnke. Es hörte sich bereits verzweifelt an.

»Maul halten, hab ich gesagt!«, kläffte Kleuber sie an. »Oder du bist als Erste dran, hässliche alte Schachtel!«

Jo hörte einen erstickten Schrei aus Helene Böhnkes Mund. Er blieb stocksteif liegen, das Gesicht starr nach unten, den Teppichgestank in Mund und Nase, aber seine Sinne waren jetzt hellwach.

Resch stieß ein verächtliches Grunzen aus. »Weiber fertigmachen, das kannst du, Bruno. Muss man dir lassen. Hast du schon bei der schönen Luise bewiesen.«

»Was soll das heißen, bewiesen? Das war eine Anweisung. Luise war eine Gefahr für uns alle geworden, deshalb musste sie weg. Und die Gelegenheit war da, oder nicht? Herzke im Sportpalast, du hattest ihn dort im Blick, und die Kleine sollte bei ihren Freundinnen sein.«

»Du solltest die Stahns nur glattmachen, in der Nacht«, sagte Resch und machte, wie Jo spüren konnte, fast unmerklich einen Schritt auf Kleuber zu. »Du solltest sie dir aber nicht noch mal vornehmen, Kollege. Hat keiner von dir verlangt.«

Wieder vernahm Jo einen unterdrückten Schrei von Böhnke.

»Ich hab sie mir nicht vorgenommen, nicht an dem Sonntag«, verteidigte sich Kleuber. »Sie wusste ja, dass ich es war und …« Seine Stimme klang plötzlich alarmiert. »Verflucht, Resch, bleib stehen! – Bleib stehen, oder …!«

»He, immer langsam, Kumpel. Steck die Waffe weg.«

»Bruno, nicht!«, rief nun auch Helene Böhnke.

»Schnauze, alle beide! Sonst seid ihr als Nächste dran.«

»Du bist ein solcher Idiot, Kleuber«, sagte Resch verächtlich und offenbar völlig unbeeindruckt von der Waffe, die Kleuber anscheinend in Griffweite gehabt hatte. »Wenn du hier in deiner Wohnung mit der Knarre ballerst, was glaubst du wohl, wie lange es dauert, bis die Bullen dich hochnehmen?«

»Bevor sie mich hochnehmen, bin ich längst drüben, Resch. – Bleib stehen, verdammt!«, blaffte er ihn an. »Du hältst dich wohl für einen ganz Schlauen, was?«

»Ich wäre jedenfalls nicht so dumm gewesen wie du und hätte am nächsten Tag auch noch den Radiofritzen umgenietet.«

»Ach, hättest du nicht, nein? Du warst aber doch dabei, Resch.« Kleubers Stimme klang auf einmal überheblich, beinahe höhnisch. Mit der Waffe in seiner Hand kehrte anscheinend auch sein Selbstbewusstsein zurück.

Doch Resch ließ sich offenbar nicht einschüchtern. »Stimmt, ich war dabei«, sagte er ruhig. »Aber du hast mich reingelegt, Bruno.«

»Ich dich reingelegt, ach ja? Und wie?«

»Die Anweisung war, Herzke rüberzuschaffen, damit sie ihn ausquetschen. Das habe ich aber erst durch Lene erfahren. Im Nachhinein.«

»Lene?«

»Bruno, ich ...«

»Halt dein Maul, du.«

»Lene war seitdem mehrfach drüben, da hat sie es erfahren«, fuhr Resch ungerührt fort. »Die sind im Osten gar nicht gut auf dich zu sprechen, Bruno. Du solltest Herzke nämlich nicht totprügeln wie einen Hund, wie du es da draußen getan hast.«

»Meinst du, sie hätten ihn am Leben gelassen drüben, nachdem sie ihn verhört hätten? Wir haben nur schneller ein Ende mit ihm gemacht, das ist alles.«

»Das ist alles? Ach, ja? – In Wahrheit hast du nur auf diesen Moment gewartet, stimmt's? Du wolltest ihn kaltmachen. Du hattest ihn schon lange auf dem Kieker. Weil er dir deine schöne Luise ausgespannt hat.«

»Er hat sie mir – was?« Kleuber versuchte es mit einem Lachen, das ihm im Halse stecken blieb.

»Willst du behaupten, du hättest nie was mit ihr gehabt?«

»Luise hatte die Gelegenheit, über diesen ... den Schulfunk und solchen Mist an einen RIAS-Mann ranzukommen. Dann tauchte Herzke auf, also sollte sie was mit ihm anfangen, das war ihr Auftrag, Herrgott.«

»Ja, das war ihr Auftrag. Aber statt ihn zu bespitzeln, hat sie wirklich was mit ihm angefangen, Bruno. Ich meine, in Wahrheit waren die beiden ein Paar, nicht du und Luise. Sie hat dich doch schon ewig nicht mehr rangelassen, das konnte man dir ansehen. Ich wette, sie hatte noch einen Morgenrock an, Sonntagnacht, als sie dir geöffnet hat. Später im Bett nicht mehr. Hast es versucht, aber sie hat dich wieder nicht gelassen, was. Da hast du sie glattgemacht, gleich im Bett. Hände um'n Hals, das war's.« Er lachte schadenfroh. »Hättest eben früher auf mich hören sollen, Bruno.«

»Ich auf dich? Mach dich nicht lächerlich, Resch.«

»Ja, du auf mich. Ich hatte dich gewarnt, dass der Herzke beim RIAS nur noch in Schlager macht, damit seine heiß geliebte Luise nichts von ihm zu berichten hat, was irgendwie nützlich für uns gewesen wäre. Sie muss dem Herzke gesteckt haben, was läuft. Dass sie keine Wahl gehabt hätte und so weiter, darauf würde ich wetten. Und mal ehrlich, sie hatte ja auch keine Wahl, oder? Frag Lene hier, die hat das Geschäft schließlich eingefädelt.«

»Nein, nein, ich habe gar nichts eingefädelt, gar nichts!«, hörte Jo sie panisch beteuern. Zuletzt war von ihr nur noch eine Art Wimmern zu hören gewesen.

»Ach, auf einmal nicht mehr, nein?«, fuhr Resch sie plötzlich an. »Du hast mir selbst erzählt, dass das Geschäft mit dem Kleinen deine grandiose Idee war!«

»Meine Idee? Nein, meine Schwägerin hat ...«

»Ach, deine Schwägerin war das?« Resch stieß einen abfälligen Laut aus, der kaum als Lachen durchging. »Und du, Kleuber?«, wandte er sich plötzlich wieder an den Hausmeister, im Moment der Mann mit der Waffe in der Hand. »Hast gedacht, mit dem Kuhhandel, besser gesagt: Kinderhandel im Rücken hättest du deine Luise sicher in der Hand. Stimmt's?«

»Halt doch dein Maul.«

»Aber dann musstest du einsehen, dass ich recht hatte. Dass sie dich verladen hat. Mit Herzke hat sie's getrieben, den hat sie gelassen. – He, Mann, fuchtel nicht weiter mit dem Ding herum, es reicht!«

»Jetzt hast du die Hosen voll, was, Resch? Genauso wie Herzke da draußen, als er merkte, dass es vorbei war.«

Jo hörte Resch auf einmal schneller atmen. Viel schneller.

»Bruno, steck um Himmels willen …«

»Halt endlich die Klappe, Lene!«

Es hörte sich an, als hätte Kleuber sich für einen Moment weiter als bisher zu ihr herumgedreht. Und plötzlich ging alles ganz schnell. Jemand trat auf Jos Hand – Resch, der Kleubers Unaufmerksamkeit nutzte, um sich auf ihn zu stürzen. Jo unterdrückte den Schmerzensschrei, im selben Moment ging ein Schuss los. Ein ohrenbetäubender, trockener Knall. Resch krachte neben Jo zu Boden und fasste sich brüllend wie ein verletzter Stier an die Hüfte, seine graue Hose färbte sich sekundenschnell dunkelrot. Zugleich spürte Jo Kleubers hektisches Atmen direkt über sich und sah aus dem Augenwinkel auch, dass der kurze Lauf der Pistole in Kleubers Faust auf Reschs Kopf zielte.

»Bruno, nein!«, schrie Helene Böhnke. »Tu das nicht!«

Jo drehte den Kopf wenige Zentimeter herum, weit genug, um zu sehen, dass Kleuber nun die Waffe auf sie richtete. Wie in einem Reflex packte er Kleubers Fußgelenk und stieß es nach vorn. Kleuber wankte, suchte Halt mit den Armen, die Waffe fiel ihm dabei aus der Hand. Sie landete in Reschs Reichweite, und mit einer zitternden Hand langte er danach. Noch ehe Jo sich herumrollen konnte, um sich vor dem Schuss zu schützen, den er erwartete, warf Kleuber sich auf Resch. In diesem Moment löste sich der zweite Schuss, ein weiterer trockener Knall, kaum gedämpft durch die beiden Körper, zwischen denen er gefallen war. Auf einmal war ein furchtbares Wimmern zu hören. Jo verstand zunächst nicht, wer von den beiden Männern getroffen war, bis Kleuber, der anscheinend noch versuchte aufzustehen, quer über Reschs Unterkörper zusammenbrach.

Noch immer war ein hohes Jammern zu hören, es kam von dem verletzten Resch, dessen Hüfte stark blutete. Er versuchte trotz der Schmerzen, die Hand mit der Pistole, die unter Kleubers nun reglosem Körper eingeklemmt war, zu befreien. Jo stemmte sich auf die Knie, die kurz nachgaben, hob beide Arme und stieß die geballten Fäuste mit aller Kraft gegen Reschs Brustkorb. Jo hörte einzelne Rippen brechen, knackend wie trockenes Holz. Er achtete nicht darauf und holte erneut aus. In den folgenden Schlag legte er alle verbliebenen Reserven, und er hörte das Knirschen und Splittern von Reschs brechender Kinnlade.

Der Mann verlor das Bewusstsein.

Jos rechte Faust blutete. Als er erschöpft aufblickte, sah er Helene Böhnke mit geisterhaft weißem Gesicht auf dem Boden kauern, die Handtasche in ihren schlotternden Händen, ihr Mund vor Entsetzen zu einem Schrei geformt, den sie nicht mehr zustande brachte.

Während Resch im nächstgelegenen Bethanienkrankenhaus notoperiert werden musste und danach weder transport- noch vernehmungsfähig war, wurde Böhnke noch in der Naunynstraße ärztlich untersucht. Die diensthabende Ärztin gab ihr eine herzstärkende Spritze und gestattete ihre Überstellung in das Haftkrankenhaus Moabit, das auch die Untersuchungshaftanstalt versorgte.

Von Kleuber konnte nur noch der Tod festgestellt werden. Reschs Schuss war in den Bauchraum eingedrungen, hatte vermutlich einen Lungenflügel durchbohrt und mit

Sicherheit den Herzmuskel gestreift, so die Erstdiagnose. Genaueres würde die Obduktion erbringen.

Jos Hände mussten mit Salben erstbehandelt und bandagiert werden, er kam mit – allerdings erheblichen – Prellungen, Hauteinrissen und -abschürfungen davon. Aufwendiger zu versorgen war die Platzwunde an seiner Stirn, die auf der Stelle genäht werden musste, Folge des Kopfstoßes von Resch. »Die Schwellungen sollten bald abklingen. Aber die Schmerzen an den Händen und am Kopf werden Sie erst in den nächsten Tagen voll spüren, wenn Ihr Adrenalinpegel wieder gesunken ist«, diagnostizierte die Ärztin. Er freute sich schon drauf.

Jo hatte zuvor vom Telefon der Hausmeisterwohnung aus das Präsidium verständigt, doch noch vor ihm hatten Nachbarn im Haus, die die Schüsse gehört hatten, die Polizei alarmiert.

Die kurz darauf eintreffende Einsatzmannschaft war nicht wenig erstaunt, auf eine weit geöffnete Tatortwohnung im Parterre zu treffen, vor der sie Jo bereits erwartete, das Gesicht blutverschmiert, auf der Stirn eine klaffende Wunde, mit der linken Hand hielt er die blutende rechte Faust.

Granzow, der trotz der Trauer um seinen Sohn zum Dienst erschienen war – allerdings unter starken Beruhigungsmitteln stand und zeitweise wie in Trance wirkte –, schickte Schuchardt als Leiter der Tatortuntersuchung in die Naunynstraße.

Im Anschluss an seine medizinische Erstversorgung schilderte Jo dem verblüfften Schuchardt den Verlauf des Geschehens. Beiden war klar, dass wegen des Schicksals von Grit Stahns keine Zeit verloren gehen durfte. Und dass der Staatsschutz aus demselben Grund erst nach der Vernehmung von Helene Böhnke über den Hintergrund der Festgenommenen, Böhnke und Resch, informiert werden würde – damit ihnen der Fall quasi auf den letzten Metern nicht ein weiteres Mal weggenommen wurde.

»Einer aus unserem Bill-Haley-Klub«, flüsterte Karin, »Tony, eigentlich heißt er Anton, er hat gemeint, wenn man versuchen sollte, uns auszuquetschen, also etwas über unseren Klub wissen will und wer bei uns mitmacht und so weiter, ja?«

»Ja?«

»Tony sagte, dann müssten wir immer nur das Gegenteil von dem behaupten, was stimmt, was wahr ist. Und stur dabei bleiben.«

»Hat nicht geklappt, oder?«

»Nein. Zu schwierig.«

»Wirklich? Klingt doch ganz einfach.«

»Isses nicht, Grit. Pass auf, stell dir vor, du bist ich.«

»Leicht.«

»Gut. Dann frage ich dich jetzt, wer alles beim Bill-Haley-Klub mitgemacht hat.«

»Okay.«

Karin lachte leise. »Nein, du musst auf meine Frage antworten, Grit. Du bist ich, also Karin, und die Frage lautet: Wer hat alles beim Bill-Haley-Klub mitgemacht?«

»Na ...« Sie dachte kurz nach. »Niemand. Keiner hat mitgemacht.«

»Nicht schlecht, Grit – ich meine Karin.« Doch sie schüttelte den Kopf. »Trotzdem nicht richtig. Also nicht richtig falsch.«

»Verstehe ich nicht.«

»Überleg mal, Grit: Du hast gesagt, niemand wäre in dem Bill-Haley-Klub gewesen.«

»Ja, niemand, das ist das Gegenteil von alle, also von

dem, was stimmt. Weil du doch gesagt hast, alle *wären Mitglieder im Klub gewesen.«*

»Schon. Aber, Grit, wenn du sagst, niemand wäre dabei gewesen, dann hätte der Klub ja gar keine Mitglieder gehabt.«

»Na, und?«

»Einen Klub ohne Mitglieder, so etwas gibt es nicht.«

»Ah …« Jetzt verstand sie. *»Die richtige Antwort – ich meine, die richtige falsche Antwort – wäre also gewesen: Welcher Klub? Es gab keinen Klub.«*

»Genau. Verstehst du, so verwirren sie dich.«

»Gar nicht so einfach.«

»Sag ich doch.«

»Okay, Karin, jetzt bist du ich. Du bist Grit.«

»Los, frag.«

»Moment, mal überlegen … Ja, genau: Wie viele Geschwister hast du, Grit?«

Karin grübelte darüber nach. *»Das ist schwer.«*

»Wieso?«

»Was ist das Gegenteil von: richtig?«

»Was meinst du, Karin?«

»Du hast mir erzählt, du hättest keine richtigen Geschwister.«

»Ich bin mir eben nicht sicher.«

»Weißt du was, Grit, ich glaube, Tonys Trick ist schon schwer genug. Aber bei dir klappt er gar nicht.«

»Wieso nicht?«

»Um zu lügen, musst du wenigstens die Wahrheit kennen.«

Dienstag, 4. November 1958

Helene Böhnkes Vernehmung konnte erst nach einer erneuten ärztlichen Untersuchung im Haftkrankenhaus um acht Uhr vormittags am folgenden Tag stattfinden. In einem der kargen und typischerweise völlig überheizten Verhörräume der Moabiter Untersuchungshaftanstalt, die amtlich korrekt einen Justizvollzugsbeamten als Protokollanten zur Verfügung stellte.

Die Frau sah zwar noch immer sehr blass aus, doch alles in allem wirkte sie bereits wieder erstaunlich gefasst und sehr wohl vernehmungsfähig. Auch das ließ erahnen, warum sie für den Ost-Geheimdienst so wertvoll gewesen war.

Schuchardt hielt ihr noch vor der Vernehmung eindringlich vor Augen, dass sie nur dann Aussicht auf ein geringeres Strafmaß habe, wenn sie keine Ausflüchte suche und schlicht die Wahrheit sage.

»Zur Wahrheit gehört übrigens auch, nichts zu verschweigen, was zum Verständnis wichtig sein könnte«, belehrte er sie.

Die Geschichte, die sie Jo und Schuchardt dann zu erzählen hatte, begann jedoch zu ihrer beider Überraschung bereits in den dreißiger Jahren – im Krankenhaus Moabit. Dort, wo sich heute die Pathologie befand und wo Helene Böhnke erst vor einigen Tagen die Leiche ihrer Nachbarin Margret Kwiatkowski identifiziert hatte.

Noch anfangs der dreißiger Jahre, erklärte sie ihnen, habe ihr Mann in der Verwaltung des Moabiter Krankenhauses gearbeitet. Doch als Kommunist sei er eines Tages von Nazi-Schergen, die schnell auch in der Klinik das

Kommando übernommen hätten, so brutal zusammengeschlagen worden, dass er daran gestorben sei. In dem Krankenhaus, für das er jahrelang gearbeitet habe.

»Der Mord an meinem Mann – und nach Kriegsende dieselben alten Nazis, die im Westen schon wieder ganz oben mitschwammen? Das war für mich der Grund dafür, dass ich mich vom Osten habe anwerben lassen.« Sie ließ eine Pause entstehen. »Aber nicht der Grund, warum ich bis zuletzt dabei war.«

»Sondern?« Schuchardt sah sie skeptisch an.

»Weil ich keine Ahnung hatte, dass es darauf hinauslief.«

»Auf Mord, wollen Sie sagen?«

»Auf Liquidierungen.«

»Da Ihnen diese Unterscheidung so wichtig ist«, sagte Jo, »schlage ich vor, dass wir direkt zu den Ereignissen kommen, Frau Böhnke. Im jeweiligen Zusammenhang verstehen wir Ihre Motive vielleicht besser.« Ihr Bedürfnis, sich zu rechtfertigen, war jedenfalls offensichtlich.

Sie deutete ein Nicken an – und begann noch einmal von vorn: »Ich habe eine Schwägerin in Ostberlin, Gisela. Sie ist die Witwe meines Bruders. Horst war im Krieg gefallen, und Gisela begann nach dem Krieg, in Ostberlin als Kindergärtnerin zu arbeiten.«

»Moment, stopp!«, wurde sie von Schuchardt barsch unterbrochen. »Wir sind hier nicht an Ihrem Familienstammbaum interessiert. Kommen Sie zur Sache.« Ihm riss bereits der Geduldsfaden.

Doch Jo signalisierte Schuchardt mit einem Blick, dass sie Helene Böhnke besser fortfahren ließen. Sie durften jetzt nicht ihren Widerstand provozieren, sonst würde sie sich womöglich verschließen.

»Fahren Sie fort, Frau Böhnke«, forderte Jo sie auf.

Sie tat es mit einem Achselzucken. »Die Tochter meiner Schwägerin war Anfang der Fünfziger schon mit einem Mann von der KVP verheiratet.«

»Sie meinen die Kasernierte Volkspolizei?«, fragte Jo, um sicherzugehen, dass sie von der Vorläuferorganisation der Nationalen Volksarmee sprach.

»Ja, genau«, bestätigte sie. »Er hat mich, als ich drüben mal wieder zu Besuch war, darauf angesprochen, ob ich es den Nazis im Westen nicht endlich heimzahlen wollte, was sie meinem Mann und letztlich ja auch mir und der ganzen Familie angetan hatten. – Wie eine einfache Frau wie ich das denn fertigbringen sollte, fragte ich ihn. Kurze Zeit später meldete sich ein Mann vom Geheimdienst bei mir. Er sagte zwar nicht, dass er Geheimdienstler sei, aber mir war das klar, er hatte mir nicht mal seinen Namen genannt. Er sagte, dass sie eine zuverlässige Person suchten, die bereit wäre, ihre Informanten und Helfer in Westberlin zeitweise zu beherbergen, immer nur für eine gewisse Zeit. Nach außen hin sollte das Ganze vollkommen legal und normal wirken, damit die Informanten unbehelligt arbeiten könnten. Die Wohnungsnot war auch in Westberlin groß, Untervermietungen an der Tagesordnung, von daher kam ich in Frage.«

»Sie waren also Wohnungswirtin und zugleich Feigenblatt für Ostagenten«, resümierte Schuchardt. »Die harmlose Witwe, die sich aus Kostengründen Untermieter nahm. Und sicher auch gut daran verdiente, oder?«

Sie schwieg und hielt trotzig seinem Blick stand.

»Kam so auch Resch ins Spiel?«, fragte Jo, um sie auf Kurs zu halten.

»Ja, später war dann auch Resch zeitweise mein Untermieter«, bestätigte sie. »Er hieß damals offiziell Meyrink. Als Saisonkellner kam er in der Stadt viel herum, und deshalb war er für den Osten als Spitzel besonders interessant. Er war ein ruppiger Kerl, aber ich kam ganz gut mit ihm zurecht, wir blieben auch später in Kontakt, er hat mir vieles anvertraut.«

»Zum Beispiel, dass er in der Kantine des AFN Margret Kwiatkowski enttarnt hatte«, sagte Jo wie nebenbei.

Sie sah ihn erstaunt an. »Ach, das wissen Sie?«

»Warum sollten wir nicht davon wissen?«

»Weil Resch – jedenfalls damals – für die Amerikaner ein völlig unbescholtenes Blatt war«, sagte sie in einem Ton, als wunderte sie sich noch heute darüber. »Das lag wahrscheinlich an seinen zahlreichen Arbeitsnachweisen und sehr guten Zeugnissen, die ja alle echt waren. Und der häufige Wechsel der Arbeitsorte ist in dem Gewerbe normal. Mit dem guten Leumund schaffte es Resch jedenfalls in die Kantine vom AFN, dort unten in Dahlem. Und, das muss man ihm lassen, er hatte gleich den richtigen Riecher.«

»Was Margret Kwiatkowski betrifft, meinen Sie?«, fragte Jo.

»Ja. Die Frau wäre viel zu versiert, fand er, um als kleine Küchenhilfe in der Kantine zu schuften und kaum was zu verdienen. ›Wovon lebt die eigentlich?‹, fragte er sich. Mir erschien das übertrieben, aber Resch beobachtete die Kwiatkowski und fand heraus, dass sie sich außerhalb des Senders mit einem Mann traf, der zu ihr als Kantinenhilfe so gar nicht passte. Der Ostgeheimdienst machte ihn dann als Amerikaner, vermutlich Geheimdienstler, aus.«

»Schlechte Tarnung«, kommentierte Schuchardt verwundert.

Jo dachte nur: Warum sollen durchschnittliche Agenten besser arbeiten als durchschnittliche Polizeibeamte.

»Für Margret Kwiatkowski hatte das schlimme Folgen«, fuhr Helene Böhnke fort. »Und ich schwöre, dass ich damals nicht ahnte, welches Ende das nehmen würde.«

Margret Kwiatkowski sei nach Reschs Hinweisen vom Ostberliner Geheimdienst sehr schnell als eine frühere Informantin der CIA enttarnt worden, die in den Westen geflohen war.

Nach ihrem Treffen mit dem amerikanischen Geheimdienstmann sei man im Osten aber davon ausgegangen, dass Kwiatkowski nur vorübergehend von der Bildfläche verschwinden sollte, um sie bald wieder in einem anderen Feld zu aktivieren.

»Die Kwiatkowski sollte deshalb weiter beobachtet werden. Als sie dann eines Tages nicht mehr in der AFN-Kantine arbeitete und Resch, hartnäckig wie er war, herausfand, dass sie ans Nordufer gezogen war, verstärkte das noch den Verdacht, die CIA würde ihr bald neue Aufgaben zuweisen. Deshalb gab es die Order aus Ostberlin, Kwiatkowskis neue Wohnung ständig zu beobachten.«

So sei sie selbst in die Sache mit hineingezogen worden. »Resch kam dafür nicht infrage, sie kannte ihn, das wäre verdächtig gewesen. Und als kurz darauf eine Wohnung in dem Haus am Nordufer frei wurde, sollte ich dort einziehen und Kontakt zu ihr knüpfen.«

»Darauf haben Sie sich ohne Weiteres eingelassen?«, fragte Jo.

»Ich hatte mich ja schon auf die Untervermietungen eingelassen.«

»Für die neue Aufgabe haben Sie aber Ihre frühere Wohnung aufgegeben.«

»Ich hatte ja Ersatz bekommen.«

Doch die Antwort kam Jo allzu schnell. Da war etwas, was sie zurückhielt, das spürte er.

Sie schien seine Skepsis zu wittern. »Als gleichaltrige Frau war ich nun mal die ideale Besetzung, um Margret Kwiatkowski in dem Haus im Blick zu haben.«

Mit der Zeit aber habe sich herausgestellt, dass Kwiatkowski auch nach Monaten keine weiteren Treffen mit CIA-Leuten oder anderen westlichen Geheimdiensten hatte. »Sie war von den Amerikanern offensichtlich kaltgestellt worden.«

Margret Kwiatkowski sei damit als Beobachtungsobjekt für den Ost-Geheimdienst uninteressant geworden. »Ich dachte deshalb, das war's. Dass sie die Kwiatkowski quasi aufgeben und in Ruhe lassen würden.« Aber sie habe sich getäuscht. »Sie wollten sie ausschalten. Wohl als Zeichen für andere Informanten, die für den Westen arbeiten. Vor allem aber als Antwort an die Amerikaner, weil sie Kwiatkowski als Quelle im Osten eingeschleust hatten.«

»An Margret Kwiatkowski sollte also ein Exempel statuiert werden«, resümierte Schuchardt.

»Ja, aber davon wusste ich vorher nichts, glauben Sie mir. Ich hatte keine Ahnung, dass Resch ihr an dem Morgen auflauern würde. Ich bin erst im Nachhinein eingeweiht worden.«

»In was genau?«, wollte Schuchardt wissen.

»Resch hat angedeutet, dass er sie ins Auto gelockt hätte. Die Kwiatkowski hielt Resch ja für einen harmlosen Kollegen noch aus AFN-Zeiten, der zufällig vorbeifuhr.«

»Sie wurde aber erst in der folgenden Nacht in den Landwehrkanal geworfen«, sagte Jo. »Was hat Resch mit ihr den ganzen Tag über gemacht?«

Ihre Augenlider flackerten einen Moment lang. »Resch ...« Sie senkte den Blick.

»Ja?«

»Resch und Kleuber zusammen hätten sich gemeinsam um sie gekümmert, hat Resch gemeint.«

»Was heißt: gekümmert?«

Sie zuckte mit den Schultern.

Schuchardt reichte es jetzt. »Jetzt hören Sie mir mal gut zu, Frau Böhnke«, fuhr er sie an. »Sie spielen uns hier die Ahnungslose vor, die quasi aus Versehen in ein geheimdienstliches Mordkomplott geraten ist.«

»Aber so war es! Ich hatte keine Ahnung, worauf das Ganze hinauslaufen würde.«

»Das passt nur leider so gar nicht zu der Rolle, die Resch Ihnen zugeschrieben hat«, erwiderte Jo.

»Resch? Was meinen Sie?«

Jo musterte ihre sorgsam zurechtgestutzte Unschuldsmiene. »Sie haben es nicht bemerkt, aber als ich scheinbar bewusstlos am Boden lag, gestern in Kleubers Wohnung, konnte ich hören, dass Resch Ihnen gewisse Geschäfte im Osten vorhielt, die hinter den Aktionen in Westberlin steckten.«

»Nein, nein, das hatte … es betraf doch nur Luise Stahns!«

»Was Sie nicht sagen.«

»Ja, nur damit hatte es zu tun, was Resch meinte.«

Jos Anspannung stieg. Jetzt hatte er sie an dem Punkt, an dem er sie haben wollte. Auch Helene Böhnke schien das zu begreifen. Sie starrte ihn erschrocken an.

»Erzählen Sie, Frau Böhnke«, forderte er sie auf. »Und zwar alles, wahrheitsgemäß. Ehe Resch es tut, sobald er wieder zusammengeflickt ist. Es ist Ihre letzte Chance, strafmildernd davonzukommen. Sonst nimmt er den Vorteil mit in den Gerichtssaal – und bezichtigt Sie.«

»Sie können sich Jahre ersparen, wenn Sie endlich mit allem herausrücken, Böhnke«, setzte Schuchardt nach.

Helene Böhnke holte tief Luft. Es arbeitete in ihr, etwas kam in Bewegung, das konnte Jo ihr ansehen.

Endlich gab sie nach: »Es … hatte mit meiner Schwägerin zu tun, Gisela, die ich vorhin schon erwähnt habe.« Sie sah Schuchardt vorwurfsvoll an, der sie an der Stelle unterbrochen hatte. »Es hatte überhaupt mit meiner Familie zu tun. Und mit … Paul, Luise Stahns' Sohn.«

»Moment, Luise Stahns hatte einen Sohn?«, entfuhr es Jo. Er schüttelte ungläubig den Kopf.

»Nicht Ihr Ernst, Böhnke.« Auch Schuchardt starrte sie an.

»Luise Stahns' Sohn Paul ist jetzt acht Jahre alt«, sagte sie mit Nachdruck in der Stimme. »Sie hatte ihn in Ostberlin bekommen, von einem Mann, einem … Parteigenossen, dem sie dann aber gesinnungsmäßig nicht zuverlässig erschien. Er hat sie noch vor der Geburt verlassen. Das ist, was ich dazu erfahren habe.«

»Von wem?«, wollte Schuchardt wissen.

»Von meiner Schwägerin.«

»Schon wieder Ihre Schwägerin!«, polterte Schuchardt. »Was hat die damit zu tun?«

Sie schnaufte, um ihre Missbilligung auszudrücken. »Gisela arbeitete doch in dem Haus, dem staatlichen Kinderheim, meine ich, in das Paul, Luises Junge, gegeben wurde. Das Heim hat keinen offiziellen Namen, bis heute nicht, Gisela hat es immer nur ›das Haus‹ genannt.«

»Und was heißt das genau: der Junge wurde dorthin – gegeben?«, fragte Jo.

»Die Stahns …«, Helene Böhnke wand sich sichtlich, »hatte das Kind ja unbedingt bekommen wollen. Obwohl der Vater, der Parteigenosse, ich kenne seinen Namen nicht, obwohl der dagegen war, dass sie es kriegte. Das zuständige Amt drüben fand aufgrund seiner Hinweise, dass Luise Stahns charakterlich nicht geeignet sei, das Kind allein großzuziehen. Das kommt im Westen genauso vor.«

»Lenken Sie nicht ab«, sagte Schuchardt. »›Charakterlich nicht geeignet‹ heißt in dem Fall doch, Luise Stahns hat man ihr Kind weggenommen, weil sie nicht auf Parteilinie war!«

»Ich erzähle Ihnen nur, was geschehen ist«, erwiderte sie bissig. »Außerdem wurde der Junge noch ganz jung, schon mit zweieinhalb Jahren, in das Haus gegeben, also das Erziehungsheim, in dem meine Schwägerin damals arbeitete. So früh fällt die Trennung leichter, sagte sie, und sie ist ja vom Fach. – Davon abgesehen wurde Luise Stahns schließlich noch eine Chance gegeben.«

»Eine Chance, was soll das heißen?«, fuhr Jo dazwischen.

»Ihr wurde gesagt, sie bekäme ihren Sohn zurück, falls sie charakterlich Fortschritte zeigen würde. Indem sie eben ... aktiv in Westberlin für den Sozialismus arbeite.«

»Mit anderen Worten«, sagte Jo, »Luise Stahns wurde der kleine Sohn geraubt, damit man sie erpressen konnte.«

»Geraubt? Nein!« Helene Böhnke wedelte heftig mit dem Zeigefinger. »Man hat für den kleinen Paul nur das Beste gewollt. Und dann hat die Zentrale ja auch entschieden, der Junge hätte ein anständiges Zuhause bei zuverlässigen Genossen verdient. Ich habe dann eben ... Vielmehr«, korrigierte sie sich rasch, »meine Schwägerin hat dann ihre Tochter und ihren Schwiegersohn ins Spiel gebracht.«

»Das heißt Ihre Nichte und den KVP-Mann?«, hakte Jo nach.

»Ja, heute ist er Offizier bei der NVA. Und meine Nichte ist eine patente Person, die hat damals schon bei der Ostberliner Stadtverwaltung gearbeitet, ganz solide alles. Aber sie konnte eben keine Kinder bekommen. Also wurde der kleine Paul von den beiden adoptiert.«

Jo starrte sie an. »Das heißt, Luise Stahns wurde erpresst, für den Osten zu spionieren, obwohl klar war, dass sie ihren Sohn nie zurückbekommen würde?«

»Widerlich«, warf Schuchardt ein.

»Aber das muss Luise Stahns mit der Zeit doch gemerkt haben«, entgegnete Jo. »Wenn ich Sie richtig verstehe, hatte sie über Jahre hinweg keinen Kontakt mehr zu dem Kind?«

»Na ja, ihr wurde irgendwann gesagt, sie hätte ihre Chance eben nicht genutzt, den Jungen zurückzubekommen. Sie würde schlechte Arbeit leisten, keine brauchbaren Informationen liefern. Deshalb ginge es in Zukunft nur noch darum, ob ...« Sie stockte plötzlich.

»Ob was, Frau Böhnke?«

»Ob es ihm ... gut geht.«

»Ob es ihm gut geht? Also eine Drohung gegen das Kind, um die Mutter bei der Stange zu halten?« Jo hatte Mühe, die Fassung zu bewahren.

»Nur eine Drohung, genau! Niemals ernst gemeint. Der Kleine war ja längst bei meiner Nichte und ihrem Mann.«

»Aber genau das konnte doch seine Mutter, Luise Stahns, nicht wissen!«, schnauzte Schuchardt sie an.

»Schon. Aber durch ihr Verhalten – im Westen, meine ich – konnte sie trotzdem den Eindruck haben, sie sorge dafür, dass es Paul im Osten gut ging.«

»Die Frau hatte vermutlich all die Jahre eine Riesenangst um das Kind, das man ihr weggenommen hatte, Herrgott nochmal!«

Jo verstand Schuchardts Zorn vollkommen. Doch Helene Böhnke, war Jo aufgefallen, verriet die Wahrheit eher unbedacht, wenn sie beim Erzählen ihrer Geschichte unweigerlich darüber stolperte. Deshalb mussten er und Schuchart jetzt einen kühlen Kopf bewahren. Um Grits willen.

»Luise Stahns' kleiner Sohn war also die ganzen Jahre über drüben im Osten, seine Mutter im Westen«, stellte

Jo fast lapidar fest. »Aber was war mit Luise Stahns' Tochter?« Er sprach ganz bewusst zuerst die Vergangenheit an, dahinter lauerte die Gegenwart. »Grit Stahns«, hielt er ihr vor Augen, »muss damals sechs oder sieben Jahre alt gewesen sein, alt genug, um zu verstehen, dass sie einen kleinen Bruder bekam.«

Helene Böhnkes Gesichtsausdruck wirkte nicht allzu engagiert bei dem Thema. »Man hat der Stahns geraten, sie soll dem Mädchen sagen, dass ihr kleiner Bruder, also Paul, sehr krank sei und sich in einer Kur erholen müsste, die lange dauern könnte. Vielleicht hat sie ihr später auch gesagt, ihr kleiner Bruder sei gestorben. Das weiß ich nicht.« Und sie machte auch nicht den Eindruck, als hätte sie sich je Gedanken darüber gemacht.

»Luise Stahns«, sagte Jo, »wurde also schon vor Jahren dazu erpresst, nach Westberlin zu gehen – und dann?«

»Ich war ja nicht von Anfang an mittenmang in die Gruppe eingebunden, das sagte ich Ihnen schon. Aber Resch meinte, die Stahns hätte eine Art Verhältnis mit Kleuber angefangen.«

»Eine Art Verhältnis?« Schuchardt kniff die Brauen zusammen. »Was heißt das?«

»Dass es keine Liebe war von ihrer Seite, hätte man gleich gesehen, fand Resch. Aber die Stahns hoffte wahrscheinlich, Kleuber könnte ihr vielleicht doch noch zu ihrem Sohn verhelfen, und deshalb ließ sie sich mit ihm ein.«

»Erzählen Sie von Kleuber«, forderte Schuchardt.

»Kleuber.« Sie dachte eine Weile nach. »Bruno Kleuber arbeitete wohl schon lange für den Osten in Westberlin und hatte das Kommando. Aber es gab anscheinend ein Problem mit ihm, hat mir Resch erzählt. Kleuber war mitunter unbeherrscht und konnte extrem gewalttätig werden, so dass er die ganze Aktion gefährdete. – Allerdings stand Resch in demselben Ruf, und mitunter kam er mir auch etwas redselig vor.«

Wovon Helene Böhnke selbst jedoch nicht unwesentlich profitiert hatte, wie es schien.

»Kleuber war also der Kopf der Gruppe«, sagte Schuchardt. »Und was hieß das praktisch?«

»Es bedeutete, Kleuber, kein anderer bekam die Informationen und Anweisungen aus erster Hand.«

»Von drüben, meinen Sie?«

Sie nickte knapp.

Jo fing ihren Blick auf. »Sie sagten vorhin, Kleuber und Luise Stahns hätten ein Verhältnis miteinander gehabt.«

»Ja, so hat es mir Resch erzählt.«

»Doch dann kam Herzke.«

»Ja. Eine ganze Weile hatte es anscheinend noch so ausgesehen, als würde die Stahns nach Plan arbeiten. Sie sollte im Westen zuerst Fuß fassen, als Lehrerin und privat. Das Umfeld Schule war allerdings wenig ergiebig, ihr wurde aber auch vorgeworfen, sich nicht ins Zeug zu legen. Deshalb kam die Idee auf, sie auf einen RIAS-Mann anzusetzen.«

»Und das Tarnschild dafür sollte Luise Stahns' vermeintliches Interesse für den Schulfunk sein?«, schloss Jo.

»Vielleicht. Davon verstehe ich nichts. Ich weiß nur, dass sie irgendwann Kontakt zu Herzke bekam.«

Den sie freilich schon gekannt hatte, dachte Jo. Sie hatte ihn zufällig wiedergetroffen. »Aber es lief nicht wie gewünscht, oder?«

»Zuerst schon. Stahns schaffte es, den Herzke an sich zu binden. Sicher übers Bett, sie sah ja gut aus. Aber sie lieferte anscheinend keine brauchbaren Informationen. Sie hat sich dann damit gerechtfertigt, dass Herzke eben nicht mehr politisch aktiv sei wie früher, meinte Resch.«

»Aber Resch traute ihr nicht.«

»Nein. Resch warf Kleuber vor, er würde sich von der Stahns an der Nase herumführen lassen. Nur weil sie hin und wieder auch noch mit ihm ins Bett ging.«

»Resch und Kleuber waren sich nicht gerade grün, was?«, warf Schuchardt ein.

»Sie konnten sich nicht ausstehen. Resch hielt sich für den Besseren. Und Kleuber merkte das natürlich.«

»Trotzdem haben die beiden auch die Morde an Luise Stahns und Wulf Herzke gemeinsam begangen«, stellte Jo fest.

Böhnkes Züge verhärteten sich. »Kleuber war am Ende genauso wie Resch überzeugt, dass Luise Stahns ihren Auftrag nicht erledigte. Vielleicht kooperierte sie sogar mit der Gegenseite, das war unklar. Deshalb sollte die Stahns liquidiert werden. Die Zentrale hatte es so entschieden. – Ich habe das aber …«

»Erst im Nachhinein erfahren, ja, ja«, wischte Schuchardt ihren Standardsatz genervt zur Seite. »Mit Herzke war aber etwas anderes geplant. Was wissen Sie darüber?«

»Herzke sollte eigentlich in den Osten gebracht werden, um ihn dort zu verhören. Es war nicht klar, wie viel er über die Kreuzberger Gruppe wusste, es aber bisher mit Rücksicht auf die Situation der Stahns für sich behalten hatte. Als RIAS-Mann konnte man außerdem einiges aus ihm herausholen, was für den Geheimdienst drüben brauchbar war. Kleuber wusste – und das sogar von Luise Stahns –, dass Herzke an dem bewussten Sonntagabend im Sportpalast sein würde. Das war so eine ihrer Informationen, von denen sie wohl dachte, damit könnte sie keinem schaden.«

»Doch in diesem Fall schadete sie damit zuallererst sich selbst«, sagte Jo. »Und natürlich ihrer Tochter.«

»Resch und Kleuber waren dafür verantwortlich!«, versicherte sie einmal mehr lautstark. »Der Termin am

Sonntagabend erschien ihnen ideal: Herzke war im Sportpalast, Resch sicherheitshalber auch dort, um ihn im Auge zu behalten, und die Göre, Grit, sollte über Nacht bei Freundinnen sein. Luise Stahns wäre daher allein zu Haus.«

»Und wie genau lief das mit Herzke ab?«, wollte Schuchardt wissen. »Und ersparen Sie uns endlich den Hinweis, dass Sie das alles erst durch Resch erfahren haben.«

»Wie Sie meinen.« Sie sah ihn an, ohne eine Miene zu verziehen. »Es war wohl so: Kleuber und Resch gingen davon aus, dass Herzke am Montag- oder spätestens Dienstagabend in der Naunynstraße auftauchen würde. Nachdem er sicher zigmal vergeblich versucht hatte, die Stahns anzurufen. Er rief ja täglich bei ihr an, zuverlässig wie eine Schweizer Uhr, meinte Resch mal.«

»Ein richtiger Poet, dieser Resch, was?«, ätzte Schuchardt. »Das heißt, Kleuber und Resch warteten Montagnacht in Luise Stahns' Wohnung auf Herzke?«

»Ja. Herzke konnte von Luise Stahns' Ermordung ja nichts wissen, ihre Leiche war noch gar nicht entdeckt worden. Er klopfte leise wie immer, sie rissen die Tür auf und überwältigten ihn.«

»Wie kam es dann aber dazu, dass Herzke ermordet statt entführt wurde?«, wollte Schuchardt wissen.

»Resch sagte, Kleuber hätte ihm gegenüber behauptet, die Anweisung von drüben sei gewesen, Herzke zu liquidieren, weit draußen im amerikanischen Sektor. Aber so, dass es Schlagzeilen macht. Damit es als Kampfansage gegen den RIAS und überhaupt gegen die Amerikaner verstanden würde.«

»Möglichst brutal also«, kommentierte Schuchardt.

Helene Böhnke setzte eine undurchdringliche Miene auf.

»Es lief aber auch mit Grit Stahns anders als geplant«, hielt Jo ihr vor. »Was wissen Sie darüber?« Er wollte das jetzt endlich von ihr hören.

»Die kleine Stahns wollten sich Kleuber und Resch am nächsten Morgen greifen, sobald sie von ihren Freundinnen nach Hause käme. Luise Stahns hatte ihr nicht erlaubt, die Schultasche mit zu den Freundinnen zu nehmen. Deshalb hätte die Göre morgens rechtzeitig zurückkommen müssen, um von dort zur Schule zu gehen. Und Kleuber hatte von seiner Parterrewohnung aus Kommen und Gehen ja immer im Blick. Das Mädchen galt als Risiko, weil nicht klar war, wie viel sie über ihre Mutter wusste.«

»Über ihre erzwungene Agententätigkeit?«

»Vor allem über Kleubers Verhältnis zu ihr, das hätte ihn gefährden können. Unter Umständen würde sie damit rausrücken, wenn sie sah, dass ihre Mutter ermordet worden war. Resch sollte das Mädchen mit Chloroform betäu... also behandeln, dann mit einem kleinen Transporter in den Osten fahren und postwendend zurückkehren. Er hatte schon alles vorbereitet. Auch die Ostberliner Grenzer waren eingeweiht, dass sie ihn nicht anhalten sollten.«

»Aber so kam es nicht«, sagte Jo.

»Nein. Laut Resch hatte Kleuber die Stahns schon getötet, war aber noch in der Wohnung, als er dazukam, nachdem er Herzke im Durcheinander des Sportpalasts aus den Augen verloren hatte. Plötzlich sei aber auch die Göre aufgetaucht, die doch angeblich bei ihren Freundinnen hatte übernachten wollen.«

»Und? Was geschah dann mit dem Mädchen?«, fuhr Jo sie an. Sein Herz begann zu rasen. »Reden Sie schon!«

Helene Böhnke zuckte vor Schreck zusammen. Der Schweiß stand ihr mit einem Mal auf der Stirn. »Resch sagte, er hätte Grit Stahns noch in derselben Nacht über die Sektorengrenze in den Osten gebracht.«

»Aber wohin, zum Teufel? Die Entführung des Mädchens war doch erst für den nächsten Tag geplant.«

»Das war kein Problem. Resch hat sie ja in das Haus gebracht.«

»In das Haus? Sie meinen ...?«

»Das Heim, in dem früher auch der kleine Paul, Grits Bruder, untergebracht war. In dem meine Schwägerin gearbeitet hatte. Das Haus ist auch für solche ... Notfälle gedacht.«

»Notfälle.«

»Ja. Resch sagte, er habe das Mädchen noch Sonntagnacht in dem Haus abgeliefert. Als Notfall eben. Sie stand ja auch wirklich unter Schock, sie sei ganz willenlos gewesen.«

Jo starrte sie an. »Wo ist dieses Haus?« Er sagte es drohend, bebend vor Zorn, betonte jede Silbe. »Raus mit der Sprache!«

Sie riss die Augen weit auf.

Karin?«
»Ja?«
»Ich habe Angst.«
»Wovor?«
»Vor ... dem Jüngeren ...«
»Dem Jüngeren? Warum?«
»Er hat gesagt, am Wochenende ist noch mal ... kalt brausen.«
»Ja. Hat die Aufseherin auch behauptet.«
»Aber wir sollen nicht mehr kalt gebraust werden, Karin! Hat der Dürre doch versprochen.«
»Das gilt erst ab nächster Woche, sagt die Aufseherin.«
»Sie lügt.«
»Ja, sie lügen alle. Immer.«
»Weißt du, was er noch gesagt hat, der Jüngere?«
»Was?«
»Er ist am Wochenende anfangs alleine mit uns, sagt er.«
»Ohne die Aufseherin?«
»Verstehst du?«
»Ja.«
»Karin, was sollen wir machen?«
»Wir melden es. Dem Dürren.«
»Karin?«
»Hm?«
»Der Jüngere ... Er hat gesagt, er kommt später dazu. In die Baderäume.«
»Wer kommt dazu?«
»Der Dürre.«

Mittwoch, 5. November 1958

Er nahm die gleiche Strecke wie am Samstag, mit der S-Bahn ab Zoologischem Garten. Sein Name war laut dem Personalausweis, den er mit sich führte, auch jetzt wieder Joachim Schröter. Carstensen würde noch eine Weile darauf warten müssen, dass er ihm das gefälschte Dokument zurückbrachte.

Er trug eine dunkle Jacke aus grobem Drillich, dazu eine Mütze aus alten Tagen, die er zum Glück noch besaß. Den langen Mützenschirm hatte er weit in die Stirn gezogen, so dass das Wundpflaster über den zwar abklingenden, aber noch sichtbaren Narben nicht auffiel. Ein kurzer grauer Baumwollschal half hoffentlich, das Bild eines durchschnittlichen Grenzgängers halbwegs glaubwürdig erscheinen zu lassen.

Nach Tiergarten kam nun der Bahnhof Bellevue in Sicht. Er stand an der Tür des Wagens und spähte hinaus. Der Horizont im Westen glühte. Es war früher Abend, die Novembersonne schickte ihre letzten Strahlen über die Stadtsilhouette Westberlins hinweg nach Osten.

Diese Mission war alles andere als ein Déjà-vu. Diesmal kam es darauf an, dass er unbehelligt in den Ostsektor einfahren konnte. Nicht, ob er am Ende wieder herauskam. Es ging einzig darum, Grit Stahns zurück in den Westen zu verhelfen.

Schuchardt und Gerber hatte er eingeweiht. Sie nannten es kopfschüttelnd »einen Wahnsinn«, dass er das Risiko einging, im Osten aufzufliegen.

»Zugegeben, Sie wissen jetzt, wo sich das Mädchen aufhält«, hatte Schuchardt eingeräumt.

»Wo es festgehalten wird!«, hatte Jo ihn korrigiert.

»Festgehalten, sicher, sicher. Aber es bleibt doch ein Wahnsinn, zu glauben, Sie könnten sie dort herausschmuggeln.«

»Mattusch würde es Ihnen verbieten«, gab sich Gerber überzeugt und fügte süffisant hinzu: »Wenn er könnte.«

Gerber spielte auf ein Ereignis an, das Jo wahrscheinlich weniger überrascht hatte als viele andere im Präsidium. Mattusch war von einem Tag auf den anderen vom Dienst suspendiert worden, ebenso Pohlenz, der Technikwart. Der Hintergrund: Pohlenz hatte vor einiger Zeit einen Unfall erlitten, das Schlüsselbein war gebrochen, und er musste an Ort und Stelle notärztlich behandelt werden. »An Ort und Stelle« war in diesem Fall Mattuschs neue Eigentumswohnung. Nach seiner Beförderung zum Leiter der Vermisstenabteilung hatte Mattusch sie sich erst kurz davor zugelegt. Dummerweise hatte sich Pohlenz im Präsidium bereits vor seinem Sturz von der Leiter krankgemeldet. Durch eine Rückfrage der Krankenkasse aber war nun herausgekommen, dass Pohlenz, statt zu Hause im Bett zu liegen, in Wahrheit für Mattusch dessen Wohnung neu tapeziert und gestrichen hatte. Pohlenz behauptete, Mattusch habe ihn dazu gedrängt, andernfalls hätte er jemand anders schwarz damit beauftragt. Auch wenn Mattusch dies bestritt, war er durch den Ort des Unfalls widerlegt und zumindest als leitender Kriminalbeamter erledigt. Zumal er mit einem Angestellten gemeinsame Sache gemacht hatte, um den eigenen Arbeitgeber zu betrügen. Alle Welt vergab Schwarzaufträge oder nahm sie an, aber wer aufflog, musste dafür zahlen, mit Geld oder Karriere. So waren die Regeln.

»Gut, Mattusch spielt fürs Erste keine Rolle mehr«, hatte Schuchardt eingeräumt. »Aber an Kettler kommen Sie nicht vorbei, Sturm. Der lässt Sie niemals in den Osten.«

»Wer sagt, dass ich ihn frage?«, hatte Jo ihm geantwortet.

Er fuhr auf eigene Rechnung. Und mit einem Plan im Kopf.

Lehrter Bahnhof war die nächste Station. Jo wandte sich um und blickte auf der Gegenseite zum Fenster hinaus, über den sich allmählich von den Kriegsschäden erholenden Tiergarten und die im letzten Jahr neu errichtete Kongresshalle hinweg Richtung Südosten, nach Kreuzberg. Jens Pack fiel ihm ein und die Kreuzberger Kollegen. Auch sie hatten im Vorhinein nicht wissen können, ob sie Helmut Eberhardt tatsächlich mit heißer Ware bei seinem Hehler erwischen würden. Es war ein Coup gewesen.

Nach den Ereignissen von Montag hatte Jo den Kollegen Jens Pack erst am folgenden Tag anrufen können. Dessen Beschreibung der Hehlerware – »Schmuck, unter anderem Ohrringe, und eine winzige, ganz eigenartige Goldblechfigur« – sagte ihm, dass Helga und Petra Küpper ihre Lieblingsstücke nun zurückerhalten würden. Pack hatte zudem mit der Staatsanwaltschaft gesprochen: »Verlust der Bewährung, die nächsten drei Jahre wird Eberhardt sitzen.«

Eine Strafe, von der hartgesottene Insassen der JVA zwar sagten, sie würden sie »auf einer Arschbacke absitzen«. Doch Eberhardt würde nach seiner Entlassung nicht Christine – dann hoffentlich von ihm geschieden – für seine Verhaftung verantwortlich machen, sondern jemanden aus dem Umfeld seines Hehlers.

Zu den sogenannten »Langstrafern« im Knast würde bald Resch gehören. Seine Beteiligung an der Ermordung von Margret Kwiatkowski, Luise Stahns und Wulf Herzke würde ihm lebenslänglich einbringen. Inzwischen war auch Herzkes Wagen, der graue Olympia Rekord, in der Nähe des Moritzplatzes gefunden worden, der Schlüssel dazu befand sich in Reschs Wohnung, wie der fleißige Mölradt umgehend überprüft hatte. Außerdem befand sich in der Küchenkammer eine braune Flasche mit einer ausreichenden Menge Chloroform, um damit eine Elefantenherde zu betäuben.

Beiden, Böhnke und Resch, würde parallel zu den Mordanklagen auch der Prozess wegen ihrer Spionagetätigkeit für den Osten gemacht werden. Man würde sehen, ob es ihnen gelang, den Hauptanteil daran dem getöteten Kleuber in die Schuhe zu schieben.

»Kleuber«, wenn er denn wirklich so hieß: eine schattenhafte Figur im Hintergrund, wie sie vielleicht nur der Kalte Krieg und der Schauplatz Berlin hatten hervorbringen können – unscheinbar, nebulös, der Mann von nebenan. In Wahrheit ein skrupelloser Mörder, ein vollkommen enthemmter Gewalttäter. Seine Gesichtslosigkeit machte exakt seinen monströsen Charakter aus.

Wie sicher Kleuber sich gefühlt haben musste – er hatte sich ja auch über direkte Anweisungen aus dem Osten hinweggesetzt –, zeigte sich unter anderem daran, dass er Grit Stahns' geraubte Tagebücher und zahlreiche persönliche Unterlagen ihrer Mutter nicht etwa vernichtet, sondern in einer verschließbaren Blechkiste unter seinem Bett verwahrt hatte; sie war bei der Durchsuchung von Kleubers Wohnung gefunden worden. Wieweit sie wirklich Aufschluss über die Hintergründe gaben, etwa über Luise Stahns' erzwungene Agententätigkeit oder ihr Verhältnis zu Herzke und Kleuber selbst, das würde die Staatsanwaltschaft prüfen, falls sie es noch für nötig befand.

Der Zug verließ Lehrter Bahnhof. Die Charité drüben, jenseits des Humboldthafens, grüßte schon aus dem Osten.

Nach seinem Fußmarsch ab Alexanderplatz begegnete Jo vor dem Haus, in dem Lore wohnte, einer älteren Frau in einer bunten Kittelschürze. Über die Straße hinweg rief sie nach ihrem Walter.

Sie bemerkte Jo erst, als er an ihr vorbeigehen wollte, und richtete sich wie selbstverständlich an ihn, als wäre er ein Nachbar. »Der Bengel würde noch um Mitternacht im Park drüben spielen, wenn seine Oma ihn nicht rufen täte, wissen Se.«

»Kinder eben«, sagte Jo lächelnd. »Ich war auch so.«

Sie horchte plötzlich auf. »Sagen Se mal, Ihre Stimme kommt mir aber ... Stralsund, richtig?« Sie deutete mit dem gekrümmten Daumen auf die Parterrewohnung, in der Lore mit ihrem Vater wohnte. »Lores Cousin, oder?« Sie musterte ihn freundlich, aber genau.

»Erraten.« Er nickte schwach und ging dann weiter, die noch etwas geschwollene rechte Hand in der Manteltasche vergraben.

Gleich darauf hörte er die Frau wieder ihren Enkel rufen: »Walter! Wirst du wohl – aber sofort!«

Das Küchenlicht brannte, Lore musste also zu Hause sein. Er hatte auch keinen Zweifel daran gehabt, dass er sie antreffen würde, da er ja nun wusste, dass sie abends für ihren schlaganfallgeschädigten Vater sorgte.

Nachdem er geklingelt hatte, kam sie mit dem klobigen Doppelbartschlüssel an die Haustür, blieb plötzlich stocksteif stehen und konnte sekundenlang nicht sprechen, als sie sich gegenüberstanden.

»Jo«, flüsterte sie schließlich, und ihr Gesicht öffnete sich wie ein Blumenkelch. »Komm rein, komm. –

N'abend, Frau Krüger!« Sie winkte der Nachbarin, die von der Straße herüberschaute, schob Jo mit der anderen Hand rasch in den Hausflur und danach durch die noch offen stehende Tür in die Wohnung.

Er zog sie an sich, die Mütze rutschte nach hinten, und sie sah erschrocken das Wundpflaster auf seiner Stirn. »Jo, was ist passiert? Ist das von Sonntag an der Friedrichstraße oder …?«

»Nein, nein, am Sonntag lief alles gut, Lore«, beruhigte er sie. »Und hätten sie mich gekriegt, wäre ich jetzt bestimmt nicht wieder hier bei dir.« Er wollte ihr bereits erklären, was geschehen war, doch sie legte zwei Finger auf seine Lippen und sagte: »Später.« Sie deutete zur Küche hinüber, deren Tür wie immer offen stand. Am Tisch saß in seinem Rollstuhl Franz Decker, Lores Vater. Vor ihm stand ein Teller, noch halb gefüllt mit Griesbrei oder etwas Ähnlichem. »Später erzählst du mir alles«, wiederholte sie und bat Jo, Mantel, Schal und Mütze abzulegen.

Es war bereits nach Mitternacht, sie lagen eng zusammen in Lores schmalem Bett. Die Nachttischlampe brannte, und er hatte ihr berichtet, was geschehen war. Und was er nun plante.

»Deine zwei Kollegen drüben haben recht, Jo«, sagte sie, als sie darüber nachdachte. »Du wirst das niemals allein schaffen, was du dir da vorgenommen hast.«

Er richtete sich halb auf und stützte sein Kinn auf eine Hand, um sie anzusehen. »Ich weiß, dass das Mädchen in diesem sogenannten ›Haus‹ festgehalten wird, Lore. Und sie hat ein Recht darauf, dass man sie dort heraus holt.« Er hatte ihr auch erklärt, wie er sich das vorstellte.

»Aber das Gelände hinter dem Gebäude, Jo, von dem die Mittäterin, diese Böhnke, gesprochen hat …«

»Ja?«

»Dieser Park ist nicht öffentlich zugänglich.«

»Es soll einen Zaun geben, die Böhnke kennt ihn von Besuchen bei ihrer Schwägerin, die dort in einem Trakt für das Personal noch bis vor Kurzem gewohnt hat. Ein alter Drahtzaun, der sollte sich überwinden lassen.«

»Und dann, Jo? Was macht dich so sicher, dass du das Mädchen zu dem Zeitpunkt auf dem Gelände antriffst?«

»Die Böhnke sagte, die Abläufe in dem Heim hätten sich in den Jahren, da ihre Schwägerin dort gearbeitet hatte, nicht verändert. Vormittags um neun geht es auf das Gelände.«

Jo hatte Helene Böhnke am Ende des Verhörs eindringlich nach genau solchen Details befragt. Und er hoffte, dass sie derlei nicht erfunden hatte, um ihre Bereitschaft zur Mitwirkung zu demonstrieren – mit steifem Blick auf ein günstigeres Urteil und in der Erwartung, dass ihre Angaben ohnehin nicht überprüft werden könnten.

»Gut, angenommen, das stimmt, Jo. Was machst du mit der Aufsicht, falls du es auf das Gelände schaffst?«

»Mein Vorteil ist die Überraschung, Lore. Sie rechnen ja mit keinem Eindringen auf das Gelände.« Er richtete sich noch ein Stück auf und klopfte sich das Kissen unter dem Nacken zurecht.

Sie legte eine Hand auf seine Brust. »Du und das Mädchen, falls ihr es hinausschaffen solltet …«

»Das werden wir, Lore, ganz sicher.«

»Ihr bräuchtet dann jemanden, der euch zeigt, wie ihr verschwinden könnt. Um die Häuser, mit der U-Bahn oder S-Bahn. Vielleicht sogar getrennt voneinander, um die Chancen für jeden zu erhöhen durchzukommen. Je nach Situation.«

Sie hatte recht. Doch auf einmal erriet er, worauf sie hinauswollte. »Nein, Lore, kommt nicht in Frage. Das Risiko wäre …«

»Minimal«, schnitt sie ihm das Wort ab. »Ich wäre nur eine Passantin, die, sagen wir, von einem jungen Mädchen nach dem Weg gefragt wird und ihm hilft, sich zurechtzufinden.«

»Geht sowieso nicht«, stellte er fest. »Du musst morgen arbeiten.«

»Werde ich mich wohl krankmelden müssen.« Sie hob den Kopf, um ihn anzusehen. »Und später werde ich ihnen die Wahrheit sagen.«

»Ihnen? Wem?«

»Meinen Vorgesetzten. Den hundertfünfzigprozentigen Planerfüllern.« Sie schaute ihn durchtrieben an. »Ich werde ihnen sagen, dass ich eine unglaublich anstrengende Nacht mit einem wunderschönen Mann gehabt hätte und dass ich seitdem krank bin. Und zwar liebeskrank.« Sie legte eine Hand um seinen Nacken und gab ihm ihre feucht schimmernden geöffneten Lippen. »Jetzt komm«, hauchte sie, »ich will dich noch mal.«

»Willst du mal fühlen, Grit? Aber ganz vorsichtig. Gib mir am besten deinen Finger.«
»Das ist ... bloß Papier, Karin.«
»Ja, Papier. Aber was ist darin eingewickelt?«
»Na, was Hartes, Spitzes ... Flaches. Weiß nicht.«
»Tipp: Der Junge, der heute die Scheibe im Flur hinten zerbrochen hat ...?«
»O Gott, ja. Mit der Faust reingeschlagen, seine Hand hat ... so furchtbar geblutet.«
»Ja, ganz schlimm.«
»Und, Karin? Was ist damit?«
»Beim Zusammenkehren der Scherben haben sie eine übersehen.«
»Du meinst ... das hier? In dem Papier ist ...?«
»Eine Glasscherbe, genau. Ich hab sie gesehen, als wir daran vorbeiliefen, und sie gleich eingesteckt.«
»Und in Papier gewickelt.«
»Ja, damit ich die Scherbe anfassen kann. Sie ist scharf wie 'ne Rasierklinge und vorne spitz wie ein Keil.«
»Aber was willst du damit, Karin?«
»Der Jüngere ... und der Dürre ...«
»Ja?«
»Wenn sie uns zu nah kommen, am Wochenende, in den Baderäumen, egal wo ...«
»Ja?«
»Dann stech ich zu. Mir ganz egal, Grit. Ich stech zu.«
»Ja, gut. Ja.«
»Sie werden bluten wie die Schweine.«
»Ja, das sollen sie, bluten ...«

Donnerstag, 6. November 1958

Ostberlin hatte Erfahrung darin, ehemals medizinische Einrichtungen in militärische umzuwandeln. Bestes Beispiel war das Hauptquartier der Sowjets in Karlshorst, das früher das Sankt-Antonius-Krankenhaus gewesen war.

Das namenlose »Haus« befand sich laut Böhnke in der Marchlewskistraße in Friedrichshain und sei früher Teil eines größeren Krankenhauskomplexes gewesen, der im Krieg weitestgehend zerstört und danach nicht wieder aufgebaut worden sei.

Es gebe nur einen schwer einsehbaren, sich durch das gesamte Ruinengelände hinziehenden Zugang zu dem hinteren Trakt. Dieser Gebäudeteil sei nach Kriegsende als einziges noch vorhanden gewesen und später wieder instand gesetzt worden.

Daran schlössen sich nordöstlich, wie Jo sich von Helene Böhnke genauestens hatte erklären lassen, der Wohntrakt für das Personal an. Südwestlich davon liege der sogenannte »Park«, ein gerade mal handballfeldgroßes Gelände, das streng genommen nicht zum früheren Krankenhausareal gehört habe, aber für die »Haus«-Belange okkupiert worden sei.

Von der Rückseite des Hauses gebe es nur einen winzigen Zugang zum Parkgelände durch ein kleines Tor. Wegen der Sträucher und des blickdichten Buschwerks und durch das Drahtgeflecht um das Gelände herum fühle sich das Aufsichtspersonal sicher und unbeobachtet.

Eine Schmalseite des »Parks« grenze jedoch an ein brachliegendes Feld, das seit Jahren als Zwischenlager für

Bruchsteine diene, ehe sie andernorts weiterverwendet oder entsorgt würden. »Gearbeitet wird dort nur vorne an der Straße, um Lastwagen zu be- oder zu entladen.« Und weiter hinten auf der Brache würde man nicht beobachtet werden, wenn man es schaffte, unbemerkt dorthin zu gelangen.

Der Himmel war bewölkt, als er sich gegen neun Uhr mit Lore zusammen von der östlichen Seite, vom U-Bahnhof Bersarinstraße her, der Marchlewskistraße näherte.

Lore wirkte ruhiger als er selbst, ihr Blick war kühl und entschlossen. Jo war schon während der U-Bahnfahrt der Schweiß den Rücken hinuntergeronnen.

Er beruhigte sich jedoch, sobald sie sich von der Straße aus der Brache näherten, momentan fuhren keine Lkw an oder ab, es waren auch keine Arbeiter zu sehen. Der Tag und der Augenblick schienen günstig gewählt. Und an den Bruchsteinbergen würde er ohne Weiteres vorbeikommen, um sich weiter hinten einen Weg durch das Gestrüpp zu schlagen, das die Grenze zum dahinterliegenden Gelände bilden musste.

Auf den ersten Blick wirkte zumindest der erste Teil der Aufgabe leichter als gedacht.

Lore postierte sich an einer Bushaltestelle auf der gegenüberliegenden Straßenseite. Jo tauschte noch einen ernsten Blick mit ihr, dann machte er sich auf den Weg zum hinteren Teil des Geländes. Auf der Brache befand sich noch immer kein Mensch; beladen wurde vielleicht nur an bestimmten Tagen, wenn Platz geschaffen werden musste oder andernorts Bedarf angemeldet wurde.

Er ging ohne sichtbare Eile rechts an einem der Bruchsteinberge vorbei und war gleich dahinter von der Straße aus nicht mehr zu sehen. Er zog seine alten Lederhandschuhe aus der Jackentasche und begann sich den Weg durch die Dornen zu bahnen.

Das Gestrüpp reichte ihm bis zu den Schultern, war aber trocken und brüchig, auf dem kargen Boden starb es nach dem Sommer anscheinend rasch wieder ab und wuchs erst im Folgejahr nach. Er knickte die dornigen Strünke und zerdrückte sie unter den Schuhen, so dass ein schmaler Pfad entstand. Nach wenigen Metern hatte er den Zaun erreicht.

Auf der anderen Seite des Drahtgeflechts erblickte er ein trauriges Areal mit einer verrosteten Rutsche, einem kleinen Karussell, von dem die rote Farbe fast ganz abgeblättert war, und einem Sandkasten, umgeben von einem verwahrlosten Stück Rasen. Im Hintergrund erhob sich eine rote Backsteinmauer, die Rückwand eines fünf- oder sechsstöckigen Gebäudes, dessen Vorderseite von seiner Position aus nicht einsehbar war: das »Haus«.

Bei den Spielgeräten befand sich ein Dutzend kleiner Kinder im Schul- und teilweise sogar erst im Kindergartenalter, wie es schien. Die Kleinen versprühten jedoch keinerlei Lebensfreude, da war kein Lachen, kein Hin- und-her-Rennen, kein Juchzen und fröhliches Schreien. Nur apathische Blicke und kaum Bewegung.

Es brach einem das Herz.

Neben den Spielgeräten standen, weithin sichtbar und dicht beieinander, zwei Gestalten in weißen Kitteln über ihren Mänteln, deren Kragen noch sichtbar waren. Ein Mann, kaum dreißig Jahre alt, und eine blonde Frau Mitte zwanzig, die lauthals über etwas lachte, das ihr der Charmeur an ihrer Seite vermutlich soeben gesagt hatte.

Mit den beiden, machte Jo sich Mut, werde ich fertig.

Auf einer verwitterten Holzbank, die sich kaum einen Steinwurf davon entfernt befand – und etwa doppelt so weit von seinem Standort –, saßen zwei junge Mädchen in dunklen Mänteln. Eines von ihnen hatte braunes, das andere blondes Haar, die Brünette wirkte selbst im Sitzen größer und vor allem kräftiger als das deutlich schmächtigere blonde Mädchen.

Jo hatte Grit Stahns oft genug gesehen – die schmale Silhouette ihres Körpers, ihre verhaltene Art, zu reden und den Kopf beim Zuhören so tief zu senken, wie sie es jetzt tat –, dass er sie sofort erkannte.

Helene Böhnke hatte also die Wahrheit gesagt, was das Gelände betraf. Und doch hatte sie in einem entscheidenden Punkt unrecht: Es handelte sich zwar um einen alten Zaun mit rostigen Metallscharnieren an den verwitterten Holzpfosten. Doch das Drahtgeflecht war äußerst stabil, wie Jo entsetzt feststellte. Der Zaun war außerdem mannshoch, viel höher als Böhnke behauptet oder es in Erinnerung hatte.

Die Panik, so dicht vor dem Ziel zu scheitern, jagte seinen Puls in die Höhe. Er zwang sich durchzuatmen, um wieder ruhiger zu werden und nachdenken zu können. Die Schwachstelle, machte er sich klar, waren, wenn überhaupt, die Holzpfosten. Er ging vor einem von ihnen in die Hocke, zog an dem gekrümmten Nagel, der den Draht durch ein Scharnier befestigen sollte – und hatte ihn bereits in der Hand mitsamt Scharnier. An dem Pfosten weiter links, an den er durch das Gestrüpp eben noch mit der Hand heranreichte, ließen sich die unteren zwei Nägel, die ebenfalls ein Stück herausragten, genauso leicht herausziehen. Vielleicht aus Materialmangel war an neuen Holzpfosten gespart worden.

Er ließ die Nägel fallen, machte vorsichtig einen Schritt zurück und besah sich das Ganze. Das Drahtgeflecht schien immer noch straff gespannt, doch als er wieder vortrat und mit der Hand dagegendrückte, spürte er, dass es im unteren Bereich an Widerstand verloren hatte. Er setzte sich auf den Boden und presste beide Beine mit aller Kraft gegen eine Stelle – und das Geflecht gab nach. Er drückte den Draht mit den Händen ein Stück hoch, legte sich flach auf den Boden und robbte zwischen Gras und Gestrüpp, mit Kopf und Schultern voran, auf die andere Seite.

Alles, was er danach tat, war reiner Instinkt. Er stand auf und eilte mit Riesenschritten direkt auf die Bank zu, auf der die Mädchen saßen.

»He, Sie da!«, rief der Aufseher, der ihn in diesem Moment entdeckte. »Was zum Teufel tun Sie hier?«

Jo ignorierte ihn und erreichte die Bank, noch ehe sich der Aufseher von seiner ersten Verblüffung erholt und in Bewegung gesetzt hatte.

Die Mädchen starrten Jo, der nun direkt vor ihnen stand, fassungslos an. Als sei er die Gefahr, nicht der Aufseher, der inzwischen rannte, allerdings behindert durch Kittel und Mantel.

Die junge Aufseherin blieb in der Nähe der kleineren Kinder, wie Jo mit einem schnellen Blick über die Schulter sehen konnte.

Die beiden Mädchen saßen jedoch wie festgenagelt auf der Bank, auch Grit, die ihn anstarrte wie einen Außerirdischen.

»Du kennst mich, Grit!«, sprach er sie mit durchdringender Stimme an. »Ich bin Jo Sturm. Helga, deine Freundin aus dem Westen, wartet auf dich.«

Helga, der Name, weckte sie endlich auf. Grit löste sich augenblicklich aus ihrer Starre und sprang auf. Zeitgleich mit ihr auch das andere Mädchen.

Jo zeigte auf die gegenüberliegende Seite des Geländes. »Dort drüben, genau gegenüber, kannst du am Boden durchschlüpfen, Grit. – Und jetzt renn«, schrie er. »Los, Grit, renn!«

Und das tat sie. Vom ersten Meter an rannte sie wie um ihr Leben.

Im nächsten Moment hörte er auch schon den keuchenden Atem und die stampfenden Schritte des Aufsehers in seinem Rücken. Der Mann hatte ihn vermutlich von hinten angreifen wollen. Doch jetzt sah er, dass Grit davonrannte, um zur anderen Seite des Geländes zu gelangen. Er schwenkte um, taumelte, fing sich wieder, doch er war Jo bereits so nahe gekommen, dass der ihm die Schulter in die Seite rammen und ihn danach zu Boden werfen konnte wie ein Ringer.

Der Aufseher landete mit einem dumpfen Geräusch auf dem Rücken und kreuzte zu Jos Überraschung die Arme vor seinem Gesicht, als Schutz vor einer imaginären Faust, die gar nicht über seinem Kopf schwebte.

Jo hob kurz den Blick und sah, dass Grit bereits die Hälfte des Geländes überquert hatte. Doch jetzt war ihr die Aufseherin, die nun doch nicht länger bei den kleineren Kindern geblieben war, dicht auf den Fersen.

Dann geschahen zwei Dinge fast gleichzeitig: Zuerst schoss auch das andere Mädchen an Jo vorbei und raste auf Grit und die Aufseherin zu, erstaunlich schnell trotz ihrer Körperfülle. Und in der nächsten Sekunde traf ihn die Faust des Aufsehers an der Schulter. Der Schlag war dilettantisch ausgeführt und blieb bei Jo ohne Wirkung – außer der, dass ihn eine ungeheure Wut packte. Er verpasste dem Mann, ehe der wieder die Arme vor dem Gesicht kreuzen konnte, eine schnelle Links-Rechts-Kombination und sah, wie die Haut unter einem Auge platzte. Er holte noch einmal weit mit der Rechten aus und traf, da der Mann den Kopf wandte, den Unterkiefer so, dass er mit einem Schlag aus seiner Verankerung gerissen wurde und seitlich herausragte, wie ein Dachsparren, der sich gelöst hatte.

Jo sprang auf und ließ den Aufseher wimmern.

Zu seinem Entsetzen erkannte er, dass die Aufseherin Grit inzwischen erreicht und abgefangen hatte. Die athletische junge Frau umklammerte das Mädchen wie mit Krakenarmen. Jo rannte los. Doch noch bevor er das erbittert miteinander ringende Paar erreicht hatte, war das zweite Mädchen zur Stelle. Jo konnte kaum glauben, was er sah. Das Mädchen packte mit der Faust die dichte blonde Wolle der Aufseherin, riss ihren Kopf nach hinten und trat ihr gegen die Waden. Doch ihr Fuß glitt ab, so dass ihr Tritt nicht die nötige Wucht bekam, um die Aufseherin außer Gefecht zu setzen. Im Gegenteil, die kräftige Frau im weißen Kittel fing sich, schlug dem Mädchen mit der Faust gegen die Hand, die sich in ihre Haare gekrallt hatte, und befreite sich so von ihr. Im nächsten Moment ging sie zum Angriff über. Mit einer weit ausholenden Bewegung versuchte sie, einen Schlag mit der Rückhand gegen den Kopf des Mädchens zu setzen. Doch das Mädchen wich dem Schlag gekonnt aus. Als der Arm der Aufseherin zurückschwang, hatte das Mädchen mit einem Mal einen scharfkantigen, faustkeilgroßen Gegenstand in der Hand, stieß ihn der Aufseherin gegen die Handfläche.

Jo begriff erst jetzt, dass das Mädchen eine Glasscherbe, am breiten Ende in dicke Papierfetzen gewickelt, aus der Manteltasche gerissen und damit zugestochen hatte.

Die Aufseherin starrte ungläubig auf den tiefen Riss in ihrer Innenhand, von der Wurzel des kleinen Fingers bis zum Daumenballen hatte die Glasscherbe eine klaffende Wunde geschnitten, es sah aus, als würde die Hand in zwei blutige Teile zerfallen.

Nur eine Sekunde später wurde das Entsetzen der Frau von einem schrillen Schreien aus ihrer Kehle abgelöst, sie presste ihre unverletzte Hand auf die stark blutende

Wunde und sank mit kreidebleichem Gesicht auf die Knie.

»Los, weg hier, alle beide!«, rief Jo den beiden Mädchen zu.

Das zweite Mädchen reagierte noch schneller als Grit, die sich von dem Angriff der Aufseherin noch nicht ganz erholt zu haben schien. Das Mädchen ließ die Glasscherbe fallen, packte Grit bei der Hand und riss sie mit sich fort in Richtung Zaun. Jo überholte sie nach wenigen Metern und zeigte ihnen die Stelle, wo sie in Sekundenschnelle alle nacheinander hindurchschlüpfen konnten. »Auf der anderen Seite den Trampelpfad entlang!«, schrie er, und sie folgten ihm.

Lore, die es an der Bushaltestelle offenbar nicht mehr ausgehalten hatte, tigerte nervös neben der Einfahrt zur Brache hin und her, als Jo mit den zwei Mädchen auftauchte.

»Jetzt langsam bewegen!«, mahnte er mit gedämpfter Stimme, während Lore verwirrt auf sie zueilte.

Zeitgleich näherten sich Fußgänger auf dem Trottoir, zwei Männer in Regenmänteln und mit Aktentaschen in den Händen. Doch dann wechselten sie überraschend die Straßenseite, um zur Bushaltestelle gegenüber zu gelangen.

»Ihr seid zwei?«, stieß Lore erstaunt hervor. »Ihr wollt beide rüber?«

Jo drehte sich zu dem brünetten Mädchen um, das noch immer keuchte.

»Karin kommt mit mir!«, sagte Grit sehr bestimmt, die inzwischen weniger heftig als das andere Mädchen um Atem rang.

»Gut.« Lore nickte. »Aber wir müssen hier schleunigst weg.« Sie sah Jo an. »Du auch.«

Sie wandte sich an die Mädchen, die in ihren dünnen Mänteln schlotterten – vor Angst und vielleicht auch vor Kälte. »Wischt euch unauffällig das Gras und die Blätter von der Kleidung«, raunte sie ihnen noch zu.

Jo wechselte einen letzten Blick mit Lore, die besorgt, aber nicht ängstlich wirkte, dann lief sie mit den beiden Mädchen in Richtung U-Bahnhof Bersarinstraße davon.

Er zögerte nun auch selbst nicht länger. Innerlich aufgepeitscht, in seinen Bewegungen aber möglichst ohne Hast, entfernte er sich in die entgegengesetzte Richtung, zum U-Bahnhof Marchlewskistraße.

Es war ausgemacht, dass Lore mit Grit – und jetzt auch mit Karin, dem anderen Mädchen – zunächst bis zum Alexanderplatz fahren sollte. Dort würde sie mit ihnen in die S-Bahn umsteigen und sie noch bis zum Bahnhof Friedrichstraße begleiten.

Am Lehrter Bahnhof, der ersten Station im Westen, sollten die Mädchen dann auf ihn warten.

Doch alles würde scheitern, wenn sie vorher im Osten kontrolliert wurden, da weder Grit noch Karin einen Ausweis besaßen.

Als wäre es ein böses Omen, wurde Jo am Alexanderplatz kontrolliert. Zwei Trapo-Männer verlangten beim Umsteigen in die S-Bahn seinen Ausweis.

Einer von ihnen musterte seine verschmutzte Kleidung und forderte ihn auf, seine Mütze abzusetzen.

Misstrauisch deutete der Kontrolleur auf das Wundpflaster an Jos Stirn. »Wo haben Sie sich denn das da eingefangen, Herr ...?«

»Schröter. Bin Hilfsarbeiter, mom'tan Marchlewskistraße.« Er deutete mit dem Kinn in irgendeine Richtung, als müsste man die Stelle von hier aus sehen können. »Bruchsteine un' so, da tut schon mal wat rumflieg'n«, fügte er noch hinzu. Den harten Berliner Akzent konnte er zum Glück abrufen wie eine Zeitansage, obwohl er in Stettin geboren und auch die ersten Lebensjahre dort aufgewachsen war. Seine Sprachschule als Kind in Berlin war natürlich die Straße gewesen.

»Grenzgänger?«, fragte der zweite Trapo-Mann, noch immer misstrauisch.

Jo zuckte die Achseln. »Jibt ja nüscht Anständijet im Westen für unsereens.«

Der erste Trapomann stimmte nickend zu und gab Jo seinen Ausweis zurück. »Komm Se am besten janz zu uns«, berlinerte nun auch er. »Hier sind de Mieten bill'jer.«

Jo setzte seine Mütze wieder auf, tippte mit dem Finger gegen den Schirm, als wäre er einer von ihnen, und setzte seinen Weg zum S-Bahnsteig fort.

Als Jo sich bereits im Zug nach Westen befand, schlotterten ihm plötzlich die Beine, und er sackte auf die Sitzbank.

Er wurde nicht wieder kontrolliert.

Lehrter Bahnhof. Westberlin. Er stieg aufgeregt aus dem Wagen und sah sich um. Auf dem Bahnsteig warteten wie erhofft die zwei Mädchen auf ihn.

Und wider Erwarten auch Lore.

Alle drei hatten kalkbleiche Gesichter.

Glück sah anders aus, Erleichterung traf es schon eher, was ihre Mienen ausdrückten. Doch sie standen dicht beieinander, als müssten sie sich gemeinsam wehren gegen das, was ihnen womöglich immer noch zustoßen könnte.

Jo umarmte sie, ohne nachzudenken, alle zugleich. Dann wandte er sich aufgewühlt an Lore. Die eine große Frage, die er jetzt an sie hatte, brauchte er nicht erst auszusprechen.

Sie sah ihn an, sekundenlang zu erschöpft, um überhaupt zu sprechen. »Du hast nicht ernsthaft erwartet, dass ich aussteige, ehe ich die Mädchen sicher im Westen weiß«, sagte sie dann.

Sie hatte es sich von Anfang an so vorgenommen, wurde ihm klar.

»Du weißt, dass ich zurückfahren muss, Jo«, sagte sie tonlos. »Mein Vater ...«

Er brachte kein Wort heraus, um etwas zu erwidern. Wusste, dass es sinnlos war. Dass sie nicht anders handeln konnte.

Lore wandte sich zur Seite und strich jedem der Mädchen mit der Hand übers Haar. »Alles Gute, ihr zwei.«

Die beiden sahen sie nur wie zwei verängstigte Katzen mit großen Augen an, zu keiner weiteren Gefühlsäußerung mehr fähig.

Er bat die Mädchen, auf der Sitzbank wenige Schritte entfernt auf ihn zu warten, und wechselte mit Lore die Seite, da die S-Bahn in der Gegenrichtung bereits einfuhr.

»Lore«, sagte er, während der Zug neben ihnen zum Halten kam.

Sie sah ihn nur schweigend an.

Er zog sie an sich und küsste sie, ihre Lippen waren kalt und zitterten.

Dann stieg sie ein, ihre Handtasche schien wie ein Amboss an ihrem Arm zu hängen.

Die Türen schlossen, und der Zug fuhr ab. In die andere Hälfte der Welt. Lores Welt.

Als er zu den beiden Mädchen zurückging, die auf der Sitzbank warteten, hielten sie sich fest an den Händen und schlotterten beide am ganzen Körper.

Der Junge lag noch lange wach, konnte einfach nicht einschlafen, musste immerzu darüber nachdenken.

»Warum?«, hatte er seine Großmutter gefragt, gleich nachdem die Eltern die Wohnung verlassen hatten. »Warum ziehen wir auf einmal weg von hier?«

Er wollte nicht umziehen!

Seine Großmutter hatte ihn ernst angeschaut. »Der Umzug in die neue Siedlung war schon länger geplant, Paul.«

»Aber warum so …?«

»So plötzlich, meinst du?« Sie sah ihn mit kalten Augen an. »Weil deine Eltern es möchten, Paul. Weil es … eben sein musste.«

Am Montag hatte er noch am Fahnenappell teilgenommen. Alle Klassen in Zweierreihen auf dem Schulhof. Auch er mit den anderen aus seiner Klasse. Vor ihnen der dicke Schuldirektor, der ihm schon immer riesengroß vorgekommen war. Der Direktor zählte die Fehler und Vergehen der vergangenen Woche auf, auch die der Lehrer. Dazu die Scheppermusik. »Marschmusik heißt die«, hatte sein Vater ihn belehrt. »Das musst du dir für die Zukunft merken, Paul! Sonst gibt es in der Schule einen Eintrag, und den bekomme ich auch auf die Arbeit geschickt. Das kann ich mir in meiner Stellung nicht leisten. Verstanden?«

Sein Vater war Offizier bei der Volksarmee. Über die Volksarmee stand viel in seiner Schulfibel, die Bilder zeigten Soldaten mit Helmen, manche von ihnen fuhren riesige Panzer. »Wenn ich groß bin, will ich auch Panzerfahrer sein«, hatte er Georgs Mutter einmal erzählt. Georg war sein Freund. Doch Georgs Mutter hatte ihn nur regungslos angesehen, statt sich darüber zu freuen. Das verstand er nicht. Es machte ihm Angst.

Der Junge hatte auch nicht verstanden, dass er eigentlich nicht mit Georg und Alwine spielen durfte. Er tat es trotzdem, obwohl sie die Kinder des Küsters waren. Sie wohnten mit ihren Eltern im Seitenflügel. »Mit solchen Kindern spielt man nicht, mit Kindern des Küsters«, hatte seine Mutter ihn ermahnt.

Dabei wusste er nicht mal, was ein Küster war. Nur, dass Georgs und Alwines Vater oft in die Kirche ging.

An manchen Tagen waren Silke und Konrad zum Spielen dazugekommen, aus dem Haus gegenüber. Auch Silke und Konrad zählten zu »solchen Kindern«, mit denen man nicht spielte. Sie waren die Kinder des Pfarrers drüben. Und der war anscheinend immer in der Kirche, wenn man Silke und Konrad so zuhörte.

Gestern war es dann passiert. Er hatte auf einmal nicht zur Schule gehen müssen und sich schon gefreut, weil er angenommen hatte, dass auch die anderen Kinder überraschend schulfrei bekommen hätten, Georg, Silke, sie alle eben. Aber im Hof war er das einzige Kind gewesen, niemand sonst, alle in der Schule, wie es schien.

Und nun musste er mit seiner Großmutter zusammen in die neue Wohnung ziehen. »Nur vorgeschickt. Deine Eltern werden in ein paar Tagen nachkommen«, versprach sie.

Die Wohnung roch neu, es kratzte im Hals, wenn er die Luft einatmete. Sie war größer als die alte Wohnung, aber es gab kaum Möbel darin. »Am Wochenende kommt der Möbelwagen, auch mit deinen Sachen!«, hatte seine Großmutter groß angekündigt.

Doch er war so traurig, dass er am liebsten gestorben wäre.

Freitag, 21. November 1958

Als Jo am frühen Morgen seine Besenkammer betrat, fand er auf dem Schreibtisch einen Brief seines Arbeitgebers vor, auf den ihn Lene Spohn vorher bereits hingewiesen hatte: »Von ganz oben. Entweder sie befördern dich rauf, oder sie befördern dich raus, Schätzchen. Sollst mal sehen.«

Noch im Stehen öffnete er das Schreiben mit dem offiziellen Briefkopf des Polizeipräsidenten in Berlin, in diesem Fall vertreten durch den Leiter der Personalabteilung, Dr. Retzlaff, ein Name, der ihm nicht das Geringste sagte.

In der beglückend knochentrockenen Kanzleisprache einer Polizeibehörde stellte Retzlaff ihm nichts Geringeres als seine Beförderung in Aussicht: »zum nächstmöglichen Zeitpunkt, frühestens jedoch beim Freiwerden einer entsprechenden Planstelle«.

Zur Erläuterung folgte ein Nachsatz: »Eine solche, Ihrem zukünftigen Dienstgrad als Kriminalhauptkommissar (KHK, Besoldungsgruppe A 11) angemessene, vakante Planstelle wird zeitnah in Ihrem derzeitigen Arbeitsbereich als Leiter der Vermisstenabteilung neu zu besetzen sein (Nachfolge Mattusch). Wir empfehlen Ihnen in diesem Zusammenhang eine umgehende Neubewerbung, sobald die Stellenausschreibung unsererseits vorgenommen und veröffentlicht wurde.«

Das war noch nicht alles. Die abschließende Bemerkung ließ ihn nach der Lehne seines Schreibtischstuhls greifen: »Aus gegebenem Anlass und um unnötige Nachfragen zu vermeiden, sei zudem darauf hingewiesen, dass eine im Januar 1959 zu schaffende neue Planstelle im Kriminalkommissariat Mordermittlung/Tötungsdelikte nicht den für Ihre Beförderung erforderlichen Dienstgrad trägt. Hochachtungsvoll ...«

Jo warf das Stück Papier auf die Schreibtischplatte und führte sich den Inhalt kurz und knapp vor Augen: Um befördert zu werden, musste er sich auf die frei gewordene Leitungsstelle der Vermisstenabteilung bewerben. Wobei er offenbar wirklich, wie Lene vermutet hatte, mit der Unterstützung »von oben«, sprich Curow, rechnen konnte. Sollte er jedoch darauf beharren, in die Mordermittlung zu wechseln, so konnte er die Beförderung vergessen. Und zwar auf lange Sicht.

Er holte tief Luft und stellte sein Radio an. Mal hören, was das Orakel Peggie dazu sagte.

»Anything goes«, verkündete es mit Sinatras gut geölter Stimme.

Epilog

RIAS Berlin, 27. November 1958: Erklärung des Regierenden Bürgermeisters von Berlin, Willy Brandt

»Der Plan des sowjetischen Ministerpräsidenten Chruschtschow, aus Westberlin eine ›entmilitarisierte freie Stadt‹ zu machen, läuft darauf hinaus, dass Westberlin von alliierten Truppen geräumt, jedoch von sowjetischen Divisionen umgeben bliebe. Das ist untragbar. Es ist das erkennbare Ziel der sowjetischen Politik, ganz Berlin in die sogenannte ›DDR‹ einzugliedern. Alles Gerede kann davon nicht ablenken.

Aber die Berliner lassen sich nicht verwirren. Wir wissen zwar, ernste Worte ernst zu nehmen. Und wir wissen, dass auch ein Bluff in dieser spannungsgeladenen Welt ernst genommen zu werden verdient. Für dumm verkaufen lassen wir uns jedoch nicht! Und für unsere Unabhängigkeit und unser Recht auf Selbstbestimmung stehen wir alle Tage ein.«

Pressedienst des Senats von Berlin, 28. November 1958

Auf der Pressekonferenz des Senats vom heutigen Tage wurde von verschiedenen Pressevertretern die Frage aufgeworfen, wie denn der Regierende Bürgermeister in seiner Rundfunkansprache am gestrigen Abend im RIAS eine so entschiedene Haltung gegenüber Chruschtschows Berlin-Ultimatum habe gewinnen können – obwohl er dessen Wortlaut noch gar nicht habe kennen können. Denn zum Zeitpunkt seiner Rundfunkansprache sei der

Wortlaut der sowjetischen Note an die Westmächte sowie an die Bundesregierung noch gar nicht veröffentlicht worden.

Hierauf nahm der Staatssekretär des Berliner Senats, Dr. Curow, wie folgt Stellung: »In der Tat war dem Regierenden Bürgermeister Chruschtschows Berlin-Ultimatum zum Zeitpunkt seiner Funkansprache im RIAS noch nicht offiziell bekannt. Der Regierende Bürgermeister hat sich jedoch auf der Basis seiner bekannten politischen Erfahrung gleichsam vorausschauend darauf beziehen können.«

Weitere Nachfragen seitens der Pressevertreter konnten von Dr. Curow aus Zeitgründen nicht mehr beantwortet werden.

Nachbemerkung

Willy Brandts »zu früher« Zeitpunkt seiner Rundfunk-erklärung vom 27. November 1958 – von mir leicht paraphrasiert wiedergegeben – ist heute nur noch als Fußnote in einer Jahrzehnte später vom Berliner Senat herausgegebenen Berlin-Chronik der Jahre 1957–1958 verbürgt. Dass die Fachwelt sich über dieses erstaunliche Detail des Kalten Kriegs in so brisanter Zeit bis heute nicht wundert – wundert mich.

Zu den gleichfalls nicht von mir erfundenen Hintergründen dieses Kriminalromans zählen, obwohl gerade sie danach klingen, der staatlich organisierte Kindesraub und die erzwungenen Adoptionen in der DDR. Es gab sie wirklich, doch diese Tatsache wurde bis heute nicht aufgearbeitet, nur spärlich dokumentiert und wissenschaftlich bisher kaum untersucht.

Herbert Beckmann

LESEPROBE

Die Justizministerin trifft in Begleitung von zwei Personenschützern ein.

Sie schüttelt erst Nicholas und dann mir die Hand. Unser Laufbursche rollt den Servierwagen heran und schenkt ihr einen Kaffee aus einer silbernen Karaffe ein. Ich verzichte darauf, ihre Leibwächter zu fragen, was sie wollen. Sie sagen sowieso immer Nein, lehnen sogar versiegelte Wasserflaschen ab.

Wir gehen ins Studio. Ich verschwinde in der Tonkabine. John nickt mir zu und nuckelt an seiner E-Zigarette, während die Dire Straits aus den Lautsprechern dröhnen.

»Hast du Spaß hier drin?«

»Die Ruhe vor dem Sturm«, erwidert er.

»Nein, das hier wird ein Kinderspiel.«

Wir heben beide den Blick. Auf der anderen Seite der Glasscheibe stülpt sich Rebecca Main die Kopfhörer über. »Können Sie mich gut hören?«, fragt Nicholas. Sie nickt und legt ihre verschränkten Hände vor sich auf den Tisch.

Über dem Mischpult läuft auf einem Fernsehbildschirm BBC One. Die Abendnachrichten fangen gleich an, zur vollen Stunde. Auf der anderen Seite des Gebäudes, im Hauptstudio, sitzen unsere Moderatoren unter den Scheinwerfern und warten darauf, die Schlagzeilen des Tages zu verlesen.

Unser Laufbursche kommt herein. »Hat Nicholas Wasser?«, frage ich ihn.

»Oh, Scheiße.«

»Du hast noch Zeit.«

»Ist er neu?«, murmelt John, nachdem er verschwunden ist.

Ich nicke. »Jeder hat mal angefangen.«

»Schon klar.« John stellt das Mischpult ein, und die Frequenznadeln schlagen aus, gelb, rot, blau.

»Willst du die Einleitung üben?«, frage ich ins Mikro. Nicholas schüttelt den Kopf.

John speist unsere Musik ein. Ich beuge mich vor. »In dreißig Sekunden, Nicholas.«

Als die Sechs-Uhr-Nachrichten zu Ende sind, leuchtet unsere On-Air-Lampe gelb auf. Nicholas verliest meine Einleitung und sagt dann: »Danke, dass Sie bei uns sind, Ms Main.«

»Ist mir ein Vergnügen.«

»Sie haben kürzlich einen Gesetzentwurf vorgelegt, der vorsieht, die Beschränkungen von Ermittlungsbefugnissen zu lockern. Eine Klausel in diesem Gesetzentwurf würde der Polizei erlauben, einen Verdächtigen dreißig Tage lang ohne Anklage festzuhalten. Warum gerade jetzt? Meinen Sie nicht, dass unsere Polizei stärker kontrolliert werden muss und nicht weniger?«

»Wir leben in einer schwierigen Zeit«, antwortet sie ruhig und deutlich. »Terrorgruppen wollen nicht, dass wir uns ihren Methoden anpassen, sie wollen nicht, dass wir uns ihnen effektiv entgegenstellen. Dieses Gesetz schränkt ihre Möglichkeiten, in unserer Gesellschaft zu manövrieren, erheblich ein.«

»Vielleicht«, räumt Nicholas ein. »Vielleicht spielt die Einführung dieser Maßnahmen ihnen aber auch in die Hände, weil sie damit einen noch größeren Teil unserer Bevölkerung von Ihrer Regierung entfremden. Sie könnten damit neue Rekruten für den Terror schaffen.«

»Ganz und gar nicht. Das sind einfache, vernünftige Maßnahmen«, behauptet die Ministerin. Mein Puls rast, und mein Gesicht wird heiß. Tausende Menschen in der ganzen Provinz hören zu. Während wir auf Sendung sind, darf nichts schiefgehen.

Einer ihrer Personenschützer steht in der Halle und einer im Studio in der Ecke. Durch das Glas sehe ich sein weißes Hemd und die weiße Spirale seines Ohrhörers.

»Aber dreißig Tage – das ist doch wie eine Internierung, oder?«

»Die Polizei braucht Zeit, um die Beweise für eine Strafverfolgung zu sammeln, damit sie weitere Straftaten verhindern kann.«

»Die aktuelle Grenze liegt bei sechsunddreißig Stunden. Ihr Entwurf ist eine ziemlich drastische Steigerung, nicht wahr?« Ich drücke das Mikrophon und spreche in seinen Ohrhörer: »Zweitausend Prozent«.

»Um zweitausend Prozent«, greift er die Info auf. »Das ist die längste Haftzeit ohne Anklage in ganz Europa.«

»Nun, wir können diese Entscheidungen durchaus unabhängig von Europa treffen und damit auf unsere eigenen besonderen Umstände reagieren.«

John wendet sich an mich. »Hast du Musik für das Ende?«

»Ich schick sie dir rüber.«

Nicholas erkundigt sich nach weiteren Einzelheiten des Gesetzentwurfs und kommt dann auf die gegen sie gerichteten Morddrohungen zu sprechen. Die Ministerin tut sie einfach ab und scherzt über die Sicherheitsvorkehrungen, die getroffen werden müssen, nur damit sie ein Rugbyspiel ihres Sohnes besuchen kann.

Es sind noch einige Minuten übrig, und ich drücke erneut auf die Mikrophontaste. »Du wolltest sie nach den Flugblättern fragen.«

»Lassen Sie uns über die Postwurfsendungen sprechen, die Ihre Partei an Haushalte in Belfast verschickt hat«, sagt Nicholas. »Finden Sie nicht, dass diese Flugblätter die Gesellschaft spalten, wenn Sie Bürger auffordern, ihre Nachbarn auszuspionieren?«

»Sehen Sie, solche Anschläge bedürfen gründlicher Planung«, erwidert sie. »Jeder Bürger sollte wissen, wie er verdächtiges Verhalten erkennen kann. Es geht nicht darum, die Nachbarn auszuspionieren, sondern darum, den nächsten Anschlag zu verhindern.«

Als ich von meinen Notizen aufschaue, sehe ich meine Schwester auf dem Fernsehschirm. Ihre Wangen sind gerötet, als wäre sie draußen in der Kälte gewesen.

Sie steht mit zwei Männern an einer Tankstelle, neben einer Reihe von Zapfsäulen. Ihr Krankenwagen wurde wohl zu einem Einsatz geschickt, obwohl sie aus irgendeinem Grund keine Uniform trägt.

»Die Polizei sucht nach einem bewaffneten Raubüberfall in Templepatrick nach Zeugen«, heißt es in der Bildunterschrift. In meinen Ohren klingelt es. Auf der Überwachungskamera ist nur Marians Gesicht zu sehen, die beiden Männer haben sich von der Kamera abgewendet.

»Tessa?« John klingt panisch, und ich schicke ihm den Musikclip, ohne den Blick vom Fernseher abzuwenden.

»Haben wir überzogen?« Meine Stimme klingt fremd.

»Nein, wir liegen gut in der Zeit«, beruhigt er mich.

Marian hält etwas in ihren Händen. Sie bückt sich und zieht es sich über den Kopf. Ich brauche einen Moment, um zu begreifen, was ich da sehe, denn erst verschwindet ihr Haar und danach auch ihr Gesicht. Als sie sich wieder aufrichtet, trägt sie eine schwarze Skimaske.

Herbert Beckmann
Der Amerikaner
1957 – Tod in Berlin
Kriminalroman
416 Seiten. Broschur
ISBN 978-3-7466-3871-3
Auch als E-Book lieferbar

Ein junger Kommissar im Berlin der Swinging Fifties

Im September 1957, kurz nach der Eröffnung der neuen Kongresshalle, wird ein amerikanischer Journalist ermordet. Besonders brisant: Der Ermordete, der in Deutschland geboren ist, hatte auf Einladung der deutschen Regierung an den Feierlichkeiten teilgenommen. Der junge, ungestüme Kommissar Jo Sturm wird auf den Fall angesetzt. Doch leider behindert sein Vorgesetzter seine Arbeit ständig. Und dann scheint sich auch noch die CIA brennend für seine Ermittlungen zu interessieren.

Ein packender Kriminalroman in Zeiten des Kalten Krieges

Regelmäßige Informationen erhalten Sie über unseren Newsletter.
Jetzt anmelden unter: www.aufbau-verlage.de/newsletter

aufbau taschenbuch